소공녀

(주)푸른책들은 저소득 가정 아동들의 학습 환경 개선과 학업 능력 발달을 위하여 도서 판매 수익금의 일부를 초록우산 어린이재단에 정기적으로 기부함으로써 배움으로 따뜻해지는 세상을 만들어가고 있습니다.

소공녀

펴낸날 초판 1쇄 2012년 3월 5일
지은이 프랜시스 호즈슨 버넷 | **옮긴이** 전하림
펴낸이 신형건 | **펴낸곳** (주)푸른책들 | **등록** 제321-2008-00155호
주소 서울특별시 서초구 양재천로7길 16 푸르니빌딩(양재동 115-6) (우)137-891
전화 02-581-0334~5 | **팩스** 02-582-0648
이메일 prooni@prooni.com | **홈페이지** www.prooni.com

ISBN 978-89-6170-269-0 04840
＊잘못된 책은 구입한 곳에서 바꾸어 드립니다.

ⓒ (주)푸른책들, 2012
＊이 책 내용의 일부 또는 전부를 재사용하려면 반드시 (주)푸른책들의 서면 동의를 얻어야 합니다.

이 도서의 국립중앙도서관 출판시도서목록(CIP)은 e-CIP홈페이지(http://www.nl.go.kr/ecip)와 국가자료공동목록시스템(http://www.nl.go.kr/kolisnet)에서 이용하실 수 있습니다. (CIP제어번호:CIP2012000288)

보물창고는 (주)푸른책들의 유아, 어린이, 청소년 도서 전문 임프린트입니다.

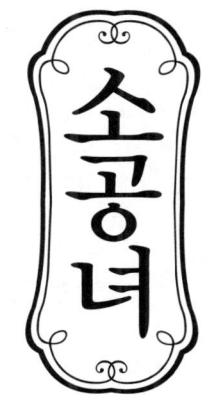

프랜시스 호즈슨 버넷 지음
전하림 옮김

보물창고

차례

1. 사라 · 7
2. 프랑스 어 수업 · 23
3. 어먼가드 · 33
4. 로티 · 45
5. 베키 · 60
6. 다이아몬드 광산 (1) · 76
7. 다이아몬드 광산 (2) · 93
8. 다락방에서 · 124
9. 멜키세덱 · 139
10. 인도 신사 · 156

11. 람 다스 · *173*

12. 벽 건너편에서 일어난 일 · *187*

13. 나와 똑같은 사람 · *200*

14. 멜키세덱이 보고 들은 것 · *215*

15. 마법 · *223*

16. 방문객 · *260*

17. "바로 이 아이야!" · *283*

18. "전 그러려고 애썼을 뿐이에요." · *295*

19. 앤 · *313*

옮긴이의 말 · 324

1. 사라

 어둑어둑한 어느 겨울날, 거리마다 짙은 안개가 자욱이 깔려 런던은 낮 시간인데도 밤처럼 가로등이 빛나고 길가 가게마다 불이 환하게 켜져 있었다. 넓은 도로를 유유히 지나가는 마차 안에는 오묘한 표정을 한 여자 아이가 아빠 옆에 딱 붙어 앉아 있었다.
 여자 아이는 아빠의 품에 안겨 머리를 기댄 채 두 팔로 다리를 끌어 모으고 앉아서, 생각에 잠긴 특이한 느낌의 눈빛을 하고는 차창 밖으로 지나가는 사람들을 쳐다보았다.
 그토록 어린 여자 아이의 얼굴에서 볼 수 있으리라고는 누구도 예상할 수 없는 눈빛이었다. 열두 살 정도의 아이라 해도 그런 표정을 지으면 조숙하다 할 판인데 사라 크루는 고작 일곱 살이었다. 사라는 언제나 특이한 것을 생각하고 꿈꾸는 아이였다. 사라가 기억하는 한 지금까지 살면서 머릿속으로 어른들의 세상과 일을 생각하지 않은 적은 단 한 번도 없었다. 그래서 그런지 사라는 자신이 살아온 세월이 까마득히 오래되었다는 느낌마저 들었다.

지금 이 순간 사라는 머릿속으로 아빠인 크루 대위와 함께 인도 봄베이(*지금의 뭄바이를 뜻함. 이하 *표시 옮긴이 주)에서 여기 런던까지 오는 동안의 긴 여정을 더듬고 있었다. 배 위에서 라스카르(*인도인 선원이나 하인을 지칭하는 말.)들이 조용하게 쉴 새 없이 움직이던 모습과 아이들이 햇볕에 뜨거워진 갑판에서 즐겁게 뛰놀던 모습, 사라에게 말을 시키고는 사라가 대답하면 까르르 웃곤 하던 젊은 장교 부인들 그리고 그 거대한 배를 생각했다.

그러다가 문득, 햇볕이 뜨겁게 내리쬐는 화창한 인도에 살던 때가 엊그제 같은데 어느새 바다 한가운데를 지나서 이제는 낮이 밤처럼 컴컴한 도시에 와 마차를 타고 낯선 거리를 지나고 있다는 생각을 하게 되자 참으로 이상한 기분이 들었다. 사라는 아빠의 품으로 깊숙이 파고들었다.

"아빠."

사라는 거의 속삭임이나 다름없는 나지막하고도 비밀스러운 목소리로 아빠를 불렀다.

"무슨 일이니, 아가?"

크루 대위가 사라를 꼭 끌어안으며 아이의 얼굴을 내려다보았다.

"우리 사라, 지금 무슨 생각하니?"

"여기가 바로 그곳이에요?"

사라가 아빠 옆으로 바싹 붙으며 다시 한 번 속삭였다.

"그래요, 아빠?"

"그렇단다, 사라. 아가, 결국은 왔구나."

사라는 비록 일곱 살밖에 안 되는 어린 나이지만 아빠의 말에 담긴 슬픔의 깊이를 느낄 수 있었다.

이미 여러 해 전부터 아빠는 사라가 '그곳'이라고 부르는 곳에 대한 마음의 준비를 시켜 왔다. 엄마는 사라를 낳으며 돌아가셨기 때문에 사라는 이제껏 엄마를 알지도 못했고 그리워해 본 적도 없었다. 사라에게 세상에 남은 유일한 혈육은 아빠로, 크루 대위는 젊고 잘생겼으며 부자인 데다 다정한 성품을 지닌 남자였다. 둘은 늘 함께였고 서로를 매우 아끼고 사랑했다. 아빠가 부자라는 것은 주위 사람들이 생각 없이 내뱉는 말을 듣고 그런가 보다고 짐작할 뿐이었다. 사라도 크면 부자가 될 거라는 말도 자주 들었다. 사라는 부자가 되는 게 어떤 건지 정확히 알지는 못했다. 다만 항상 멋진 방갈로에서 살아왔다는 것과 많은 하인들이 자기를 '아가씨'라고 부르며 허리를 굽혀 인사한다는 것, 뭐든지 원하는 건 다 가질 수 있었다는 것, 또한 주위에 항상 장난감과 애완동물이 넘쳐났고 자신의 말이라면 꾸벅 죽는 보모가 있다는 것 정도를 알 뿐이었다. 그렇게 부자는 그런 것을 모두 갖는 사람을 말하는 거구나 하고 조금씩 알게 된 것이 사실 사라가 아는 전부였다.

이제껏 살면서 사라의 마음을 괴롭혀온 것이 하나 있다면, 그건 바로 언젠가는 가야 할 '그곳'에 대한 걱정이었다. 인도의 기후가 아이들의 건강에 별로 좋지 않기에 어른들은 가능한 한 서둘러 아이들을 멀리 '그곳'으로 떠나보냈다. 대개 '그곳'은 영국에 있는 학교를 말했다. 사라는 다른 아이들이 인도를 떠나는 장면을 본 적도 있고, 이따금씩 그 아이들의 아빠 엄마가 아이들에게 받은 편지에 대해 하는 이야기를 들어보기도 했다. 그리고 사라 자신도 언젠가는 '그곳'에 가야 된다는 사실을 알고 있었다. 가끔 아빠가 새로운 나라나 여행에 대한 이야기를 들려주면 궁금한 생각에 마음이 끌리면서도, 다른 한편으로는 아빠와 떨어져야 한다는 생각에 못내 마음이 아파왔다.

"그곳에 아빠도 저랑 같이 가면 안 되나요?"

사라가 다섯 살 때 아빠에게 물었다.

"아빠도 학교에 같이 가면 안 돼요? 공부하는 거라면 제가 도와줄 수 있어요."

"사라 아가야, 그곳에 너를 오랫동안 혼자 있게 하지는 않을 거야."

아빠는 항상 이렇게 말했다.

"당분간만 네 또래 여자 애들로 가득한 멋진 집에서 아이들이랑 놀고 있으면 돼. 아빠가 항상 책은 넉넉하게 부쳐 줄게. 그러다 보면 어느새 시간이 훌쩍 지나가서 일 년도 채 안 된 것 같은데 금방 어른이 되고 똑똑해질 거야. 그럼 그때 다시 돌아와서 이 아빠를 돌봐 주렴."

사라는 그 생각이 무척 마음에 들었다. 아빠를 위해 집 안을 가꾸고 함께 여행하며 저녁때는 파티를 열어 테이블 머리에 앉아 손님들을 접대하는 것, 아빠가 읽는 책을 함께 읽고 아빠와 대화하는 것, 그건 사라에게 있어 세상에서 가장 근사한 일이었다. 그런 미래를 위해 반드시 영국에 있는 '그곳'에 가야 하는 거라면, 기꺼이 가겠다고 사라는 굳게 마음먹었다. 다른 또래 여자 아이들이 있건 없건 그것은 별로 상관이 없었지만, 그동안 읽을 책만 끊이지 않는다면 그것만으로 충분히 마음의 위안을 삼을 수 있었다. 책은 사라가 세상에서 다른 무엇보다도 좋아하는 것이었으며, 읽는 데 그치지 않고 언제나 직접 이야기를 지어내 들려주기를 좋아했다. 때로 그 이야기들을 아빠에게 들려주면, 아빠는 사라만큼이나 그 이야기들에 관심을 가지고 재미있게 들어 주었다.

"글쎄요, 아빠, 이제는 여기에 왔으니까 그만 현실을 받아들여야겠죠."

사라가 아이답지 않은 사근사근한 말투로 말했다.

크루 대위는 사라의 애어른 같은 말투에 웃으면서 가볍게 입을 맞추었다. 사라에게는 비밀이지만 사실을 말하자면, 크루 대위는 아직 현실을 받아들일 마음의 준비가 되어 있지 않았다. 사라는 어떻게 보면 괴짜 같은 어린아이였지만, 지금까지 더할 나위 없이 훌륭한 동반자로서 자기와 함께 있어 주었다. 그런데 이제는 혼자 인도로 돌아가야 한다니, 텅 빈 방갈로로 돌아가도 새하얀 원피스를 입고 자기를 반겨 줄 작은 사라가 없다는 게 얼마나 외로운 일일지, 크루 대위는 벌써부터 가슴속이 허전해졌다. 그런 생각이 들자 크루 대위는 사라를 더 세게 끌어안았다. 잠시 후 마차는 큰 건물 모퉁이를 돌아 목적지 앞에 도착했다.

눈앞에 나타난 건 크고 밋밋한 벽돌 건물이었다. 그 주위에 있는 집들도 전부 다 한결같이 똑같은 모양이었다. 다른 점이 있다면 이 건물 앞 현관문에는 황동으로 만든 문패에 까만 글씨로 이름이 새겨져 있다는 것이었다.

민친 여학생 기숙 학교

"사라야, 다 왔구나."

크루 대위가 애써 쾌활한 목소리로 말했다. 그러고는 사라를 번쩍 들어 마차에서 내려주었다. 둘은 나란히 계단을 올라가 초인종을 눌렀다. 나중에 가서 사라는 그 건물이 왠지 민친 선생님과 꼭 닮았다는 생각을 종종 하게 되었다. 점잖은 외관에 웬만한 건 다 갖춰져 있지만 안에 있는 가구나 물건은 모든 것이 추레했고, 심지어 안락의자마저도 속에 딱딱한 뼈가 숨겨져 있을 것 같은 느낌이 드는 건물이었다. 복도 바닥은 반질반질하게 윤이 났고 그 안에 있는 물건도 다 그랬다. 구석에 있는 커다랗고 둥근 괘종시계마저도 니스 칠이 된 것마냥 광택이 자르르 흘렀다.

사라 부녀는 응접실로 안내되어 들어갔다. 응접실에는 네모난 무늬로 수놓아진 카펫이 깔려 있었고, 그 모양에 맞춘 듯한 네모난 의자가 눈에 띄었다. 그리고 육중한 대리석 시계가 마찬가지로 대리석으로 만든 선반 위에 놓여 있었다.

딱딱한 마호가니 의자에 앉자마자 사라가 재빨리 주위를 살피며 말했다.

"아빠. 전 이곳이 마음에 들지 않아요. 그렇지만…… 제아무리 용감한 군인이라 해도 전투에 나가는 걸 좋아하는 군인은 없겠죠?"

그 말에 크루 대위가 크게 웃었다. 유머 감각이 넘치는 젊은 대위는 가끔씩 듣는 사라의 이런 엉뚱한 말들이 언제 들어도 질리지 않았다.

"오, 사라 아가. 이제 널 두고 가면 내 곁에서 그런 얘기를 해 줄 사람이 아무도 없을 텐데. 그럼 난 어찌해야 하니? 너처럼 이런 얘기를 진지하게 해 주는 사람이 아무도 없는데."

"그런데요, 아빠는 제가 진지한 얘기를 하는데 왜 그렇게 웃는 거예요?"

사라는 진심으로 궁금한 표정이었다.

"그냥, 네가 그런 얘기를 하면 너무 웃기거든."

크루 대위가 더 큰 소리로 웃으며 대답했다. 그러더니 갑자기 웃음을 멈추고는 사라를 양팔로 세게 끌어안고 얼굴 곳곳에 입을 맞추었다. 당장이라도 눈에선 눈물이 떨어질 듯한 표정이었다.

바로 그때 민친 교장이 들어왔다. 순간 사라의 머릿속에는 민친 교장이 딱 학교 건물처럼 생겼다는 생각이 들었다. 민친 교장은 큰 키에 생기가 없었고, 점잖아 보였지만 결코 예쁘다고 할 수 없는 인상을 가지고 있었다. 크고 차가운 눈에는 수상한 빛이 숨어 있는 듯했고, 차가운 미소 뒤에도 뭐라 할 수 없는 석연찮은 구석이 있었다. 사라와 크루 대위를 마주하자 민친 교장의 얼굴에는 커다란 미소가 퍼져나갔다. 자기에게 크루 대위를 소개시켜 준 부인에게서 그 젊은 장교에 대해 혹할 만한 사실을 이미 많이 들었던 터였다. 무엇보다도 가장 인상적이었던 것은 그가 엄청난 부자이며, 얼마가 되든 상관없는 큰돈을 어린 딸에게 펑펑 쏟을 준비가 되어 있다는 점이었다.

"따님 같이 예쁘고 촉망 받는 아이를 저희가 맡게 되다니 얼마나 영광인지 모르겠습니다. 크루 대위님."

민친 교장은 사라의 손을 잡고 어루만지며 말을 이었다.

"메레디스 부인에게서 따님이 얼마나 똑똑하고 뛰어난지 들었습니다. 저희 학교에서 이런 영특한 아이를 맡게 된다는 건, 말로 할 수 없는 귀중한 보물을 얻는 거나 마찬가지죠."

사라는 가만히 앉아 민친 교장의 얼굴을 뚫어져라 쳐다보았다. 물론 평소처럼 머릿속에선 엉뚱한 생각이 지나가고 있었다.

'왜 내가 예쁘다고 말하는 거지?'

사라는 고개를 갸우뚱했다.

'나는 전혀 안 예쁜데 말이야. 예쁘다고 하려면 그레인지 대령님네 딸인 이소벨 정도 되어야 하는 거 아냐? 그 애라면 보조개도 폭 패이고 볼 색깔도 장밋빛인 데다 긴 금발 머리인데…… 나는 머리도 짧고 검은색인 데다 눈은 녹색이잖아. 거기다가 몸은 깡마르고 피부도 하얗지 않아. 나는 내가 본 아이들 중에 제일로 못생긴 아이인데, 이 선생님은 왜 그런 거짓말을 하는 걸까?'

사라는 자기가 못생겼다고 생각했지만 사실 그것은 틀린 생각이었다. 물론 부대에서 제일 예쁜 아이로 손꼽혔던 이소벨 그레인지만큼은 아니었지만, 사라에게도 확실히 사라만의 매력이 있었다. 사라는 나이에 비해 키가 크고 날씬했으며 몸은 유연했고, 강렬한 느낌을 풍기는 얼굴은 늘 주위의 이목을 끌었다. 끝이 동그랗게 말려 곱슬거리는 머리는 검고 풍성했으며, 눈 색깔은 사라 말대로 녹색 빛이 도는 회색이었지만 검고 긴 속눈썹이 돋보이는 크고 예쁜 눈이었다. 사라의 생각과 달리 많은 사람들은 사라의 그 눈빛에 매료되었다. 그래도 사라는 자기가 못생겼다고 굳게 믿었기에 민친 교장의 그 어떤 칭찬에도 전혀 우쭐해하지 않았다.

'만약 내가 저 선생님을 보고 예쁘다고 한다면 그건 틀림없이 거짓말이야. 그리고 내가 거짓말을 한다면 내 자신은 당연히 그게 거짓말이라는 사실을 알겠지. 나나 민친 선생님이나 음…… 어떤

면에서는…… 둘 다 못생겼잖아. 그런데 어째서 저 선생님은 그런 거짓말을 하는 거지?'

사라는 한참 나중에 민친 교장에 대해 잘 알게 되었을 때에야 비로소 그 이유를 알 수 있었다. 민친 교장은 사라뿐만 아니라 누구든 학부모가 아이들을 데리고 오면 똑같이 그런 말을 해 주었던 것이다.

사라는 아빠 옆에서 두 어른이 이야기하는 것을 조용히 듣고 있었다. 사라가 이 학교를 오게 된 이유는 크루 대령이 존경해 마지않는 메레디스 부인이 두 딸을 이곳에서 교육시켰기 때문이라는 이야기가 오갔고, 사라가 앞으로 특별 기숙생이 될 거라는 이야기도 오갔다. 그 말은 곧 사라가 다른 보통 기숙생들과 비교할 수 없는 매우 특별한 대우를 받을 거란 뜻이었다. 별도의 전용 거실이 딸린 예쁜 방에다 전용 조랑말과 마차를 갖게 될 거라고 했다. 거기다가 인도에 있을 때 사라를 보살펴 주던 보모를 대신하기 위해 따로 시녀도 붙여 준다고 했다.

"사라의 공부에 관한 거라면 저는 전혀 걱정하지 않아요."

크루 대위가 두 손으로 사라의 손을 꼭 잡고 쓰다듬으며 너털웃음을 웃었다.

"오히려 너무 빨리 그리고 많이 배우려 해서 문제라면 모를까, 늘 책에 코를 박고 사는 아이랍니다. 제가 보기에는 민친 선생님, 사라는 단순히 책을 읽는 데 그치는 게 아니라 통째로 삼켜 버려요. 무슨 새끼 늑대처럼 책 내용을 후루룩 다 흡입해 버린다니까요. 그러면서도 항상 또 읽겠다면서 새 책을 찾아요. 그것도 애들 책이 아니고 어른들이 읽는 두껍고 어려운 책을요. 영어든 프랑스 어든 독일어든 언어도 가리지 않고, 역사나 전기, 시집까지 모든 종류를 다 섭렵하려 든답니다. 앞으로 사라가 너무 책만 읽는 것 같으면 일부러라도 책에서 좀 떼어 놔 주세요. 밖에 가서 조랑말을 타고 놀게 하거나 나가서 새 인형이라도 사게 하세요. 아직은 인형을 좀 더 가지고 놀 나이잖아요."

"아빠, 아빠도 제가 매일 나가서 새 인형을 사면 금방 인형에 싫증을 낼 거라는 거 알잖아요. 인형이란 모름지기 절친한 친구로서 필요한 거예요. 저한텐 에밀리가 그 친구가 될 거고요."

크루 대위와 민친 교장이 서로 눈빛을 주고받았다.

"에밀리가 누구니?"

민친 교장이 물었다.

"사라야, 말해 드리렴."

크루 대위가 얼굴에 미소를 띠고 말했다.

질문에 답하는 사라의 초록빛을 띤 회색 눈은 어느 때보다 엄숙하고 진지했다.

"에밀리는 인형인데, 아직은 저한테 없는 인형이에요. 이제 아빠가 사 주기로 하셨거든요. 좀 이따가 둘이 같이 찾으러 나갈 거예요. 그렇지만 벌써 에밀리라고 이름을 지어 두었어요. 에밀리는 아빠가 가시고 나면 제 친한 친구가 될 거예요. 저한텐 아빠 얘기를 할 친구가 필요하거든요."

민친 교장은 이 말에 큰 미소를 띠고는 진짜로 감탄한 표정을 지으며 말했다.

"정말 기발한 생각이구나. 어쩜 이렇게 귀여울 수가!"

"네. 그렇죠?"

크루 대위가 그 말에 동의하며 사라를 옆으로 꼭 끌어안았다.

"정말 사랑스러운 아이지요? 저 대신 사라를 부디 잘 보살펴 주세요, 민친 선생님."

그 후로 며칠간 사라는 아빠와 호텔에서 묵으며, 아빠가 인도로 돌아가기 직전까지 함께 지냈다. 둘은 많은 상점을 돌며 수없이 많은 물건을 샀다. 정말 물건을 너무도 많이 사들여서 사라에게 필요한 것을 훨씬 넘는 수준이었다. 그러나 충동적인 성격의 젊은 크루 대위는 어린 딸이 보고 감탄하는 것이면 뭐든지 사 주고 싶어 했고, 그것으로도 모자란지 자기 눈에 드는 것도 몽땅 다 사들였다. 그러다 보니 쌓인 새 옷가지는 일곱 살난 어린아이에겐 너무도 과분할 정도였다. 비싼 모피로 장식된 벨벳 드레스에 레이스 달린 드레스, 수가 놓인 드레스 등 온갖 종류의 드레스와 부드러운 타조 깃털이 달린 모자, 어민(*북방 족제비의 흰색 겨울털을 일컬음. 왕들의 가운, 판사의 법복 등을 장식하는 데 쓰임.) 코트와 토시, 작은 장갑, 손수건, 실크 스타킹 등……. 둘이서 사들이는 물건이 워낙 많다 보니, 가게에서 지켜보던 점원들은 서로 귓속말을 주고받으며 '저 큰 눈에 엄숙한 눈빛을 띤 아이가 최소한 외국 어느 나라의 공주 정도는 되는가 봐. 어쩌면 인도 국왕의 딸인지도 몰라.' 하는 말들을 속삭였다.

그리고 끝내 에밀리도 찾아냈다. 비록 그러기 위해 도시 곳곳의 장난감 가게를 수없이 돌아다니며 셀 수 없이 많은 인형을 보아야 했지만.

"전 에밀리가 인형 같아 보이지 않았으면 좋겠어요. 제가 하는 말을 정말 듣고 있는 듯한 얼굴을 하고 있으면 좋겠어요. 아빠, 인형에 문제점이 하나 있다면 말이죠…….”

사라는 이렇게 말하고 나서 한쪽 손을 이마에 갖다 댔다. 뭔가를 깊이 생각하는 표정이었다.

"문제는 말이죠, 인형들이 보통은 제가 무슨 말을 해도 전혀 신경 쓰지 않는 것처럼 보인다는 거예요."

그래서 사라와 아빠는 그렇지 않은 인형을 찾아서 작은 인형도 보러 다니고 큰 인형도 보러 다니고, 그야말로 모든 인형을 샅샅이 뒤지고 다녔다. 눈이 까만 인형은 물론 파란 인형도 보고, 갈색 곱슬머리 인형도 보고 금발머리를 땋은 인형도 보았다. 또 옷을 입고 있는 인형도 보았으며 옷이 안 입혀진 인형도 보았다.

"있죠."

한번은 옷이 입혀져 있지 않은 인형을 보면서 사라가 말했다.

"만약 제가 에밀리를 찾았는데 옷을 입고 있지 않으면요, 그러면 양장점에 데려가서 옷을 맞춰 입혀도 돼요? 맞춰 입히면 사서 입히는 것보다 더 잘 어울릴 거예요."

실망스러운 쇼핑이 계속 되던 차에, 둘은 결국 마차에서 내려 천천히 도보를 걸어가며 가게를 하나씩 살펴보기로 했다. 두서너 곳은 밖에서만 보고 그냥 지나쳤다. 그렇게 다니다가 드디어 한 작은 상점에 이르자 사라가 갑자기 탄성을 지르고는 아빠 팔을 잡아 끌며 외쳤다.

"아빠! 에밀리가 저기 있어요!"

아이는 얼굴에 홍조를 띠고 초록 눈을 반짝이며, 방금 자기와 매우 친한 사람을 마주친 것처럼 환한 미소를 지었다.

"저기에 에밀리가 우리를 기다리고 있어요! 빨리 안으로 들어가서 만나 봐요."

"아, 이런. 우리를 에밀리에게 소개시켜 줄 사람이 필요하지 않겠니?"

"아빠가 저를 소개시켜 주세요. 그러면 제가 아빠를 소개시켜 줄게요. 그렇지만 에밀리를 본 순간 제가 바로 알아본 것처럼, 분명 에밀리도 저를 보기만 하면 금방 알아볼 거예요."

어쩌면 에밀리는 사라를 진짜 알아본 건지도 몰랐다. 실제로 사라가 에밀리를 팔에 안았을 때 에밀리는 정말 뭔가 아는 듯한 눈빛을 하고 있었다. 에밀리는 제법 크기가 큰 인형이었지만, 쉽게 들고 움직이지 못할 정도로 크지는 않았다. 갈색 빛이 도는 금발의 곱슬머리는 마치 망토를 두른 것처럼 길게 늘어져 있었고 눈은 깊고 청명한 청회색이었으며, 눈썹은 붓으로 그린 게 아니라 진짜 눈썹처럼 짙게 심어져 있는 데다 촉감도 부드러웠다.

"맞아요!"

사라는 바닥에 앉아 에밀리를 안고 얼굴을 자세히 들여다보았다.

"맞아요, 아빠. 에밀리를 찾았어요!"

그렇게 에밀리는 사라의 소유가 되었고, 사라는 정말로 아동복 양장점에 가서 자기 옷만큼이나 많은 옷을 에밀리에게 맞추어 주었다. 레이스가 달린 원피스에 벨벳 드레스와 모슬린 드레스, 모자, 코트, 예쁜 레이스로 끝이 장식된 속옷. 그걸로도 모자라서 장갑, 손수건, 모피까지.

"전 누가 봤을 때 에밀리가 좋은 엄마가 있는 아이처럼 보였으면 좋겠어요. 물론 에밀리는 제 친구로 삼을 거지만, 그래도 제가 엄마처럼 보살펴 주어야 하거든요."

크루 대위는 머릿속에 계속 슬픈 생각이 맴돌아서 평소라면 한없이 즐거웠을 쇼핑을 온전히 즐길 수 없었다. 이제 이 쇼핑이 끝나고 나면 이 사랑스럽고 특이한 작은 동무와 헤어져야 한다는 생각이 도무지 머릿속을 떠나지 않았다.

그날 밤, 크루 대위는 자다 일어나서 사라를 보러 갔다. 사라는 에밀리를 꼭 끌어안고 자고 있었다. 사라의 까만 머리와 에밀리의 짙은 금발머리가 뒤섞여 베개를 가득 덮고 있었다. 둘 다 레이스가 나풀거리는 잠옷을 입었고, 긴 속눈썹이 뺨 위로 길게 말려 올라가 있었다. 에밀리가 너무도 진짜 사람 같아 보였기에 크루 대위는 에밀리가 사라 곁에 있다는 사실에 마음이 조금 놓였다. 대위는 한숨을 크게 한 번 내쉬고, 앳된 소년 같은 표정으로 콧수염을 만지작거리며 혼잣말을 했다.

"후유, 내 어린 사라야! 이 아빠가 앞으로 널 얼마나 보고 싶어 할지 넌 모를 거야."

이튿날 크루 대위는 사라를 민친 교장에게 데려다 주었다. 그 다음날 아침 일찍 인도행 배에 올라야 하기 때문이었다. 민친 교장에게는 자기 변호사인 배로 씨와 스킵워스 씨가 자기를 대신해서 영국에서의 일을 맡아 줄 것이니 궁금한 게 있으면 언제든 그쪽으로 연락하라고 말하며 사라에게 드는 비용도 그쪽에 청구하면 된다고 말해 두었다. 더불어 매주 두 번씩은 자기가 사라에게 편지할 거라고, 또 사라가 원하는 건 무엇이든 하게 해달라고 당부했다.

"사라는 생각이 없는 아이가 아니니까 위험한 걸 하게 해달라고 하지는 않을 거예요."

크루 대위는 마지막으로 사라를 방으로 데려다 주고 거기서 작별인사를 나누었다. 사라는 아빠의 무릎에 앉아 작은 손으로 아빠 코트의 옷깃을 잡고 그 얼굴을 한참 동안 뚫어져라 쳐다보았다.

"아빠 얼굴을 외워두려고 하는 거니, 사라 아가?"

크루 대위가 사라의 머리를 쓰다듬으며 물었다.

"아니요. 아빠 얼굴은 이미 마음속에 깊이 새겨 두었는걸요."

사라가 대답했다. 그리고 둘은 차마 헤어질 수 없다는 듯 서로를 부둥켜안고 입을 맞추었다.

아빠가 떠나자 사라는 손을 턱에 괴고 응접실 바닥에 앉아, 아빠가 탄 마차가 건물 모퉁이를 돌아 눈앞에서 사라질 때까지 꼼짝도 하지 않고 눈으로 쫓았다. 에밀리도 옆에 함께 앉아 그 자리를 지켰다.

한편 민친 교장은 동생 아멜리아 선생을 불러 아이가 어떻게 하고 있는지 보고 오라고 시켰다. 아멜리아 선생이 가서 방문을 열려고 했지만 아무리 해도 문이 열리지 않았다.

"제가 문을 잠갔어요."

안에서 정중하면서도 작고 특이한 목소리가 흘러나왔다.

"지금은 혼자 조용히 있고 싶어서요. 그래도 괜찮다면요."

아멜리아 선생은 키가 작고 뚱뚱했으며 언니를 지나치게 두려워했다. 두 자매 중에서 굳이 따지자면 언니보다는 성품이 착했지만, 언니 앞에서는 기를 못 펴고 무슨 말에도 거역하는 법이 없었다. 아멜리아 선생은 충격을 받은 표정을 지으며 아래층으로 되돌아갔다.

"언니, 저런 아이는 처음 봤어. 꼭 다 큰 어른처럼 구는 게 이상해. 혼자 방문을 걸어 잠그고는 숨소리도 안 내고 조용히 있어."

"누구처럼 소리치고 난리 피우는 것보다는 훨씬 낫네, 뭐. 응석받이로 자랐을 것 같길래, 혹시라도 건물이 다 떠나가도록 소동을 피우는 게 아닌가 걱정했는데 말이야. 그 애만큼 없는 거 없이 다 누리고 자란 아이도 또 없을걸."

"안 그래도 좀 전까지 그 애 가방을 정리하면서 봤는데 말이야, 내가 살면서 그런 건 또 처음 봤지 뭐야. 담비 가죽에다 어민 털을 쓴 코트하며 진짜 발랑시엔 레이스가 달린 속옷이다. 언니도 그 애 옷 좀 봤어? 어떤 거 같아?"

"난 애들한테 그런 건 정말이지 낭비라고 생각해."

민친 교장이 힐난하듯 대꾸했다.

"하지만 뭐, 주일에 애들 데리고 교회에 갈 때 앞에 세우면 꽤 그럴 듯하게 보이긴 하겠어. 차림새만 보면 무슨 공주라도 되는 것 같잖아."

그때 잠긴 위층 방에서는 사라과 에밀리가 바닥에 앉아 사라져 가는 마차를 하염없이 바라보고 있었다. 크루 대위 또한 끊임없이 뒤를 돌아다보면서 끝없이 자기 손에 입을 맞추며 사라에게 흔들고 또 흔들었다.

2. 프랑스 어 수업

다음날 아침, 사라는 첫 수업을 맞아 교실로 향했다. 첫 발을 디디는 순간 모든 아이들의 호기심 어린 시선이 몽땅 사라에게 향했다. 자기는 이미 다 컸다고 생각하는 열세 살짜리 라비니아 허버트부터 전교에서 막내인 네 살짜리 로티 레이까지, 알 만한 아이들은 모두 사라에 대해 익히 들은 터였다. 아이들은 민친 교장이 벌써부터 사라를 미래의 '대외용 학생'으로 점찍어 놓았다는 사실과 학교의 자랑거리로 밖에 내세울 새로운 대상이 생긴 거라는 사실도 이미 알고 있었다. 어젯밤 아이들 한두 명은 몰래 숨어서 사라의 프랑스 인 시녀, 마리에트가 도착하는 광경을 정탐하고 와서 알려 주었다. 그리고 라비니아는 사라의 방문이 열려 있을 때를 맞추어 그 옆을 지나가는 척하며 마리에트가 상점에서 배달되어 온 물건을 정리하는 것을 곁눈질해 보았다.

"내가 배달 온 박스를 봤는데, 글쎄 레이스로 덮인 페티코트(*

여자의 속옷으로, 스커트 밑에 받쳐 입는 속치마.)로 꽉 차 있더라고!"

라비니아가 책상에 앉아 고개를 낮게 숙이고 친구 제시에게 귓속말로 속삭였다.

"시녀가 페티코트를 꺼내서 터는 걸 봤거든. 거기다 민친 교장 선생님이 아멜리아 선생님한테 말하는 걸 들었는데, 그렇게 화려한 옷을 어린애한테 입히는 건 정말 꼴불견이래. 우리 엄마도 애들은 애들답게 깔끔하고 단정한 옷을 입어야 한다고 했는데 말이야. 그런데 저 애 지금 바로 그 페티코트 입고 있을걸. 아까 앉는데 슬쩍 보이더라."

"저것 봐, 실크 스타킹이야!"

제시도 머리를 낮추며 속삭였다.

"그런데 어쩜 저렇게 발이 작을 수 있지? 저렇게 작은 발은 처음 봐!"

"아, 그거?"

심술이 난 라비니아가 콧방귀를 뀌며 대꾸했다.

"그건 슬리퍼 때문에 그래 보이는 거야. 우리 엄마가 말해 줬는데 발이 아무리 커도 신발만 잘 맞춰 신으면 얼마든지 작아 보일 수 있대. 어쨌든 쟤, 별로 예쁘지는 않은 거 같아. 눈 색깔이 정말 이상하지 않아?"

"딱 봤을 때 예쁜 얼굴은 아니야."

제시는 이렇게 말하고는 주위를 둘러보며 교실 안 다른 아이들의 반응을 살폈다.

"그렇지만 왠지 다시 한 번 쳐다보게 만드는 뭔가가 있지 않아? 있지, 속눈썹 하나는 정말 길다. 그런데 눈은 어쩜 저렇게 초록색

이래."

사라는 아무 말 없이 민친 교장 옆자리에 지정되어 있던 자리에 가서 앉았다. 그러면서도 자기를 쳐다보는 아이들의 눈길에 전혀 당황해하지 않았다. 오히려 자기를 쳐다보는 아이들을 흥미로운 눈빛으로 한 명씩 바라보았다. 사라는 문득 궁금한 생각이 들었다. 지금 이 아이들은 무슨 생각을 하고 있는 걸까, 얘네는 민친 교장 선생님을 좋아할까, 수업에 정말 좋아서 참석하는 걸까, 이 아이들의 아빠도 다 우리 아빠와 같을까. 그날 아침에도 사라는 에밀리에게 한참 동안이나 아빠에 대한 얘기를 늘어놓았다.

"에밀리, 지금쯤이면 아빠는 바다 위에 있겠지? 우리는 서로 좋은 친구가 되어서 모두 다 터놓고 말할 수 있는 사이가 되어야 해. 에밀리, 날 좀 봐. 난 네 눈 같이 예쁜 눈은 처음 봐. 그건 그렇고, 네가 나한테 말을 할 수 있다면 얼마나 좋을까."

본래 상상력이 풍부하고 발상이 기발한 사라였지만 그 중에서도 으뜸가는 상상은 에밀리가 정말 자신의 말을 듣고 이해할 수 있다는 것이었다. 그렇게 생각하면 이상하게도 마음에 위로가 되었다.

그날 아침 사라는 마리에트의 도움을 받아 남색 교복을 입고 남색 리본으로 머리를 묶었다. 그리고 방을 나서기 전에 자기 의자에 앉아 있는 에밀리에게 다가가 손에 책을 한 권 쥐어 주었다.

"내가 내려갔다 오는 동안 에밀리 넌 이걸 읽고 있어."

자신의 말에 마리에트가 영문을 모르겠다는 듯 어리둥절한 눈으로 바라보자 사라가 진지한 말투로 설명을 해 주었다.

"저는 인형이 우리 모르게 다른 일들을 할 수 있다고 믿어요.

어쩌면요. 정말로 에밀리는 책도 읽고 말도 하고 걸을 수 있을지 몰라요. 다만 방에 아무도 없을 때만 그러는 거죠. 그건 에밀리만의 비밀이거든요. 그러니까 사람들이 만약 인형에게 이런 능력이 있다는 걸 알면 인형을 부려먹을 수도 있잖아요. 그래서 인형들끼리 서로 비밀로 하기로 약속한 거예요. 혹시 모르죠. 우리가 방에 있을 때는 에밀리가 앉아서 허공만 보고 있는 척하지만 우리가 나가면 그때부터 당장 책도 읽고, 창문가에 가서 창밖도 내다보고 하는지도 몰라요. 그러고 있다가 우리 중 누구라도 돌아오는 소리가 들리면 재빨리 자기 의자로 가서 계속 거기 있던 척하는 거예요."

"꼼므 엘레 드롤!(정말 재미있는 아이인걸!)"

마리에트가 혼잣말을 했다. 그런 다음 아래층에 내려가서 하녀장에게 그 일을 말해 주었다. 사실 마리에트는 벌써부터 그 특이한 아이가 마음에 들기 시작했다. 어린애가 이미 세상을 다 안다는 듯 어른스러운 얼굴을 하고, 매너는 또 얼마나 완벽한지. 전에 돌봐 주었던 아이들은 하나같이 버릇없고 고약한 아이들이었다. 반면에 사라는 아이인데도 더할 나위 없이 예의가 발랐으며 말을 한마디 해도 항상 정중하고 공손하게 했다. 부탁을 할 때도 귀엽게 "괜찮다면요, 마리에트.", "고마워요, 마리에트."를 습관처럼 꼭 붙여 말했다. 마리에트는 하녀장에게 가서 사라가 고맙다고 말할 때면 꼭 자기가 숙녀가 된 느낌이라고 말했다.

"엘라 레어 뒨느 프랑쎄스, 쎄뜨 쁘띠뜨.(그 애한테는 마치 공주 같은 기품이 있어요.)"

마리에트는 자신의 새로운 주인인 어린 사라와 새 직장이 진심으로 마음에 들었다.

잠시 후 민친 교장이 짐짓 위엄 있는 척, 손으로 교단을 툭툭 치며 말했다.

"자, 다들 주목하세요. 오늘은 먼저 여러분에게 새로 온 학생을 소개하려 해요."

그 말에 아이들이 모두 자리에서 일어섰다. 사라도 뒤따라 일어섰다.

"여기, 사라 크루 양을 모두들 잘 대해 줄 거라 믿어요. 크루 양은 아주 멀리 인도에서 온 지 얼마 되지 않았답니다. 수업이 끝나고 쉬는 시간이 되면 모두들 가서 크루 양과 인사를 나누도록 하세요."

학생들은 모두 의식처럼 공손히 예를 갖추어 허리를 굽혀 인사했고, 사라도 한쪽 다리를 살짝 옆으로 빼고 무릎을 구부려 인사했다. 아이들은 자리에 앉아서도 계속해서 사라를 흘끔흘끔 쳐다보았다.

"사라야."

민친 교장이 수업 시간에 쓰는 특유의 말투로 말을 꺼냈다.

"이리로 좀 나와 볼래?"

책 표지를 막 넘기려던 참이었던 사라는 책을 도로 내려놓고 공손한 태도로 앞으로 나갔다.

"너의 아버지가 너에게 프랑스 인 시녀를 붙여 주신 걸 보고, 나는 아버지께서 사라 네가 다른 과목도 그렇지만 프랑스 어를 특히 신경 썼으면 하고 바라신다는 걸 눈치 챘단다."

민친 교장이 말했다. 사라는 속으로 불편한 느낌이 들기 시작했다.

"민친 선생님, 제 생각에는요, 아빠가 저한테 마리에트를 구해 주신 건 제가 마리에트를 마음에 들어 할 거라고 생각해서 그러신 것 같은데요."

민친 교장이 짓고 있던 미소가 떨떠름하게 조금 일그러졌다.

"유감스럽게도 내 생각엔 말이다. 네가 항상 응석받이로 떠받들어지며 자라다 보니까 모든 일이 다 네 마음에 들도록 일어나는 거라고 착각하는 것 같구나. 내가 받은 인상으로는 분명 아버지께서는 네가 프랑스 어를 배우기를 바라셨어."

사라가 조금 더 나이가 많았거나 사람들과의 관계에 익숙했더라면, 이런 상황에서도 당황하지 않고 충분히 자기 입장을 해명할 수 있었을 것이다. 그러나 사라는 민친 교장의 말에 순간적으로 얼굴이 빨갛게 달아올랐다. 워낙 성격이 독선적이고 강압적인 민친 교장은 사라가 프랑스 어를 전혀 못하면서도 괜한 고집을 피운다고 굳게 확신했다. 거기다가 감히 자기에게 말대꾸를 한다고 생각하며 심히 불쾌하게 여겼다.

그러나 사실 프랑스 어는 사라가 태어났을 때부터 아빠에게 줄곧 들으며 자라온 언어였다. 사라를 낳아 준 엄마가 프랑스 인인 만큼 크루 대위는 프랑스 어에 대한 애정이 남달랐다. 그래서 사라와도 자주 프랑스 어로 대화했기에 사라에게는 프랑스 어가 모국어만큼이나 친숙했다.

"저는요…… 프랑스 어를 배운 적은 없어요. 그렇지만……."

사라는 어떻게 하면 제대로 자기 의도를 전달할 수 있을까 고민하며 우물쭈물 말을 꺼냈다.

평소에 민친 교장이 비밀로 꽁꽁 숨겨온 약점이 하나 있다면, 바로 프랑스 어를 못한다는 사실이었다. 그래서 혹여라도 그 사실을 남이 알게 될까 전전긍긍하며 그 주제에 대해서는 되도록이면 말하길 꺼렸다. 그런데 이 쪼끄만 학생이 계속 말꼬리를 붙잡으며 물고 늘어지려 하니 까딱하면 자신의 비밀이 노출될지도 모르는 위험에 처한 것 같은 느낌이 들었다.

"그만하면 됐다."

민친 교장이 엄격한 목소리로 딱 잘라 말했다.

"배운 적이 없었다면 당장 시작해야지, 무슨 말이 그렇게 많니? 프랑스 어 담당인 무슈 뒤파르쥬 선생님을 불렀으니 곧 오실 거다. 오시기 전까지 이 책을 가져가 보고 있도록 해라."

사라는 두 뺨이 화끈 달아올랐지만 아무 말도 하지 않고 조용히 자리로 돌아갔다. 그리고 책을 펼치고 진지한 얼굴로 첫 장부터 보기 시작했다. 사라는 이 상황에서 자기가 웃으면 무례해 보일 거란 사실을 알고 있었다. 그래서 최대한 웃지 않으려고 무진 애를 썼지만, 책에서 '르 뻬르'가 '아빠'라는 말이라든가, '라 메르'가 '엄마'라는 말이라든가 하는 낱말들을 보고 있자니 자기 보고 정말 이걸 공부하라는 건가 하는 의문이 들며 한없이 이상한 기분이 들었다.

민친 교장이 사라의 얼굴을 유심히 살펴보더니 말했다.

"사라, 너 표정이 언짢아 보이는구나. 프랑스 어가 배우기 싫다니 유감인걸."

"아니에요, 저는 좋아요."

사라가 이렇게 답하고는 다시 설명을 시도하며 말을 이었다.

"그렇지만……."

"내 말에 토를 달아 '그렇지만' 하고 말대꾸하는 것은 옳지 않아. 다시 책이나 보거라."

사라는 민친 교장의 말에 시키는 대로 했다. 그리고 책에서 '르 피스'가 '아들'이며 '르 프레흐'가 '형제'라는 등의 뻔한 내용이 나와도 절대 웃지 않았다.

'무슈 뒤파르쥬 선생님이 오시면 직접 말씀 드리는 수밖에 없겠어.'

사라는 머릿속으로 생각했다.

잠시 후 무슈 뒤파르쥬 선생이 교실에 도착했다. 지적이고 인심 좋아 보이는 얼굴을 한 중년의 프랑스 인이었다. 때마침 사라는 다소곳이 앉아서 민친 교장이 준 작은 단어책을 열심히 들여다보고 있었고, 그 모습이 무슈 뒤파르쥬 선생의 관심을 끌었다.

"저 아이가 그 새로 온 학생입니까, 마담?"

무슈 뒤파르쥬 선생이 민친 교장에게 물었다.

"앞으로 좋은 학생으로 커 주면 좋겠군요."

"이 아이의 아버지인 크루 대위께서는 애가 프랑스 어를 배웠으면 하고 바라세요. 그렇지만 애석하게도 당사자인 이 아이는 프랑스 어에 대해 유치한 편견을 가지고 있는 듯하네요. 별로 배우고 싶어 하지를 않아요."

민친 교장이 말했다.

"그렇다면 유감인데요, 마드모아젤."

무슈 뒤파르쥬 선생이 사라를 바라보며 부드러운 목소리로 말했다.

"일단 나랑 공부를 시작하고 같이 하다 보면, 프랑스 어가 얼마나 아름다운 언어인지 알게 될 거예요."

사라가 자리에서 일어섰다. 이제는 거의 희망을 잃고 자포자기한 심정이었다. 사라는 커다란 초록색 눈을 글썽이며 무슈 뒤파르쥬 선생의 얼굴을 바라보았다. 호소하는 듯 순수한 눈빛이었다. 사라는 일단 자기가 말을 꺼내면 무슈 뒤파르쥬 선생이 바로 이해할 거라고 생각했다. 그래서 별다른 설명을 붙이지 않고, 예쁘고 유창한 프랑스 어로 말을 꺼냈다. 물론 민친 교장은 사라가 무슨 말을 하는지 전혀 알 길이 없었다.

사라는 자기가 프랑스 어를 정식으로 배운 적은 없지만 아빠나 다른 사람들과 늘 프랑스 어로 대화를 해 왔으며, 영어만큼이나 프랑스 어로도 자유롭게 읽고 쓸 수 있다고 설명했다. 또한 아빠가 프랑스 어를 매우 좋아해서 자기도 좋아한다고 말하면서, 자기를 낳다 돌아가신 엄마가 프랑스 인이었다는 사실도 설명했다. 자신은 학교에서 무슈 뒤파르쥬 선생에게 배우게 된 것이 기쁘다고도 말했다. 그리고 좀 전에 민친 교장과의 해프닝은 자기가 단지 책에 있는 단어를 이미 안다고 말하려 한 것뿐인데 어쩌다 오해가 생긴 거라고 설명하면서 그 단어책을 손에 들어 보여 주었다.

사라가 말을 시작하자, 민친 교장은 깜짝 놀라더니 금세 분한 듯 노여움 가득한 표정이 되어서는 사라가 말을 마칠 때까지 안경 너머로 아이를 뚫어져라 쳐다보았다. 반면 무슈 뒤파르쥬 선생의 얼굴에는 매우 기쁜 미소가 퍼져나갔다. 이런 작은 아이가 저렇게 예쁜 목소리로 낭랑하고 차분하게 자기의 모국어로 얘기하는 것을 듣고 있자니, 마치 안개만 자욱한 어두운 런던의 현실에서 벗어나 따뜻한 고향으로 돌아간 느낌이었다. 사라가 말을 마치자 무슈 뒤파르쥬 선생은 흐뭇한 표정을 지으며 사라한테서 단어책을 받아 들었다. 그리고 민친 교장을 향해 말했다.

"아, 마담. 이 아이에게는 제가 가르칠 만한 것이 별로 없네요. 이 아이는 프랑스 어를 정식으로 배운 건 아니지만 프랑스 인으로 태어난 거나 마찬가지예요. 흠잡을 데가 전혀 없어요."

"너, 나한테 미리 말을 했어야 하는 거 아니니?"

민친 교장이 굴욕적인 기분을 억누르며 사라에게 말했다.

"저는…… 저도…… 그러려고 했는데요. 제가…… 그만 말을 잘 못 꺼낸 것 같아요."

민친 교장도 사라가 먼저 말하려고 했다는 사실을 잘 알고 있었다. 그리고 사라의 말을 막은 것이 자기 탓이라는 사실도 알았다. 그런데 그런 상황을 아이들이 처음부터 다 보고 있었다니! 불난 데 부채질하는 격으로 라비니아와 제시가 프랑스 어 문법책 뒤에 숨어서 킥킥대고 웃는 게 보이자, 민친 교장은 마음속 깊숙한 곳으로부터 극심한 분노가 치밀어 올랐다.

"모두들 조용히 못해!"

민친 교장이 교단을 쾅쾅 두드리며 큰 소리로 외쳤다.

"당장 조용히 하지 못해!"

그 순간부터 민친 교장은 자신의 자랑거리이던 '대외용 학생'에게 억한 감정을 품게 되었다.

3. 어먼가드

 사라가 민친 교장 옆자리에 앉게 된 그 첫날, 교실 아이들이 모두 자기를 관찰하느라 바쁜 와중에 사라의 눈에 띈 어떤 작은 여자 아이 한 명이 있었다. 비슷한 또래로 보이는 그 아이는 초점 없는 옅은 파란색 눈으로 다른 아이들처럼 사라를 쳐다보고 있었다. 아이는 책상에 팔꿈치를 대고 앉아서는 한 갈래로 촘촘하게 땋은 아마 빛깔 금발 머리를 목 둘레를 따라 앞으로 당겨 끝에 달린 리본을 질겅질겅 씹고 있었는데, 새로 온 학생에게 매우 놀란 눈치였다. 처음에 무슈 뒤파르쥬 선생이 사라에게 말을 꺼냈을 때는 자기도 겁에 질린 듯 긴장한 표정을 짓고 있다가, 사라가 앞으로 나가서는 정감 가는 초롱초롱한 눈빛을 띠고 차분하게 프랑스 어로 대답하자 깜짝 놀라 몸을 움찔하면서 부러움과 경외감으로 얼굴이 빨갛게 달아올랐다. 자신은 '라 메르'가 '엄마'이며 '르 뻬르'가 '아빠'라는 것을 기억하는 데도 몇 주가 걸렸고 그것마저도 잘 안 돼서 질질 짜는 판인데, 자기 또래밖에 안 된 아이가 단어는 물론 다른 어려운 표현까지 자유자재로 써 가며 별일 아니라는 듯 동사도 섞어 유창하게 말하는 걸 듣고 있자니 만감이 교차했다.

사라를 보고 있던 그 아이는 자기도 모르게 머리끝 리본을 더욱 세게 씹었다. 그 모습은 안 그래도 화가 머리끝까지 나 있는 민친 교장의 눈에 대번에 띄었고, 교장은 즉시 불호령을 내렸다.

"세인트 존 양!"

민친 교장은 화난 목소리로 외쳤다.

"지금 그 행동은 무슨 짓이지? 당장 책상에서 팔을 내리지 못해? 리본도 입에서 빼고! 자세는 또 그게 뭐야? 제대로 앉도록!"

세인트 존 양이 깜짝 놀라 움찔하자 라비니아와 제시가 서로 킥킥대며 웃었다. 가엾은 그 아이는 뺨이 새빨개지더니 당장이라도 닭똥 같은 눈물이 주루룩 흘러내릴 것 같은 얼굴이 되었다. 그 광경을 보던 사라는 그 아이가 너무도 안돼 보이는 나머지 왠지 그 아이가 좋아졌고 또 친구가 되어 주고 싶다는 생각이 들었다.

어려서부터 사라는 싸움에서 누군가 당하고 있는 걸 보면 꼭 끼어들어서 편을 들어 주고 싶어 했고, 그 바람에 한번은 아빠가 이렇게까지 말한 적도 있었다.

"사라가 몇 세기 전에 남자 아이로 태어났으면, 검을 쓰는 무사가 되어 나라 곳곳을 돌아다니면서 위험에 처한 사람들을 구하러 다녔을 거야. 곤경을 당한 사람만 보면 저렇게 대신 나서서 싸워 주려고 하니, 원."

그렇게 사라는 느릿느릿하고 뚱뚱한 세인트 존 양에게 마음이 끌렸고, 오전 내내 계속해서 아이를 흘끔흘끔 쳐다보았다. 그 아이는 수업을 따라가는 것조차도 버거워 보였다. 따라서 대외용 학생 취급을 받을 위험도 잘난 척할 위험도 없어 보였다. 프랑스 어 수업 시간엔 특히 더 참혹했다. 그 아이가 소리 내어 프랑스 어로 말할 때면 무슈 뒤파르주 선생마저 웃음을 참지 못했으며, 라비니아나 제시를 포함해 다른 아이들은 숨어서 킥킥대고 웃거나 경멸의 눈빛으로 째려보았다. 그러나 사라는 웃지 않았다. '르 봉 빵'을 '리 봉 빵'으로 발음해도 아무것도 듣지 못한 듯 태연하게 행동했다. 그러나 그렇다고 사라가 아무것도 모르는 바보는 아니었다. 불쌍한 그 아이는 척 봐도 마음에 상처를 입은 게 분명했는데, 다른 아이들이 전혀 아랑곳없이 킥킥 웃어대기만 하자 사라의 마음속에서 울화가 치밀어 올랐다.

"이건 웃을 일이 아니잖아."

사라는 이를 꽉 깨물며 책 쪽으로 고개를 숙였다.

"아무리 그래도 저렇게 웃으면 안 되는 거잖아."

수업이 끝나고 아이들이 끼리끼리 모여 수다를 떨기 시작했다. 사라는 세인트 존 양이 어디 있는지 두리번거리며 살폈다. 그 아이는 창가에 앉아 암담한 모습으로 고개를 숙이고 엎드려 있었다. 사라가 다가가 말을 걸었다. 단지 처음 만난 사람들이 으레 하는 인사말을 건넸을 뿐이었지만 사라가 하는 말에는 늘 그보다 더 깊은 무언가가 있었고, 그것은 듣는 사람을 절로 감동시키는 힘이 있었다.

"너 이름이 뭐니?"

사라가 물었다.

그 순간 세인트 존 양이 얼마나 놀랐는지를 이해하려면 먼저 짚고 넘어가야 할 것들이 있다. 바로 사라가 이 학교에 온 지 얼마 안 되는 새로운 신입생이라는 것 그리고 사라가 현재 전교생 모두의 관심거리라는 사실이었다. 어젯밤만 해도 학생들은 지쳐 잠이 들 때까지 흥분한 목소리로 사라에 대해 이런저런 이야기를 떠들어댔다. 아무래도 전용 마차에 조랑말도 있고 개인 시녀까지 둔, 멀리 인도에서 건너온 아이를 본다는 게 그리 흔한 경우는 아니었으니까 그러는 것도 무리는 아니었다.

"내 이름은 어먼가드 세인트 존이야."

아이가 대답했다.

"내 이름은 사라 크루. 네 이름 참 예쁘다. 꼭 무슨 동화에 나오는 이름 같아."

사라가 말했다.

"정말?"

어먼가드의 표정이 금세 환해졌다.

"나는 사실 사라 네 이름이 예쁘다고 생각했는데."

세인트 존 양이 가진 일생일대의 가장 큰 문젯거리는 바로 매우 똑똑한 아빠를 두었다는 점이었다. 그건 끔찍한 재앙과도 같았다. 아빠는 무엇이든 척척박사인 데다가 외국어는 일고여덟 개 정도 할 줄 알았으며, 책도 수천 권이나 독파한 경력을 가지고 있었다. 그러니 적어도 자기 아이가 수업 시간에 배운 내용 정도는 소화하길 바라는 게 당연했고, 툭하면 딸에게 중요한 역사적 사건을 이야기해 보라고 하거나 프랑스 어 시간에 배운 말을 해 보라고 요구했다. 어먼가드는 아빠에게 커다란 시험대나 마찬가지였다. 그는 자기에게서 나온 아이가 아무것도 할 줄 모르는 멍청이라는 사실을 차마 인정할 수가 없었다.

"세상에나!"

세인트 존 씨는 툭하면 어처구니없는 표정을 지으며 말했다.

"내가 오죽하면 쟤가 내 동생 엘리자를 닮은 건 아닌지 걱정하겠어!"

엘리자 고모는 뭐든 배우는 데는 오래 걸리고, 배운 걸 깡그리 잊어버리는 데는 재빠르기로 유명했다. 그런 점이라면 어먼가드는 놀랄 만큼 고모를 똑 닮았다. 어먼가드가 학교 전체를 통틀어서 기념비적이라고 할 만한 학습 부진아라는 건 누구나 인정하는 사실이었다.

"어떻게든 가르쳐야 합니다."

어먼가드의 아빠가 민친 교장에게 한 말이었다.

그런 만큼 어먼가드는 학교에서 툭하면 망신을 당하거나 울면서 많은 시간을 보냈다. 배운 것은 곧바로 잊어버리기 일쑤였으며, 혹시 잊어버리지 않았다 해도 개념을 제대로 이해하는 적이 없었다. 그러니 사라가 먼저 자기한테 와서 인사를 하는 것에 놀라 자빠질 뻔한 것도 충분히 이해할 만했다. 또 정신을 놓고 사라를 부러운 눈으로 계속 쳐다본 것도 무리가 아니었다.

"너는 프랑스 어 잘하지?"

어먼가드는 존경심에 가득 찬 목소리로 물었다.

사라는 커다란 창문 옆에 있는 의자에 올라가 다리를 팔로 감싸고 앉았다.

"내가 프랑스 어를 잘하는 건 어렸을 때부터 계속 들어와서 그런 거야. 너도 나처럼 죽 듣고 자랐으면 나만큼 할 수 있었을 거야."

사라가 대답했다.

"아니, 아냐. 나는 그래도 못했을걸. 절대 못해!"

"어째서?"

사라가 진정 궁금한 표정으로 물었다.

어먼가드가 고개를 설레설레 저었다. 땋은 머리가 등 뒤에서 좌우로 흔들거렸다.

"내가 방금 말하는 거 들었잖아. 나는 늘 그랬어. 어떻게 해도 발음이 안 돼. 이상하게만 느껴지고."

그리고 잠시 말을 멈추더니 다시 경외감에 찬 목소리로 물었다.

"너는 원래 똑똑하지? 그렇지?"

사라가 창문 너머로 우중충한 공터를 바라보았다. 참새 한 무리가 찾아와서 젖은 철제 난간이나 거무스름한 나뭇가지 사이를 뛰어다니며 재잘거렸다. 사라는 문득 자기가 '똑똑하다'는 말을 자주 들어보기는 했지만, 그게 정확히 뭘 말하는 건지 모르겠다는 생각이 들었다. 그리고 자기가 정말 똑똑한 게 사실이라면 어떻게 그렇게 된 걸까 하고 궁금해졌다.

"모르겠어. 그런가?"

사라가 말했다. 그러다 통통하고 둥근 어먼가드의 얼굴에 떠오르는 슬픈 표정을 눈치 채고는 짧게 웃으며 화제를 바꾸었다.

"너 에밀리 보러 가지 않을래?"

"에밀리가 누군데?"

민친 교장이 그랬던 것처럼 어먼가드도 똑같이 되물었다.

"내 방에 가면 볼 수 있어."

사라가 이렇게 말하며 어먼가드에게 손을 내밀었다.

둘은 자리에서 폴짝 뛰어내려와서 곧 위층으로 향했다.

"그런데 그게 사실이야?"

복도를 지나면서 어먼가드가 작은 소리로 속삭였다.

"놀이방을 너 혼자 쓴다는 거?"

"응. 아빠가 교장 선생님한테 그렇게 해달라고 하셨거든. 왜냐하면 그게…… 평소에 내가 놀 때 보통, 이야기를 만들고 소리 내서 말하는 걸 좋아해. 그런데 그럴 때 사람들이 옆에 있으면 불편하거든. 사람들이 내 말을 듣고 있다고 생각하면 집중이 잘 안 돼서 말이지."

사라의 방 복도로 들어서던 중 어먼가드가 깜짝 놀란 듯 갑자기 멈추어 섰다.

"이야기를 만든다고? 너는 프랑스 어도 잘하면서 그런 것도 할 수 있는 거야? 정말?"

어먼가드가 숨을 헉 하고 내쉬었다.

"왜? 이야기는 아무나 지을 수 있는 거잖아. 넌 한 번도 해 본 적 없어?"

사라는 진심으로 놀란 표정을 하고 물었다. 그리고 어먼가드의 손을 잡으며 주의를 주었다.

"자, 최대한 조용히 하고 있어야 해. 앞에 가면 내가 문을 획 하고 열게. 그러면 혹시라도 굉장한 광경을 목격할 수 있을지 몰라."

사라는 반쯤 웃으며 말했는데 그 눈에 신비로운 희망 같은 것이 어려 있어 어먼가드의 마음을 사로잡았다. 어먼가드는 사라가 지금 무슨 일을 꾸미고 있는 건지 전혀 짐작이 가지 않았다. 뭘 목격할 수 있다는 건지, 무슨 이유가 있는 건지도 전혀 몰랐다. 그러나 그게 무엇이든 정말 흥분되는 일이라는 것만은 분명히 느끼고 있었다. 어먼가드는 기대감에 잔뜩 부풀어 발꿈치를 떼고 조심스럽게 한 발짝 한 발짝 앞으로 나아갔다. 문 앞에 갈 때까지 둘은 작은 숨소리도 내지 않았다. 그러다 사라가 문고리를 획 돌리며 문을 활짝 열어젖혔다. 열린 문 사이로 나타난 방 안은 조용했고 모든 것이 깔끔하게 정리되어 있었으며, 벽난로에서는 불이 따뜻하게 타오르고 있었다. 그리고 그 옆에 놓인 의자에는 예쁜 인형 하나가 책을 읽는 자세를 하고 앉아 있었다.

"아, 이런, 벌써 자기 자리로 돌아가 버렸잖아! 하긴, 그럴 테지. 번개처럼 동작이 빠르니까."

사라가 낮게 소리쳤다.

어먼가드는 영 모르겠다는 표정을 하고 사라와 인형을 번갈아 보았다.

"쟤가…… 걸어다닐 수 있다는 거야?"

어먼가드가 숨을 죽이고 물었다.

"응. 적어도 나는 그렇다고 믿어. 아니, 에밀리가 걸어다닌다고 믿는 척한다고 해야 할까? 어쨌든 그러면 나한테는 진짜로 그런 것처럼 느껴지거든. 넌 그런 거 해 본 적 없어?"

사라가 말했다.

"아니. 한 번도 없는데. 나는…… 좀 더 자세히 말해 줘."

어먼가드는 어느새 이 특이한 새 친구에게 푹 빠져 버렸다. 어먼가드는 눈앞에 지금까지 본 어떤 인형보다 더 굉장하고 예쁜 인형이 있는데도 사라의 얼굴만 빤히 쳐다보았다.

"우선 앉자."

사라가 말했다.

"앉아서 얘기해 줄게. 너도 알고 나면 너무 쉬운 일이라서, 한번 시작하면 멈출 수 없을 거야. 게다가 그건 네가 언제 어디에 있어도 할 수 있는 일이거든. 정말 멋진 일이기도 하고. 에밀리, 너도 같이 들을 거지? 이쪽은 어먼가드 세인트 존 양이야. 그리고 어먼가드, 여기는 에밀리야. 한번 안아 볼래?"

"어, 그래도 돼? 정말 그래도 되는 거야? 정말이지, 너무 예쁜 걸!"

어먼가드의 말이 끝나기도 전에 에밀리는 어먼가드의 팔에 안겨졌다.

어먼가드가 지금까지 살아온 짧은 삶 가운데, 이런 시간은 정말이지 난생처음이었다. 이런 환상적인 경험이라니, 전혀 꿈도 꿔 보지 못한 일이었다. 지루하기만 하던 어먼가드의 삶에서 그 특이한 신입생과 보낸 그날의 시간은 처음 겪어 보는 꿈같은 시간이었다. 그리고 그 시간은 점심시간을 알리는 종이 울려 아래층으로 내려가야 했을 때까지 계속되었다.

사라는 벽난로 옆 카펫 위에 두 팔로 무릎을 끌어안고 앉아 어먼가드가 생전 처음 듣는 이야기들을 계속 해 주었다. 이야기에 빠져들면서 사라의 뺨은 어느새 붉게 상기되고 초록색 눈은 밝게 반짝였다. 사라는 여행을 다닌 일이나 인도에 관한 이야기를 해 주었다. 그 중에서도 어먼가드의 마음을 가장 사로잡은 것은 인형에 대한 이야기였다. 사람이 방에 없을 때는 인형이 걷기도 하고 말하기도 하며, 그 밖에도 원하는 것은 뭐든지 할 수 있다니! 다만 사라는 인형이 그 능력을 유지하려면, 누구라도 방에 들어오기 전에 재빨리 '번개처럼' 자기 자리로 돌아가야 한다고 믿었다.

"우리가 그걸 볼 수 있는 일은 절대 없을 거야. 있지, 그건 일종의 마법 같은 거거든."

사라가 진지한 얼굴로 말했다.

에밀리를 찾아 온 시내를 뒤져야 했던 이야기를 사라가 한참 하고 있을 때였다. 사라의 표정이 한순간에 바뀌는 것이 어먼가드의 눈에 띄었다. 꼭 먹구름이 드리운 것처럼 사라의 눈에서 반짝반짝 빛나던 빛이 꺼져 버리더니, 이내 한숨을 짧게 내쉬며 슬픈 듯 작게 이상한 소리를 냈다. 그리고 입술을 굳게 다물고 이를 꽉 깨물고는 무슨 중대한 결심이라도 한 것 같은 표정을 지었다. 어먼가드의 경험에 의하면, 보통 다른 애들에게서 저런 표정이 보이면 다음은 눈물을 터뜨리며 엉엉 울 차례였다. 그러나 사라는 울지 않았다.

"혹시 어디가…… 아픈 거야?"

어먼가드가 가까스로 용기를 내어 물었다.

"응, 맞아. 그런데 몸이 아픈 건 아니야."

사라가 잠깐 동안의 정적을 깨고 답했다. 그러고는 침착한 목소리를 유지하려 애쓰며 망설이듯 작은 소리로 물었다.

"너도 아빠를 이 세상 무엇보다 더 사랑해?"

어먼가드는 입이 헤 벌어졌다. 아빠를 사랑할 수 있다는 건 한 번도 해 본 적 없는 생각이었다. 아니, 어먼가드는 단 십 분이라도 아빠와 단둘이 있는 게 참을 수 없어서 할 수 있는 한 갖은 방법을 동원해 그런 자리를 피해 온 아이였다. 그렇지만 학교에 다니는 착실한 아이라면 자신의 입으로 그런 얘기를 하는 게 아니라는 것을 어먼가드는 잘 알고 있었다. 어먼가드는 자기 자신이 진심으로 부끄러워졌다.

"난…… 나는 아빠랑 같이 있어 본 적이 거의 없어. 아빠는 거의 맨날 서재에서 뭔가를…… 음…… 읽고 계시거든."

"난 세상 무엇보다 아니, 이 세상을 열 배 곱한 것보다도 우리 아빠를 더 사랑해. 그래서 아픈 거야. 이제 아빠가 안 계셔서."

사라는 작은 무릎에 조용히 머리를 파묻었다. 그리고 그런 상태로 몇 분 동안이나 꼼짝도 하지 않고 앉아 있었다.

'이제 큰 소리로 울 건가 봐.'

이런 생각이 들자 어먼가드는 겁이 나기 시작했다.

그러나 사라는 울지 않았다. 짧고 검은 머리가 귀 옆으로 흘러내려와도 전혀 움직이지 않고 그대로 앉아만 있을 뿐이었다. 그러다 고개를 들고 씩씩하게 말했다.

"아빠한테 견뎌 낼 거라고 약속했으니까, 꼭 견뎌 낼래. 꿋꿋이 견뎌 내는 거야. 군인들에 비하면 이것쯤이야 별것 아니잖아! 우리 아빠가 바로 군인이거든. 만약 아빠가 전쟁에 나간다면 멀리 행군을 하는 것도, 목이 마른 것도, 그리고 어쩌면 크게 다친다 해도 모두 견뎌 내야 할 거야. 그러면서도 불평 한마디 하지 않겠지? 단 한마디도."

어먼가드는 아무 대꾸 없이 사라를 바라보고 있었지만, 마음속에는 벌써 사라의 존재가 크게 자리 잡아 버렸다. 사라는 너무도 굉장한 아이였고 지금까지 본 그 누구와도 완전히 달랐다.

어먼가드는 왠지 울컥하며 목이 메어 왔다. 눈에서는 눈물이 흘러나올 것 같았다.

"있지, 라비니아와 제시는 서로 '절친'이거든."

어먼가드가 목소리를 가다듬으며 간신히 말을 꺼냈다.

"우리도 '절친'이 될 수 있다면 정말 좋을 것 같아. 나를 너의 친구로 받아 줄래? 똑똑한 너랑은 반대로 나는 학교에서 제일 멍청한 아이지만, 그렇지만…… 난 그래도, 어…… 네가 정말 좋거든."

"나도 좋아."

사라가 대답했다.

"누군가 자기를 좋아해 주면 고마운 마음이 생기잖아. 그래. 우리 친구가 되자. 그리고 또, 그거 알아?"

사라의 얼굴에 순간 환한 빛이 스쳤다.

"내가 너 프랑스 어 공부도 도와줄게!"

4. 로티

 만약 사라가 다른 평범한 아이 같았다면 민친 기숙 학교에서 보낸 몇 년간의 세월은 독이 되면 되었지 결코 득이 될 수 없었을 것이다. 사라는 내내 학생이라기보단 귀빈 취급을 받았고, 주위 사람들은 사라의 모든 응석을 다 받아 주며 늘 아첨인지 칭찬인지 모를 말을 남발했다. 사라가 조금만 더 고집이 세고 버릇이 없었다면, 자기만 아는 이기적이고 밉상인 아이로 자라지 않을 수가 없는 환경이었다. 또한 조금만 더 게을렀다면 아무것도 배우지 못할 분위기이기도 했다.
 민친 교장은 개인적으로는 사라가 끔찍이도 싫었다. 그러나 물질적 문제에 대해 계산이 빠른 민친 교장은 학교에서 내보내기에는 사라가 너무 중요한 학생이라는 사실을 잘 알고 있었다. 괜히 실없는 말이나 행동을 해서 사라가 학교를 나가고 싶다는 말을 꺼내기라도 한다면 여간 큰일이 아니었다. 혹여라도 사라가 편지에 학교가 불편하거나 싫다는 등의 말을 한마디라도 써서 보낸다면, 그 즉시 크루 대위가 와서 아이를 빼 갈 거라는 사실을 민친 교장은 누구보다 잘 알고 있었다.

민친 교장은 끊임없이 칭찬을 해 주고 뭐든 원하는 대로 하게 해 주면, 그런 곳을 아이가 싫어할 리 없다고 판단했다. 그래서 사라는 수업 시간마다 빨리 배운다고 칭찬을 받았고 매너가 좋다고 칭찬을 받았으며 친구들에게 잘해 준다고 칭찬을 받았다. 또 길거리에서 거지를 보고 지갑을 열어 6펜스를 쥐어 주면 그때는 또 관대하다고 칭찬을 받았다. 만약 사라가 분별력이 부족하고 머리가 조금만 나빴다면, 족히 독선적이고 자기만족에 빠질 수밖에 없는 환경이었다. 그러나 사라는 어렸지만 영리했기 때문에 자기 자신과 주위 환경을 정확하게 인식할 수 있는 능력이 있었다.

사라는 종종 어먼가드에게 이런 이야기를 했다.

"사람들에게 일어나는 일은 순전히 우연에 의한 거야. 나한테는 어쩌다 우연으로 좋은 일들이 많이 일어난 거고. 내가 늘 공부나 책을 좋아하는 거나 배운 걸 다 기억하는 것도 우연이고, 잘생긴 데다 똑똑하고 상냥한 아버지의 딸로 태어나서 원하는 건 뭐든 할 수 있는 것도 다 우연이야. 어쩌면 원래는 내가 별로 착한 애가 아닌지도 몰라. 지금은 내가 갖고 싶은 것도 다 있고 주위 사람들도 모두 잘해 주는데, 어떻게 착하지 않을 수가 있겠어? 그건 아무도 모르는 일이야……."

사라는 매우 진지한 표정으로 계속 말했다.

"내가 실제로도 정말 착한 아이인지 아니면 못된 아이인지 어떻게 하면 알 수 있을까? 어쩌면 난 정말 끔찍이도 못된 아이인데,

한 번도 시험에 들어 본 적이 없기 때문에 겉으로 드러낼 기회가 없었던 건지도 몰라."

"그렇지만 라비니아도 시험에 든 적이 없을걸? 걔는 안 그래도 정말 못됐잖아."

어먼가드가 대수롭지 않은 말투로 말했다. 그러나 사라는 이것이 반드시 짚고 넘어가야 하는 문제라는 듯 작은 코끝을 문지르며 곰곰이 생각에 잠겼다.

"글쎄……."

한참 있다 사라가 마침내 말을 꺼냈다.

"그건 말이야. 그건…… 아마도 라비니아가 아직 자라고 있는 중이라서 그런 걸 거야."

전에 한 번 아멜리아 선생이 라비니아를 보고 너무 빠른 속도로 자라다 보니까 성격이나 건강에 나쁜 영향을 미치는 것 같다고 말한 적이 있었다. 사라는 그걸 생각해 내서 좋은 쪽으로 해석해 말한 것이었다.

사실대로 말하자면, 라비니아는 원래가 성격이 못된 아이였고 사라를 지나칠 정도로 많이 질투했다. 사라가 오기 전까지 라비니아는 자기가 학교에서 으뜸이라고 철석같이 믿었던 아이였다. 그리고 자기를 그렇게 대해 주지 않는 사람이 있으면 못살게 굴어서 어떻게든 그렇게 하도록 만들었다. 자기보다 어린아이들에게는 대놓고 이래라 저래라 명령했고, 비슷한 또래에게는 잘난 척하며 한참 깔보았다. 라비니아는 얼굴도 꽤 예쁘장했고 옷 매무새도 돋보였기 때문에, 사라가 오기 전까지는 전교생이 두 줄로 나란히 서서 행렬할 때 언제나 맨 앞에서 민친 교장 바로 뒷자리를 차지하고 걸었었다. 그런데 어디선가 사라라는 존재가 나타나 자기 자리를 덥석 빼앗아 버린 것이었다. 벨벳 코트에 담비 가죽 털장갑을 끼고, 거기다가 또 차랑차랑 늘어진 타조 깃털을 달고서 말이다. 라비니아는 처음에 그런 아이가 나타난 것만으로도 충분히 분하고 원통했다. 그런데 거기다 시간이 흘러가면서 어느새 사라가 자연스럽게 자기 자리를 완전히 독차지하는 것이 눈에 보이는 것이었다. 그것도 자기처럼 다른 아이들을 못살게 굴지 않고 오히려 잘해 주면서!

"사라 크루에게 그래도 한 가지 좋은 점이 있다면 말이야."

설상가상으로 절친인 제시는 솔직하게 말하다가 라비니아의 화를 더 돋우었다.

"조금도 자기가 잘난 것처럼 행동하지 않는다는 거야. 그리고 라비, 사실 너도 그 점은 인정하는 거지? 만약 내가 그 애처럼 그렇게 좋은 것들로 둘러싸인 데다가 주위에서 그 정도로 떠받들어 준다면, 그렇게 행동하기 쉽지 않을 거 같은데 말이야. 오히려 나는 민친 선생님이 학교에 어른들만 오면 그 애를 데리고 가서 자랑하는 게 눈꼴셔서 못 봐주겠어."

"'사라야, 착하지. 응접실로 좀 와서 머스그레이브 부인에게 인도에 대해 이야기해 줄 수 있겠니?', '사라야, 아가. 피트킨 양에게 프랑스 어로 말해 보거라. 얘 발음은 완벽하다니까요.', ……쳇."

라비니아가 민친 교장의 말투를 그대로 흉내 내어 말했다.

"프랑스 어를 걔가 이 학교에 와서 배운 것도 아니잖아? 그리고 프랑스 어 좀 한다고 뭐가 그렇게 대수야? 자기는 프랑스 어를 배워서 그렇게 잘하는 게 아니라고 자기 입으로도 말했잖아. 아빠가 말하는 걸 늘 듣다 보니 그냥 저절로 하게 된 거라며. 그건 그렇고 또, 걔네 아빠가 인도 장교인 게 뭐가 그리 대단해?"

"그런가, 그래도 걔네 아빠는 호랑이도 잡는다던걸. 사라 방에 있는 그 가죽도 아빠가 잡은 호랑이에서 벗긴 거래. 그래서 걔가 그걸 그렇게 좋아하는 거고. 그 위에 누워서는 꼭 고양이를 쓰다듬는 것처럼 머리를 쓰다듬던데."

제시가 느릿느릿하게 말했다.

"걔는 또 맨날 이상한 짓을 하더라. 우리 엄마한테 말했더니 엄마도 걔가 이야기를 지어내는 게 웃긴다고 했어. 나중에 크면 괴짜가 될 아이래."

라비니아가 비꼬아 말했다.

사라가 절대 잘난 척하지 않는다는 건 맞는 말이었다. 사라는 어리지만 따뜻한 영혼을 가지고 있었고, 먼저 나서서 기꺼이 자신의 특권과 소유물을 남들과 나누었다. 보통 열 살에서 열두 살 정도 되는 큰 아이들은 어린 학생들을 무시하거나 저리 꺼지라고 소리치기 일쑤였는데, 학교 전체의 부러움의 대상인 사라만큼은 절대 애들을 그렇게 대하지 않았다. 사라는 자신도 아이이면서 모성애가 넘쳤다. 누군가 넘어져서 무릎이라도 다칠라치면 가장 먼저 달려가 일어나도록 도와주고, 주머니를 뒤져 사탕이나 이런 것들이 있으면 꺼내서 손에 쥐어 주며 토닥거렸다. 사라는 절대 어린 애들을 일부러 밀치는 법이 없었고, 나이가 어리다는 이유로 약점을 잡거나 창피를 주는 적도 없었다.

언젠가 한번은 라비니아가 로티라는 아이를 버르장머리 없다며 (차마 아이를 때린다는 말을 꺼내기가 참 그렇지만)손으로 때린 적이 있었다. 사라가 그 광경을 목격했다.

"네 살짜리가 네 살짜리 같이 행동하는 걸 어떡하라고? 얘도 내년이면 다섯 살이 되고 내후년이면 여섯 살이 될 거야. 그렇게 16년만 있으면 스무 살이 되는 거라고!"

사라는 눈을 크게 뜨고서 꾸짖듯 말했다.

"우아, 너 계산 진짜 잘하는구나!"

라비니아가 한껏 비꼬았다. 그 당시 아이들이 생각할 수 있는 최고로 많은 나이가 바로 스무 살이었다. 그리고 네 살에서 16년만 있으면 스무 살이 되는 건 반박할 수 없는 진실이었다.

어쨌든 그래서 어린아이들은 사라를 매우 따랐다. 사라는 종종 구박받는 아이들을 따로 모아 자기 방에서 다과 파티를 열어 주기도 했다. 그 파티에는 에밀리도 어엿이 참석했다. 인형용 찻잔 세트도 따로 있어서, 에밀리에겐 그 찻잔에 차를 연하게 내린 다음 설탕을 가득 넣고 파란 꽃잎을 띄워서 주었다. 아이들은 그렇게 진짜 같은 인형용 찻잔 세트가 따로 있으리라고는 상상도 하지 못했다. 그날 오후부터 사라는 어린아이들의 여신이자 여왕으로 추앙받았다.

특히 로티 레이라는 아이는 사라를 거의 숭배하듯 따라다녔다. 만약 사라에게 모성애가 조금이라도 부족했다면 성가시다 못해 짜증이 날 정도였다.

로티는 엄마가 태어나자마자 돌아가시는 바람에 어려서부터 인형이나 버릇없는 애완용 원숭이처럼 혹은 작은 애완용 강아지처럼 길러져 온 아이였다. 그러다 즉흥적인 성격을 가진 젊은 로티의 아빠가 아이를 어떻게 해야 할지 몰라서 쩔쩔매다가 결국 기숙 학교로 보내 버린 것이었다. 그러다 보니 로티는 깜찍하다 못해 끔찍한 아이로 자라났다. 뭔가를 원하거나 하기 싫으면 무조건 소리치며 울어 대는 게 상책이었다. 로티가 귀 따갑게 울어 대는 소리는 집 안 구석구석에서 언제든 들을 수 있었다. 로티가 갖고 싶은데 가질 수 없는 물건이나 해야 하는데 하기 싫은 일은 항상 있었기 때문이다.

로티에게는 한 가지 강력한 무기가 있었다. 어쩌다 알게 되었는지 모르지만, 누구든지 어렸을 때 엄마를 잃은 아이를 불쌍하게 여기고 보살펴 준다는 사실을 깨우친 것이었다. 아마도 엄마가 돌아가시고 얼마 안 되었을 때 어른들이 말하는 걸 어깨너머로 들은 결과일 것이다. 어쨌든 로티는 그 사실을 최대한 활용하는 버릇을 들였다.

로티가 처음 사라의 보살핌을 받게 된 계기는 이랬다. 사라가 무심코 응접실 옆을 지나다가 누군가 세상이 떠나가라 큰 소리로 울어 대는 소리를 듣게 되었다. 민친 교장과 아멜리아 선생이 무진 애를 쓰며 그 아이를 달래는 소리도 들렸다. 그러나 아무리 어르고 달래도 아이는 말을 듣지 않았고, 민친 교장은 화가 머리끝까지 나서 빽 하고 소리를 지르기 일보 직전까지 가 있었다.

"또 뭐 때문에 저렇게 우는 거야?"

민친 교장이 큰 소리로 물었다.

"아앙……아……앙……! 나한테는 엄마, 흑, 엄마가 없어요!"

로티가 외치는 소리가 사라의 귀에까지 크게 들렸다.

"아, 로티! 제발 울음 좀 멈추렴, 아가! 울지 마! 제발 좀!"

아멜리아 선생이 소리쳤다.

"아! 아! 아! 아! 아!"

로티가 울면서 마구 소리를 질러 댔다.

"나, 흑…… 나는 엄마가…… 흑…… 없단 말이야!"

"저런 애는 맞아야 정신을 차리지. 너는 맞아야 해, 이 말썽꾸러기야!"

민친 교장이 두 손 다 들었다는 듯 단호한 목소리로 말했다.

로티는 오히려 더 크게 울어 댔다. 이제는 아멜리아 선생도 울기 시작했다. 민친 교장의 목소리가 커질 대로 커지더니 결국은 폭발해 버렸다. 교장은 더 이상 참을 수 없다는 듯 분개한 표정으로 의자에서 벌떡 일어나 밖으로 뛰쳐나왔다. 문제의 아이는 이제 아멜리아 선생의 손으로 넘어간 듯했다.

사라는 복도에 서서 안으로 들어갈까 말까 하고 망설였다. 최근에 로티와 인사를 나누고 안면을 튼 적이 있는 터라 들어가서 잘해 보면 자기가 달랠 수도 있을 것 같았다. 복도에서 사라와 마주친 민친 교장의 얼굴에는 화난 기색이 역력했다. 사라를 본 교장의 머릿속에 '어쩌나, 방금 전까지 방 안에서 난 내 목소리는 위엄 있다거나 다정한 것과는 거리가 멀었을 텐데.' 하는 생각이 빠르게 스쳐 지나갔다.

"어머, 사라구나! 웬일이니?"

민친 교장이 표정을 바꾸고는 최대한 온화한 미소를 지어내어 인사했다.

"그게요, 그냥 지나가다가 안에서 로티 소리가 들리길래요. 그래서 혹시나 제가, 혹시나 해서 말인데요. 제가 달래 볼 수 있지 않을까 하는 생각이 들어서요······. 그래서 말인데 민친 선생님, 제가 들어가 봐도 될까요?"

"할 수 있다면 해 보거라. 네가 그렇게 똑똑하니 못할 것도 없겠지."

어이없다는 표정이 되며 민친 교장의 입이 떡 하고 벌어졌다. 그러나 그 순간, 자신의 말에 사라의 표정이 약간 굳어지는 것을 보자 재빨리 말투를 바꾸어 말했다.

"너는 워낙에 못하는 게 없는 아이잖니."

민친 교장의 목소리가 사근사근해졌다.

"너라면 저런 애라도 달랠 수 있을 거야. 어서 들어가 보거라."

민친 교장은 사라의 대답을 기다리지 않고 그대로 자리를 떴다.

사라가 방 안에 들어갔다. 로티는 바닥에 대자로 누워서 고함을 지르며 살이 통통하게 오른 다리를 위로 마구 걷어차고 있었다. 아멜리아 선생은 그대로 윗몸을 숙인 채 로티를 바라보고 있었다. 망연자실한 표정으로 뺨이 붉게 상기된 모습이었다. 로티는 집에 있었을 때 유모에게 했던 경험으로 미루어 보아, 자기가 계속 다리를 차며 울부짖으면 아멜리아 선생이 어떻게든 자기를 달래 줄 거라는 것을 잘 알고 있었다. 가엾은 아멜리아 선생은 이 방법을 썼다 저 방법을 썼다 하며 온갖 방법으로 노력을 하고 있었다.

"불쌍하기도 하지. 너한테 엄마가 없다는 거 선생님도 알아, 불쌍한 것."

한번은 이렇게 말했는데 아무런 소용이 없었다. 아멜리아 선생은 다시 말투를 바꾸어 말했다.

"로티, 당장 울음을 그치지 않으면 너 혼내 줄 거야. 이 고약하고 못된 아이 같으니라고! 내가 때려 주고 말 거야. 암, 그러고 말고!"

사라가 조용히 다가갔다. 사라도 어떻게 해야 할지 딱히 계획이 있는 건 아니었다. 그러나 적어도 흥분해서 아이를 달랬다 혼냈다 하면서 상반되는 입장을 취하는 것은 별로 도움이 안 될 것 같다는 생각이 들었다.

"아멜리아 선생님, 로티가 울음을 그치도록 제가 한번 달래 봐도 될까요? 민친 선생님께서 허락하셨거든요. 그래도 될까요?"

아멜리아 선생이 돌아서서 자포자기한 눈으로 사라를 바라보았다.

"아, 네가 할 수 있겠니?"

아멜리아 선생은 이제 제대로 말할 기운도 남아 있지 않았다.

"사실 잘 모르겠어요. 그렇지만 한번 해 볼게요."

사라가 작은 목소리로 차분하게 말했다.

아멜리아 선생은 무거운 한숨을 내쉬며 자리에서 일어났다. 로티는 이전보다 더욱 세차게 다리를 차댔다.

"선생님은 나가셔도 돼요. 제가 같이 있을게요."

사라가 말했다.

"오, 사라! 이제껏 나는 이렇게 끔찍한 아이를 본 적이 없구나. 우리가 계속 데리고 있을 수나 있을지 자신이 없어."

아멜리아 선생은 거의 훌쩍이다시피 하며 말했다. 그러나 속으로는 나가도 되는 구실이 생긴 데에 크게 안도하며 재빨리 방을 빠져나갔다.

처음에 사라는 맹렬하게 울부짖는 아이를 두고 아무 말도 하지 않았다. 잠시 동안 그대로 조용히 서서 쳐다보기만 했다. 그리고 로티 옆 바닥에 가서 앉았다. 심통 난 로티의 고함소리만 빼면 방 안은 꽤 조용한 편이었다.

로티에게 이건 새로운 접근 방법이었다. 소리만 지르면 늘 다른 사람들이 와서 달래 주거나 꾸짖거나 하면서 온갖 방법으로 자기한테 매달리는 법인데 사라는 가만히 있기만 했다. 로티는 어쨌든 굴하지 않고 꽥꽥 소리를 지르며 발을 차댔다. 그러나 자기 옆에 새로 온 다른 사람이 아무런 반응을 보이지 않자 이상하게 조금씩 신경이 쓰이기 시작했다.

로티는 질끈 감고 있던 눈을 약간 뜨고서 이 사람이 과연 누구인지 슬쩍 살펴보았다. 앞엔 자기보다 별로 크지 않은 아이가 있었다. 바로 에밀리와 다른 좋은 모든 것을 가지고 있는 언니였다. 그 언니가 옆에 앉아서 생각에 잠긴 듯 차분한 눈으로 자기를 쳐다보고 있었다. 몇 초 정도 지났을까, 로티는 잠시 주위 상황을 살피려고 울음을 멈추었지만 이제 다시 울어야겠다고 생각했다. 그러나 이미 방이 조용해져 있는 데다가 자신을 바라보는 이 언니의 재미있다는 표정을 보고 있자니, 여기서 다시 울면 왠지 자신이 진심이 아니라는 게 금방 발각될 것만 같은 기분이 들었다.

"나는…… 엄마가…… 없…… 없단 말이야!"

로티가 다시 떼쓰듯 소리를 질렀다. 그러나 이미 전처럼 힘이 들어간 목소리는 아니었다.

사라는 여전히 아무런 동요 없이 로티를 계속 바라보았다. 다만 눈에는 다 이해한다는 듯한 빛이 서려 있었다.

"나도 그래."

사라가 말했다.

꿈에도 예상치 못한 말이었다. 깜짝 놀란 로티는 다리를 내리고 꼼지락거리며 몸을 돌려 누워 사라를 쳐다보았다. 전에는 아무 방법도 통하지 않았었는데 이쯤에서 새로운 방법을 써서 그게 통한 걸까. 한편으로는 로티가 사라에 대해 잘 모르긴 했지만 사라를 어느 정도 막연히 좋아한다는 점이 작용한 건지도 몰랐다. 툭하면 화만 내는 민친 교장이나 뭘 해도 봐주는 바보 같은 아멜리아 선생은 이제 더 이상 로티에게 통하지 않았다.

로티는 아직 고집을 전부 꺾고 싶지 않았다. 그러나 동시에 무엇 때문에 고집을 피운 거였는지 점차 기억이 희미해져 갔다. 로티는 꼼지락거리며 몸을 움직이면서 입을 삐쭉 내밀고 말했다.

"언니 엄마는 어디 갔는데?"

사라는 잠시 멈칫했다. 주변 사람들에게 듣기로는 엄마가 하늘나라에 있다고 했다. 그러나 전부터 오랫동안 아무리 생각해 봐도 그 말에 전적으로 공감이 가지는 않았다.

"하늘나라에 가셨대. 그렇지만 나는 엄마가 가끔 나와서 나를 보러 와 준다고 믿어. 비록 내가 볼 수는 없지만. 로티네 엄마도 그럴 거야. 어쩌면 지금 두 분이 나란히 우리 둘을 보고 계실지도 몰라. 지금 이 방에 오셔서 말이야."

로티가 일어나 앉아서 사라의 얼굴을 바라보았다. 로티는 곱슬머리에 조그맣고 예쁜 아이였다. 그리고 촉촉히 젖어 있는 둥그런 눈은 마치 '나를 잊지 마세요.' 하고 호소하는 듯했다. 그러나 만약 로티의 엄마가 정말로 찾아와서 지난 30분간 로티의 모습을 지켜봤다면, 그 애가 천사 같다는 생각은 절대 하지 못했을 것이다.

사라는 이야기를 계속 이어 나갔다. 다른 사람에게는 사라가 하는 이야기가 동화 속 상상에 불과할는지도 몰랐다. 그러나 그 이야기가 머릿속에 그림처럼 너무도 생생하게 그려지는 바람에 로티는 자기도 모르게 귀를 쫑긋 세우고 듣고 있었다. 엄마가 하늘나라에서 왕관도 쓰고 날개도 달고 살고 있다는 얘기는 전에도 들어본 적 있었고, 천사라는 여자들이 하얗고 예쁜 드레스를 입고 있는 그림을 본 적도 있었다. 그러나 지금 사라가 하는 이야기는 차원이 달랐다. 엄마가 있다는 곳이 실제로 사람들이 사는 곳처럼, 그리고 매우 아름답게 들렸다.

"그곳에는 꽃으로 가득한 들판이 펼쳐져 있어."

늘 그랬듯 사라는 어느새 다른 건 다 잊어버리고 이야기에 푹 빠져 들어갔다. 그리고 마치 꿈을 꾸듯 이야기를 펼쳐나갔다.

"그곳은 백합꽃으로 가득 덮인 들판이 끝없이 펼쳐져 있어. 그래서 부드러운 산들바람이 불어오면 그 향기가 공기 중으로 멀리 퍼져 나가는 거야. 그리고 늘 그런 바람이 불기 때문에 거기 사람들은 항상 그런 공기를 마시고 살아. 어린아이들은 백합꽃 들판 사이로 뛰어다니면서 꽃을 한아름 꺾어다가 작고 앙증맞은 화환을 만들면서 놀지. 거리는 온통 밝은 빛으로 반짝거리고, 아무리 오래 걸어도 전혀 피곤함을 느낄 수 없어. 거기다가 마을을 둘러싼 담장은 모두 진주와 금으로 되어 있는데, 그 높이가 낮아서 사람들이 걸터앉을 수 있어. 거기 앉아서 아래 세상을 내려다보면서 웃기도 하고 아름다운 메시지도 날려 보내 주는 거야."

사라가 들려준 이야기가 꼭 그 이야기가 아니었더라도 아마 로티는 울음을 그치고 이야기에 푹 빠져들었을 것이다. 그런데 지금 들은 이야기는 그 어떤 이야기보다도 아름다웠다. 로티는 사라 곁에 꼭 붙어 앉아서, 이야기를 마칠 때까지 사라의 입에서 나오는 말을 한마디 한마디 모두 새겨들었다.

이야기는 너무도 빨리 끝나 버렸고 로티는 금세 시무룩해져서 입을 실룩거렸다.

"나도 그런 곳으로 가고 싶단 말이야!"

로티가 외쳤다.

"난…… 난 이 학교에 엄마가 없어!"

사라가 재빨리 위험 신호를 감지하고 이야기 속 세상에서 빠져나왔다. 그러고는 로티의 포동포동한 손을 잡고서 어르듯 조그맣게 웃으며 로티를 옆으로 바짝 끌어당겼다.

"내가 너의 엄마가 되어 줄게. 네가 내 어린 딸이 되면 어때? 그러면 에밀리가 네 동생이 되겠는걸."

로티의 볼에 패인 보조개가 깊어졌다.

"정말이야?"

"응. 그럼."

사라가 몸을 일으키며 대답했다.

"자, 같이 가서 에밀리한테 말해 주자. 그러고 나서 내가 로티 얼굴도 씻겨 주고 머리도 빗겨 줄게."

기쁜 마음에 로티는 선뜻 동의를 하고는 사라를 따라 성큼성큼 방을 걸어 나와 위층으로 올라갔다. 좀 전까지 자기가 생난리를 친 이유가 바로, 씻기도 싫고 머리도 빗기 싫다고 버티다가 민친 교장에게 불려가서 꾸지람을 받다 생긴 일이라는 걸 어느새 까맣게 잊은 듯했다.
그리고 그 순간부터 사라는 로티의 양엄마가 되었다.

5. 베키

 단연코 사라가 가진 가장 큰 힘은 이야기를 전달하는 능력이었다. 사라에게는 이야기가 아닌 것도 이야기처럼 말할 수 있는 능력이 있었다. 사라가 가진 좋은 물건을 다 통틀어도 혹은 '대외용 학생'이라는 타이틀도, 그 힘보다는 더 큰 영향력을 발휘하지 못했다. 그 힘은 다른 아이들이 사라를 따르게 만들기도 했고, 반면에 라비니아 같은 아이들에게는 자기도 모르게 이야기에 매료되면서도 사라를 끝없이 질투하게 만들기도 했다.

 이야기를 잘하는 아이와 함께 학교를 다녀 본 사람이라면 그 힘이 어떤 의미를 지니는지 잘 알 것이다. 얼마나 많은 아이들이 뒤를 졸졸 쫓아다니면서 이야기를 해 달라고 조르는지. 얼마나 많은 아이들이 주위에 모여들고 또 다들 얼마나 그 무리에 섞이길 희망하는지. 사라는 이야기를 잘할 수 있었을 뿐만 아니라 스스로도 이야기해 주는 것을 무척이나 좋아했다.

자기를 빙 둘러싼 아이들 한가운데서 아름다운 이야기를 해 줄 때면, 사라의 녹색 눈이 한층 더 밝게 빛나며 커지고 뺨은 발갛게 장밋빛으로 물들었다. 사랑스러운 장면이나 무서운 장면이 나오면 자기도 모르는 사이에 목소리를 높였다 낮추면서 연기도 하고, 가냘픈 몸을 이리저리 움직이거나 손짓도 해 가며 생생하게 이야기를 풀어 나갔다. 한참 그러다 보면 아이들이 옆에서 자기의 말을 듣고 있다는 사실도 까맣게 잊고, 자신이 지어낸 모험 속 왕과 왕비, 아름다운 여인들의 이야기 속에 완전히 녹아들기도 했다. 이야기가 끝나고 나면 흥분이 채 가시지 않은 듯 숨을 가쁘게 내쉬며 멋쩍게 웃고, 쿵쾅쿵쾅 빠르게 뛰는 작은 심장에 손을 얹었다.

한창 이야기를 하고 있는 도중에는 사라에게 이야기가 더 이상 이야기가 아니었다. 이야기 속 세상은 자신이 앉아 있는 그 교실보다 아니, 자신보다도 더 진짜 같은 현실이었다. 사라는 그 세상에서 살아 숨쉬며 이야기 속에 나오는 한 사람 한 사람 모든 등장인물이 되어 보았다. 참으로 신기한 경험이었다.

사라가 민친 기숙 학교에 온 지 2년쯤 되었을 무렵, 겨울 안개가 자욱이 깔려 사방이 어둑어둑한 날이었다. 사라가 따뜻한 벨벳 코트에 모피를 꽁꽁 두르고 언뜻 보기에도 화려한 옷차림으로 마차에서 내려 길을 건너는데, 문득 눈에 들어오는 뭔가가 있었다. 어떤 꾀죄죄한 아이가 건물 지하실로 내려가는 계단에 서서 난간 사이로 목을 쭉 뺀 채 눈을 크게 뜨고서 사라가 지나가는 모습을 몰래 훔쳐보고 있었다. 얼굴은 며칠이나 씻지 못한 듯 꼬질꼬질하고 더러웠지만, 그 속에서 엿보이는 애달픈 간절함과 수줍음 섞인 표정은 왠지 사라의 시선을 잡아끌었다. 사라는 아이와 눈이 마주치자 다른 사람들에게 하듯 따뜻한 미소를 지어 보였다.

순간 더러운 얼굴의 아이가 화들짝 놀라며 후닥 튀어 올랐다. 그러고는 감히 쳐다봐서는 안 될 유명인을 몰래 훔쳐보다 걸리기라도 한 양 박스를 열면 툭 튀어나오는 인형처럼 부엌으로 쏙 들어가 버렸다. 사라는 아이가 순식간에 사라져 버린 모양이 하도 우스워서, 그 아이가 그토록 불쌍해 보이지만 않았더라면 맘 놓고 깔깔대며 웃을 뻔했다.

바로 그날 밤, 여느 때처럼 사라가 교실 한구석에 모인 아이들 사이에 앉아 이야기를 들려주고 있을 때였다. 아까 보았던 그 아이가 교실로 조심조심 들어왔다. 손에는 너무 무거워 보이는 석탄 통을 들고 있었다. 아이는 난로 옆에 무릎을 꿇고 앉아 나무 장작을 집어 넣고 재를 쓸어 담았다.

옷차림은 아까 전 계단 난간에서보다는 훨씬 깨끗했다. 그러나 겁에 질린 표정은 여전했다. 학생들을 훔쳐보거나 듣는 것처럼 보이면 어쩌나 하고 겁을 내는 게 분명했다. 아이는 조그만 소리라도 내서 아이들을 방해할 새라 손가락 끝으로 장작을 하나하나 들어 살금살금 집어 넣고는 난로 주변을 조심조심 쓸고 닦았다.

2분도 안 되어 사라는 그 아이가 지금 이쪽에서 일어나는 일에 매우 신경을 쓰고 있다는 사실을 깨달았다. 일부러 일을 더 천천히 하면서 이쪽에서 오고 가는 말을 한마디라도 더 들으려고 하는 눈치였다. 사라는 목소리를 높여 더 크고 또박또박하게 말하기 시작했다.

"수정처럼 맑고 푸른 바다에 사는 인어들이 바다 깊은 곳에서 캐낸 진주로 엮은 그물을 끌고 유유히 헤엄쳐서 지나갔어. 그런데 공주가 바닷가 흰 바위에 앉아 있다가 그 광경을 본 거야."

인어 왕자와 사랑에 빠진 공주가 함께 바다 속 궁궐에 가서 살게 되었다는 아름다운 이야기를 하는 중이었다.

아이는 난로 주위를 쓸고 또 쓸었다. 한 번 쓸고, 두 번 쓸고, 세 번 쓸고. 세 번째로 쓸 때에는 이야기의 마력에 빠져 너무 집중을 한 나머지 자기가 이야기를 들어서는 안 된다는 사실도 그만 잊어버린 듯했다. 아니, 이야기 외에는 모든 것을 잊은 듯했다. 아이는 난로 앞 카펫에 무릎을 꿇은 채 뒤꿈치를 딛고 앉아 있었는데, 서서히 자기도 모르게 빗자루를 쥐고 있던 손에 힘이 빠졌다. 이야기가 계속되고, 아이는 바다 속 깊숙이 나 있는 동굴 속으로 빨려 들어가고 있었다. 황금빛 모래로 뒤덮인 그 동굴은 파란 빛을 은은하게 내뿜었고, 그 안에선 난생처음 보는 해초와 바다 꽃들이 자신을 향해 손을 흔들었다. 어디선가 멀리 배경 음악처럼 노랫소리도 어렴풋이 들려왔다.

그때 반복되는 고된 일로 부르터 버린 아이의 손에서 빗자루가 스르르 떨어져 내렸다. 그 소리에 라비니아 허버트가 주위를 두리번거렸다.

"저 애가 지금껏 다 듣고 있었어!"

라비니아가 말했다.

아이는 범죄 현장을 들킨 듯 재빨리 빗자루를 주워 들고는 허둥지둥 몸을 일으켰다. 그리고 주섬주섬 석탄 통을 챙겨서 깜짝 놀란 토끼처럼 순식간에 방을 빠져나갔다.

사라는 욱하고 화가 치밀어 올랐다.

"나도 그 애가 듣고 있는 거 알고 있었어. 그러면 안 되는 법이라도 있어?"

사라가 물었다.

"글쎄, 너의 엄마는 네가 하녀 애들하고 말을 섞어도 괜찮다고 할지 모르지만 우리 엄마는 내가 그러는 거 싫어하셔."

라비니아가 우아한 척 고갯짓을 하며 새침하게 대꾸했다.

"우리 엄마라고?"

사라가 묘한 표정을 지으며 소리쳤다.

"우리 엄마는 내가 그래도 전혀 뭐라 하실 분이 아니야. 우리 엄마는 누구에게나 이야기를 들을 권리가 있다는 걸 아시거든."

"내가 알기로 너의 엄마는 돌아가셨다며. 그런데 그런 걸 어떻게 아셔?"

라비니아가 날카로운 목소리로 아픈 곳을 찔렀다.

"그렇다고 모르실 것 같아?"

사라가 작지만 단호한 목소리로 말했다. 가끔은 누구보다도 더 단호하고 굳건한 말투로 말할 수 있는 사람이 바로 사라였다.

"사라 언니네 엄마는 모르는 게 없어!"

로티가 끼어들었다.

"우리 엄마도 그렇고. 물론 학교에선 사라 언니가 우리 엄마지만. 아무튼 우리 엄마들은 다 알고 계셔. 거기선 거리가 다 반짝반짝거리고 들판엔 백합꽃이 가득해서 사람들이 마음껏 꽃을 꺾을 수 있다고 했어. 내가 밤에 잠들 때 사라 언니가 다 말해 줬단 말이야."

"야, 너 그럼 큰일나. 하늘나라에 대해서 네 맘대로 그렇게 지어내면 어떡해?"

라비니아가 사라를 쳐다보며 말했다.

"왜, 요한계시록에 보면 그보다 더 굉장한 이야기도 훨씬 많은 거 몰라? 두고 봐! 내 이야기가 꾸며 낸 이야기인지 아닌지 어떻게 알아? 어쨌든 지금 확실한 거 하나는 말이야, 라비니아 네가 지금처럼 사람들한테 못되게 굴면, 나중에 죽어서도 절대 알 수 없을 거라는 거야. 가자, 로티야."

사라가 독하게 마지막 말을 내뱉고는 로티를 데리고 방을 성큼 걸어 나갔다. 사라는 복도를 지나면서 아까 그 아이가 혹시라도 근처에 아직 남아 있지 않을까 하고 주위를 두리번거리며 살펴보았지만, 그 아이는 흔적조차 없이 사라져 버렸다.

"혹시 난로에 불 피우러 오는 애가 누군지 아세요?"

그날 밤 사라가 묻자 마리에트는 마치 기다렸다는 듯 그 아이에 대한 이야기를 쏟아 냈다.

그 아이는 오갈 데가 없는 고아로, 최근에 부엌 심부름꾼으로 들어왔다고 했다. 말이 부엌 심부름꾼이지 부엌 일 말고도 하지 않는 일이 없다고 했다. 신발 닦기는 물론 난로 청소도 하고 무거운 석탄 통을 들고 위층 아래층으로 쉴 새 없이 오가며 바닥과 창문도 닦고, 그 밖에도 시키는 일은 몽땅 다 도맡아 한다고 했다. 나이는 열네 살이라고 했는데 워낙 제대로 먹지를 못해 고작해야 열두 살 정도로밖에 안 보이고, 거기다 수줍음이 너무 많아서 누가 말이라도 붙이려 하면 잔뜩 겁을 먹고 당장 눈물을 쏟을 것처럼 불쌍하게 쳐다봐서 마리에트조차도 그 아이가 안돼 보인다고 했다.

"이름은 뭐예요?"

사라가 탁자에 팔꿈치를 대고 턱을 손으로 받치고 앉아 열심히 듣고 있다가 물었다.

마리에트는 한참 동안 머릿속 기억을 되짚어야 했다. 그러다 다행히도, 아래층 사람들이 5분이 멀다 하고 툭하면 "베키, 이거 해.", "베키, 저거 해." 하면서 심부름을 시킨다는 사실을 기억해 냈다. 그 아이의 이름은 베키였다.

마리에트가 나가고 나서 사라는 난롯불을 들여다보며 베키에 대한 생각에 빠졌다. 베키를 힘든 운명에 처한 주인공으로 해서 새 이야기도 만들었다. 베키의 굶주린 눈빛이 떠오르자, 한 번도 제대로 배부르게 먹어본 적이 없나 보다 하고 안타까워하기도 했다. 그러면서 마음속으로 한 번쯤 다시 마주쳤으면 좋겠다고 바랐다. 그러나 말을 붙여 볼 기회를 잡기란 여간 어려운 것이 아니었다. 전에도 가끔 계단에서 물건을 나르고 있는 모습을 보기는 했지만, 그럴 때마다 어찌나 화들짝 놀라며 재빨리 사라져 버리는지.

몇 주 후, 언제나처럼 안개가 자욱한 어느 날 오후였다. 사라가 방에 돌아와 문을 열었는데 눈앞에 뭐라고 차마 말할 수 없는 불쌍한 광경이 펼쳐져 있었다. 베키가 따뜻하게 타오르는 난롯불 앞에서 사라가 특별히 아끼는 의자에 앉아 색색거리며 잠들어 있는 것이었다. 코와 앞치마에는 검은 석탄이 잔뜩 묻어 있고, 머리에 쓴 두건은 반쯤 벗겨져 있었다. 근처 바닥에는 빈 석탄 통만이 덩그러니 버려져 있었다. 베키는 일이 너무 고단했는지 지쳐서 축 늘어진 모습으로 곤히 자고 있었다.

애초에 베키는 학생들 기숙사 방 저녁 청소를 하러 온 것이었다. 방이 얼마나 많은지 하루 종일 이리저리 바쁘게 움직였는데도 끝이 보이지 않았다. 그런 와중에도 사라의 방은 맨 마지막에 하려고 아껴둔 참이었다. 다른 일반 학생들의 방은 안에 꼭 필요한 것만 있고 평범해서 별로 볼 것이 없는 데 반해, 사라의 방은 포근하고 편안한 것이 그야말로 신세계였다. 사실은 다른 방보다 조금 더 밝고 예쁠뿐이었지만, 아무튼 부엌데기 베키의 눈에는 훨씬 더 호화롭고 좋아 보였다.

사라의 방엔 책과 그림을 비롯해 인도에서 가져온 진기한 물건들이 가득했고, 소파는 물론 푹신하고 낮은 의자도 따로 있었다. 벽난로는 반짝반짝 빛이 나도록 닦여 있었고, 그 옆에는 전용 의자에 앉은 에밀리가 활활 타오르는 따뜻한 불의 온기를 가득 머금고 방 안 모든 것들을 어우르듯 위엄을 갖추고 있었다.

베키는 늘 이 방을 맨 마지막으로 돌았다. 안에 들어가는 것만으로도 휴식처럼 느껴졌기 때문이었다. 마음속으로는 늘 '잠깐이라도 저 푹신한 의자에 앉아서 주위를 둘러볼 수 있으면 얼마나 좋을까.' 하고 바랐다.

'이 아이는 어떤 좋은 운명을 타고났길래 이런 멋진 모든 것을 가질 수 있는 걸까? 이렇게 추운 날에도 어떻게 지난번에 몰래 난간에서 훔쳐보았던 예쁜 모자랑 코트를 입고 다닐 수 있는 걸까?'

그날 오후, 베키는 결국 그 의자에 앉아 보았다. 앉자마자 편안한 느낌이 다리 전체를 타고 올라와 몸 전체를 녹여 주었다. 기분이 너무나도 황홀하고 좋았다. 벽난로에서 따뜻한 기운이 전해져 와서 마법처럼 몸 전체로 퍼져나갔다. 빨갛게 타는 석탄을 보고 있자니 얼룩진 얼굴에 곤한 미소도 절로 지어졌다. 자기도 모르는 사이 고개를 끄덕거리다가 베키의 눈이 스르르 감겼다. 사라가 방에 들어왔을 때는 사실, 베키가 잠든 지 채 10분도 안 되었을 때였다. 그동안 베키는 100년 동안 잠을 잤다는 〈잠자는 숲 속의 미녀〉처럼 깊은 잠에 빠져 있었다. 불쌍하게도 그 모습은 〈잠자는 숲 속의 미녀〉는커녕 지칠 대로 지친 깡마르고 작은 재투성이 부엌데기로 보일 뿐이었지만.

그에 비하면 사라는 완전히 다른 세상에선 온 존재였다. 그날은 특히나 일주일에 한 번씩 유명한 무용 선생님이 와서 특별 레슨을 해 주고 가는 날이었다. 모두가 가장 예쁜 무용복을 차려입고 수업을 받는 날이기도 했다. 오늘은 마리에트가 사라에게 일부러 하늘거리며 투명하게 비치는 예쁜 무용복을 입혀 주기도 했다. 사라가 아이들 중에서도 무용을 제일 잘했고, 따라서 앞에 나가 발표할 때가 많기 때문이었다.

사라는 장밋빛 드레스를 입고, 까만 머리에는 마리에트가 꺾어 온 생화로 만든 화환을 쓰고 있었다. 얼굴에는 열심히 운동을 하다 온 흔적처럼 흥분과 즐거움이 가득했다. 한참 장밋빛 큰 나비가 날아다니듯 우아하게 강당을 누비며 오늘 배운 새로운 동작을 열심히 연습하고 오는 길이었다.

방에 들어오는 모습도 마치 사뿐사뿐 나비가 앞으로 미끄러져 오는 듯한 자태였다. 그런데 그 와중에 베키는 두건이 벗겨지는지도 모르고 꾸벅꾸벅 졸고 있다니.

"오!"

사라가 베키를 보고 낮은 탄성을 질렀다.

"가엾기도 해라!"

부엌 심부름꾼 아이가 더러운 옷을 입고 자기가 아끼는 의자에 앉아 쿨쿨 자고 있었지만 사라는 전혀 화를 내지 않았다. 화는커녕 이제 아이가 일어나면 드디어 자기 이야기 속 가엾은 주인공과 말할 기회가 생기겠다는 생각에 기쁜 마음마저 들었다. 사라는 살금살금 베키에게 가까이 다가가서 아이가 자는 모습을 말없이 바라보았다. 베키는 작은 소리로 코까지 골고 있었다.

"깨우고 싶지는 않은데…… 그 전에 일어나야 할 텐데. 만약 민친 선생님이 알기라도 하면 불같이 화를 낼 텐데. 그래도 몇 분만이라도 좀 더 기다려 줘야지."

사라는 혼잣말을 하며 탁자 끄트머리 쪽 의자에 가서 조용히 앉았다. 가녀린 다리를 앞뒤로 흔들거리며 어떻게 해야 할까 곰곰이 생각했다. 금방이라도 아멜리아 선생이 들이닥칠지도 모르는 일이었다. 만약 그렇게 되면 베키는 호되게 혼날 게 뻔했다.

'그래도 너무 피곤해 보인단 말이야. 너무 고단해 보여.'

사라가 생각했다.

순간 사라의 고민을 해결해 주려는 듯, 큰 석탄 덩이에서 한줄기 불꽃이 튀어 나와 난로 앞에 있는 망에 파팍 하고 부딪혔다. 그 소리에 베키가 깜짝 놀라 몸서리치며 눈을 떴다. 그리고 겁에 질린 듯 숨을 헉 하고 내쉬었다. 깜빡 잠이 든 사실도 그때서야 깨달은 듯했다. 베키는 앉아서 따뜻한 불길을 쬐기 시작한 게 얼마 안 된 것 같은데, 어쩌다 이렇게 된 건지 어리둥절했다. 설상가상으로 멀리서도 감히 함부로 쳐다보지 못하는 방 주인이 앞에 앉아 흥미롭다는 듯 자신을 바라보고 있었다. 베키의 눈에는 사라가 장밋빛 요정으로 보였다.

베키가 자리에서 번쩍 일어났다. 그리고 귀 밑으로 떨어지려던 두건을 두 손으로 서둘러 잡아 푹 눌러 썼다.

'아, 이 일을 어쩌나! 이제 큰일이다. 내가 어쩌자고 건방지게 아가씨 의자에서 잠이 든 거지! 이제 일당도 못 받고 밖으로 쫓겨나게 생겼네.'

베키는 흐느껴 울 듯 처량한 목소리로 말했다.

"오, 아가씨! 오, 아가씨! 정말, 어, 죄송해요, 아가씨! 오, 정말이지, 아가씨!"

베키는 말까지 더듬거리고 있었다.

사라가 의자에서 폴짝 뛰어내려서 베키의 곁으로 다가갔다.

"무서워하지 말아요. 정말이지 나는 괜찮아."

이렇게 말하는 사라의 말투는 전혀 하녀나 심부름꾼에게 하는 말투가 아니었다. 사라는 자기와 똑같은 신분인 것처럼 베키를 대하고 있었다.

"아가씨, 제가 일부러 그러려던 건 절대 아니었어요. 그냥, 불이 너무 따뜻한 데다 제가 너무 피곤했는지…… 그게…… 그게 제가 아가씨를 함부로 생각해서 그런 게 절대 아니에요!"

사라가 다정한 웃음을 터뜨리며 베키의 어깨에 손을 얹었다.

"그냥 피곤했던 거잖아. 어쩔 수 없었던 일인걸. 아직 잠이 덜 깬 것 같네."

그때 사라의 말을 듣는 베키의 표정이란!

베키는 이제껏 한 번도 누군가 자기에게 이토록 친절하게 말해 주는 것을 들어본 적이 없었다. 다들 늘 자기에게 명령하거나 꾸짖고, 그마저도 안 되면 귀싸대기를 올려붙이는 게 다반사였다. 그런데 장밋빛으로 빛나는 이 사람은 마치 자기가 아무 잘못도 저지르지 않았다는 듯 따뜻한 눈으로 바라봐 주고 있었다. 피곤한 것도 심지어는 잠든 것도 자기 잘못이 아니라니! 어깨에서 느껴지는 보드랍고 여린 손의 촉감은 베키가 살면서 처음 겪어 보는 그런 느낌이었다.

"아가씨, 저한테 화……화난 거 아니세요? 교장 선생님한테 이르지 않을 거예요?"

베키는 아직도 숨을 제대로 쉬지 못했다.

"아니! 그런 걸 왜 일러."

사라가 소리를 높였다.

검은 석탄재로 얼룩진 데다 겁에 질린 슬픈 얼굴을 보며 사라는 너무나 미안한 나머지 가슴이 미어져 왔다. 머릿속에는 문득 사라다운 특이한 생각이 떠올랐다. 사라는 손을 베키의 뺨에 대고 말했다.

"우리는 결국 같은 사람이야. 나도 베키처럼 그냥 작은 아이일 뿐인걸. 다만 사고처럼 어쩌다 우연으로 나는 베키가 아니고 베키는 내가 아닌 것뿐이야."

베키는 사라가 무슨 말을 하는지 전혀 이해가 가지 않았다. 베키가 소화하기에는 아무래도 너무 벅찬 생각이었다. 베키에게 '사고'란, 그저 넘어진다거나 사다리에서 떨어진다거나 해서 병원에 실려 가는 그런 불운한 것을 의미했다.

"사고라고요, 아가씨? 그런 거라고요?"

베키가 어리둥절한 표정으로, 하지만 공손하게 물었다.

"응."

사라는 이렇게 대답하고 잠시 베키를 물끄러미 바라보았다. 그러고는 베키가 자기 말을 전혀 알아듣지 못했다는 걸 깨닫고 화제를 바꾸어 물었다.

"일은 다 끝났어? 여기서 조금 더 있다가 가도 돼?"

베키는 다시 한 번 말문이 막혔다.

"여기서요, 아가씨? 제가요?"

사라는 대답 대신 쪼르르 달려가서 문을 살짝 열고 바깥을 살펴보았다.

"근처에 아무도 없는 것 같아. 방 정리가 다 끝난 거라면 여기서 잠깐만 더 있다가 가. 혹시 케이크 좋아할까 해서, 좀 주고 싶은데."

그로부터 베키에게 꿈만 같은 시간이 한 10여 분간 이어졌다. 사라는 찬장에서 케이크를 꺼내 한 조각 도톰하게 잘라 베키에게 주었다. 베키가 눈 깜짝할 사이에 그것을 먹어 치우는 모습을 보자 사라는 정말 기쁜 표정이 되었다. 사라는 계속 말도 시키고 질문도 하면서 베키가 두려움에서 벗어나 차츰 안정을 찾아갈 때까지 끊임없이 웃어 주었다.

베키는 이래도 되나 아직 마음을 놓지 못하면서도 한참을 망설이다가 마침내 용기를 내어 질문을 했다.

"그거……."

베키는 사라의 장밋빛 무용복을 부러운 듯 바라보며 조심스럽게 말을 꺼냈다. 그리고 모기만 한 소리로 속삭이듯 물었다.

"그거 아가씨가 제일 좋아하는 옷이에요?"

"아, 이건 내가 무용할 때 입는 옷이야. 나는 이 옷이 맘에 드는데 너도 그래?"

또 몇 초간 베키는 가만히 말을 잃었다. 그리고 사라를 우러러보듯 보며 다시 말을 이었다.

"한번은요, 제가 진짜 공주님을 본 적이 있거든요. 코벤트 가든 근처에 서 있었는데 사람들이 오페라인지를 보러 들어간다고 떼로 들어가더라고요. 근데 다들 어떤 한 사람만을 계속 쳐다보는 거예요. 그때 사람들이 말하는 걸 들었는데 그 사람이 바로 공주님이래요. 봤더니 그분은 어른처럼 다 컸는데, 온통 분홍색 차림이었어요. 분홍색 드레스에 분홍색 꽃에 온통 다요, 아가씨. 그런데 아까 전에 잠에서 깨서 탁자에 앉은 아가씨를 봤을 때 딱 그 공주님이 떠올랐어요. 아가씨는 꼭 공주님 같아요."

"나도 그 생각을 자주 하긴 했는데…… 내가 공주라면 어떨까 하고 말이야. 그러면 어떤 기분일까 궁금해. 한번 내가 공주라고 생각하고 행동해 볼까 봐."

사라가 생각에 잠긴 목소리로 말했다.

베키가 넋을 잃고 사라를 바라보았다. 이번에도 아까처럼 사라가 한 말은 하나도 이해하지 못했지만, 사라를 바라보는 눈빛은 이미 공주를 바라보듯 경외에 차 있었다. 곧 자신만의 생각에 잠겼던 사라가 현실로 돌아와 베키에게 물었다.

"베키, 있지. 전에 그때, 너 내 이야기 듣고 있었던 거야?"

"네, 아가씨."

베키가 놀란 표정으로 고백했다.

"그러면 안 되는 거 알고는 있었는데요. 이야기가 너무 아름다워서. 저, 저도 모르게 그만……"

"아니, 나는 베키가 들어줘서 좋았어. 내가 이야기를 할 때 사람들이 내 이야기에 빠져 있으면 그것만큼 신 나는 일도 없거든. 왜 그런지 나도 그 이유는 잘 모르지만. 베키, 혹시 그 이야기 마저 듣고 싶어?"

베키는 헉 하고 숨이 또 막혔다.

"저요? 제가 이야기를요, 아가씨? 저도 다른 아가씨들처럼요? 그 왕자님이랑 작고 하얀 인어 아가들이랑 웃고 헤엄치고 하는 이야기요? 머리에는 별을 가득 달고요?"

사라가 가만히 고개를 끄덕였다.

"지금 당장은 시간상 아무래도 힘들 거 같고. 그렇지만 다음에 베키가 몇 시쯤에 내 방을 정리하러 오는지 알려 주면, 내가 매일 그 시간에 맞추어 와서 이야기를 들려줄게. 이야기를 끝내려면 아마 하루하루 조금씩 나눠서 해야 할 거야. 그 이야기는 꽤 길거든. 거기다가 내가 새로운 내용을 조금씩 보태다 보니 계속 더 길어져."

"그러기만 한다면요……."

베키가 숨을 한 번 깊게 내쉬고 말했다.

"저는 그러면 석탄 통이 아무리 무거워도, 주방장님이 저한테 뭘 시켜도, 전혀 힘들지 않을 거 같아요. 이야기를 들을 생각을 하면 힘이 번쩍 날 거예요."

"그래, 그럼 그렇게 하기로 하는 거야. 내가 다 이야기해 줄게."

베키가 아래층으로 내려갔다. 이제 더 이상 늘 석탄가루에 덮여 고단한 몸을 이끌고 간신히 움직이던 예전의 베키가 아니었다. 주머니에는 케이크도 여분으로 한 조각 더 있었고, 몸도 제법 훈훈해진 데다 배도 기분 좋게 불렀다. 그러나 베키가 따뜻하고 배부른 이유는 케이크와 난롯불 때문만이 아니었다. 그보다 더 큰 이유는 바로 사라였다.

베키가 가고 난 후, 사라는 탁자 끝 제일 아끼는 의자 위로 가서 앉았다. 생각에 잠길 때면 으레 그러는 것처럼 두 팔로 다리를 끌어안고 웅크려 앉았다. 팔꿈치를 무릎에 받치고 손을 턱에 댄 자세였다.

"내가 공주라면…… 내가 진짜 공주였다면."

사라는 혼자 중얼거렸다.

"어려운 사람들에게 선행을 베풀며 살 수 있을 텐데. 아니, 그냥 내가 공주라고 가정하고 사람들을 도와준다면 그것도 마찬가지인 걸까? 사실 오늘 일만 해도 그렇잖아? 베키는 나한테 무슨 큰 선물을 받은 것처럼 행복해했어. 음, 앞으로는 사람들을 도와줄 때마다 공주처럼 선행을 베풀었다고 생각할래. 그래, 그렇다면 난 방금 선행을 베푼 거야."

6. 다이아몬드 광산 (1)

그로부터 얼마쯤 지났을까, 매우 흥미로운 사건이 하나 발생했다. 이 일은 사라와 관련된 일이었는데, 사라뿐만 아니라 학교 전체의 흥밋거리로 떠오르며 몇 주 동안이나 사람들 입에 오르내렸다. 크루 대위가 보낸 편지로 알려지게 된 이 사건은, 크루 대위가 어렸을 때 학교에 같이 다니던 친구를 인도에서 우연히 마주친 일로 처음 시작되었다. 때마침 그 친구는 자기 소유의 넓은 땅에서 다이아몬드가 발견되는 바람에 본격적으로 발굴 작업을 준비하고 있다고 했다. 예상대로 척척 진행된다면 생각만 해도 아찔할 정도의 엄청난 부를 쌓게 될 예정이었다. 둘은 학창시절 매우 친한 사이였고, 그것을 계기로 그 친구는 크루 대위에게 동업자가 되어달라는 제의를 했다. 즉, 크루 대위에게 그 커다란 행운을 나눌 기회를 주었다는 것이다. 세세한 내용까지는 알 수 없었지만 이상이 사라가 아빠에게 받은 편지로 알게 된 내용이었다.

제아무리 큰 사업이라 해도 다른 사업이었으면 아이들 사이에서 그다지 큰 관심거리가 되지 못했을 것이다. 그러나 '다이아몬드 광산'이라고 하면, 말 자체가 〈아라비안나이트〉에서나 나올 법한 흥미로운 소재였기 때문에 누구나 관심을 두지 않을 수 없었다. 사라 자신도 그 소식에 매우 고무된 나머지, 그 광경을 상상한 그림을 그려 어먼가드와 로티에게 보여 주기도 했다. 땅속 깊이 구비구비 미로처럼 이어진 굴속의 천장 구석구석 벽 곳곳마다 수많은 다이아몬드가 박혀 영롱한 빛을 내고, 검은 얼굴을 한 이국적인 모습의 남자들이 곡괭이를 힘껏 내리찍어 다이아몬드를 캐내는 그림이었다. 어먼가드는 그 이야기에 흠뻑 빠져들었고, 로티도 매일 밤마다 사라에게 그 이야기를 해 달라고 졸랐다. 한편 라비니아는 잔뜩 심술이 나서 제시에게 다이아몬드 광산 같은 것이 존재할 리 없다고 말했다.

"우리 엄마한테 값이 40파운드나 나가는 다이아몬드 반지가 있거든. 그런데 그거 그렇게 비싼데도 크기는 별로 안 커. 만약 다이아몬드로 가득 찬 광산이 정말로 있다면, 그 광산을 가진 사람은 진짜 말로 못하는 어마어마한 부자가 될걸."

"바로 사라가 그렇게 말도 안 되는 어마어마한 부자가 될지 누가 알아?"

제시가 킥킥대며 말했다.

"걔는 부자가 안 된다고 해도 원래 말도 안 되게 이상한 애야, 뭘."

라비니아가 콧방귀를 뀌며 말했다.

"너는 원래 걔 싫어하잖아."

"그런 말이 아니잖아. 난 단지 그런 다이아몬드로 가득한 광산이 있다는 걸 믿지 않을 뿐이야."

"글쎄, 그런 데가 있으니까 사람들이 가지고 있는 다이아몬드가 나오는 거 아닐까?"

제시는 이렇게 말하고 나서 킥킥 웃으며 물었다.

"그런데 말이야, 라비니아. 너 거트루드가 말한 건 어떻게 생각해?"

"뭐라고 했는데? 그게 또 지겨운 사라 이야기라면 난 신경 안 쓸래."

"그게, 맞아. 글쎄, 사라가 자기 스스로 공주라고 상상한다지 뭐야. 그래서 겉으로도 공주 행세를 한대. 학교에서도 말이야! 그러면 공부도 더 잘된다나 뭐라나. 자기 혼자로도 모자라 어먼가드한테도 그래 보라고 했대. 그런데 어먼가드는 자기는 너무 뚱뚱해서 안 된다고 했대."

"그래도 자기가 뚱뚱한 건 아나 보네. 사라 걔도 너무 삐쩍 말라서 안 될 것 같은데."

라비니아의 말에 여느 때처럼 제시가 또 킥킥대고 웃었다.

"사라 말로는 그건 외모나 부자인 거랑은 아무 상관이 없다나. 어떻게 생각하고 행동하느냐가 중요한 거래."

"그래? 자기가 거지 신세라도 공주가 될 수 있다고 생각하나 봐. 그래, 한번 우리가 '공주마마'라고 불러드려 볼까?"

그날 수업이 끝나고 다들 교실에 남아 있을 때였다. 아이들이 하루 일과 중 가장 좋아하는 시간이었다. 민친 교장과 아멜리아 선생이 응접실에 아무도 들어오지 못하게 하고 둘이서만 오붓하게 오후 티타임을 즐기는 시간이기도 했다. 이때 교실에서는 아이들 사이에 조잘조잘 수많은 이야기가 오고갔으며, 많은 비밀 이야기도 돌았다. 그리고 (비록 드문 일이었지만)어린아이들이 말썽을 피우거나 돌아다니며 소란을 벌이지 않는다면, 그 즐거운 시간은 더욱더 오랫동안 즐길 수 있었다. 시끄러운 소리가 들리면 당장 민친 교장이나 아멜리아 선생이 뛰어들어와 단번에 한창 즐거웠던 시간을 끝내 버릴 위험이 있었기 때문이다. 그래서 어린아이들이 소리를 높일라치면, 대번에 큰 아이들이 나서서 꾸짖거나 달래는 방법으로 소리를 낮추곤 했다.

라비니아가 한창 수다에 빠져 있을 때 문이 열리고 사라가 들어왔다. 뒤에는 역시나 사라가 어딜 가든 강아지처럼 졸졸 쫓아다니는 로티도 있었다.

"쟤 왔다. 끔찍한 애도 데리고 왔네!"

라비니아가 낮은 목소리로 탄성을 질렀다.

"저 애가 그렇게 좋으면 아예 자기 방에 같이 데리고 살지 그러나? 그건 그렇고 로티 쟤는 5분도 안 돼서 소란을 피울 게 뻔한데, 어쩌지."

사실 사라는 갑자기 교실에서 놀고 싶다고 애걸복걸한 로티의 손에 끌려 억지로 오게 된 것이었다. 로티는 곧바로 구석에 자기 또래의 어린애들이 노는 무리에 가서 꼈다. 사라는 늘 앉던 창가 자리로 가서 웅크리고 앉아 책을 펼쳤다. 프랑스 혁명에 관한 책이었는데, 사라는 곧바로 바스티유 감옥에 갇힌 끔찍한 죄수들 사진이 실린 책에 흠뻑 빠져들었다. 사진에 나온 죄수들은 지하 감옥에 갇혀 수십 년 동안이나 바깥 세상을 까맣게 잊고 살아온 나머지, 나중에 구출되었을 때에는 머리가 온통 하얗게 세고 얼굴은 수염으로 다 덮일 정도에 마치 꿈속에나 나올 법한 외계 생물체 같은 모습이었다고 했다.

한참 책 속 세계에 빠져 있던 사라는 로티가 큰 소리를 지르는 바람에 다시 현실로 돌아와야 했다. 그리고 그 일은 영 반갑지 않았다. 책을 읽고 있다 방해를 받았을 때 평정심을 잃지 않고 친절하게 응답해 주는 것만큼은 사라에게도 쉬운 일이 아니었다. 그런 순간에 느껴지는 엄청난 짜증은 책을 좋아하는 사람이라면 누구나 이해할 만한 기분이리라. 터질 듯 짜증나는 심정을 숨기며 톡 쏘아 표출하고 싶은 유혹을 꾹 참고 감정을 숨기는 일이란…….

언젠가 어먼가드에게 고백하듯 말한 적도 있었다.

"그럴 때는 마치 누군가 나를 세게 때린 것 같은 느낌이 들어. 그래서 나도 받아쳐 줘야 할 것 같은 느낌. 그래서 내 입에서 나쁜 말이 튀어 나오기 전에 재빨리 현실을 기억하고 돌아와야 해."

지금이 바로 그런 순간이었다. 사라는 재빨리 현실로 돌아와 책을 포기하고 안락한 구석자리를 떠나 현실로 돌아와야 했다.

교실 바닥에서 시끄럽게 미끄럼을 타며 라비니아와 제시의 신경을 긁던 로티가 결국 바닥에 넘어져서 무릎을 찧은 것이었다. 로티는 교실 천장이 떠나가라 소리를 지르면서 친구와 앙숙들 사이를 정신없이 누비며 소란을 피웠다. 아이들은 달래기도 했다가 겁도 줬다가 하면서 로티를 조용히 시키는데 열중하고 있었다.

"당장 그치지 못해, 이 울보야! 당장 울음을 그치란 말이야!"

라비니아가 호되게 꾸짖었다.

"난 울보가 아니야…… 울보가 아니라고!"

로티가 더 큰 소리로 울어 댔다.

"사라 언니…… 사아……라 언니!"

"얘가 당장 울음을 안 그치면 민친 선생님이 듣고 오실 텐데."

제시가 발을 동동 구르며 로티를 달래려 애썼다.

"로티야, 착하지. 내가 페니 동전 하나 줄게, 울지 마!"

"나 페니 필요 없어!"

로티가 꺽꺽대며 울다가 자기 무릎을 내려다보았다. 살이 올라 포동포동한 무릎에 피가 조금 비친 것을 보자 갑자기 더 큰 소리로 울기 시작했다.

사라가 빠른 속도로 교실을 가로질러 가서 바닥에 앉아 로티를 안으며 말했다.

"자, 로티야. 자, 아가야. 너 전에 이 언니랑 약속했잖니."

"저 언니가 나보고 울보라고 했단 말이야."

로티가 훌쩍거리며 말했다. 사라는 로티의 등을 툭툭 두드려 주며 친근한 목소리로 달래듯 말했다.

"이렇게 울면 정말로 울보가 되는 거지, 로티. 나랑 전에 약속했 잖아?"

로티는 약속했던 사실이 기억나긴 했지만 그래도 왠지 지고 싶 지 않았다.

"나는 엄마가 없단 말이야. 나는 엄마가 없다고!"

로티가 떼를 썼다.

"아니, 있잖아. 벌써 잊어버린 거야? 이 사라 언니가 엄마라는 거 잊은 거야? 이제는 내가 네 엄마가 되는 게 싫어졌어?"

사라가 밝은 목소리로 계속 달랬다. 어느 정도 진정이 되었는지 로티가 코를 훌쩍거리면서 사라에게 바싹 다가가 품에 안겼다.

"나랑 저기 창가에 가서 앉자. 이야기해 줄게."

사라의 말에 로티가 훌쩍이다가 눈을 반짝 떴다.

"정말? 다이아몬드 광산 이야기…… 해 줄 거야?"

그 말에 라비니아가 폭발했다.

"다이아몬드 광산이라고? 참나, 저런 얄미운 것 하고는. 저런 애는 한 대 콕 세게 쥐어박아야 하는데!"

그 말에 사라가 불끈하며 일어섰다. 안 그래도 바스티유 감옥에 대한 책에 푹 빠져 있다 나와서 가뜩이나 불편한 심기를 힘들게 꾹꾹 눌러 참고 있던 참이었다. 그렇다고 사라가 천사도 아니고, 아무 말 없이 라비니아에게 지고 있을 수만은 없었다.

"글쎄."

사라가 불같이 이글거리는 눈빛을 하고는 톡 쏘아붙였다.

"내 생각엔 맞아야 할 사람은 너 같은데. 하지만 그래도 나는 너를 때리지 않을 거야."

사라가 흥분을 조금 가라앉힌 목소리로 말했다.

"나는 사실 여기서 맞아야 할 사람은 너라고 생각해. 그리고 나도 너를 때리고 싶어. 그렇지만 그렇게 하지 않을 거야. 왜냐고? 왜냐면 우리는 빈민가에 사는 애들이 아니거든. 우리 둘 다 그걸 알 만큼은 크지 않았니?"

이 말에 라비니아는 드디어 기회를 잡은 듯했다.

"아, 그렇죠, 공주마마! 너, 우리가 모두 공주라고 했다며, 정말 그래? 하긴 적어도 우리 둘 중 한 명은 자기가 그렇다고 했다지. 이제 민친 선생님한테 공주 학생까지 생겼으니 이 학교 인기가 하늘을 찌르겠어."

사라가 라비니아 쪽을 향해 돌아섰다. 당장 귀싸대기라도 올려붙일 듯 분한 표정이었다. 정말로 그럴 작정이었는지도 몰랐다. 머릿속으로 하는 상상 놀이는 사라에게 무엇보다도 큰 일상의 기쁨이었다. 그러나 특별히 친하지 않은 사람들에게는 함부로 말해본 적도 없었고, 특히 이번에 시작한 '공주'에 대한 상상은 혼자서만 비밀로 간직하고자 했던 생각이었다. 아무래도 이 주제를 겉으로 말하는 건 매우 민감하고도 수줍게 느껴졌다. 그런데 라비니아가 이렇게 조롱하듯 전 학생 앞에서 까발리다니! 사라는 피가 거꾸로 솟는 것 같은 느낌이었다. 얼굴이 온통 붉어지고 귀가 얼얼해졌다. 그러나 가까스로 진정하고 속으로 생각했다.

'공주라면 버럭 하고 화를 내는 일은 없겠지.'

사라는 손을 내리고 잠시 동안 아무런 미동 없이 서 있었다. 그러다 마침내 고개를 들고, 침착하게 모든 사람이 들을 수 있도록 작지만 차분한 목소리로 말했다.

"네 말이 맞아. 나는 가끔 내가 공주라면 어떨까 하고 상상해. 공주라고 상상하는 건, 행동이랑 말도 정말로 공주처럼 하려고 노력하기 위해서야."

라비니아는 이 말에 딱히 뭐라고 대꾸를 해야 할지 묘수가 떠오르지 않았다. 이번만이 아니었다. 사라하고 맞설 때는 이번처럼 만족스러운 대답을 찾기 힘들 때가 종종 있었다. 왜냐하면 다른 아이들이 자신의 앙숙 사라를 동정하듯 바라보는 시선을 견디기가 힘들기 때문이었다. 아이들이 귀를 쫑긋 세우고 자신의 다음 말을 기다리는 모습이 보였다. 사실 아이들이라면 다들 공주 이야기를 좋아했고, 이번 일에 대해서도 확실히 무슨 내용인지 더 알고 싶어 했다. 그래서 그런지 아이들은 사라의 편에 서 있는 듯했다.

별로 신통치는 않았지만 라비니아는 간신히 할 말을 하나 생각해 냈다.

"맙소사. 부디 네가 왕좌에 오를 때 우리를 잊지 말아줘."

"알았어, 꼭 기억할게."

사라는 짧은 대답을 끝으로 별다른 말없이 라비니아를 조용히 바라다보았다. 라비니아는 결국 제시의 팔을 잡고 먼저 자리를 떴다.

이날 이후로 사라에게는 새로운 별명이 생겼다. 사라를 질투하는 아이들은 못마땅한 심정을 내비치기 위해 사라를 '사라 공주님'이라고 부르며 비아냥거렸고, 사라를 좋아하는 아이들은 사라에 대한 애정의 표시로 그렇게 불렀다. 누구도 사라의 이름을 빼고 공주님이라고 부르지는 않았지만, 사라의 숭배자들은 공주라는 직위가 풍기는 위엄과 운치를 꽤 우쭐하게 여기며 그렇게 부르곤 했다.

민친 교장은 이 소문을 듣고도 별로 고깝지 않은 내색이었다. 오히려 학부모들이 방문하면 자기 학교가 무슨 왕립 기숙 학교의 지위를 획득한 것마냥 한두 번쯤 슬쩍 흘려 일부러 언급하기도 했다.

베키에겐 사라의 '공주'라는 별명이 무엇보다도 당연하게 여겨졌다. 베키가 사라의 안락의자에서 잠들었던 안개 낀 그날 오후 이후부터 둘의 관계는 날이 갈수록 깊어졌다. 이 우정은 민친 교장과 아멜리아 선생도 잘 모르는 일이었다. 둘은 그냥 사라가 부엌 심부름꾼 아이에게 멋모르고 친절하게 대해 주는 것쯤으로만 생각했지, 사라의 방에서 아슬아슬하게 벌어지는 즐거운 순간들에 대해서는 전혀 알지 못했다. 베키는 학생들 방 정리를 번개처럼 재빨리 해치우고는 사라의 방에 가서 석탄 통을 내려놓고 기쁨의 한숨을 내쉬며 잠시나마 숨을 돌렸다. 그러면서 사라가 조금씩 들려주는 재미있는 이야기도 듣고, 흡족한 미소가 절로 나게 하는 맛있는 음식도 먹었으며 주머니 가득 먹을 것을 받아오기도 했다. 밤에 일을 마치고 다락방에 가서 먹으라고 사라가 싸 준 음식들이었다.

"그런데요 아가씨, 제 방에서 음식을 먹을 땐 매우 조심해야 해요. 안 그러면 쥐들이 부스러기를 먹으러 기어 나오거든요."

한번은 베키가 말했다.

"쥐라고? 다락방에 쥐도 있는 거야?"

사라가 경악하며 물었다.

"많아요, 아가씨."

베키가 대수롭지 않다는 듯 대답했다.

"다락방에는 들쥐도 살고 생쥐도 살아요. 지내다 보면 걔네들이 찍찍거리며 다니는 소리도 차차 익숙해져요. 저는 이제 익숙해져서 걔들이 제 베개에만 올라오지 않으면 별로 신경 안 써요."

"으!"

사라가 외쳤다.

"뭐든지 시간이 지나면 익숙해지게 되어 있어요, 아가씨. 부엌데기 하녀로 태어나면 어쩔 수 없죠. 그래도 바퀴벌레보단 쥐들이 훨씬 나아요."

"하긴 나도 그럴 것 같아. 쥐라면 시간이 지나면 친구가 될 수도 있을 것 같거든. 그렇지만 바퀴벌레랑은 죽어도 친구가 되지 못할 것 같아."

그러나 베키가 아무 때나 밝고 따뜻한 사라의 방에서 마음 놓고 놀다 갈 수 있는 것은 아니었다. 몇 마디 나누지 못하고 황급히 나가야 할 때도 적지 않았다. 그럴 때면 사라는 음식을 준비했다가, 베키가 치마에 칭칭 감아 매단 낡은 주머니에 담아 갈 수 있도록 싸 주었다. 그 주머니에 들어갈 만큼 부피가 작으면서 맘에 드는 음식을 찾아다니는 일은 곧 사라의 일상생활에 활력을 주는 새로운 취미가 되었다. 밖에서 마차를 타거나 혹은 걸어다니다가 가게를 지날 때 쇼윈도를 유심히 쳐다보는 버릇도 생겼다. 한번은 파이 가게에서 작은 고기 파이를 두어 개 샀는데, 그게 마치 커다란 발견이라도 되는 양 그렇게 기쁠 수가 없었다. 돌아와서 베키에게 보여 주자 베키의 눈이 반짝거리며 휘둥그레졌다.

"우아, 아가씨."

베키는 말을 제대로 잇지 못하고 우물쭈물했다.

"이거 정말 맛있고 배부른 건데! 이게 배부르게 하는 데는 정말 최고거든요. 스펀지케이크는 맛은 환상이지만 배에서 금방 꺼져요. 음, 무슨 말인지 아실까요, 아가씨. 그런데 이것들은 오랫동안 배 속에서 안 꺼지고 남아 있어요."

"그래?"

사라가 망설이듯 이어서 말했다.

"나라면 음식이 배 속에 계속 남아 있으면 별로 안 좋을 것 같은데. 어쨌든 포만감이 든다니 좋은 거겠지?"

고기 파이도 최고였지만 식품점에서 사 온 소고기 샌드위치, 볼로냐 소시지, 롤빵 같은 것들도 맛에서 결코 뒤지지 않았다. 점차 베키는 배고픔을 잊게 되었고 일할 때도 힘이 훨씬 덜 들었으며, 석탄 통도 예전처럼 무겁게 느껴지지 않았다.

석탄 통이 아무리 무거워도, 주방장이 아무리 심하게 짜증을 부려도, 어깨를 무겁게 짓누르는 고된 일이 계속되어도, 베키에겐 이제 기쁜 마음으로 기다릴 수 있는 행복한 오후 시간이 항상 있었다. 사라의 방에서 사라와 잠시 지낼 수 있다는 사실이 주는 행복감은 단순히 고기 파이가 주는 행복보다 훨씬 더 크고 깊었다. 시간이 없어 고작 몇 마디밖에 나눌 수 없다 해도 사라가 진심을 담아 건네주는 친근하고 다정한 말을 들을 수 있어 행복했고, 시간 여유가 있어서 조금 더 놀다 올 수 있는 날에는 긴 이야기를 조금이나마 더 들을 수 있어서 특히 더 행복했다. 사라가 해 주는 이야기들은 나중에도 머릿속에 남아, 밤에 다락방에서 잠이 안 올 때 곱씹어 생각하고 또 생각할 수 있는 소중한 기억으로 남았다.

사라의 입장에선 별다른 의도 없이 단지 자기가 좋아서 하는 일일뿐이었다. 어렸을 때부터 베푸는 것을 좋아해온 사라는 사실 자신이 가엾은 베키에게 얼마나 큰 위안이 되는지 잘 몰랐고, 자신이 베키에게 얼마나 대단한 은인으로 보이는지도 전혀 짐작하지 못했다. 선천적으로 베푸는 것을 좋아하는 사람은 원래 손뿐 아니라 마음도 활짝 열려 있기 때문이다. 그리고 혹여 손은 줄 것 없이 비었을지언정 마음만은 꽉 차 있어 베풀 것이 항상 끊이지 않는다. 따뜻함, 친절함, 다정함…… 도움과 위안 그리고 환한 웃음. 때로는 환하고 다정한 웃음만큼 삶에서 더 큰 힘이 되는 것도 없다.

평생을 힘들고 거칠게 살아온 베키는 이제껏 한 번도 제대로 웃어 본 적이 없는 아이였다. 적어도 사라가 베키를 웃게 하고 또 함께 웃어 주기 전까지는 그랬다. 그리고 베키도 깨닫지 못한 사이에 어느새 사라의 웃음은 주린 배를 꽉 채워 준 고기 파이만큼이나 베키의 마음도 한가득 채워 주었다.

사라의 열한 번째 생일을 몇 주 남겨 두고, 사라의 아빠에게서 편지가 한 통 날아왔다. 그것은 예전처럼 즐겁고 패기 넘치는 편지가 아니었다. 크루 대위는 몸이 매우 안 좋은 상태인 데다 다이아몬드 광산 사업 때문에 마음에 큰 중압감을 느끼고 있었다.

사라야, 있잖니. 네 아빠는 확실히 사업가 체질은 아니구나. 온갖 숫자와 서류 더미는 골치만 아프게 하고, 무슨 말인지도 잘 모르겠는데 그저 엄청나게만 느껴져. 지금 열만 이렇게 많이 나지 않았더라면 이 밤에 이렇게 깨어 있지 않았을 텐데. 밤새도록 계속 이리 뒤척 저리 뒤척 잠을 못 이루고, 때론 악몽에 시달리다 결국은 아침이 돼서 일어나기를 계속 며칠째란다. 여기에 나의 작은 마님이 함께 있었다면, 나에게 도움이 되는 진지한 충고를 해 주었을 텐데. 그렇지 않니, 나의 작은 마님?

크루 대위가 즐겨하는 농담 중 하나가 바로 사라를 '작은 마님'이라고 부르는 것이었다. 사라가 어린 나이에도 어른 같이 행동하는 걸 빗대어 붙인 별명이었다.

한편, 크루 대위는 다가오는 사라의 생일을 위해 만반의 준비를 하고 있었다. 그 중에서도 파리에서 특별 맞춤으로 주문한 새 인형이 단연 으뜸이었다. 새로 맞춘 옷들도 종류별로 다 구비하고 그야말로 놀라울 만큼 완벽을 기했다. 그러나 새 인형 선물이 맘에 드냐는 아빠의 질문에 대한 사라의 답장은 (사라답지만)정말 예상 밖이었다.

아빠, 저는 날마다 나이를 많이 먹고 있어요. 인형 선물을 받는 건 이제 곧 그만두어야 할 것 같아요. 이번 인형이 저에겐 마지막 인형이 될 거에요. '마지막 인형'이라니, 숭고한 느낌까지 드는걸요. 제가 시를 쓸 수만 있다면 '마지막 인형'이라는 제목으로 쓰면 딱 좋을 것 같네요. 다만 제가 시를 못 쓴다는 점이 아쉬워요. 사실 시도해 보긴 했거든요. 그런데 그게, 쓴 걸 제가 직접 읽어 봐도 웃기더라고요. 전혀 와츠나 콜리지, 셰익스피어 작품과는 거리가 멀었어요. 아무튼 그 무엇도 제게 에밀리를 대신할 수는 없겠지만 '마지막 인형'도 많이 아껴 줄게요. 아, 그리고 무엇보다 학교 아이들이 그 인형을 보면 정말 좋아할 거에요. 다들 인형이라면 대환영이거든요. 한 열다섯 살 정도 된 큰 언니들은 빼고요. 그 언니들은 이제 인형을 가지고 놀 나이가 아니래요.

크루 대위가 이 편지를 읽은 시점은 인도 방갈로에 앉아 머리가 깨질 듯한 두통을 앓고 있던 때였다. 눈앞 책상 위에는 이런저런 서류와 편지들이 가득 쌓여 있었는데 대부분이 걱정 근심을 안겨주는 소식뿐이었고, 크루 대위의 얼굴에서 웃음이 사라진 지도 벌써 오래였다. 그러나 사라의 편지를 읽고 나서 크루 대위는 비로소 오랜만에 호탕하게 껄껄 웃을 수 있었다.

"아! 우리 사라가 해가 갈수록 더 재미있어지네. 신의 가호로 이 사업이 조금만 안정된다면 당장이라도 넘어가서 보고 싶은데. 지금 이 순간 사라가 나를 꼭 안아 줄 수만 있다면 무엇이든 못할 게 없을 것 같아. 무엇을 주어도 아깝지 않을 텐데!"

사라의 생일 파티는 지금까지의 어떤 파티보다 더 성대하게 열릴 예정이었다. 교실은 화려한 파티장으로의 변신을 앞두고 있었고, 선물 상자는 성대한 의식과 함께 공개되기를 기다리고 있었다. 공식행사 후에 있을 성대한 만찬은 민친 교장의 신성한 응접실에서 준비되고 있었다.

마침내 생일 당일이 되었고 학교 전체가 들떠 술렁였다. 교실에는 차례차례 호랑가시나무 화환이 들어섰고 책상이 옆으로 옮겨져 홀이 생겼으며 교실을 빙 둘러싸고 가장자리에 놓인 테이블에는 붉은 식탁보가 씌어졌다.

생일 아침, 사라가 잠에서 깨어 일어나 나왔다. 응접실 테이블 위에 갈색 종이로 싼 뭉툭한 작은 꾸러미 하나가 눈에 띄었다. 사라를 위한 생일 선물이었다. 딱 보자마자 누가 놓고 간 건지 금세 짐작이 갔다. 사라는 조심조심 포장을 풀었다. 네모난 바늘겨레였다. 약간 때가 탄 빨간 플란넬(*털이 보풀보풀 일어나고 촉감이 부드러운 얇은 모직물.) 천으로 도톰하게 만들어진 바늘겨레 위에는, 검은색 실로 어떤 문구가 수놓아져 있었다. "마는 행복이 가드카기를." 이라고.

"오!"

사라가 외쳤다. 가슴 가득히 따스한 느낌이 밀려 들어왔다.

"이걸 만드느라 얼마나 힘이 들었을까! 너무 맘에 들어…… 눈물이 날 것 같아."

그러나 곧 사라는 고개를 갸우뚱했다. 바늘겨레 밑에 카드가 붙어 있었는데, 그 카드에 정갈하게 '아멜리아 민친'이라고 써 있었기 때문이었다.

사라는 의아한 마음에 카드를 보고 또 보았다.

"아멜리아 선생님이? 설마 그럴 리가……!"

그때 마침, 방문 쪽에서 인기척이 들렸다. 베키가 문을 살짝 열고는 빼꼼히 얼굴을 내밀어 방 안을 흘끔거렸다. 사라를 발견하자 금방 얼굴에 애정이 넘치는 행복한 미소가 가득 퍼지더니, 긴장이 되는지 한 손으로 다른 쪽 손가락을 잡아당기면서 느릿느릿 방 안으로 들어왔다.

"사라 아가씨, 맘에 드세요?"

베키가 말했다.

"맘에 들다마다! 베키, 오, 베키! 이거 베키가 손수 만든 거지?"

사라는 흥분한 목소리로 말했다.

기쁨에 겨운 베키의 코가 벌름거리며 눈시울이 촉촉해졌다.

"고작 플란넬인데요, 뭘. 그나마 새것도 아니고요. 그래도 꼭 뭐라도 드리고 싶어서 며칠 밤에 걸쳐 만들었어요. 아가씨라면 이런 초라한 거라도 새틴 천에 다이아몬드가 박힌 거라고 상상해 줄 수 있을 거 같았거든요. 저도 만들면서 그렇게 상상하려고 노력했고요. 참, 카드는요, 아가씨."

베키가 말끝을 흐리다 수줍게 말을 이었다.

"쓰레기통에 버려진 걸 줍는 건 죄가 아니죠? 그렇죠? 실은, 그게 아멜리아 선생님이 버린 거거든요. 저한테는 카드가 없어서요.

근데 카드가 없으면 제대로 된 선물이라고 할 수 없다면서요. 그래서 그걸 주워서 넣었어요."

사라가 달려가 베키를 와락 안았다. 왜 그런지 모르게 목이 메며 가슴이 벅차올랐다.

"오, 베키! 사랑해, 베키. 정말로!"

사라가 작은 소리로 웃으며 말했다.

"오, 아가씨! 진짜로 고마워요, 아가씨, 이렇게 친절하실 수가. 그렇지만 이건 정말…… 별로 대단한 것도 아닌걸요. 천도 새것이 아니고요."

7. 다이아몬드 광산 (2)

 그날 오후, 사라가 행렬을 이끌고 호랑가시나무 잎으로 장식된 교실에 입장했다. 가진 옷 중에서 가장 화려한 실크 드레스를 꺼내 입은 민친 교장이 사라의 손을 잡고 맨 앞에 섰으며 '마지막 인형'을 든 남자 하인이 그 뒤를, 또 다른 하녀가 두 번째 선물 상자를 들고 그 뒤를 따랐다. 베키도 특별히 깨끗한 새 앞치마와 모자를 쓰고 맨 마지막에서 세 번째로 선물을 하나 들고 입장했다. 사실 이런 식의 요란한 입장은 절대로 사라가 원한 바가 아니었다. 그러나 민친 교장이 자기 방으로 사라를 불러 면담을 하며 넌지시 자신의 바람을 관철시켰다.

 "이번 파티는 다른 경우와는 다르지 않니. 여느 생일 파티처럼 대충 여는 건 나부터가 싫단다."

 그렇게 사라는 겸연쩍은 마음으로 교실로 들어섰다. 사라를 쳐다보며 큰 아이들은 서로 팔꿈치를 쿡쿡 찔러대며 수군거렸고, 작은 아이들은 그 광경이 못내 신기한 듯 들뜬 표정으로 자리에서 들썩댔다.

"여러분, 조용히!"

웅성거리는 소리에 민친 교장이 주의를 주었다.

"제임스는 선물 상자를 테이블 위에 놓고 덮개를 열도록. 엠마가 들고 있는 상자는 의자에 올려놓으면 되고. 베키!"

민친 교장이 갑자기 고함을 쳤다.

분위기에 휩쓸려 자기의 처지를 잊은 베키는 기대감에 잔뜩 부풀어 몸을 꼼지락거리는 로티를 넋을 놓고 쳐다보며 헤 하고 웃고 있었다. 그러다 민친 교장의 고함 소리에 화들짝 놀라 하마터면 상자를 손에서 놓칠 뻔했다. 베키가 서둘러 정신을 차리고 겁에 질린 표정으로 굽실거리며 사과를 하는 모양이 어찌나 웃겼던지, 라비니아와 제시가 그 모습을 보고 낄낄대며 웃었다.

"주제에 감히 학생들을 쳐다보며 정신을 팔다니! 어서 정신 차리고 상자를 내려놓지 못해?"

민친 교장이 말했다.

베키가 당황하며 상자를 내려놓고 후다닥 문 쪽으로 달려갔다.

"너희들은 이제 가 보도록 해."

민친 교장이 하녀들을 향해 손짓하며 말했다.

서열 높은 다른 하녀들이 먼저 나갈 수 있도록 베키가 길을 내주며 한 발짝 옆으로 비켜섰다. 눈으로는 여전히 테이블 위에 놓인 상자를 흘끗흘끗 쳐다보며 안타까워하는 중이었다. 포장지 사이로 살짝 삐져나온 파란 새틴 천이 보였다.

"민친 선생님, 혹시 괜찮으시다면…… 베키가 남아 있으면 안 될까요?"

갑자기 사라가 앞으로 나서며 말했다.

감히 민친 교장에게 그런 얘기를 먼저 꺼내다니, 아무나 할 수 없는 일이었다. 민친 교장은 뒤통수를 맞은 기분에 펄쩍 뛰었다. 그리고 안경을 손으로 올려 쓰며 불편한 표정으로 사라를 응시했다.

"베키를? 우리 착한 사라가!"

민친 교장이 외쳤다. 사라가 앞으로 한 발짝 나아갔다.

"베키도 남아서 선물을 보고 싶을 거예요. 아시겠지만 베키도 우리처럼 여자 애잖아요."

민친 교장은 아연실색하여 사라와 베키를 번갈아 바라보았다.

"우리 착한 사라야, 베키는 부엌 심부름꾼이야. 심부름꾼은…… 있지, 너와 같은 여자 애가 아니란다."

민친 교장이 말했다.

그야말로 민친 교장은 사라가 말한 대로 생각해 본 적이 한 번도 없었다. 부엌데기들은 그저 석탄 통을 나르고 불을 피우는 기계일뿐이었다.

"아뇨. 베키도 여자 애인걸요. 그리고 여기 있으면 좋아할 거예요. 부탁이에요. 베키가 있게 해 주세요. 오늘은 제 생일이잖아요."

민친 교장은 근엄한 태도를 취하며 대답했다.

"특별히 생일날이라 부탁하는 거니까, 좋아, 그렇게 해 주마. 레베카(베키의 본명), 사라 아가씨의 친절함에 고마움을 표시하거라."

베키는 희망에 부풀어 두근거리는 가슴을 안고, 손가락으로 앞치마 끝을 돌돌 말면서 구석으로 조금씩 뒷걸음질치고 있던 중이었다. 그러다 민친 교장의 말에 한걸음에 앞으로 나와 허리를 굽히고 정중히 예를 갖추었다. 베키가 두서없이 횡설수설 감사의 말을 내뱉는 동안, 사라와 베키 두 사람 사이에는 둘만 아는 친근한 눈빛이 오고 갔다.

"오, 이렇게까지, 아가씨! 정말로 어떻게 감사해야 할지 모르겠어요, 아가씨! 저 정말로 정말로 저 인형 보고 싶었거든요, 아가씨. 아, 그리고……."

베키가 황급히 민친 교장 쪽을 향해 예를 갖추며 말했다.

"고맙습니다, 선생님. 제가 이렇게 있을 수 있게 해 주셔서요."

민친 교장이 다시금 손짓을 했다. 이번에는 저기 문 옆 구석을 가리켰다.

"저리 가서 서 있어라. 학생들 근처에는 얼씬도 하지 말고."

민친 교장이 명령했다.

베키는 싱글벙글 웃으며 구석 자리로 갔다. 어찌됐건 즐거운 일로 가득한 이 방 안에 있을 수만 있다면, 이 모든 걸 뒤로 하고 아래층 부엌으로 내려가지 않아도 되는 거라면, 어디에 서 있느냐는 조금도 문제가 되지 않았다. 또한 지금 마침 민친 교장이 불길하게 목을 가다듬으며 긴 연설을 시작하려 하는 것도 베키는 전혀 개의치 않았다.

"자, 여러분. 제가 몇 마디만 하도록 하겠어요."

민친 교장이 공표하듯 말했다.

"연설을 하려나 봐!"

누군가 귓속말로 속삭였다.

"아, 빨리 끝났으면 좋겠다."

사라는 마음이 불편해졌다. 자기의 생일 파티인 만큼 자기 얘기를 꺼낼 게 불 보듯 뻔했다. 늘 그랬지만 다른 사람들 앞에서 자기에 대한 이야기를 듣고 있는 건 결코 유쾌한 일이 아니었다.

"여러분들도 다 알고 있겠지만."

연설이 시작되었다. 정말로 연설조였다.

"우리 사라가 오늘부로 열한 살이 되었답니다."

"우리 사라래!"

라비니아가 퉁명스럽게 중얼거렸다.

"이곳에 지금 열한 살이 넘은 학생이 사라말고도 몇 명 더 있다는 거 알아요. 그러나 사라의 생일은 다른 학생들의 생일과는 조금 다르답니다. 사라는 자라서 큰 유산을 물려받을 거예요. 그 유산을 가치 있게 쓰는 것이 바로 사라의 임무이고요."

"다이아몬드 광산 얘기인가 봐."

제시가 속닥거리며 킥킥 웃었다.

사라에게 그 속닥임이 들린 것은 아니었다. 그러나 민친 교장이 연설하는 모습을 바라보고 있자니 사라는 갈수록 얼굴이 화끈거렸다. 어른을 싫다고 하는 게 결례라는 건 알고 있었지만, 돈 얘기를 할 때만큼은 정말이지 민친 교장이 끔찍이도 싫었다.

"처음 사라의 아버지인 크루 대위가 인도에서 사라를 데려와 저에게 맡겼을 때, 비록 농담조이긴 했지만 이렇게 말했답니다. '민친 교장 선생님, 사라는 나중에 매우 큰 부자가 될 아이랍니다.'라고. 그래서 저는 이렇게 답했답니다. '사라가 그 값진 재산을 더욱 빛낼 수 있도록 제가 교육시키겠습니다.'라고요. 그 후로 사라는 이 학교에서 가장 뛰어난 학생이 되었습니다. 프랑스 어와 무용은 가히 학교를 대표할 만하며, 태도 또한 여러분이 '사라 공주'라고 부를 정도로 완벽하기 이를 데 없지 않나요? 오늘 여러분에게 이렇게 성대한 파티를 열어 주는 것만 보아도 그 마음 씀씀이가 족히 보이고요. 여러분 모두 사라의 이런 관대함을 진심으로 고맙게 여기길 바랍니다. 자, 다같이 '사라, 고마워!'라고 외치면서 그 고마움을 표현했으면 합니다."

사라의 기억 속에 뚜렷이 남아 있는 민친 기숙 학교에서의 첫날 그 아침처럼, 교실에 있는 모든 학생이 자리에서 일어섰다.

"고마워, 사라!"

다들 합창하듯 말했다. 로티는 흥분한 나머지 그 말을 하며 펄쩍펄쩍 뛰었다. 사라는 잠시 부끄러운 표정으로 주춤거리다가 곧 예를 갖추어 인사를 했다. 매우 우아한 몸짓이었다.

"제 파티에 와 주어서 다들 고마워요."

사라가 말했다.

"정말이지, 너무 예쁘구나, 사라. 관중의 환호에 답하는 진짜 공주 같아."

흐뭇한 말투로 말하던 민친 교장이 라비니아를 보고 말투를 확 바꾸어 말했다.

"라비니아! 지금 방금 그게 무슨 소리니! 콧방귀 뀌는 소리 같았는데. 친구에게 질투가 날 수는 있겠지만 표현을 할 거라면 좀 더 숙녀다운 방법으로 표현하는 게 좋겠구나. 자, 여러분 이제 저는 나갈 테니 다들 즐거운 시간 보내요."

민친 교장이 교실 밖으로 나서는 순간, 아이들을 조용하게 붙들고 있던 마법이 와장창 깨어졌다. 문이 채 닫히기도 전에 아이들은 자리를 박차고 뛰어 나왔다. 작은 아이들은 서로 질세라 의자에서 뛰어내렸고, 큰 아이들도 지체 없이 일어나 곧장 테이블 주위로 모여들었다. 선물 주위로 아이들이 북적거렸다. 사라는 환한 얼굴로 상자 하나를 향해 몸을 숙였다.

"이건 책이다!"

사라가 말했다.

작은 아이들이 실망한 듯 중얼거렸고 어먼가드는 얼굴이 새하얗게 질려 버렸다.

"너의 아빠가 생일 선물로 책을 보낸 거야? 어머, 너의 아빠도 우리 아빠만큼이나 나쁘다. 그건 열지 마, 사라."

어먼가드가 큰 소리로 외쳤다.

"난 좋은걸."

사라는 환하게 웃으면서 그 상자를 지나 가장 큰 상자로 손을 뻗었다. 그리고 상자에서 '마지막 인형'을 꺼냈다. 순간, 너무나 휘황찬란한 인형의 모습에 아이들이 자기도 모르게 환호성을 질렀다. 그리고 모두가 숨을 헐떡이며 넋을 잃고 인형을 바라보았다.

"인형이 거의 로티만 해!"

누군가 감탄하며 소리쳤다.

로티가 손뼉을 치고 킥킥거리며 주위를 빙글빙글 돌았다.

"공연에 가는 옷차림인가 봐. 옷 안감이 어민으로 되어 있어."

라비니아가 말했다.

"와! 손에는 파란색이랑 금색이 섞인 오페라 안경까지 쥐고 있어!"

어먼가드가 앞으로 가까이 다가가며 외쳤다.

"여기 인형 가방이 있어. 열어서 뭐가 있는지 한번 볼까?"

사라가 말하며 바닥에 앉아 열쇠로 가방을 열었다. 아이들이 떠들썩하게 사라 주위로 모여들었고, 사라는 가방 안을 한 칸 한 칸 살피며 안에서 물건을 하나씩 꺼냈다. 교실 안이 전에 없는 흥분에 휩싸였다. 레이스 목걸이와 실크 스타킹, 손수건이 차례로 나왔다. 보석상자도 있었는데 거기 들어 있는 목걸이와 티아라는 진짜 다이아몬드로 만든 것처럼 반짝거렸다. 긴 물개 가죽으로 만든 토시도 있었고 무도회용 드레스, 야외용 드레스, 나들이용 드레스에 모자와 다회복, 부채까지 있었다. 라비니아와 제시도 그만 나이를 잊고 아이처럼 흥분의 함성을 지르며 물건을 집어 들었다.

"생각해 봐."

사라가 테이블을 잡고 일어나면서 큰 검정 벨벳 모자를 집어 주위에 널린 모든 화려한 물건의 주인인 인형에게 씌워 주며 말했다.

"생각해 봐. 만약 이 인형이 사람처럼 말하고 느낄 수 있어서 지금 우리가 자기를 바라보는 시선에 으쓱해 한다면 어떨까?"

"너는 툭하면 그렇게 뭔가를 상상하더라."

라비니아가 못마땅한 기색으로 비아냥거렸다.

"나도 알아."

사라가 차분한 목소리로 답했다.

"나는 그게 좋은걸. 상상하는 것만큼 기분 좋은 일도 없어. 그럼 마치 요정이 된 느낌이 들거든. 열심히 속으로 생각하다 보면 어느새 진짜로 현실이 된 것처럼 느껴져."

"너는 없는 게 없는 아이니까 그런 게 가능하지. 네가 만약 다락방에 사는 거지 신세라고 해 봐. 그런데도 그런 상상 같은 걸 하는 게 가능할 거라고 생각해?"

라비니아의 질문에 마지막 인형의 타조 깃털을 정리하고 있던 사라가 손짓을 멈추고 생각에 잠겼다. 그리고 말했다.

"나는 그럴 수 있을 거라 믿어. 내가 거지 신세라면 더욱더 다른 상상을 하려고 해야 하지 않을까? 그렇지만 그게 쉽지는 않겠지."

훗날, 사라는 종종 이때를 돌이켜 생각하곤 했다. 왜 하필이면 공교롭게도 이 말을 끝내는 순간에(바로 그 순간이었다.), 아멜리아 선생님이 교실에 들어왔던 걸까.

"사라."

아멜리아 선생이 들어와 말을 꺼냈다.

"지금 너의 아빠 변호사이신 배로 변호사님이 민친 교장 선생님을 뵈러 왔단다. 여기 교실에서 두 분이 조용히 이야기를 하려고 하시니까, 다들 지금 교장 응접실로 다과를 하러 가거라. 이제 교실을 비워 줘야 해."

다과 시간이 싫을 리 없던 아이들이 그 말에 눈빛을 반짝였다. 아멜리아 선생은 아이들을 차례로 정렬하여, 사라를 옆에 끼고 앞장서 교실 문을 나섰다. 마지막 인형은 주위에 어지럽게 널린 옷가지들 사이에 홀로 덩그러니 남게 되었다. 인형의 드레스와 코트는 의자 등받이에 걸려 있었고, 레이스가 가득 달린 페티코트는 의자 위에 널브러져 있었다.

다과에 초대받지 못한 베키도 남았다. 베키는 차마 방을 떠나지 못하고 남아서 서성이며, 그래선 안 된다는 걸 알면서도 온갖 예쁜 물건에 정신을 빼앗겼다.

아멜리아 선생이 "베키, 너는 가서 일해."라고 분명히 말했는데도, 베키는 남아서 경건한 것에 손을 대듯 토시도 조심스레 들어 보고 코트도 집어서 들어 보았다. 그렇게 정신이 팔려 있는 사이, 민친 교장이 문 안으로 들어오는 소리가 들렸다. 여기에 있는 걸 들켰다간 버릇없다고 크게 혼날 것이 뻔했다. 두려움에 휩싸인 베키는 후다닥 테이블 아래로 들어가 식탁보 밑에 몸을 숨겼다.

민친 교장이 교실에 들어왔다. 뒤로는 날카롭고 건조하게 생긴 작은 몸집의 신사가 심란한 표정을 하고 따라 들어왔다. 민친 교장도 그 남자가 불편한 듯 짜증 섞인 눈빛으로 심상치 않게 쳐다보는 것이, 썩 좋은 상황은 아닌 것 같았다.

민친 교장이 짐짓 예의를 차리며 자리에 앉았다. 남자에게도 의자를 향해 손짓하며 말했다.

"자, 앉으시죠, 배로 변호사님."

배로 변호사는 곧바로 의자에 앉지 않았다. 대신 마지막 인형과 물건들에 주의가 끌린 듯 주위를 먼저 둘러보았다. 손으로 안경을 고쳐 쓰며 주위를 살펴보던 얼굴에 못마땅한 기색이 역력했다. 물론 마지막 인형은 배로 변호사의 그런 시선을 전혀 개의치 않고, 무관심한 얼굴로 되받아쳐 주었다.

"못해도 100파운드는 족히 썼겠군."

배로 변호사가 메마른 목소리로 말했다.

"하나같이 다 값비싼 재료들에다 파리에서 직접 공수해 온 거라니. 어린 친구가 돈을 써도 정말 물 쓰듯 펑펑 썼군 그래."

민친 교장은 마음이 편치 않았다. 아무리 그래도 자신의 가장 큰 고객을 그런 식으로 헐뜯다니, 변호사라 해도 제멋대로 실례를 범할 권리는 없었다.

"배로 변호사님, 방금 뭐라고 하셨나요? 제가 잘못 들은 것 같은데."

민친 교장이 딱딱한 사무적인 말투로 물었다.

"생일 선물 말입니다. 고작 열한 살 된 아이한테 이런 호사스러운 선물을 하다니, 낭비도 이런 낭비가 없네요."

민친 교장은 몸이 더욱더 뻣뻣하게 굳었다.

"크루 대위가 워낙 부자이지 않습니까? 다이아몬드 광산 하나만 해도……."

민친 교장의 말에 배로 변호사가 갑자기 몸을 휙 돌리며 소리쳤다.

"다이아몬드 광산이라고요! 그런 건 없어요. 애초부터 없었다고요!"

민친 교장이 놀란 나머지 의자에서 벌떡 일어섰다.

"뭐라고요? 그게 무슨 말씀이세요?"

"이럴 거였다면."

배로 변호사가 빈정대는 말투로 말을 이었다.

"차라리 아예 처음부터 없었다면 지금보다 상황이 훨씬 나았을지도 모르겠네요."

"다이아몬드 광산이 없다니요?"

민친 교장이 의자 등받이를 손으로 잡고 가까스로 몸을 가누며 재차 소리쳤다. 황홀했던 꿈이 한순간 물거품처럼 사라져 버린 느

꿈이었다.

"보통 다이아몬드 광산 같은 야망은 성공보다는 실패로 이어질 때가 훨씬 많단 말입니다. 아무리 친한 친구라 해도 본인이 사업적 감각이 없으면, 친구가 얼마나 어떻게 돈을 투자하라고 꾀여도 애당초 가까이 하지 않는 게 상책인데. 쯧쯧. 다이아몬드 광산이건 황금 광산이건, 아니 그 어떤 광산이건 간에 말이오. 이제 고인이 된 크루 대위는……."

이 말에 민친 교장은 숨이 헉 막혀, 변호사의 말을 막고 소리쳤다.

"고인이 된 크루 대위라뇨? 지금 고인이라고 하셨어요? 설마 그럼 여기 오신 게 크루 대위가……."

민친 교장이 흥분한 목소리로 외쳤다.

"네, 죽었다는 말을 하러 온 겁니다, 선생님."

배로 변호사가 퉁명스럽게 내뱉었다.

"악성 말라리아에 사업 문제가 겹쳐서 사망했어요. 사업적 문제로 몸을 그렇게 혹사하지만 않았다면 단순히 말라리아에 걸렸다고 해서 죽지는 않았을 거고, 또 반대로 말라리아만 걸리지 않았다면 단순히 사업적 문제 때문에 죽지는 않았을 겁니다……만, 아무튼 크루 대위는 사망했습니다."

민친 교장은 의자에 털썩 주저앉았다. 머릿속이 얼얼했다.

"사업적 문제라니, 무슨 문제가 있었던 거죠? 무슨 문제였습니까?"

"다이아몬드 광산이요. 또 친한 친구 그리고 파산입니다."

변호사의 대답에 민친 교장이 숨을 헐떡거렸다.

"파산이라고요!"

이제는 말도 제대로 나오지 않았다.

"마지막 한 푼까지 모두 말아먹었습니다. 젊은 사람이 돈이 너무 많았지요. 다이아몬드 광산에 열광한 나머지 그 사람 친구가 자신의 돈도 다 쏟아 넣고 그걸로도 부족해서 크루 대위의 돈까지 몽땅 털어 투자한 겁니다. 그런데 그 친구가 자취를 감추었고, 그 소식을 들었을 당시 크루 대위는 이미 말라리아에 걸려 몸이 약해질 대로 약해져 있었죠. 그러니 친구가 도망갔다는 소식을 듣고 충격이 너무 컸던 겁니다. 완전히 정신이 나가서 딸애 이름만 부르짖다가 결국은 한 푼도 못 남기고 세상을 떴어요."

마침내 민친 교장은 사태를 파악했고 살면서 이런 타격을 받아 보기도 난생처음이었다. 자신의 자랑이던 '대외용 학생'이, '대외용 고객'이 한방에 모두 날아가 버린 것이었다. 마치 눈뜨고 날강도를 당한 느낌이었다. 자신에게 그런 충격을 입히다니 그건 크루 대위에게도, 사라에게도, 배로 변호사에게도, 모두에게 똑같이 책임이 있는 것만 같았다.

"지금 하시는 말씀이 그러니까, 크루 대위가 남기고 간 것이 아무것도 없다는 겁니까? 사라에게 남은 유산이 하나도 없다는 거예요? 그러면 그 아이가 거지나 다름없단 말이네요. 상속녀 대신 거지가 되어 내 손에 맡겨졌단 말입니까?"

배로 변호사는 눈치 빠른 장사꾼이었고, 머릿속에는 이 상황에서 될 수 있는 한 빨리 후련하게 손을 털고 나가고 싶단 생각만이 가득했다.

"거지나 마찬가지로 남겨졌다는 말, 바로 그겁니다. 그리고 선생님 손에 맡겨졌다는 것도 확실하네요. 우리가 아는 바로 그 애한 테는 일가친척이 하나도 없거든요."

민친 교장이 갑자기 성큼 앞으로 한 발짝 걸어 나갔다. 당장이라도 문을 열고 나가서 아무것도 모르고 시끄럽게 웃으면서 철없이 다과를 즐기고 있을 아이들을 몽땅 쫓아내고 싶은 마음뿐이었다.

"이런 어처구니없는 일이 있다니! 지금 이 순간에 그 애는 내 응접실에 앉아서 실크 망사 드레스에 레이스 페티코트를 차려 입고, 내 돈으로 파티를 벌이고 있단 말입니다!"

"그 애가 벌이는 파티라면, 네, 맞습니다, 선생님. 모두 선생님 돈으로 나가는 거지요."

변호사가 사무적으로 말했다.

"참고로 확실히 해 두는데 배로 앤드 스킵워스 사는 이 일에 아무런 법적 책임이 없습니다. 부자가 이렇게 확실히 망하기도 유례없는 일이지요. 크루 대위는 우리한테도 마지막 수임료를 지불하지 않고 죽었습니다. 한두 푼도 아니고 큰돈이었는데 말입니다."

민친 교장이 격양된 얼굴로 고개를 돌려 변호사를 바라보았다. 갈수록 사태가 악화일로로 치닫고 있었다.

"이런 일이 나한테 일어나다니! 돈을 어떻게 받을지는 전혀 걱정하지 않고, 그 애한테 어처구니없이 큰돈을 써 버렸단 말입니다. 그 웃기지도 않는 인형에 웃기지도 않는 장신구를 사는 데, 돈을 다 내가 냈단 말입니다! 게다가 원하는 게 있으면 뭐든지 다 사 주라고 하길래 마차에 조랑말에 시녀까지! 지난번에 돈 받은 이후로 쓴 돈은 모두 다 내 돈인데!"

배로 변호사는 민친 교장의 넋두리를 들으며 앉아 있을 생각이 추호도 없었다. 자기가 온 목적은 회사의 입장을 분명히 전하는 것뿐이었다. 이제 유쾌하지 않은 소식을 모두 다 전한 이 마당에, 마음속에 성난 기숙 학교 교장을 향한 동정이나 연민을 위한 자리는 남아 있지 않았다.

"더 이상은 돈을 쓰지 않는 게 좋을 겁니다, 선생님. 그 꼬마 숙녀에게 선의로 주고 싶은 게 아니라면요. 그렇게 해 준다 해도 아무도 알아 줄 사람 없거든요. 그 아이는 이제 땡전 한 푼 없는 거지입니다."

"그러면 나는 어떻게 하란 말입니까? 나 보고 어떻게 하란 말입니까?"

자기에 대한 책임이 모두 변호사에게 있다는 양 민친 교장이 요구하듯 물었다.

"글쎄요, 사실 할 수 있는 건 아무것도 없습니다. 크루 대위는 죽었고, 그 아이는 거지로 전락했어요. 지금으로써는 선생님 말고 그 아이를 책임질 사람이 아무도 없어요."

배로 변호사가 안경을 벗어서 앞주머니에 접어 넣으며 말했다.

"그 아이에 대한 책임이 왜 나한테 있답니까? 절대 난 책임 못 져요!"

민친 교장의 얼굴은 분노로 하얗게 질렸다.

변호사는 갈 채비를 하며 뒤로 돌아설 뿐이었다. 그러고는 무신경한 말투로 말했다.

"저랑은 상관없는 문제입니다, 선생님. 배로 앤드 스킵워스 사에는 아무 책임이 없어요. 물론 선생님께 닥친 상황에 대해서는 매우 유감스럽게 생각합니다."

"지금 그 애를 나한테 이런 식으로 얼렁뚱땅 떠넘기려는 작정이시라면 한참 잘못 생각하신 겁니다. 날강도에 사기를 당한 사람은 바로 나라고요. 그 아이는 당장 내쫓을 겁니다!"

민친 교장은 너무 흥분한 나머지 평소라면 하지 않았을 말까지 내뱉어 버렸다. 평소에 그렇게도 눈에 밟히던 눈엣가시가 결국 골칫거리에 혹 덩어리가 되었다는 가혹한 사실이 민친 교장의 어깨를 무겁게 짓눌렀다.

배로 변호사는 아무런 미동 없이 태연하게 문으로 걸어갔다.

"나라면 그렇게까지 하지는 않을 겁니다, 선생님. 밖에서 보기에 별로 안 좋아 보일 거예요. 학교에 대한 안 좋은 소문은 빠르게 퍼지게 마련이죠. 더구나 의지할 곳도 없이 알몸으로 쫓겨난 학생에 대한 소문이라면요."

배로 변호사는 매우 약삭빠른 사람이었고, 지금 자신이 무슨 말을 하고 있는지 잘 알고 있었다. 또한 민친 교장도 자기 못지않게 약삭빠르다는 것, 그래서 결국은 현실을 제대로 볼 거라는 점도 간파하고 있었다. 민친 교장은 남들에게서 잔인하고 인정 없다는 평가를 받을 만한 일을 절대 대놓고 할 사람이 아니었다.

"그보다는 데리고 있으면서 써먹을 방도를 찾는 게 좋을 겁니다. 영리한 아이라고 하더군요. 자라면 쓸 데가 많지 않겠어요?"

"나는 그 애가 자라기 전에도 써먹을 겁니다!"

민친 교장이 소리쳤다.

"그러시겠죠, 선생님. 선생님이라면 그러고도 남으실 거예요. 그럼 이만, 안녕히 계세요!"

배로 변호사가 기분 나쁜 알쏭달쏭한 미소를 남기고 사라졌다. 민친 교장은 한동안 할 말을 잃고 굳게 닫힌 문만 멍하니 쳐다보았다. 변호사의 말 중에 사실 틀린 말은 하나도 없었고, 그걸 민친 교장도 잘 알고 있었다. 보상을 받을 길은 이제 어디에도 없었고, 자신의 자랑거리이던 학생은 순식간에 오갈 데 없는 거지가 되었다. 지금까지 사비를 내서 쓴 돈은 모두 사라져 버렸고, 어디 가서 다시 찾을 수도 없었다.

갑자기 닥쳐 버린 시련을 곱씹으며 망연자실해 있는 민친 교장의 귀에 시끌벅적한 웃음소리가 들려왔다. 신성한 자신의 응접실을 저 따위 파티를 위해 내 주다니, 저 꼴이라도 당장 끝내야겠다는 생각이 퍼뜩 떠올랐다.

문 쪽으로 가는데 마침 아멜리아 선생이 문을 열고 들어왔다. 그리고 언니의 화난 얼굴을 보고는 깜짝 놀라 뒷걸음질쳤다.

"무슨 일이야, 언니?"

아멜리아 선생이 큰 소리로 물었다. 민친 교장은 대답 대신 사납게 물었다.

"사라 크루, 어디 있어?"

아멜리아 선생은 얼떨떨한 표정이었다.

"사라? 왜? 물론 언니 방에…… 애들이랑 같이 있지."

아멜리아 선생은 더듬거리며 대답했다.

"그 애가 가진 온갖 사치스러운 옷 중에 혹시 검은 옷도 있나?"

민친 교장이 비꼬듯 물었다.

"검은……옷? 검은 옷이라고?"

아멜리아 선생은 여전히 더듬거리며 물었다.

"그 애한테는 색깔마다 없는 옷이 없잖아, 왜. 그 중에 검은 옷도 있냐고!"

아멜리아 선생의 얼굴이 하얗게 질렸다.

"아니……아, 있……다! 그런데 그건 이제 너무 작은데. 전에 입던 검은 벨벳 옷이 하나 있거든. 그런데 이제는 너무 작아."

"사라한테 가서 지금 입고 있는 가당찮은 분홍 실크 옷을 당장 벗고 그 검은 옷을 입고 오라고 해. 작든 말든 상관없어. 이제는 외모에 신경 쓸 처지가 아니니까."

아멜리아 선생이 몸을 비비 꼬며 훌쩍거리기 시작했다.

"어, 언니! 언니! 도대체 무슨 일인데 그래?"

민친 교장은 결론만 말했다.

"크루 대위가 죽었대. 땡전 한 푼 남기지 않고 죽었다고. 그 제멋대로 자란 응석받이를 거지꼴로 내 손에 남겨 두고 말이지!"

아멜리아 선생이 가장 가까이 있던 의자에 가서 털썩 주저앉았다.

"그 애 때문에 그 터무니없는 것들을 사느라 수백 파운드를 썼는데, 이제 하나도 못 돌려받게 생겼어! 어서 가서 저 어처구니없는 파티를 중단시키고, 그 애한테 당장 검은 옷을 입혀."

"내가? 꼭 내가…… 내가 가서 말해야 해?"

아멜리아 선생이 숨을 헐떡이며 물었다.

"지금 당장! 그렇게 앉아 있지 말고 가, 멍청아!"

가엾은 아멜리아 선생은 언니가 멍청이라고 부르는 데 이미 익숙해져 있었고, 사실 스스로도 자기가 조금 모자르다는 걸 인정하고 있었다. 그래서인지 곤란하고 귀찮은 일은 거의 아멜리아 선생의 독차지였다. 아무리 그래도 지금은 너무 당혹스러웠다. 아이들이 즐겁게 놀고 있는 방에 들어가서, 생일 파티의 주인공에게 이제 네가 거지 신세가 되었으니 방에 가서 몸에 맞지도 않는 꽉 끼는 검은 옷으로 갈아입고 오라고 말해야 한다니. 그렇지만 누군가는 해야 하는 일이었다. 또 지금이 어떠한 질문도 용납 안 되는 상황이라는 것도 분명했다.

손수건으로 거듭 문지르는 바람에 아멜리아 선생의 눈 주위가 벌게졌다. 더 이상 아무 말도 꺼내지 못하고 결국은 조용히 일어나 방문을 열고 나갔다. 언니가 지금 같은 상황에서 명령을 할 때는 자고로 아무 말 없이 그 명령에 따르는 것이 가장 현명한 처사였다. 민친 교장은 방 안을 계속 이리저리 왔다 갔다 하면서, 자기도 모르는 사이에 큰 소리로 혼잣말을 해 댔다. 다이아몬드 광산 이야기가 처음 나왔던 작년만 해도 온갖 기대에 부풀어 살았는데! 사라가 다니는 학교의 교장이니까 광산 주인이 조금만 도와주면 자기도 주식으로 떼돈을 벌 수 있는 기회가 온 거라고 생각했는데! 그런데 이젠 이득은커녕 갚아야 할 돈만 된통 끌어안게 된 처지라니!

"사라 공주라더니, 무슨! 무슨 여왕이라도 되는 것처럼 그 어린 것을 받들어 줬더니만······."

혼잣말을 하며 구석 테이블을 지나고 있는데 갑자기 방 안에서 무슨 소리가 들렸다. 민친 교장은 화들짝 놀랐다. 그 소리는 테이블 밑에서 들려왔는데 누군가 큰 소리로 훌쩍이며 울고 있었다.

"이건 또 뭐야?"

민친 교장은 화난 목소리로 소리쳤다. 훌쩍이는 소리가 그치지 않자 교장은 몸을 구부려 소리가 나는 즈음에서 식탁보를 들추었다.

"아니, 네가 감히 어딜! 네가 어떻게! 당장 이리 나오지 못해?"

기어 나온 사람은 다름 아닌 불쌍한 베키였다. 두건은 벗겨져 귀 옆에 대롱대롱 매달려 있고 얼굴은 몰래 숨어서 우느라 온통 벌게진 상태였다.

"제발요, 선생님. 저예요, 저."

베키가 나와서 해명을 시작했다.

"저도 그러면 안 되는 건 알고 있었는데요. 인형을 보다가 그만, 그러니까 선생님. 갑자기 들어오셔서 겁이 나는 바람에…… 저도 모르게 테이블 밑으로 숨었어요."

"거기서 다 듣고 있었던 거냐?"

민친 교장이 물었다.

"아니에요, 선생님."

베키가 계속 몸을 굽실거리며 간신히 대답을 이어갔다.

"절대 들으려고 한 건 아니에요. 중간에 몰래 빠져나가려고 했는데, 어쩌다 보니 그러지 못하고 지금까지 있게 된 거예요. 그렇지만 선생님, 정말 일부러 들으려고 한 건 아니었어요. 절대 아니에요. 어쩔 수 없이 듣게 된 건 할 수 없지만요."

갑자기 베키가 울음을 터뜨렸다. 그리고 불현듯, 앞에 서 있는 못된 주인에 대한 두려움을 거의 잊은 듯 속에 쌓아둔 말을 쏟아냈다.

"오, 제발요, 선생님. 제가 이런 얘기를 하면 분명히 혼내시겠지만요. 그런데 정말 사라 아가씨가 불쌍해서 어떡해요. 너무 안됐어요."

"당장 나가!"

민친 교장이 소리쳤다.

베키가 다시 한 번 몸을 구부리며 예를 갖추었다. 뺨을 타고 흘러내리는 눈물은 멈출 기미가 안 보였다.

"네, 선생님. 나가야죠, 네. 그렇지만요, 오, 하나만 부탁드리면 안 될까요? 사라 아가씨요…… 지금까지 부잣집에서 살면서 시중드는 사람이 항상 옆에 있었을 텐데 말이에요. 이제 아무도 없으면 혼자 어떻게 해요, 선생님? 오, 혹시라도, 제발 허락만 해 주시면 제가 할 일을 다 마치고 나서 아가씨를 도와드리면 안 될까요? 제 일은 제가 어떻게든 후딱 빨리 해치울게요. 이제 우리 불쌍한 아가씨를 어떡해요. 허락해 주세요, 네? 오, 불쌍한 사라 아가씨, 공주 같던 아가씨가……."

베키의 이런 태도에 민친 교장은 부아가 더욱 치밀어 올랐다. 부엌데기 하녀마저 그 아이를 감싸고돌다니! 더 이상은 참을 수가 없었다. 자기가 지금껏 속으로 사라를 얼마나 싫어했었는지 더더욱 실감이 났다. 민친 교장은 크게 화를 내며 발을 쿵 하고 굴렀다.

"아니, 절대 안 돼! 그 애는 이제부터 모든 일을 자기가 알아서 해야 할 거다. 그뿐이니? 다른 사람들 시중도 들어야 할 거야. 넌 지금 당장 이 방에서 나가, 아니면 아예 이 집에서 나가던가!"

베키가 앞치마를 위로 휙 벗어던지고 방을 뛰쳐나갔다. 그러고는 계단을 뛰어내려가 부엌으로 가선, 구석에 콕 처박혀 쭈그리고 앉아 가슴이 터져 나갈 것처럼 울고 또 울었다.

"이건 꼭 이야기 속에서나 일어나는 일 같잖아. 차디찬 세상 속으로 내던져진 불쌍한 공주 이야기……."

베키가 울면서 중얼거렸다.

몇 시간 후, 사라가 아래로 내려오라는 전갈을 받고 왔을 때 민친 교장은 그 어느 때보다도 침착하게 냉정을 되찾은 뒤였다.

또한 그때의 사라에겐 좀 전의 생일 파티가 꿈에서나 일어난 일 혹은 이미 몇 년 전이었거나 다른 아이에게 일어난 일처럼 까마득하게 느껴졌다.

파티의 흔적은 그새 모조리 사라져 버렸다. 벽에 걸려 있던 나무 장식은 떼어지고 강단과 책상도 모두 제자리로 돌아갔다. 민친 교장의 응접실도 무슨 일이 있었냐는 듯 평상시 모습으로 변해 있었다. 넘치던 다과는 금세 다 치워졌고 민친 교장도 이미 평상복 차림으로 앉아 있었다. 학생들도 명령에 따라 모두 평상복으로 갈아입고 교실에 내려와 끼리끼리 무리를 지어 앉아 서로 속삭이며 떠들었다.

"사라 걔는 내 방으로 오라고 해. 절대 내 방에서 울거나 소란을 피우는 것은 용납되지 않을 거라고 확실히 주의를 주고."

민친 교장이 동생을 보내며 말했다.

"언니, 그런데 그 애처럼 이상한 애는 정말 처음 봤어. 진짜로 찍소리 하나 안 내더라니까. 전에 왜, 크루 대위가 인도로 돌아간 날도 그랬잖아. 기억나? 좀 전에도 내가 무슨 일이 생겼는지 말을 해 줬는데 아무 소리도 안 내고 그 자리에 가만히 서서 빤히 나만 쳐다보더라고. 눈이 조금씩 커지면서 얼굴이 하얗게 질리기는 했는데 내가 말을 마치고 나서도 한 몇 초 동안은 그대로 서 있더니,

그제야 입술을 덜덜 떨면서 자기 방으로 뛰어가 버리더라. 오히려 그 자리에 있던 다른 아이들은 막 울고 난리였는데 사라 그 애만큼은 전혀 동요도 없이 내가 하는 말만 가만히 듣고 있더라고. 그렇게 무반응인데 오히려 내가 계속 말하고 있으려니까 기분이 정말 이상한 거 있지. 보통 사람들은 왜, 갑자기 충격적인 소식을 들으면 무슨 말이라도 하잖아? 무슨 말이든지 말이야."

심부름을 마치고 돌아온 아멜리아 선생이 언니에게 전한 말이었다.

그때 사라가 방으로 뛰어올라가 문을 잠그고 혼자 방 안에서 무엇을 했는지는 본인 말고는 아무도 모를 것이다. 사실은 시간이 흐른 후에 그 당시를 회상했을 때 사라 자신도 그때 뭘 했는지를 잘 기억해 내지 못했다. 다만 방 안을 쉴 새 없이 서성이며 스스로에게도 낯설게 느껴지는 목소리로 수없이 "아빠가 죽었대! 아빠가 죽었어!"라고 되새긴 것밖에 떠오르지 않았다.

그러다가 한번은, 의자에 앉아 자신을 물끄러미 바라보고 있는 에밀리 앞에 멈춰 섰다. 그리고 큰 소리로 외쳤다.

"에밀리! 내 말 들려? 내 말 들리냐고! 아빠가 돌아가셨대! 여기서 수천 마일이나 떨어진 인도에서 홀로 돌아가셨대!"

민친 교장의 부름을 받고 응접실로 들어섰을 때 사라는 얼굴이 하얗게 질려 있었고 눈언저리가 퍼렇게 부어 있었다. 그렇게 입을 굳게 다물고 있었는데, 그 모습은 마치 지금까지 겪은 그리고 지금도 겪고 있는 고통을 밖으로 드러내지 않겠다는 의지 같은 걸 보여 주는 듯했다. 조금 전까지만 해도 예쁘게 장식된 교실에서 반짝이는 보물 사이를 즐겁게 누비던 장밋빛 나비 같은 아이였는데, 별써부터 그런 모습은 전혀 찾아볼 수 없었다. 대신 외롭고 어딘가 낯설고 부자연스러워 보이는 어린아이의 모습만 남아 있을 뿐이었다.

사라는 옷장 구석 깊이 처박혀 있던 검은 벨벳 옷을 마리에트의 부축을 받아 억지로 입었다. 깡총한 치마 탓에 안 그래도 마른 사라의 다리가 더 길고 말라 보였다. 검은 색깔 머리핀을 찾을 수가 없어서 머리는 그대로 풀고 내려왔는데, 까만 머리 색깔이 대비되어 얼굴이 더욱더 창백해 보였다. 사라는 검은 천으로 싼 에밀리를 한쪽 팔로 꼭 끌어안고 있었다.

"인형은 내려놓아라. 여기에 그 인형은 뭐 하러 가져온 거냐?"

민친 교장이 말했다.

"싫어요. 내려놓지 않을 거예요. 이제 저한테는 에밀리밖에 없단 말이에요. 이건 아빠가 저한테 직접 사 주신 거예요."

사라의 태도에는 항상 민친 교장의 마음을 불편하게 만드는 알 수 없는 뭔가가 있었다. 바로 지금도 그랬다. 사라는 전혀 무례하지 않았고 오히려 차가울 정도로 차분했지만, 바로 그게 민친 교장에게는 다루기 힘든 면으로 다가왔다. 아마 자신도 속으로는 지금 자기가 하려는 행동이 잔인하고 비인간적인 일이라는 사실을 깨닫고 있기 때문인지도 몰랐다.

"이제 너한테 인형을 가지고 놀 시간 따위는 없을 거다. 넌 이제부터 일도 해야 하고 여기서 쓸모 있는 사람이 되기 위해 많은 노력을 해야 할 거거든."

사라는 아무 대답도 하지 않고 도무지 속내를 읽을 수 없는 큰 눈으로 민친 교장을 뚫어져라 쳐다보았다.

"이제부터 모든 것이 달라질 거야. 다른 건 아멜리아 선생님이 설명해 주었을 거다, 그렇지?"

"네. 아빠가 돌아가셨다고요. 저한테 유산을 하나도 남기지 않으셨고요. 제가 이젠 매우 가난하다고요."

사라가 대답했다.

"넌 이제 거지 신세야."

이 말이 민친 교장 자신에게 어떤 의미인지 다시금 떠오르자 절로 뒷목이 뻣뻣해지며 속에서 부아가 치밀어 올랐다.

"너는 의지할 피붙이도 없고 집도 없는 데다가 돌봐 줄 사람도 없는 고아 신세야."

사라의 창백한 얼굴이 잠깐 실룩거렸다. 그러나 이번에도 별말은 하지 않았다.

"뭘 그렇게 쳐다보는 거냐?"

민친 교장이 화난 목소리로 다그치듯 말했다.

"멍청해서 지금 상황이 이해가 안 되는 거야? 내 말 무슨 말인지 몰라? 넌 이제 세상에 혼자 남았고, 내가 특별히 너를 동정해서 데리고 있어 주지 않는 한 아무도 너를 도와줄 사람이 없다고!"

"이해했어요."

사라는 목이 메이는 것을 느끼며 침을 한 번 꿀꺽 삼켰다.

"무슨 말인지 알아들었어요."

사라가 다시 한 번 낮은 목소리로 말했다.

"저 인형!"

민친 교장이 울부짖으며 근처 의자에 놓인 선물 더미를 손으로 가리켰다.

"저 어처구니없는 인형이랑 저 사치스러운 액세서리들 다 내 돈으로 샀단 말이다!"

사라가 천천히 고개를 의자 쪽으로 돌렸다.

"내 마지막 인형……."

사라가 말했다.

마지막 인형. 사라의 입에서 나온 그 말이 구슬프고 낯설게 들렸다.

"그래, 네 말대로 정말 마지막 인형이네, 그래! 그런데 저건 네 것이 아니고 내 거야. 저것뿐만 아니라 네가 가진 건 다 내 거라고!"

민친 교장이 소리쳤다.

"그렇다면 가져가세요. 전 필요 없어요."

만약 사라가 겁에 질려서 징징대며 울거나 했다면 오히려 그렇게 미워 보이지 않았을는지도 모른다. 민친 교장은 남들 위에 군림하면서 힘을 과시하기를 즐기는 사람이었다. 그런데 창백하고 침착한 얼굴을 하고서도 또박또박 할 말을 다 하는 사라를 보고 있자니, 왠지 그 앞에서 자신이 한없이 무력해지는 느낌이 들었다.

"잘난 척하지 말아라. 이제 넌 그럴 처지가 아니야. 더 이상 공주 행세는 끝이란 말이다. 마차와 조랑말은 곧 팔아 버릴 거고, 널 시중들던 하녀도 당장 해고할 거야. 넌 제일 오래되고 평범한 옷으로 갈아입도록 해라. 전에 입던 화려한 옷은 이제 네 처지와 맞지 않거든. 넌 이제 베키랑 같은 신세야. 먹고 살려면 일을 해야 해."

놀랍게도 순간 사라의 눈이 반짝이며 희미하지만 안도의 빛이 스쳐 지나갔다.

"제가 일을 할 수 있나요? 그럴 수 있다면 뭐든지 할게요. 제가 무슨 일을 하면 되나요?"

사라의 질문에 민친 교장이 차갑게 답했다.

"시키는 건 뭐든지 해야지. 넌 영리한 아이니까 배우는 것도 빠르겠지? 네가 쓸모 있다는 걸 증명해 보인다면, 봐서 여기에 계속 살게 해 주마. 우선은 네가 프랑스 어를 잘하니까 어린애들 공부 도와주는 일부터 시작해."

"정말 그래도 되나요? 오, 꼭 그렇게 할 수 있게 해 주세요. 저 잘 가르칠 수 있어요. 전 아이들을 좋아하고, 아이들도 저를 좋아하거든요."

"누가 널 좋아한다느니 하는 터무니없는 소리는 집어 치우거라. 애들 가르치는 일 말고도 할 일은 쌓여 있으니까. 자질구레한 부엌 심부름, 교실 정리까지 전부 다 네 몫이다. 일하는 꼴이 내 맘에 안 들면 바로 쫓겨날 줄 알아라. 꼭 명심하도록 해. 이제 가 봐도 좋다."

사라는 가만히 민친 교장을 쳐다보았다. 어린 영혼 깊숙한 곳에서 또 평범하지 않은 생각이 스쳐 지나갔다. 사라는 이내 방문을 향해 몸을 돌렸다.

"잠깐!"

민친 교장이 사라를 불러 세웠다.

"너는 고맙다는 말도 안 하니?"

사라가 멈춰 섰다. 마음속에서 알 수 없는 기분이 밀려왔다.

"뭐에 대해서요?"

사라가 물었다.

"내가 베푼 친절에 대해서 말이다. 너한테 지금 내가 살 집을 준 거 아니니!"

사라가 두어 발짝 앞으로 걸어 나갔다. 마른 가슴팍이 숨 쉴 때마다 부풀어 올랐다 내려갔다 했다. 사라는 아이답지 않은 단호한 말투로 또박또박 말했다.

"이건 친절이 아니에요. 선생님은 친절한 게 아니라고요. 그리고 여긴 집이라고 할 수 없어요."

사라는 말을 마치자마자 뒤로 돌아 휙 나가 버렸다. 민친 교장은 뭐라고 대꾸를 하거나 아이를 불러 세울 경황도 없었다. 다만 부글부글 끓는 기분으로 사라가 나가 버린 텅 빈 공간만을 물끄러미 바라볼 뿐이었다.

사라는 숨이 차 가쁜 숨을 내쉬며 느린 걸음으로 천천히 한 걸음씩 계단을 올랐다. 한 손으로는 에밀리를 더욱 세게 끌어안았다.

"에밀리가 말을 할 수 있다면 얼마나 좋을까. 말을 할 수만 있다면…… 들을 수만 있다면……."

사라가 혼잣말을 중얼거렸다.

어서 빨리 방에 가서 호랑이 가죽 위에 얼굴을 파묻고 누워 난롯불을 바라보면서 생각하고 생각하고 또 생각하고만 싶은 심정이었다. 그러나 위층에 이르렀을 때, 아멜리아 선생이 막 자기 방에서 나와 방문을 닫고 있었다. 그리고 어색한 얼굴로 사라 앞에서 쭈뼛거렸다. 사실 아멜리아 선생은 지금 자신에게 떨어진 이 임무가 너무도 부끄럽고 수치스러웠다.

"너…… 여기 못 들어가."

결국 아멜리아 선생이 입을 열었다.

"못 들어간다고요?"

사라가 놀라며 뒷걸음질쳤다.

"이제 여기는 네 방이 아니야."

아멜리아 선생이 얼굴을 붉히며 말했다. 그 말 한마디에 신기하게도 사라는 모든 걸 알아챘다. 이게 조금 전 민친 교장이 언급한 변화의 작은 시작이란 것을.

"그럼 제 방은 어딘가요?"

떨리는 마음이 목소리에 드러나지 않기를 간절히 바라며 사라가 물었다.

"베키 옆 다락방에서 자도록 해."

거기가 어디인지 사라는 알고 있었다. 베키가 전에 말해 준 적이 있었기 때문이다. 사라는 뒤로 돌아서 계단을 한 층 더 올라갔다. 맨 위층으로 올라가는 층계는 비좁기 그지없었고 카펫은 낡아서 여기저기 뜯어져 있었다. 한 걸음 한 걸음 오를수록, 마치 예전에 자신이 속했던 세계 속에서 벗어나 다른 사람이 사는 낯선 세상으로 들어가는 듯한 기분이 들었다. 짧고 꼭 끼는 옛날 옷을 입고 다락방 계단을 오르고 있는 이 아이는 더 이상 예전의 사라가 아니었다.

마침내 목적지인 다락방에 도착해서 문을 열었다. 순간, 심장이 털썩 하고 무겁게 가라앉았다. 사라는 문을 닫고 기대어 서서 주위를 둘러보았다.

그곳은 정말이지 완전히 다른 세상이었다. 하얀 칠이 되어 있는 천장은 비스듬하게 기울어져 있었는데, 칠은 오래 되어서 거무

칙칙했고 여기저기가 흉하게 벗겨져 있었다. 그 외에 방 한구석에는 녹슨 난로가 있었고 다른 쪽엔 낡은 철제 침대가 있었다. 돌처럼 딱딱해 보이는 침대 위에는 낡고 헤진 침대보가 대충 씌워져 있었다. 아래층에서 쓰다 너무 낡아서 버린 침대를 갖다 놓은 것이었다. 비스듬한 천장에 빠끔히 나 있는 창문으로는 네모 모양의 우중충한 회색 하늘이 보였고, 그 밑에는 등받이가 없고 낡아 빠진 작은 빨간색 의자가 있었다. 사라는 그 의자에 가서 앉았다. 원래도 잘 우는 아이가 아니었지만, 사라는 이번에도 울지 않았다. 다만 에밀리의 얼굴을 바닥으로 향하게 해서 무릎에 누이고 앉아 검은 커튼 자락에 머리를 기댔다. 그렇게 아무런 말도 아무 소리도 내지 않고 가만히 있었다.

한없이 고요한 정적, 그 속에서 얼마나 지났을까 문밖에서 낮은 노크 소리가 들렸다. 어찌나 조심스럽고 소심하게 두드렸는지 처음에는 들리지도 않았다. 그러다 문이 살짝 열리는 소리가 들리자 사라가 기척을 느끼고 고개를 돌렸다. 하도 울어서 퉁퉁 부은 얼굴이 문 사이로 고개를 내밀었다. 베키였다. 베키는 몰래 숨어서 몇 시간이나 눈을 비비고 울었는지 얼굴이 완전히 다른 사람이 되어 있었다.

"오, 아가씨."

베키가 숨죽여 말했다.

"괜찮으시다면…… 제가 좀 들어가도…… 될까요?"

사라가 고개를 들고 베키를 바라보았다. 미소를 지어 주려 했지만 도무지 지어지질 않았다. 갑자기(아마도 진심 어린 마음으로 슬픔에 못 이겨 계속 울어 댄 탓이겠지만) 예전엔 나이에 비해 한참 조숙해 보이던 베키 얼굴이 원래 나이처럼 어려 보였다. 베키는 여전히 흐느껴 울며 사라에게 손을 내밀었다.

"오, 베키. 내가 말했잖아. 우리 둘은 다르지 않다고. 우리는 둘 다 그냥 어린 여자 아이일 뿐이야. 내 말이 맞다는 거 이제는 알겠지? 봐, 정말 같잖아. 난 이제 더 이상 공주가 아니야."

베키가 단숨에 달려가 사라의 손을 잡으며 몸을 감싸 안았다. 그리고 바닥에 무릎을 꿇고 앉아 연민에 가득 찬 슬픈 목소리로 흐느껴 울었다.

"아니에요, 아가씨. 아가씨는 그래도 공주예요."

베키는 울먹이느라 말을 제대로 잇지 못했다.

"무슨 일이 있어도, 흑, 아무리 나쁜 일이라도, 흑…… 아가씨는 공주가 맞아요. 어떤 것도 그 사실을…… 바꿀 수는…… 없어요. 흑."

8. 다락방에서

 사라는 다락방에서 영영 잊지 못할 첫날 밤을 보내며, 밤새 아이로서는 감당하기 힘든 극심한 비통함을 견뎌 내야 했다. 절대 누구에게도 말 못할 비밀이었다. 하긴 말한다 해도 이해할 수 있는 사람은 없었을 터였다. 어찌 보면 열악한 환경 탓에 쉽게 잠들지 못하고 뒤척이는 동안 사라의 머릿속에 계속 다른 생각이 떠올랐다는 게 오히려 잘된 일인지도 몰랐다. 그리고 자그마한 사라의 몸이 변화된 환경을 미처 받아들이지 못해 계속 신체적 편안함을 갈망했다는 사실이 다행인지도 몰랐다. 그것이 아니었다면 그 어린 마음이 견뎌 내야 할 비통함이 너무도 커서, 차마 그 밤을 견뎌 낼 수 없었을지도 모르는 일이다. 그렇지만 밤이 깊어지면서 차차 신체적 감각이 무뎌지자 머릿속에는 결국 단 한 가지 생각만이 남아서 떠오르고 또 떠올랐다.

 "아빠가 죽다니!"

사라는 계속해서 혼잣말로 속삭였다.

"아빠가 죽다니!"

그날 밤 오래지 않아 사라는 침대가 너무 딱딱해서 편히 쉬려면 몇 번이고 돌아누워야 한다는 사실과 어둠이 이렇게도 짙을 수 있다는 사실 그리고 바람이 밤새 구슬프게 울거서 지붕 위 굴뚝 사이로 불어 댄다는 사실을 알게 되었다. 그보다 더 참기 힘든 건 벽 뒤에서 나는 질질 끄는 소리, 긁는 소리, 삐걱거리는 소리였다. 베키가 전에 말해 준 적이 있어서 그게 무슨 소리인지는 이미 알고 있었다. 생쥐나 들쥐가 놀거나 서로 싸우는 소리였다. 심지어 한두 번은 천장 위 마룻바닥에서 쥐들이 날카로운 발톱 소리를 내며 후다닥 지나가는 소리도 들렸다. 사라는 몇 번이고 그 소리에 놀라 벌떡 일어나 벌벌 떨다가 이불을 머리끝까지 덮어 쓰고 다시 누웠다. 그때의 기억은 그 후로도 오랫동안 그날 밤을 생각할 때마다 생생하게 떠올랐다.

생활 속에서의 변화는 서서히 찾아오지 않았다. 모든 것은 순식간에 변했다.

"어차피 계속 그렇게 살아야 할 테니까 어서 당장 시작하라고 해. 그 애한테 무슨 일을 해야 하는지 알려 줘."

민친 교장이 아멜리아 선생에게 명령했다.

사라를 돌봐 주던 마리에트는 다음날 아침 일찌감치 떠났다. 지나다가 열린 문 사이로 어렴풋이 본 사라의 옛 응접실은 이미 다른 방이 되어 있었다. 장식품과 값나가는 물건은 모두 자취를 감추었고 한쪽 귀퉁이에는 벌써 새 학생을 받기 위한 침대가 들어서 있었다.

아침 식사 시간이 되어 내려가자 민친 교장 옆자리인 자신의 옛 자리엔 이미 라비니아가 앉아 있었다. 사라를 본 민친 교장이 차갑게 말했다.

"사라, 너는 이제 할 일이 따로 있어. 저기 어린 학생들 옆의 작은 탁자에 가서 앉아. 그 애들을 조용히 시키고 말을 잘 듣는지, 음식을 남기지는 않는지 돌봐 주는 게 네 임무야. 그런데 왜 이렇게 늦게 내려온 거야? 벌써 로티가 찻잔을 엎질러 버렸잖니."

그건 시작에 불과했다. 날이 갈수록 사라가 할 일은 눈덩이처럼 불어났다. 우선 프랑스 어뿐만 아니라 다른 수업도 아이들 옆에서 도와주어야 했는데 그건 그나마 쉬운 일에 속했다. 사라는 곧 여러 방면에서 값어치를 인정받았다. 날씨가 어떻든 간에 상관없이 밖으로 나가야 하는 심부름은 무조건 사라의 몫이 되었고, 다른 사람에게 시키기 껄끄러운 일도 모조리 사라의 차지가 되었다. 민친 교장이 사라에게 하는 걸 보고는 어느샌가 주방장과 다른 하녀들도 따라 하기 시작했다. 예전에 그토록 호들갑을 떨면서 떠받들어 주어야 했던 그 '어린 것'에게 함부로 대할 수 있다는 게 다들 내심 흐뭇한 기색이었다. 그 누구도 제대로 된 예절을 배운 적 없는지라 아무도 예의를 갖추고 사라를 대할 줄 몰랐다. 사라는 그저 아무 때나 마음대로 시켜먹고 일이 잘못되면 맘 편하게 책임을 떠넘길 수 있는 대상일 뿐이었다.

처음 한두 달 동안 사라는 자기가 뭐든 꺼리지 않고 묵묵히 일을 하면 사람들이 자신을 대하는 태도가 좀 누그러지지 않을까 하고 생각했다. 자존심상 노력하지 않고 남의 동정을 바라는 것처럼 보이는 것은 용납할 수 없었기 때문이다. 그러나 시간이 지나도 아무런 변화가 없을 거라는 사실을 깨닫는 데는 그리 오랜 시간이 걸리지 않았다. 시키는 대로 열심히 하면 할수록 하녀들은 더 호되게 이런저런 일을 시키며 꾸짖기 일쑤였고, 주방장은 일이 잘못될 때마다 툭하면 사라 탓을 해 댔다.

민친 교장은 사라가 조금만 더 컸어도 교사를 한 명 내보내고 사라에게 수업을 맡길 수 있을 텐데 하고 아쉬워했다. 안타깝게도 사라는 아직 어렸고 또 겉으로도 한참 어려 보여서, 똑똑한 심부름꾼이나 잡일을 하는 하녀 정도로밖에 부릴 수 없었다. 그래도 사라는 웬만한 남자 아이보다 빠릿빠릿했고 아무리 복잡하고 어려운 임무라도 끄떡없이 해 내서 어떤 일이든 믿고 맡길 수 있었다. 그렇게 사라는 민친 교장의 집에서 청소 등 갖은 허드렛일부터 심지어 복잡한 은행 업무까지 도맡아 하는 만능 심부름꾼이 되어 갔다.

자연히 학업은 뒷전이 되었다. 어차피 사라에게 배당된 선생님은 아무도 없었고, 이 사람 저 사람이 시키는 심부름으로 쉴 새 없이 하루 종일 힘들게 돌아다니다 오면 그제서야 텅 빈 교실에 들어갈 수 있었다. 밤이면 그렇게 교실에 홀로 앉아 옛날 책을 쌓아 놓고 공부를 했다.

"배웠던 걸 계속 익혀 두지 않으면 결국 잊어버리게 될지도 몰라. 지금도 거의 하녀 신세인데, 거기다 아무것도 아는 게 없으면 언젠가 나도 불쌍한 베키처럼 될 거야. 이러다 내가 말투도 촌스러워지고 헨리 8세의 여섯 왕비의 이름도 잊어버리면 어쩌지?"

사라의 처지가 변하면서 생긴 가장 민감한 변화는 학생들 사이에서의 사라의 위상이었다. 모두에게 칭송받는 고귀한 신분이었던 사라는 이제 아예 학생 축에도 끼지 못하는 하찮은 존재로 추락해 버렸다. 할 일이 하루 종일 끊임없이 있었기 때문에 사실 아이들과 말을 섞거나 할 기회도 거의 없었다. 또 민친 교장이 일부러 사라를 교실 학생들에게서 최대한 멀리 떨어뜨려 놓으려 한다는 사실도 무시할 수 없었다.

"쟤가 다른 애들하고 계속 말을 하며 가까이 지내도록 내버려 둘 수는 없지. 여자 애들은 안 그래도 말이 많은데. 만약 사라가 자신을 동화 속 슬픈 주인공처럼 미화해서 감상적인 이야기를 만들어 퍼뜨리면, 그랬다가 혹시라도 학부모 귀에 들어가는 날이면 딱 오해를 사기 십상이란 말이야. 아무렴, 그 애는 분수에 맞게 따로 떨어져 있도록 하는 게 맞아. 이렇게까지 내쫓지 않고 특별히 계속 살게 해 주는데 그 정도로도 감지덕지해야 하고말고."

사라는 많은 걸 바라지는 않았다. 사실 자기가 먼저 나서서 어찌할 줄 모르고 우물쭈물하며 어색하게 구는 아이들을 웃는 얼굴로 대할 수도 없는 일이었다. 그런데다가 민친 학교 아이들은 워낙 부유하고 편안한 환경에 익숙하게 길들여진 탓에 대다수가 둔하고 감정이 메마른 아이들이었다. 아이들은 사라의 옷이 헤지고 짧아지며 이상하게 보일수록, 사라의 신발이 닳고 구멍투성이가 될수록 그리고 그런 차림으로 주방장에게 시도 때도 없이 불려 나가 양팔에 무거운 식료품을 사 들고 거리를 누비는 일이 잦아질수록 점차 사라를 하녀 대하듯 했다.

"저런 애를 한때는 다이아몬드 광산의 상속녀라고 믿었다니!"

라비니아가 한마디 했다.

"지금은 꼭 움직이는 기계라고 해도 믿겠어. 게다가 애가 전보다 더 이상해지지 않았어? 예전에도 쟤를 좋아한 적은 없었지만, 요즘엔 쟤가 사람들 속마음이라도 읽는 것처럼 말없이 물끄러미 쳐다보는 게 정말 소름 끼쳐."

"맞아."

사라가 지나가다가 라비니아의 말을 듣고는 발끈해 말했다.

"내가 그래서 쳐다보는 거야. 나는 사람들 마음을 읽는 게 좋거든. 그리고 나중엔 그걸 가지고 혼자 속으로 곰곰이 생각하기도 해."

라비니아는 한때 자신의 지위를 빼앗았던 사라에게 앙심을 품고는 그때 말고도 시도 때도 없이 시비를 걸어왔다. 하마터면 사라가 크게 골탕을 먹을 뻔한 경우를 간신히 모면했던 적도 한두 번이 아니었다.

그러나 사라는 아무런 보복도 하려 하지 않았고 어떤 문제가 생겨도 함부로 개입하지 않았다. 다만 노역꾼처럼 묵묵히 일만 할 뿐이었다. 짐 꾸러미나 바구니를 손에 들고 저벅저벅 젖은 거리를 걸어서 심부름을 다녔고, 쉴 새 없이 한눈을 파는 산만한 아이들에게 프랑스 어를 가르쳤다. 겉모습이 초라해지고 눈에 띄게 누추해지면서 밥도 식당에서 쫓겨나 부엌에서 먹게 되었고, 점차 조금씩 모두의 관심 밖으로 밀려났다. 사라의 마음속에서는 자존심이 굳어지는 만큼 상처도 커져 갔다. 그러나 절대 자신의 심정을 누구에게 드러내거나 하는 법이 없었다.

"군인은 불평하지 않는 법이야. 그러니까 나도 불평하지 않을 거야. 지금 나는 전쟁터에 있는 군인인 거야."

다만 이를 꽉 깨물고 이렇게 되새길 뿐이었다.

허나 사라는 아직 어린아이였고, 당연한 말이지만 외로움으로 무너질 위기를 겪지 않을 수 없었다. 만약에 사라 곁에 다음의 세 사람이 없었더라면 말이다.

 첫 번째 사람은 당연히 베키였다. 다락방에서 보낸 첫날 밤, 비록 벽 사이에서 쥐들이 찍찍대는 소리로 밤새 시끄러웠어도 그 벽 너머에 자기와 같은 아이가 존재한다는 사실에 사라는 묘한 안도감을 느꼈다. 그리고 날이 갈수록 베키의 존재가 주는 안도감은 더욱 커져 갔다. 둘 다 낮에는 서로 이야기할 기회가 거의 없었다. 각자 해야 할 일로 바쁘기도 했고 행여라도 둘이 말하고 있는 광경을 들켰다간 게으름을 피우며 시간을 낭비한다고 혼날 것이 뻔하기 때문이었다.

 "제가 밖에서 말을 공손하게 못해도 그냥 그러려니 하세요, 아가씨. 다른 사람 앞에서 아가씨한테 지금처럼 말하면 별로 안 좋을 수 있거든요. 그러니까 제가 공손하게 고맙다거나 미안하다는 말을 붙이지 않아도 이해해 주세요."

 비록 말은 그렇게 했지만 베키는 낮에도 틈만 나면 사라의 다락방에 몰래 들어와서 사라의 옷을 꿰매 놓거나 다른 이런저런 일을 해 준 다음 서둘러 다시 부엌으로 내려가곤 했다. 밤에도 항상 사라의 방문을 소심하게 두드리며 필요한 게 있는지 꼭 물어보고 갔다. 처음 몇 주 동안은 사라가 실의에 빠져 거의 말을 안 했기 때문에 다소 시간이 지난 후에야 서로의 방을 들락날락하며 이야기를 나누게 되었다. 마음에 큰 고통을 겪고 있는 사람은 우선 그냥 내버려 두는 편이 가장 낫다는 사실을, 베키는 알고 있었다.

 사라에게 힘이 된 두 번째 주인공은 어먼가드였다. 그러나 그렇게 되기까지의 과정은 결코 순탄치 않았다.

마침내 충격에서 벗어나 정신을 차렸을 때쯤, 사라는 자신이 그동안 어먼가드의 존재를 새까맣게 잊고 있었다는 사실을 깨달았다. 전부터 둘이 단짝 친구였던 것은 맞지만, 사라는 자신이 늘 어먼가드보다 몇 살은 많은 것 같다고 느꼈었다.

어먼가드는 정이 많고 모난 데가 없는 아이이긴 했지만 그만큼 멍한 구석도 많았다. 어먼가드는 그냥 철없이 사라를 졸졸 쫓아다니며 모르는 게 있으면 늘 물어보러 오고, 시도 때도 없이 얘기를 해 달라고 조르며 사라의 이야기라면 넋을 놓고 듣는 아이였다. 그러나 정작 그 자신은 아무런 얘깃거리도 없었고 책이라면 덮어놓고 싫어했다. 어먼가드는 시련에 처한 사라가 의지하고 싶은 사람이라고 할 수 없었고, 그래서 사라는 한동안 어먼가드를 잊고 살았다.

또 공교롭게도 그때쯤 어먼가드는 갑자기 몇 주 동안 집에 불려가는 바람에 학교에 없었다. 그래서 더 쉽게 기억 속에 묻혔고, 돌아오고 나서도 둘 다 처음 하루 이틀은 마주칠 기회가 없었다. 드디어 두 사람이 복도에서 마주쳤을 때는, 사라가 두 팔 가득 수선할 옷을 들고 아래층으로 내려가던 길이었다. 이미 사라는 옷을 수선하는 법도 배워 할 수 있게 되었을 무렵이었다. 사라는 안색이 창백했고, 예전과는 전혀 다른 사람처럼 보였다. 게다가 몸에 맞지 않는 우스꽝스러운 옷을 입고 짧은 치마 밑으로 깡마른 다리가 한참 드러나 보이니 더 낯설어 보였다.

워낙 둔한 어먼가드는 그런 상황에 어떻게 대처해야 할지 도무지 갈피를 잡지 못했다. 무슨 말을 먼저 꺼내야 할지도 전혀 생각이 안 났다. 사라에게 무슨 일이 생겼는지 들어서 어렴풋이 알고는 있었지만, 이 정도로 이상하고 불쌍해 보일 거라고는 상상조차 하지 못했었다. 사라는 거의 하녀 같은 차림이었다. 어먼가드는 정말 비참한 기분이었다. 그러나 막상 입에서는 히스테릭한 짧은 웃음만 나오며, 엉겁결에 별 뜻 없는 질문을 내뱉었다.

"어머, 사라, 정말 너야?"

"응."

사라는 길게 답하지 않았다. 그리고 갑자기 이상한 생각이 들었는지 얼굴이 붉어졌다. 사라는 두 팔로 옷가지를 한 아름 안고 떨어뜨리지 않으려고 턱으로 받히고 있었는데, 그런 와중에도 사라가 상대방을 묘하게 꿰뚫어 보는 듯한 눈빛으로 쳐다보자 어먼가드는 더욱 얼어붙고 말았다. 사라가 전과는 백팔십도 다른 사람이 된 것 같았고, 몰랐던 사람처럼 낯설게만 느껴졌다. 어먼가드는 아마도 사라가 갑자기 가난해지는 바람에 베키처럼 힘든 일도 하고 옷 수선도 해야 해서 그런가 보다 하고 짐작하는 수밖에 없었다.

"아, 그래⋯⋯ 그⋯⋯ 저기, 잘 지냈어?"

어먼가드가 말을 더듬으며 물었다.

"모르겠어. 너는 어때?"

사라가 대답했다.

"나는⋯⋯ 어⋯⋯ 나쁘지 않아."

어먼가드가 어쩔 줄 몰라 하며 수줍게 대답했다. 그러면서 불현듯 뭔가 더 친근한 말을 해 줘야 할 것 같은 마음이 들어 대뜸 물었다.

"너…… 있지, 많이 불행한 거야?"

그때 사라는 어먼가드에게 큰 잘못을 저질렀다. 순간 마음속 상처가 크게 부풀어 오른 나머지, 저렇게 멍청한 애라면 더 이상 말을 섞을 가치가 없다고 생각해 버린 것이었다.

"네 눈엔 내가 어떻게 보이는데? 행복해 보여?"

사라는 이렇게 말하고는 싸늘한 태도로 어먼가드를 남기고 떠났다.

훗날에야 서서히 깨달았지만, 사라는 그 당시 자신의 처지가 아무리 힘들었다 해도 또 어먼가드가 아무리 어색하고 얼떨떨하게 행동했다 해도, 자기가 그렇게 민감하게 반응하지 말았어야 했다고 후회했다. 어먼가드는 원래가 행동이 어색한 아이였고 또 긴장되는 상황일수록 더욱더 자기도 모르게 우스꽝스러운 행동을 하는 경향이 있었기 때문이다.

그러나 그때 당시 사라는 머릿속에 갑자기 이런 생각이 떠올랐기 때문에 민감하게 반응할 수밖에 없었다.

'얘도 다른 애들이랑 똑같아. 얘도 나랑 별로 말을 섞고 싶지 않은 거야. 다른 애들도 다 그렇다는 걸 알고서.'

그렇게 몇 주 동안이나 둘의 대치 상태는 계속되었다. 어쩌다 마주쳐도 사라가 재빨리 고개를 돌리며 외면해 버렸다. 그러면 어먼가드는 온몸이 뻣뻣하게 긴장이 되어서 아무 말도 붙이지 못했다. 서로 가볍게 아는 척을 하며 지나가는 때도 있었지만, 전혀 모르는 척 인사도 없이 지나칠 때도 많았다.

'나하고 별로 아는 척하고 싶지 않은 거라면 내가 아예 눈에 안 띄도록 해 주는 게 좋겠어. 어차피 민친 선생님이 본의 아니게 도

와주고 있으니까 말이야.'

사라는 이렇게까지 생각했다.

그리고 정말로 민친 교장이 본의 아니게 도와준 결과, 둘은 서로 마주치는 일이 거의 없어졌다. 어먼가드는 눈에 띄게 더욱 멍청해졌고 겉으로도 무기력하고 불행해 보였다. 창가 자리에 말없이 몸을 웅크리고 앉아서 물끄러미 창밖만 바라보고 있는 일도 잦아졌다. 한번은 제시가 지나다가 보고 궁금한 듯 물었다.

"너 왜 울어, 어먼가드?"

"나 우는 거 아냐."

어먼가드가 떨리는 목소리로 웅얼거렸다.

"울잖아! 방금 이만 한 눈물방울 하나가 네 콧잔등을 타고 떨어지는 거 봤거든. 그리고 봐, 지금 또 나오잖아."

"알았어. 내가 못나서 그런 거야. 그러니 신경 꺼 줘!"

어먼가드가 휙 하고 반대쪽으로 몸을 돌려 앉았다. 그러고는 손수건을 꺼내 몰래 눈가를 훔쳤다.

그날 밤, 사라는 평소보다 한참 늦은 시간에야 비로소 방에 돌아갈 수 있었다. 학생들 취침 시간이 지나고도 한 시간을 넘게 일한 데다가 그 후에도 혼자 쓸쓸한 교실에 가서 공부를 하다 왔기 때문이다. 맨 마지막 계단을 오를 때쯤, 다락방 문 밑으로 한줄기 빛이 새어 나오는 것이 보였다. 사라는 놀란 마음으로 생각했다.

"나 말고 방에 들어올 사람이 없는데 이상하다. 누가 촛불을 켜 놨네."

아니나 다를까 누가 다락방에 촛불을 켜 놓고 기다리고 있었다. 사라가 평소에 받아 오는 부엌 초가 아니고 학생들이 방에서 쓰는 초였다. 방 안을 자세히 살펴보니 잠옷을 입고 빨간 숄을 걸친 아이가 낡아서 삐걱이는 의자에 앉아 있었다. 어먼가드였다.

"어먼가드!"

사라는 소스라치게 놀란 나머지 간담이 서늘해져서 소리쳤다.

"너 이러다 큰일 나!"

앉아 있던 어먼가드가 휘청거리며 몸을 일으켰다. 그리고 너무 커서 헐떡거리는 침실 슬리퍼를 질질 끌면서 다락방을 가로질러 사라에게 다가왔다. 얼마나 울었는지 눈과 코 주위가 온통 벌겠다.

"알아. 이러다 들키면 큰일 나겠지. 그렇지만 신경 안 써. 그러라지 뭐. 그런데 사라, 제발 말해 줘. 내가 뭘 잘못한 거야? 내가 왜 싫어진 거야?"

어먼가드의 말에, 가슴 속에서 익숙한 뭔가가 올라와 사라의 목을 메이게 했다. 어먼가드의 목소리는 예전에 자기에게 '절친'이 되자고 말하던 다정하고 애정이 넘치는 목소리였다. 그 소리는 마치 지난 몇 주 동안 둘 사이에 있었던 일이 전혀 자기의 뜻과는 상관없다고 호소하는 듯했다.

"내가 널 왜 싫어해. 난 다만 있지, 이제 모든 것이 달라졌다고 생각했어. 그리고 너도 달라졌을 거라고 생각했어."

사라의 대답에 아직도 눈물이 그렁그렁한 어먼가드의 눈이 커다래졌다.

"뭐라고? 달라진 건 너였잖아. 나하고 말도 안 하려고 한 건 너잖아. 난 도무지 내가 뭘 어떻게 해야 하는지 알 수가 없었어. 내가 돌아온 다음에 변한 건 너였잖아."

어먼가드가 울면서 말했다.

사라는 잠시 생각에 잠겼다. 그리고 자신이 실수를 범했다는 사실을 깨달았다.

"실은, 난 전과 많이 달라. 다만 네가 말하는 그런 방식으로는 아니지만. 내가 다른 애들이랑 말하면 민친 선생님이 싫어하시거든. 어차피 나랑 말하려는 애들도 거의 없고. 그래서 너도 그렇지 않을까 생각했어. 그래서 일부러 피해 준 거야."

"오, 사라."

어떻게 그런 생각을 할 수 있냐는 듯이 어먼가드가 슬픈 목소리로 외쳤다. 둘은 서로를 한번 바라보고는 누가 먼저랄 새도 없이 부둥켜안았다. 아니, 빨간 숄을 두른 어먼가드의 넓은 어깨 위에 사라의 작은 머리가 잠시 얹어져 있었다고 말하는 편이 더 어울리겠다. 사실 사라도 그 즈음 어먼가드조차 자기를 외면한다고 생각하면서 끔찍이도 외로웠었다.

잠시 후 사라는 두 팔로 다리를 감싸안아 앉았고 어먼가드도 숄을 뒤집어쓰고 바닥에 앉았다. 어먼가드가 애정을 가득 담은 눈으로 사라의 얼굴을 쳐다보았다.

"나, 더 이상은 참을 수가 없었어. 사라 너는 내가 없이 살 수 있겠지만 나는 있지, 너 없이는 살 수가 없어. 난 죽은 거나 다름없었어. 오늘 밤에도 이불 속에서 그런 생각을 하면서 울고 있는데 갑자기 너한테 가서 우리 다시 친구가 되면 안 되겠느냐고 애원이라도 해 보자 하는 생각이 드는 거야."

"넌 나보다 좋은 애구나. 난 자존심 때문에 너한테 감히 친구로 지내자고 할 생각을 못했는데. 이제 알겠지? 시험에 들어 보니 나는 별로 좋은 애가 아니었나 봐. 전에 안 그래도 내가 시험에 빠지면 본색이 드러날까 봐 두려웠는데. 아마도……."

사라가 이맛살을 찌푸리며 깊은 생각에 잠기는 듯했다.

"아마도 나를 시험하려고 이런 일이 생긴 건가 봐."

"그래도 내 눈에는 이 상황이 전혀 좋을 리 없어 보이는걸."

어먼가드가 딱 잘라 말했다.

"실은 나도 마찬가지야."

사라가 솔직하게 인정했다. 그리고 계속 말했다.

"그렇지만 아무리 그래도 설마 나쁜 면만 있지는 않을 거야. 당장은 안 좋은 점만 보일지 몰라도. 혹시 알아? 어쩌면…… 민친 선생님한테도 좋은 면이 있을지?"

갑자기 어먼가드가 석연찮은 눈빛으로 다락방 안을 두리번거렸다.

"사라, 너 이런 데서 어떻게 살 수 있어?"

어먼가드의 말에 사라도 주위를 둘러보았다.

"여기가 다른 곳이라고 상상하면 돼. 아니면 여기가 이야기 속에 나오는 장소라고 상상을 하거나."

사라가 말하는 속도가 느려졌다. 다시금 상상의 나래를 펴기 시작했다는 신호였다. 예전 그날 이후 한동안 없었던 일이었다. 그동안 사라는 상상할 수 있는 힘조차 사라졌다고 생각했었다.

"여기보다 더한 곳에서 사는 사람들도 있었는걸. 이프 성 지하 감옥에 갇혔던 몬테크리스토 백작을 생각해 봐. 그리고 바스티유 감옥에 갇혔던 사람들도 있잖아!"

"바스티유라……."

어먼가드가 낮게 탄식을 내뱉었다. 그러면서 마치 그 속에 빠져들기라도 할 것처럼 사라의 눈을 바라보았다. 이전에 사라가 수도 없이 말해 줘서 뇌리에 박힌 프랑스 혁명 이야기가 다시 살아난 것처럼 머릿속에 생생하게 떠올랐다. 그것은 오직 사라만이 할 수 있는 일이었다.

사라의 눈이 반짝이며 예전 같은 친숙한 눈빛을 비쳤다.

"응."

사라가 무릎을 당겨 앉으며 말했다.

"여기가 거기라고 생각하면 견딜 수 있을 것 같아. 나는 바스티유 감옥의 죄수가 된 거지. 일 년 이 년…… 그렇게 수년을 여기서 지내다 보니 모두가 내 존재를 잊어버린 거야. 민친 선생님은 교도소장이고 그리고 베키는……."

사라의 눈이 또 반짝였다.

"베키는 옆방 죄수라고 하자."

예전 모습으로 돌아온 사라가 어먼가드를 보며 계속 말했다.

"난 그렇게 상상할래. 그러면 많은 위로가 될 것 같아."

어먼가드가 한참 도취된 눈으로 사라를 우러러보며 말했다.

"나한테도 그 이야기 계속 해 주면 안 돼? 밤에 내가 올라올게. 안전하다고 생각되는 날엔 매일 올게. 그러면 네가 낮에 지은 이야기를 나한테 들려줘. 응? 그러면 우리는 전보다도 더 친한 '절친'이 될 수 있을 거야."

"좋아. 고난은 사람을 시험에 들게 하는 법인데, 이번에 나한테 닥친 고난으로 네가 얼마나 좋은 애인지 깨달았거든."

사라가 고개를 끄덕이며 말했다.

9. 멜키세덱

 세 명 중 마지막은 바로 로티였다. 로티는 아직 많이 어려서 고난이라는 게 무엇을 의미하는지 잘 몰랐지만, 양엄마 사라의 엄청나게 변해 버린 모습에 적지 않게 놀란 건 확실했다. 뭔가 이상한 일이 생겼다는 건 소문으로 들어 어렴풋이 알고 있었으나 그래도 왜 저렇게까지 달라져 버린 건지 도무지 이해가 안 갔다. 왜 항상 검은 옷만 입고, 교실에서도 늘 앉던 특별석이 아닌 애들 옆자리에 앉아서 자기 공부는 하지 않고 가르치기만 하는 건지. 또 그 와중에 에밀리가 엄숙한 태도로 앉아 있던 방에서 사라가 쫓겨났다는 사실이 알려지자, 어린 학생들 사이에 이런저런 얘기가 많이 오갔다. 그렇지만 로티를 가장 어리둥절하게 만든 건 사라가 어떤 질문에도 속 시원히 대답해 주지 않는다는 사실이었다. 쉬운 문제라도 일곱 살짜리 아이가 알아듣게 하려면 몇 번이고 확실하게 설명을 해 줘도 모자를 판에 말이다.

"사라 엄마, 이제 엄청 가난해진 거야?"

사라가 처음으로 아이들의 프랑스 어 수업을 맡은 날 아침, 로티가 천진난만하게 물었다.

"거지처럼 가난해진 거야?"

로티는 통통한 손으로 사라의 마른 손을 잡으며 눈물이 그렁그렁한 눈을 동그랗게 떴다.

"나 엄마가 거지처럼 가난해지는 거 싫어."

로티는 당장이라도 울음을 터뜨릴 듯했다. 사라가 다급히 로티를 달래며 씩씩하게 말했다.

"거지들은 아무 데도 살 데가 없잖아. 나는 살 곳이 있는걸."

"어디 사는데?"

로티가 집요하게 파고들었다.

"엄마 방에 다른 애가 살던걸. 거기다 방도 전만큼 예쁘지 않아."

"나는 다른 방에 살아."

"거기도 좋아? 나도 가 보고 싶어."

"로티 너, 떠들면 안 돼. 민친 선생님이 여길 보고 있단 말이야. 네가 계속 떠들면 선생님이 나한테 화를 내실 거야."

사라는 안 좋은 일이 생기면 모두 다 자기 책임이 될 거라는 사실을 이미 눈치로 알고 있었다. 아이들이 딴 짓을 하거나 떠들거나 안절부절 못하고 들썩이기라도 하면 그것은 모두 사라가 혼날 구실이 되었다.

그러나 고집이라면 로티를 당해 낼 사람이 없었다. 사라가 알려 주지 않으면 다른 방법으로라도 어떻게든 알아내야만 했다. 로티는 또래들에게 물어보거나 언니들에게 매달리고, 주위에서 관련된 얘기를 하는 것 같으면 유심히 귀를 기울여 누군가 무심코 흘린 얘기에서 지레짐작하는 등 여러 방법으로 정보를 수집했다.

그리고 어느 늦은 오후, 그 정보를 바탕으로 모험에 나섰다. 이제까지는 있었는지도 몰랐던 계단을 오르고 또 올라 마침내 꼭대기 층에 도달했다. 눈앞엔 방문 두 개가 있었다. 로티가 그 중 하나를 열었다. 사랑하는 엄마 사라가 그곳에서 낡은 탁자에 올라 창문 밖을 내다보고 있었다.

"사라? 사라 엄마!"

얼굴이 하얗게 질린 로티가 소리쳤다. 로티의 눈에 비친 다락방은 끔찍할 정도로 황량하고 누추해서 도저히 세상에 있을 법한 공간이라고 믿어지지 않는 곳이었다. 어린아이인 로티에게는 지금껏 올라온 계단만 해도 한 수백 개쯤 되는 것처럼 까마득하게 느껴졌다.

그 소리에 사라가 고개를 돌렸다. 사라도 얼굴이 하얗게 질렸다. '이제 어쩌면 좋지.' 하는 생각이 가장 먼저 들었다. 만약 로티가 울어서 누가 듣기라도 하면 그때는 둘 다 큰일이었다. 사라가 탁자에서 펄쩍 뛰어내려 로티에게 달려갔다.

"울면 안 돼. 조용히, 쉿. 만약 로티가 울면 내가 혼날 거야. 안 그래도 오늘 하루 종일 혼나다 왔단 말이야. 로티야 여기가…… 말이지, 그렇게까지 나쁘지만은 않아."

사라가 애원했다.

"정말?"

로티는 숨을 죽이고 주위를 다시 한 번 둘러보았다. 그러면서 입술을 꽉 깨물었다. 아직 철없는 어린애이긴 했지만, 좋아하는 사라 엄마를 위해서라면 그 정도 참아 줄 용기는 내야 한다고 생각했다. 그러면서 또 문득 '사라 엄마가 사는 곳이라면 어디라도 그렇게 나쁠 리 없어.' 하는 생각이 떠올랐다.

"그런데 어떻게, 사라 엄마?"

로티가 소근소근 속삭이듯 물었다.

사라는 로티를 끌어안고 애써 소리 내어 웃었다. 어린아이의 폭신하고 따뜻한 몸을 품에 안으니 왠지 위로가 되는 느낌이었다. 좀 전까지는 고단하고 힘든 하루 일과에 지쳐 붉어진 눈시울로 창밖을 내다보고 있던 중이었다.

"여기에선 아래층에서 볼 수 없는 온갖 것들을 볼 수 있어."

"어떤 거?"

로티가 눈을 반짝이며 물었다. 늘 그렇듯 이번에도 사라는 로티의 잠자던 호기심을 흔들어 깨웠다.

"굴뚝을 훨씬 가까이에서 볼 수 있거든. 그러면 굴뚝에서 나는 연기가 동그라미 모양으로 구름처럼 하늘로 올라가는 것도 볼 수 있어. 참새들이 콩콩콩 뛰면서 수다 떨듯 지저귀는 것도 볼 수 있고. 그리고 있지, 저 많은 다락방에는 누가 살까? 봐, 지금 당장이라도 누군가 창문으로 고개를 내밀 것 같지 않아? 그 모든 것이 이렇게 높은 곳에 펼쳐져 있는 거야. 마치 다른 세상에 온 것처럼."

"와. 나도 보여 줘! 위로 올려 줘!"

로티가 외쳤다.

사라가 로티를 들어올려서 같이 탁자로 올라갔다. 둘은 낡은 탁자 위에서 함께 지붕 위로 난 창문에 기대어 밖을 바라보았다.

그런 경험을 해 보지 못한 사람이라면 그 둘이 본 세상이 얼마나 달라 보였는지 알 수가 없을 것이다. 비스듬한 지붕의 끝자락마다 빗물 받는 기다란 관이 끝없이 펼쳐지듯 달려 있고, 참새들이 그 지붕 위를 둥지 삼아 짹짹거리면서 마음껏 뛰어다니는 세상을 말이다. 지금도 막 가까운 굴뚝 근처에서는 참새 두 마리가 자리 잡고 신 나게 싸우다가, 결국 한 마리가 다른 한 마리를 콕 쪼아서 멀리 쫓아내는 장면이 연출되었다.

옆집 다락방은 사람이 살지 않는지 창문이 굳게 닫혀 있었다. 그 방을 보며 사라가 말을 꺼냈다.

"저기에 누군가 살았으면 좋겠어. 저렇게 가까운데, 저 방에 여자 애가 산다면 창문을 통해 이야기도 나누고, 지붕 위에 올라가서 직접 만날 수도 있을 텐데. 밑으로 떨어질까 봐 조금 무섭긴 하겠지만."

로티는 땅에서는 생각지도 못할 정도로 가까워 보이는 하늘에 흠뻑 빠져 버렸다. 수많은 굴뚝 사이에 있는 다락방 창문으로 보이는 세상은 아래 세상을 까마득히 잊게 해 주기에 충분했다. 민친 선생님도, 아멜리아 선생님도, 교실도 아주 까마득히 먼 일만 같았다. 광장에서 들리는 수레바퀴 소리도 다른 세상에서 나는 소리 같았다.

"와, 사라 엄마! 나 여기 다락방이 맘에 들어! 정말 좋아! 아래층보다 더 멋있어!"

"저 참새를 봐. 나눠 줄 빵 부스러기라도 있으면 좋을 텐데."

사라가 로티의 귀에 속삭였다.

"나한테 있어! 주머니에 빵 조금 있어! 내가 어제 나가서 1페니

주고 샀는데 조금 남았거든."

로티가 흥분에 휩싸여 탄성을 질렀다.

빵 부스러기를 조금 던지자 참새가 펄쩍 뛰어 날아오르더니 가까이 있는 굴뚝 위에 와서 앉았다. 다락방에서 기척이 있을 거라고는 전혀 예상도 못했다는 듯 갑자기 떨어진 빵 부스러기에 깜짝 놀란 모양이었다. 로티는 바짝 숨을 죽였다. 사라가 다정하게 짹짹 소리를 내며(마치 사라 자신이 참새가 된 것처럼!) 새를 유인했다. 참새는 깜짝 놀라 달아났다가 비로소 그게 자신을 향한 환대라는 사실을 깨달은 것 같았다. 참새는 굴뚝 위에 앉아 고개를 이쪽으로 쭉 뻗고는 눈을 깜빡이며 빵 부스러기를 내려다보았다. 로티는 더 이상 가만히 참고 볼 수만은 없다는 듯 사라에게 귓속말로 물었다.

"올까? 정말 올까?"

"눈빛을 보니까 그럴 것도 같은데? 지금 그래도 안전할지 곰곰이 생각하고 있는 중인 거 같아. 아, 온다!"

참새가 날아 내려왔다. 그리고 빵 부스러기 쪽으로 총총 뛰어오다가 얼마 앞에서 또 멈추고는 고개를 갸우뚱해 보였다. 사라와 로티가 커다란 고양이로 돌변해서 자기를 덮치지는 않을까 겁이 나는 모양이었다. 그러길 한참 후 결국은 사라와 로티가 자기편이라는 판단이 들었는지 조금씩 조금씩 앞으로 다가왔다. 그러고는 번개처럼 순식간에 제일 큰 빵 부스러기를 찍어 입에 물고 아까 그 굴뚝 위로 다시 날아갔다.

"이제는 우리가 괜찮다는 걸 알 거야. 가서 친구들도 데리고 올 걸."

사라가 말했다.

참새는 진짜 다시 돌아왔다. 정말로 친구도 하나 데려왔다. 그 친구는 가서 또 다른 친척도 데려왔다. 참새들은 기쁨의 환호를 외치면서 신이 나서 재잘거리며 풍성한 식사를 즐겼다. 그러면서도 이따금씩 먹기를 멈추고 사라와 로티를 관찰하듯 흘끔흘끔 쳐다보았다. 로티는 너무 기뻐서 처음 다락방을 보고서 받았던 충격도 까맣게 잊어버렸다.

잠시 후 탁자에서 내려와 현실로 돌아왔을 때, 실제로는 변한 게 아무것도 없는 방이었는데도 사라는 로티에게 이전까지 자신도 몰랐던 다락방의 아름다움을 하나하나 집어서 얘기해 줄 수 있었다.

"여긴 정말 작은 데다 모든 것 위에 올라와 있어서 꼭 나무 위 둥지에 와 있는 것 같은 느낌이 들어. 천장도 비스듬하게 기울어져 있는 게 정말 재미있지 않니? 있지, 방 저쪽 끝에서는 천장이 너무 낮아서 일어서면 머리가 닿아. 아침이 되면 침대에 누워 있어도 저절로 지붕 위 창문으로 하늘이 보이고. 마치 빛나는 네모난 천 조각 같다고 할까? 해가 나는 날에는 하늘에 조그만 분홍색 구름이 둥둥 떠다니는데, 팔을 뻗으면 그대로 손에 닿을 것 같은 느낌이 들어. 그리고 비가 올 때는 천장을 두드리는 빗소리가 마치 따뜻한 목소리로 나한테 말을 건네는 듯한 기분이 드는 거야. 그러다 밤이 되어서 별이 뜨면 자리에 누워서 저 창문 안에 별이 과연 몇 개나 들어갈까 세어 보는 거지. 너무 많아서 세는 데 한참 걸리겠지? 참, 저기 구석에 있는 앙증맞은 난로를 봐. 지금은 녹슬었지만 잘 닦아서 불을 피우면 정말 예쁠 것 같지 않아? 그렇지? 여긴 정말 작고 예쁜 방이야."

사라는 로티의 손을 잡고 작은 방 안을 빙빙 돌며 곳곳마다 손짓을 하면서 아름답게 묘사해 주었다. 이제 로티의 눈에 보이는 다락방은 사라가 말하는 모습 그대로였다. 사라가 머릿속에 그려 주는 거라면 로티는 언제나 그대로 믿을 수 있었다.

"있지, 여기 바닥에는 두텁고 보드라운 파란색 인도산 카펫이 깔려 있는 거야. 그리고 구석에는 작지만 푹신한 소파가 있고, 그 위에는 끌어안고 싶게 만드는 포근한 쿠션이 놓여 있어. 바로 뒤로는 책장이 있어서 읽고 싶은 책이 있으면 언제라도 손을 뻗어서 쉽게 꺼낼 수 있지. 난로 앞에는 털 양탄자가 깔려 있고, 벽에는 하얀 칠을 가려 주는 그림들이 걸려 있어. 물론 벽이 작으니까 작은 그림밖에 못 걸겠지만 그래도 예쁜 그림들이 있는 거야. 은은한 장밋빛을 내뿜는 램프도 있고, 탁자 한가운데에는 찻잔 세트도 있어. 난로 위에서는 작고 둥근 구리 주전자가 보글보글 소리를 내며 끓고 있는 거야. 침대도 이런 거 말고 푹신하고 보드라운 실크 이불이 덮여 있다고 상상해 봐. 정말 예쁘겠지? 그리고 어쩌면 참새를 꼬여서 친구 삼을 수 있을지도 모르겠다. 그렇게 되면 종종 참새들이 찾아와서 창문을 콕콕 쫗으며 안으로 들여보내달라고 하겠지."

"와, 사라 엄마! 나도 여기서 살고 싶어!"

로티가 탄성을 질렀다.

사라는 내려가지 않겠다는 로티를 내려보내려고 한참 동안 어르고 달래야 했다. 결국 로티를 아래층까지 데려다 주고 돌아온 사라는 다락방 한가운데 서서 주위를 둘러보았다. 로티를 위해 지어냈던 환상이 모두 사라져 버린 후였다. 딱딱한 침대에는 때가 꼬질꼬질 낀 이불밖에 없었고, 벽의 하얀 칠은 곳곳이 벗겨져 흉했으며 바닥은 차갑고 딱딱하기만 했다. 녹슨 난로는 거의 망가져 있었고, 방 안에서 유일하게 앉을 데라고는 낡아 빠진 의자뿐이었는데 그마저도 한쪽 다리가 부러져 옆으로 기울어 있었다. 사라는 거기 앉아 손에 얼굴을 묻고 한동안 엎드려 있었다. 로티가 왔다 가고 나니 방이 한층 더 끔찍해 보였다. 사람들이 면회를 왔다 간 후에는 죄수들이 한층 더 외롭고 쓸쓸해진다고 하더니 이게 바로 그런 건가 싶었다.

"여긴 정말 외로운 곳이야. 어쩌면 세상에서 가장 외로운 곳이 여기인 것 같아."

사라가 혼잣말로 중얼거렸다.

이런저런 생각에 빠져 앉아 있는데 문득 사라의 주의를 끄는 작은 소리가 들렸다. 사라는 고개를 들고 소리가 어디서 나는지 살폈다. 큰 쥐 한 마리가 뒷다리를 받치고 앉아서 뭔가에 홀린 듯 코를 킁킁거리고 있었다. 사라가 겁이 조금만 더 많았다면 그 순간 화들짝 놀라 일어나서 황급히 뒷걸음질쳤을 것이다. 로티가 바닥에 빵 부스러기를 떨어뜨렸는지 쥐구멍에서 그 냄새에 이끌려 나온 모양이었다.

사라는 회색 빛 수염을 가진 난쟁이 같이 특이한 느낌을 풍기는 그 쥐에게 묘하게 끌렸다. 쥐는 사라에게 뭔가를 호소하듯 눈을 반짝이며 올려다보았다. 그 눈빛이 너무도 특이해서 사라의 마음속에는 또 엉뚱한 생각이 떠올랐다.

'쥐로 산다는 건 얼마나 힘든 일일까? 아무도 좋아해 주지를 않잖아. 사람들이 자기만 보면 '어, 징그러운 쥐다!' 하고 외치며 멀리 달아날 텐데. 나만 해도 사람들이 만약 날 보고 막 소리치며 달아나면 정말 기분이 안 좋을 거야. 게다가 나를 잡으려고 먹이로 가장한 덫도 놓을 테니. 아, 참새랑은 정말 다른 처지네. 사실 얘도 쥐가 되고 싶어 된 건 아니잖아. 아무도 '너 참새가 될래, 쥐가 될래?' 하고 물어보지도 않았을 테고.'

사라가 아무 미동도 없이 조용히 계속 앉아만 있자 쥐는 용기를 내기 시작했다. 아직 겁을 많이 내고 있기는 했지만, 아마도 아까 그 참새처럼 사라가 자기를 해칠 사람이 아니라는 걸 본능적으로 느끼고 있는지도 몰랐다. 우선은 무엇보다 배가 너무 고팠고 벽 뒤에는 부인과 아이들도 기다리고 있는 터였다. 며칠 동안이나 먹을 걸 찾으려고 필사적으로 돌아다녔지만 허탕만 쳤다. 배고파 우는 아이들을 두고 무거운 마음으로 집을 나섰는데, 빵 부스러기를 눈앞에 두고 그냥 포기할 수만은 없었다. 쥐는 조심스럽게 한발을 앞으로 내디뎠다.

"어서 와. 나는 덫이 아니야. 가엾은 것! 와서 가져가도 돼. 바스티유 감옥에 갇혔던 죄수들도 쥐랑 친하게 지냈었대. 나도 너랑 친구가 될 수 있을지 몰라."

어떻게 그게 가능한지는 알 수 없지만 동물은 분명히 사람의 마음을 이해할 수 있는 것 같다. 어쩌면 말로 이루어진 언어가 아닌, 세상 누구나 보편적으로 느낄 수 있는 무언의 언어가 있는지도 모른다. 혹은 모든 것에 영혼이 깃들어 있어 소리 없이도 다른 영혼과 소통이 가능한 건지도 모른다.

어쨌든 이유가 무엇이었든 간에 쥐는 자신이 안전하다는 사실을 직감적으로 깨달았다. 자기가 아무리 쥐에 불과하다고 해도 바로 앞에 있는 이 작은 사람은 자기를 보고 펄펄 뛰며 겁을 주려 꽥 하고 소리를 지를 사람도 아니었고, 자기에게 함부로 무거운 물건을 내던질 사람도 아니었다. 까닥하다 도망치지 못하고 그런 무거운 물건에 맞으면 죽을 수도 있었다. 사실 그 쥐는 매우 착한 쥐로, 사람에게 해를 끼치려는 의도가 전혀 없었다. 아까 전에 앉아서 킁킁거리고 냄새를 맡다가 사라와 마주쳤을 때에도 쥐는 그 마음을 사라가 알아 주기를, 그래서 자신을 적으로 간주하고 미워하지 않기를 속으로 간절히 바랐다. 그러다 신비로운 조화로 말 없이도 사라의 마음이 쥐에게 전해졌을 때, 쥐는 비로소 살금살금 앞으로 나와 바닥에 있는 빵 부스러기를 조금씩 갉아먹기 시작했다. 그러면서 조금 전에 참새가 그랬던 것처럼 흘끔흘끔 사라를 계속 쳐다보았는데, 한없이 미안하다는 표정을 짓는 것 같아서 사라는 마음이 조금 아려왔다.

사라는 가만히 앉아 쥐를 지켜보았다. 부스러기 중에는 다른 조각보다 훨씬 커서 부스러기라고 할 수 없는 빵 조각이 하나 있었는데, 당연한 말이겠지만 쥐는 그 조각을 몹시 탐내는 듯했다. 하지만 그 조각이 사라 가까이에 떨어져 있다는 게 문제였다. 쥐는 쉽사리 엄두를 내지 못했다.

'저건 벽 속에 있는 식구들에게 가져다주고 싶은 걸 거야. 내가 꼼짝하지 않고 가만히 있으면 용기를 내어 다가와 가져갈지도 몰라.'

사라는 이렇게 생각하며 그 상황에 푹 빠진 나머지 숨소리마저 꾹 참고 가만히 기다렸다. 마침내 쥐가 떨어진 빵 부스러기를 먹으면서 살금살금 앞으로 나왔다. 그러더니 또 멈추어 서서 조용히 코를 킁킁거리며 사라를 한 번 더 흘끔 쳐다보았다. 쥐는 조금 망설이는가 싶더니 아까 참새가 그런 것처럼 순식간에 빵 조각을 낚아채고는, 뒤도 안 돌아보고 벽 쪽으로 후다닥 달아나 벽 아래 나 있는 틈으로 쏙 들어가 버렸다.

"정말 아이들을 주려고 한 게 맞았어! 나 저 쥐랑 친구할 수 있을 거 같아."

그 모습을 보던 사라가 기뻐하며 말했다.

일주일 정도 지났을 무렵, 자주는 아니었지만 기회가 있을 때마다 올라오던 어먼가드가 또 몰래 사라의 다락방을 찾았다. 손끝으로 방문을 톡톡 두드렸는데도 2-3분이 지나도록 사라가 문을 열어 주지 않았다. 어먼가드는 문에 귀를 기울였다. 방 안이 하도 조용하길래 어먼가드는 사라가 벌써 잠들었나 생각하며 돌아갈까 했다. 그런데 그때 놀랍게도 안에서 낮은 웃음소리와 함께 뭐라고 하는지 소근소근 속삭이는 소리가 들리는 것이었다.

"저기! 멜키세덱, 저기 있으니까 가져 가! 부인에게 갖다줘."

그와 동시에 문이 활짝 열렸다. 사라가 나와서 얼떨떨한 모습으로 문지방에 서 있는 어먼가드를 맞이했다.

"누구……랑 말한 거야, 사라?"

어먼가드가 숨도 제대로 못 쉬며 사라에게 물었다.

사라는 우선 어먼가드를 안으로 들였다. 그리고 뭐가 그리 즐거운지 들뜬 표정으로 말했다.

"네가 무서워하지 않을 거라고 약속하면 말해 줄게. 그렇지만 조금이라도 소리 지를 거면 말 못해."

어먼가드는 그 말만 듣고도 오싹해서 소리를 지르고 싶었지만 간신히 꾹 참았다. 주위를 아무리 둘러보아도 아무도 없는 게 확실했다. 그러나 아까 들은 건 분명 사라가 누군가와 말하는 소리였다. 문득 유령이 있는 건가 하는 생각이 들었다.

"그거…… 내가 무서워할 만한 그런 거야?"

어먼가드가 소심하게 물었다.

"무서워하는 사람들도 있긴 해. 나도 처음엔 그랬으니까. 그렇지만 지금은 아니야."

"혹시…… 유령이야?"

어먼가드는 몸을 벌벌 떨고 있었다. 사라가 웃으며 대답했다.

"아니. 쥐야 쥐. 내 쥐."

어먼가드는 화들짝 놀라며 침대 한가운데로 뛰어 올라가더니, 잠옷 속에 쭈그리고 앉아서 빨간 숄을 덮어 몸을 칭칭 동여맸다. 다행히 소리는 지르지 않았지만 겁에 질려 숨을 헐떡거렸다.

"으아! 으아! 쥐라고? 쥐!"

어먼가드는 최대한 작은 소리로 비명을 질렀다.

"안 그래도 네가 무서워할까 봐 걱정했는데. 하지만 겁낼 필요 없어. 내가 잘 길들이고 있거든. 이제는 나를 알아보고, 내가 부르면 밖으로 나오기도 해. 정말 그렇게 무서워? 무서워서 보지도 못하겠어?"

첫 만남 이후로 사라는 날마다 부엌에서 남은 음식 찌꺼기를 챙겨다 주며 그 쥐와 특별한 우정을 쌓고 있었다. 그러면서 점차 자기가 우정을 나누는 그 수줍음 많은 존재의 정체가 다름 아닌 '쥐'라는 사실도 잊어가고 있었다.

어먼가드는 처음엔 너무 놀라 움직일 엄두를 못 내고 침대 위에 쪼그려 앉아 덜덜 떨기만 했다. 그러나 차츰 사라의 침착한 표정에 힘을 얻고 멜키세덱을 처음 만난 이야기를 들으면서, 조금씩 호기심이 생겨나기 시작했다. 그러다 결국은 침대 끄트머리 쪽까지 옮겨와 숨을 죽인 채 사라가 벽에 나 있는 틈 앞에 앉아 고개를 숙이고 쥐를 불러내는 모습까지 구경하게 되었다.

"걔가…… 막 침대로 뛰어 올라오는 건 아니지? 그치?"

"아니. 그러지는 않을 거야. 우리처럼 예의가 바른 쥐거든. 사람이나 마찬가지야. 자 봐 봐."

사라가 작은 소리로 휘파람을 불었다. 간신히 들릴까 말까 할 정도로 작은 소리였다. 어먼가드는 그 일에 완전히 몰두한 사라를 보며, 잠시 사라가 꼭 마법을 걸고 있는 마법사 같다고 생각했다. 몇 번 정도 휘파람을 불자 정말 그 소리를 듣고서 나왔는지, 쥐 구멍 사이로 큰 눈에 수염이 난 회색 쥐가 빠끔히 머리를 들이밀었다. 사라가 손에 쥐고 있던 빵 부스러기를 바닥에 조금 떨어뜨리자 멜키세덱이 사뿐히 앞으로 나와서 먹이를 먹기 시작했다. 그리고 조금 크다 싶은 조각을 집자 그건 먹지 않고 숙연하게 손에 들고서 벽 속으로 들어갔다.

"봐, 저건 부인과 아이들에게 갖다주려는 거야. 멜키세덱은 매우 착한 쥐거든. 자기는 작은 조각만 먹고 큰 건 항상 집으로 가져가. 조금만 기다려 봐, 그러면 이제 그 식구들이 찍찍거리며 환호성을 지르는 소리를 들을 수 있을 거야. 그때는 세 가지 종류의 다른 소리가 들리는데, 하나는 아이들이 내는 소리고 다음은 멜키세덱의 부인이 내는 소리 그리고 마지막은 멜키세덱이 기쁨에 겨워

내는 소리야."

어먼가드가 웃기 시작했다.

"우아, 사라! 넌 정말 특이한 애야! 그리고 너무 착해."

"나도 알아. 내가 특이하단 거. 그리고 착한 건, 그러려고 노력하는 거야."

사라가 밝은 목소리로 인정하듯 말했다. 그러고는 작은 손을 들어 이마를 살살 문지르며 슬픈 표정과 궁금한 표정을 동시에 지으며 말했다.

"아빠도 매일 나를 그렇다고 놀렸었는데…… 그렇지만 난 그게 싫지 않았어. 아빠는 날 특이하다고 놀리면서도 내가 이야기를 만들어서 들려주면 좋아하셨어. 난 나도 모르는 사이에 늘 이야기를 지어내. 그리고 지금은 그거라도 하지 않으면 내가 어떻게 살 수 있을지 모르겠어."

사라는 말을 멈추고 주위를 빙 둘러보았다. 그러고는 더 작은 목소리로 말했다.

"아마도 여기서 이렇게는 못 살았을 거야."

어먼가드는 늘 그랬던 것처럼 사라의 이야기에 푹 빠져들었다.

"네가 해 주는 이야기는 실제로 일어나고 있는 일인 것처럼 들려. 멜키세덱만 봐도 정말 꼭 사람 같아."

"멜키세덱은 진짜 사람이나 마찬가지야. 우리처럼 똑같이 배도 고프고 겁에 질리기도 하잖아. 결혼을 해서 아이들도 있고. 어쩌면 우리처럼 생각도 할 수 있는지 몰라. 멜키세덱의 눈을 보고 있으면 정말 사람을 쳐다보고 있는 것 같거든. 그래서 내가 일부러 이름도 붙여 준 거고."

사라는 이렇게 말하면서 자신이 가장 좋아하는 자세로 바닥에 다리를 모으고 앉았다.

"그리고 멜키세덱은 내 친구가 되어 주려고 바스티유에서 온 쥐야. 주방에서 버리는 빵 조각을 조금만 갖다준다면 내가 충분히 먹여 살릴 수 있어."

"여기 아직도 바스티유야? 항상 여기가 바스티유라고 생각하는 거야?"

"거의 항상 그래. 어떤 때는 다른 곳이라고 상상하기도 하지만 보통은 바스티유가 가장 맞는 거 같아. 특히 추울 때는 더욱."

바로 그때, 벽 너머에서 똑똑 하고 두 번의 노크 소리가 났다. 어먼가드는 소스라치게 놀라서 하마터면 침대에서 떨어질 뻔했다.

"뭐지?"

어먼가드가 소리쳤다. 사라가 바닥에서 일어나며 비장한 목소리로 대답했다.

"옆방 죄수가 보낸 신호야."

"아, 베키구나!"

어먼가드의 눈빛이 반짝였다.

"응. 있지, 노크를 두 번 하면 그건 '거기 있나, 친구?' 이런 뜻이야."

사라는 답신을 하듯 벽에 다가가서 노크를 세 번 했다.

"노크를 세 번 하면, '그렇다. 여기 있다. 여기는 모든 게 정상이다.'란 뜻이야."

베키 방 쪽에서 노크 소리가 네 번 들렸다.

"이건, '그렇다면 동병상련의 아픔을 겪고 있는 친구여, 오늘 밤도 편히 잠들게.'라는 뜻이야."

사라의 설명에 어먼가드가 눈을 반짝이며 작은 소리로 외쳤다.

"와, 사라! 정말이지, 여기는 마치 이야기 속에 들어와 있는 것 같아!"

"이야기지. 모든 게 이야기야. 너도 그렇고 나도 그렇고. 민친 선생님도 이야기야."

사라는 다시 앉아서 이야기를 계속 이어 나갔다. 어먼가드는 이야기에 푹 빠져들어 자신이 일종의 탈옥한 죄수라는 사실도 깜빡 잊어버리고 있다가, 결국 사라가 바스티유에서 밤을 함께 지샐 수 없다는 사실을 거듭 상기시켜 주고 나서야 마지못해 자기 방에 내려가 쓸쓸하게 잠자리에 들었다.

10. 인도 신사

 그러나 어먼가드나 로티가 다락방 순례 길을 나서는 건 극도로 위험천만한 일이었다. 사라가 방에 돌아오는 시간이 매일 달랐기 때문에 가도 볼 수 있으리란 보장이 없었고, 아멜리아 선생이 취침 시간 순찰을 도는 일도 늘 예고 없이 이루어졌기 때문이었다. 자연히 어먼가드와 로티가 찾아오는 일은 어쩌다 한 번 있는 드문 일이 되었고, 사라는 대부분의 시간을 혼자서 외롭게 보냈다. 그나마 다락방에 혼자 있는 편이 아래층에 있는 것보다는 덜 외로웠다. 아래층에선 사라가 이야기를 나눌 상대가 없었다. 바깥에 심부름을 나갈 때면 손에 잔뜩 짐을 들고서 바람이 불면 모자가 날아갈 세라 계속 붙잡아야 했으며, 비가 오면 물이 새는 축축한 신발을 신고 하염없이 거리를 걸어다녀야 했다. 주위에 있는 수많은 사람들은 다들 무심한 표정으로 서둘러 지나쳐 갔고, 그 속에서 사라는 어느 때보다도 더 외롭고 쓸쓸했다.

공주처럼 지내던 시절, 사라가 말이 끄는 사륜마차를 타고 가거나 혹은 마리에트의 시중을 받으며 걸어가면 사람들이 늘 흘끔흘끔 뒤를 돌아보곤 했었다. 그때 사라는 해맑은 얼굴에 그림처럼 예쁜 코트와 모자를 쓰고 다니던 아이였다. 원래 좋은 보살핌을 받는 행복한 아이는 모두의 시선을 끄는 법이다. 반대로 누추하고 빈약해 보이는 아이는 어디에나 널려 있는 데다가 예쁘지도 않아서 사람들이 돌아보거나 웃어 주는 일이 없다. 그런 만큼 이제는 아무도 사라를 거들떠보지 않았고, 길을 지나갈 때도 거의 투명 인간 취급을 받았다. 게다가 요즘 키가 커서 한층 더 깡총해진 옛날 옷을 입고 다니다 보니, 자신이 봐도 정말 이상해 보일 때가 많았다. 사라한테 있던 값나가는 옷과 액세서리는 민친 교장이 이미 오래 전에 처분해 버렸고, 남겨진 옷 중에서도 가장 간소한 옷들만 입을 수 있게 허락해 주었는데, 그나마도 일단 몸에 들어가는 한은 절대 버리지 못하고 계속 입게 했다. 때로 길을 가다 가게 쇼윈도에 비친 자신의 모습이 보일라치면, 사라는 자기도 모르게 흠칫 놀라 웃기도 하고 새빨개진 얼굴로 입술을 꼭 깨문 채 돌아서기도 했다.

집집마다 창문에 불이 환하게 밝혀진 저녁나절 거리를 지날 때면, 사라는 따뜻해 보이는 집 안 풍경과 불 앞에 도란도란 앉아 있는 사람들을 보며 즐거운 상상에 빠지곤 했다. 커튼을 치기 전에 잠깐 볼 수 있는 집 안 풍경만큼 흥미로운 것도 없었다. 민친 교장의 학교가 있는 거리에도 가족이 여럿 살았는데, 사라는 차츰 그 가족들과 친해지는 듯한 느낌을 받았다. 그 중에서도 사라가 가장 좋아하는 가족이 있었는데, 사라는 그 가족을 '대가족'이라 불렀다. 물론 그 집 사람들이 몸집이 커서 그런 건 아니고(실제로는 대부분이 체구가 작은 편이었다.), 가족 수가 많아서 붙인 별명이었다. '대가족'의 집에는 아이들만 여덟 명이었으며 통통하고 혈색 좋은 엄마, 역시 통통하고 혈색 좋은 아빠, 또 그런 할머니, 거기다 하인도 여러 명이나 살았다.

여덟 아이들은 종종 유모들이 끌어 주는 편안한 유모차를 타거나 혹은 걸어서 산책을 나가거나 마차를 타고 엄마와 나들이를 하러 갔다. 그리고 아빠의 저녁 퇴근 시간이 되면 앞 다투어 문으로 튀어나와 아빠에게 뽀뽀를 하고, 아빠 주위를 돌며 폴짝폴짝 뛰면서 코트 자락을 잡아끌기도 하고 뭐 사온 게 없나 주머니를 뒤지기도 했다. 그런가 하면 어떤 때는 놀이방에 아이들 모두가 바글바글 모여 서로 밀고 당기기도 하면서 즐겁게 놀고 웃었다. 그렇게 그 아이들은 늘 대가족에 걸맞는 즐거운 뭔가를 하고 있는 듯이 보였다.

사라는 그 가족이 꽤나 마음에 들어서 가족 모두에게 전에 읽은 책에서 따온 멋진 이름을 붙여 주었다. 우선 그 가족의 성은 몽모렌시로 붙였는데, '대가족'이라고 하지 않을 때는 '몽모렌시 가족'이라는 명칭을 쓰기로 했다. 아이들의 이름도 각각 지어 줬다. 레이스 모자를 쓴 통통하고 뽀얀 얼굴의 막내는 에델베르타 보샹 몽모렌시, 그 바로 위 아기는 바이올렛 콜몬델리 몽모렌시, 아직 잘 걷지를 못해 뒤뚱거리는, 유난히 다리에 살이 포동포동 오른 남자 아기는 시드니 세실 비비안 몽모렌시, 그 다음엔 순서대로 릴리안 에반젤린 모드 매리언, 로절린드 글래디즈, 가이 클라렌스, 베로니카 유스타시아, 클로드 해롤드 헥터였다.

어느 날 저녁, 매우 재미있는 일이 하나 일어났다. 아니 엄밀히 말하자면 결코 재미있는 일이라고는 할 수 없겠지만 말이다.

사라가 대가족 집 문 앞을 지날 때였다. 아이들이 하나 둘씩 파티에 가는 차림으로 집에서 나와 건너편에서 대기하고 있는 마차에 올라탔다. 맨 먼저 하얀 레이스가 달린 원피스에 앙증맞은 어깨띠를 맨 베로니카 유스타시아와 로절린드 글래디즈가 마차에 올라탔고, 이어서 다섯 살배기 가이 클라렌스가 마차에 타기 위해 나왔다. 가이 클라렌스는 너무도 귀여운 아이였다. 장밋빛 뺨에 파란 눈을 하고 동글동글한 머리통에 탐스러운 곱슬머리까지 얼마나 예쁜지 사라는 순간, 들고 있는 바구니와 다 낡아 헤진 옷도 잊고 모든 걸 잊은 채 멈춰 서서 그 아이만 넋을 놓고 바라보았다.

때는 마침 크리스마스 즈음이었고, 대가족 아이들은 여기저기서 불쌍한 아이들에 대한 이야기를 한창 많이 듣고 있었다. 양말에 선물을 넣어 주고 판토마임에 데려가 줄 엄마 아빠가 없거나, 춥고 배고프고 가난한 아이들에 대한 이야기 등등. 그런 이야기들에서 보면 착한 마음씨를 지닌 아이나 친절한 사람들이 불쌍한 아이들과 마주쳤을 때 아이들 손에 돈을 쥐어 주거나 값비싼 선물을 주기도 했고, 때로는 집에도 데려와 손수 따뜻한 저녁 한 끼를 대접하기도 했다. 바로 그날 오후에도 가이 클라렌스는 그런 이야기를 읽고서는 불쌍한 아이를 보면 반드시 자기한테 있는 6펜스 동전을 주어서 잘 살 수 있게 해 줘야겠다고 마음속으로 굳게 다짐을 한 상태였다. 어린아이인 가이 클라렌스는 6펜스만 있으면 정말 부자가 되는 거라고 믿었다. 이런 생각으로 아이는 마차를 타려고 바닥에 깔린 붉은 카펫을 지나가면서도 6펜스를 바지 주머니

속에 넣어 고이 간직하고 있었다. 마차에 먼저 타고 있는 로절린드 글래디즈가 푹신한 쿠션 위에서 폴짝폴짝 뛰노는 동안, 가이 클라렌스의 눈에 낡은 바구니를 들고 축축한 길바닥에 서서 자기를 쳐다보는 누추한 옷차림의 사라가 들어왔다.

아이는 사라가 오랫동안 먹지 못해서 굶주렸다고 생각했다. 사실 사라가 진정으로 굶주려 있던 것은 아이의 얼굴에서 드러나듯 가족이 주는 따뜻함과 즐거움이었지만, 아이가 그걸 알 턱은 없었다. 또 지금 사라가 제일 하고 싶은 일이 자기에게 당장 뛰어와 끌어안고 입 맞춰 주는 일이란 사실도 알 리 없었다. 아이가 아는 거라곤 사라가 눈이 크고 얼굴은 야윈 데다가 다리는 말랐고, 다 해진 옷을 입고서 커다란 바구니를 들고 있는 여자 아이라는 사실뿐이었다. 가이 클라렌스는 주머니에서 6펜스 동전을 꺼내 손에 쥐고 흐뭇한 표정을 지으며 사라에게 다가갔다.

"여기요. 불쌍한 누나. 여기 6펜스예요. 이거 가지세요."

사라가 놀라 움찔했다. 그러나 곧 깨달았다. 지금 자신의 모습이 예전에 마차에서 내리는 자신을 부러운 눈초리로 쳐다보던 불쌍한 아이들의 모습과 같다는 걸 말이다. 그때 사라도 그 아이들에게 동전을 많이 쥐어 주곤 했었다. 사라는 얼굴이 새빨개졌다가 금방 새하얗게 질렸다. 아무리 그래도 그 6펜스는 받을 수가 없었다.

"오, 아냐. 정말 고맙지만 괜찮아. 그 돈을 받을 순 없어."

이렇게 말하는 사라의 목소리는 여느 부랑아들과는 차원이 달랐고, 거절하는 태도에도 상류층 출신이어야만 가능한 무언가가 있었다. 베로니카 유스타시아(본명은 재닛)와 로절린드 글래디즈

(본명은 노라)가 갑자기 관심을 보이며 귀를 쫑긋 세웠다.

그러나 그만한 거절에 물러날 가이 클라렌스가 아니었다. 아이는 동전을 사라의 손에 무작정 꼭 쥐어 주었다.

"아니에요, 불쌍한 누나. 꼭 받아야 해요. 이거면 먹을 걸 살 수 있을 거예요. 이거 6펜스짜리란 말이에요!"

아이는 완강하게 밀어붙였다.

만약 사라가 끝까지 받지 않겠다고 하면 아이가 크게 상심할 기세였다. 그 얼굴에 드러난 순수한 정직함과 친절함 때문에 사라는 더 이상 거절할 수가 없었다. 그렇게까지 자존심을 세우는 것 또한 잔인한 일이라 느껴졌다. 비록 뺨이 후끈거리는 것까지 감추지는 못했지만, 사라는 결국 주머니 속에 자존심을 묻었다.

"고마워. 너는 정말 착하고 사랑스런 아이구나."

사라가 이렇게 말하자 아이는 표정이 환해져서는 한달음에 마차로 뛰어갔다. 사라도 다시 갈 길을 재촉했다. 끝까지 웃어 주고 싶다고 생각했지만 자꾸만 목이 메이면서 눈가에 눈물이 맺혔다. 이제까지 자기가 우습고 초라해 보인다는 사실은 알고 있었지만 거지로까지 보일 줄은 정말 꿈에도 생각지 못했었다.

대가족이 탄 마차가 출발하자 안에 탄 아이들은 흥분에 휩싸여 앞 다투어 말을 꺼냈다.

"어머, 도널드!(이게 바로 가이 클라렌스의 본명이었다!)"

재닛이 놀란 표정으로 물었다.

"너 어쩌자고 그 여자 애한테 6펜스를 준 거야? 보니까 거지도 아닌 것 같던데."

"말하는 게 거지 말투가 아니었어! 얼굴도 자세히 보면 거지인 것 같지 않았고!"

노라도 합세했다.

"거기다가 도와달라고 구걸을 하지도 않았잖아. 그러다 너한테 화를 내는 건 아닌가 해서 내가 가슴이 얼마나 조마조마했다고. 거지가 아닌데 거지 취급을 당하면 당연히 화가 나는 법이야. 알아?"

재닛이 말했다.

"나한테 화 안 냈어. 방긋 웃어 주었는걸. 그러면서 나보고 착하고 사랑스러운 아이라고 했단 말이야."

도널드의 얼굴에서 아주 약간 실망한 기색이 스쳤지만 그래도 끝까지 굽히지 않고 씩씩하게 외쳤다.

"그리고 그 말이 사실이잖아! 난 내 전 재산을 다 준 거라고!"

재닛과 노라가 서로 눈빛을 주고받았다.

"그 애가 정말 거지였다면 절대 그렇게 말하지 않았을걸. 거지였다면 틀림없이 허리를 굽실거리면서 '고마워요, 도련님. 정말 고마워요.' 이렇게 말했을 거야."

그날 일은 재닛이 그렇게 말하며 일단락되었다.

사라는 알 길이 없었지만 그때부터 대가족 아이들도 사라에게 지대한 관심을 보이기 시작했다. 놀이방에서 놀고 있다가도 창문 밖으로 사라가 지나가면 어느새 대화의 화제는 사라로 바뀌어 있었다.

"저 애, 저기 기숙 학교에서 일하는 아이인 것 같아. 그렇다고 딱히 하녀나 이런 건 아니고 내 생각엔 고아인 것 같아. 아무튼 행색은 누추해 보여도 거지는 아닌 게 확실해."

그 후로 아이들 사이에서 사라는 '거지가 아닌 작은 여자 애'로 통했다. 별명치고 이름이 길다 보니, 말이 서투른 어린 동생들이 빨리 발음하다 보면 자칫 우스꽝스럽게 들리기도 했다.

사라는 여러 번 시도 끝에 6펜스 동전 한쪽 구석에 구멍을 뚫는 데 성공했다. 구멍에는 옛날에 쓰던 얇은 끈을 끼워 목걸이를 만들어 목에 걸었다. 그날 이후로 대가족을 향한 사라의 애착은 날로 커져 갔다. 아니, 날이 갈수록 사라는 대가족뿐 아니라 사랑할 수 있는 주변 모든 것에 대해 더욱 큰 애착을 갖게 되었다. 베키도 그 중 하나였으며, 일주일에 이틀 있는 프랑스 어 수업 시간도 더욱더 손꼽아 기다리게 되었다. 어린아이들은 사라를 무척이나 좋아해서 사라의 옆자리에 앉아 손을 잡기 위해 툭하면 자리 쟁탈전을 벌였는데, 그 아이들의 따뜻한 온기는 사라의 굶주린 마음을 어느 정도 해소시켜 주기도 했다.

참새들과도 제법 친해져서 탁자 위에 선 채 다락방 창문으로 고개를 내밀고 새소리를 내면, 참새들이 금세 날개를 퍼덕거리며 날아와 짹짹거리며 화답했다. 참새뿐 아니라 온 동네 새들이 다 날아오기도 했으며, 와서는 지붕 위에 죽 일렬로 앉아서 사라가 던져 주는 빵 부스러기를 기쁘게 받아먹었다. 멜키세덱과도 부쩍 친해져서 어떨 때는 멜키세덱이 부인과 아이들을 한둘씩 데리고 밖으로 나오기도 했다. 그리고 사라가 입을 열어 말을 꺼내면, 멜키세덱은 마치 모든 걸 이해하는 듯한 말똥말똥한 눈으로 사라를 쳐다보았다.

반면, 늘 같은 자리에서 모든 것을 굽어보듯 앉아 있는 에밀리에 대해서는 전에 없던 이상한 감정이 피어나기 시작했다. 그 감정은 사라의 마음이 황량해져 갈수록 조금씩 더 커져 갔다. 이전까지만 해도 사라는 늘 에밀리가 자기를 이해하고 지지해 준다고 믿었다. 아니, 자기가 그렇게 믿는다고 생각하려 했다. 유일한 가족으로서 믿고 의지하는 에밀리가 전혀 듣지도 느끼지도 못한다는 사실을 차마 인정할 수가 없었기 때문이었다. 그러나 사라는 종종 낡은 의자에 앉아서 반대편 의자에 앉아 있는 에밀리를 살아 있는 사람처럼 바라보고 있노라면, 결국은 알 수 없는 두려움만 커지고 마음이 아파왔다. 이따금씩 사방이 칠흑같이 어두워지고 고요해져 멜키세덱 가족의 찍찍거리는 소리만 들리는 밤이 오면 그 상실감은 더욱 크게 느껴졌다.

사라가 가장 좋아했던 생각은 에밀리가 착한 마녀라서 자기를 보호해 줄 거라는 상상이었다. 가끔 그런 상상을 하다 흥분이 되면 에밀리에게 이런저런 질문을 하며 대답을 기다리기도 했다. 정말로 에밀리가 입을 열어 무슨 말이라도 해 줄 것 같은 느낌이 들었기 때문이다. 그러나 그 소망이 이루어진 적은 단 한 번도 없었다.

"사실 대답이라는 건 말이지, 나도 그렇게 대답을 잘하는 편은 아니니까. 최대한 참을 수 있는 한은 참고 안 하니까. 모욕을 당할 때 상대방에게 한마디도 하지 않는 것만큼 좋은 대응도 없거든. 그냥 그 사람을 뚫어져라 바라보며 머릿속으로 생각만 하는 거야. 그렇게 하면 민친 선생님은 분노로 얼굴이 하얗게 질리고, 아멜리아 선생님이나 다른 아이들은 잔뜩 겁을 먹어. 순간적으로 화가 나도 겉으로 표현하지만 않으면 사람들은 결국 내가 자기들보다 더 강하다는 사실을 직감하게 돼. 왜냐하면 그건 내가 화가 나도 참을 수 있을 만큼 강하다는 뜻이거든. 충동을 참지 못하고 말을 해 버리면 결국 나중에 후회할 말들을 내뱉게 되는 거야. 분노보다 강한 건 분노를 억누를 수 있는 힘뿐이야. 적에게는 일일이 대답하지 않는 편이 나아. 그래서 나도 대답을 거의 안 하는 거니까. 어쩌면 에밀리는 나보다 더 나 같은지도 몰라. 친구한테도 대답을 안 하는 편이 낫다고 생각하나 봐. 모든 걸 다 자기 마음속에만 간직하려나 봐."

사라는 스스로 이렇게 말하며 위로를 삼으려 노력했다. 그러나 이런 논리로 위로를 삼는 데도 한계가 있었다. 여기저기 심부름 때문에 눈코 뜰 새 없이 힘들고 긴 하루를 보내고 왔는데, 세찬 바람과 추위와 폭우를 뚫고 멀리까지 걸어갔다 와서 온몸이 홀딱 젖고 꽁꽁 얼어붙은 데다가 배는 굶주리고 다리는 끊어질 것처럼 아픈데 어느 누구도 알아주는 사람 없이 매정하게 곧바로 다른 심부름을 나가야 하는 날, 고맙다는 말은커녕 심한 말로 자기를 비난하며 매섭게 몰아치기만 하는 날, 주방장이 무례하게 대하며 욕을 해 대는 날, 민친 교장의 심기가 최악인 날, 아이들이 사라의 초라한 차림을 보고 비웃으면서 숙덕이는 날, 그런 날을 보내고 방에 돌아왔는데 에밀리가 심드렁하게 초점 없는 눈으로 멍하니 허공만 응시하고 있으면, 사라는 자신의 상처받고 찢긴 마음을 위로 받을 데가 없어 크게 좌절했다.

그러던 어느 날, 유난히 힘든 하루를 보낸 뒤 춥고 주린 배를 안고 돌아온 사라의 조그만 가슴이 울분으로 휘몰아치는 밤이었다. 아무도 없는 다락방엔 에밀리만 덩그러니 앉아 멍한 표정으로 앞을 보고 있었다. 그 모습을 본 사라는 그만 자제심을 잃었다. 이제 남은 건 에밀리밖에 없는데, 세상에 단 하나 남은 자기편은 에밀리뿐인데, 그렇게 무심한 표정으로 앉아만 있다니!

"나 죽을 것 같아."

사라가 에밀리를 향해 말을 꺼냈다. 에밀리는 아무런 동요 없이 앞만 바라보았다.

"이젠 못 견디겠어. 정말 죽을 것 같아. 춥고 젖은 데다가 배도 너무 고파. 오늘 하루 종일 한 몇백 킬로미터는 걸은 것 같은데 아침부터 저녁까지 꾸중만 들었어. 거기다 주방장이 사 오라고 시킨 걸 찾지 못해서 그냥 왔더니 저녁도 안 주고 쫓아 보내지 뭐야. 아까 길에선 신발이 낡아서 미끄러졌는데 사람들이 그런 나를 보고 웃는 거야. 지금도 온몸이 진흙투성이인데, 사람들은 보고 그냥 웃기만 했어. 너, 내 말 듣고 있는 거야?"

사라가 덜덜 떨면서 계속 말했다. 에밀리는 맑은 유리 눈을 천연덕스럽게 반짝이며 앞만 보았다. 사라의 가슴속에서 분노가 치밀어 올랐다. 순간 사라는 격한 몸짓으로 작은 손을 들어 의자에 앉아 있는 에밀리를 밀쳐서 바닥에 내동댕이치고는 갑자기 울음을 터뜨렸다. 지금까지는 단 한 번도 운 적이 없던 사라였다.

"넌 고작 인형일 뿐이야! 인형일 뿐이라고! 무슨 일이 있어도 느끼지 못하는, 톱밥이 가득 채워진 인형일 뿐이야! 너는 마음도 없고, 감정도 없고, 그저 무감각한 인형일 뿐이라고!"

사라가 울며 소리쳤다. 에밀리는 다리가 몸통 위로 올라가도록 접힌 채 바닥에 벌렁 누워 있었다. 그런데 아직도 그 표정만큼은 그렇게 침착하고 근엄할 수가 없었다. 사라는 웅크리고 앉아 얼굴을 팔에 묻었다. 쥐들이 벽 뒤에서 서로 깨물고 싸우면서 찍찍 소리를 질러 댔다. 멜키세덱이 자식들을 엄하게 꾸짖는 소리도 들렸다.

사라의 울음소리가 조금씩 멎어 들었다. 평소답지 않게 감정을 그렇게 폭발시켜 버리다니, 자신에게 스스로도 놀라고 있는 중이었다. 한참 후에 사라는 고개를 들어 에밀리를 바라보았다. 웬일인지 이번에는 자기를 보고 있는 에밀리의 유리 눈에서 연민이 가득 느껴졌다. 사라는 몸을 숙여 에밀리를 집어 들었다. 미안한 마음이 밀려오며 피식 하고 웃음도 났다.

"너라고 인형이 되고 싶어 됐겠니. 라비니아나 제시가 감정이 무딘 애들로 태어난 것처럼 너도 어쩔 수 없이 인형이 된 걸 텐데. 어차피 세상에 똑같은 사람은 하나도 없는걸. 톱밥으로서는 네 몸에 들어간 것이 최고의 행운이었는지도 모르지 뭐."

사라가 체념한 듯 한숨을 쉬며 말했다. 그리고 에밀리를 들어 입을 살짝 맞춘 다음, 옷을 제대로 입히고 다시 의자에 앉혀 주었다.

사라는 비어 있는 옆집에 누구라도 이사를 왔으면 하고 간절하게 바랐다. 바로 붙어 있는 옆집에서 네모난 다락방 창문 사이로 누구라도 고개를 내밀고 인사를 해 주면 얼마나 좋을까 하고 생각했다.

"그 사람이 좋은 사람 같아 보이면, 나도 '안녕하세요.' 하고 인사를 해 줘야지. 그러면 그때부터 좋은 일들이 계속 생길 것 같은 예감이 들어. 그렇지만 하긴, 다락방에서 사는 사람이라면 제일 계급이 낮은 하인들밖에 없겠지만."

그러던 어느 날, 아침 일찍부터 식료품점과 정육점, 빵집을 차례로 들러 심부름을 갔다 오는 길이었다. 자리를 비운 사이에 깜짝 놀랄 만큼 기쁜 일이 벌어지고 있었다. 옆집 앞에 가구를 가득 실은 큰 마차가 서 있고 현관문이 활짝 열린 데다 웃통을 벗은 남자 어른들이 가구며 박스며 이삿짐들을 분주하게 들어 나르고 있었다.

"누가 이사를 오나 보다! 정말이네! 와, 다락방 창문으로 좋은 사람을 만날 수 있다면 얼마나 좋을까!"

사람들이 이사 구경을 하러 옆집 주위로 하나 둘 모여들었고, 사라도 그 사람들 틈에 끼어서 이사하는 모습을 지켜보고 싶었다. 집으로 들어가는 가구를 보면 그 주인이 어떤 사람인지 알 수 있을 것 같았기 때문이었다.

"민친 선생님 방에 있는 탁자나 의자를 보면 딱 민친 선생님 같이 생겼잖아. 그걸 처음 봤을 때 나는 지금보다 어렸는데도 그렇게 생각했었어. 아빠한테 얘기하니까 웃으시면서 정말 그런 것 같다고 해 주셨는데. 그런 면에서 대가족네 소파랑 가구는 왠지 큼지막하고 편안할 거 같아. 벽지도 빨간 꽃무늬인 게 딱 어울리잖아. 밝고 따뜻하고 다정하고 또 행복해 보여."

그날 또 심부름으로 채소 가게에 파슬리를 사러 갔다 오던 사라가 학교 계단을 오르며 옆집을 쳐다보았다. 마차에서 가구 몇 점이 바닥으로 내려지고 있었는데, 그 중 몇 가지가 눈에 띄었다. 정교하게 빚어진 멋진 티크나무 탁자와 의자 세트 그리고 색색의 동양 자수가 놓여진 칸막이였다. 그 가구를 보자 묘한 느낌의 향수가 아련하게 일었다. 인도에서 그런 비슷한 물건들을 많이 보며 자랐기 때문이었다. 아빠가 보내 주었으나 나중에 민친 교장에게 빼앗긴, 무늬가 새겨진 티크나무 책상도 생각났다.

'정말 멋있는 물건들이다. 저걸 가지고 있는 사람은 분명히 좋은 사람일 거야. 다른 짐도 하나같이 모두 비싸 보이는 것이 이사 오는 가족들이 부자인가 봐.'

사라는 속으로 생각했다.

마차 하나가 비워지면 다른 마차가 짐을 싣고 오고, 그 마차가 비워지면 또 다른 마차가 짐을 싣고 오며 이사는 그렇게 하루 종일 계속되었다. 그 사이에 사라는 다른 짐들도 마음껏 구경할 수 있었다. 보면 볼수록 새로 이사 오는 사람이 부자일 거란 추측도 굳어졌다. 아름답고 값비싸 보이는 가구들은 거의 대다수가 동양적 분위기를 풍겼다. 화려한 카펫, 커튼, 장식품. 책은 도서관을 차려도 될 만큼 많았고 그림 액자도 꽤 많았다. 그 중에서도 화려하고 커다란 부처상이 눈길을 끌었다.

"가족 중에 인도에 살던 사람이 있나 봐. 인도를 좋아하고 인도 물건에 익숙해진 사람일 거야. 아, 좋다. 설사 다락방 창문으로 아무도 내다보지 않는다 해도 오랜 친구처럼 느껴질 것 같아."

그날 저녁, 주방장에게 배달된 우유를 집어다 주려고 나온 사라는(민친 교장의 학교에서 사라가 하지 않는 일은 없었다.) 흥미로운 광경을 목격했다. 상황이 점점 더 재미있게 흘러가고 있었다. 혈색도 좋고 잘생긴 '대가족 아빠'가 자신 있고 당당한 걸음걸이로 옆집에 와서는 현관문 계단으로 올라가는 것이었다. 자기 집에 들어가듯 그 집에 들어가는 모습이 어찌나 편안해 보이는지, 아저씨는 앞으로도 계속해서 자주 왕래할 예정인 것 같았다. 대가족 아저씨는 안에 들어가서도 자주 밖을 들락날락거리며 자연스러운 태도로 일꾼들에게 뭔가 지시도 내리고 일도 시키고 하며 오랫동안 머물러 있었다. 새로 이사 오는 가족과 무슨 관계가 있어서 집 안 관리를 대신 맡아 해 주는 것 같았다.

"저 집에 아이들이 있다면 나중에 틀림없이 대가족 아이들도 놀러 오겠네. 그러다 보면 아이들이 재미로 다락방에 올라올지도 몰라."

사라는 점점 기대에 부풀었다.

밤이 되고 하루 일이 끝나자 베키가 옆방 죄수를 보러 와서 새로운 소식을 전해 주었다.

"옆집에 이사 온 사람은 인도 신사래요, 아가씨. 얼굴도 인도 사람인지 아닌지는 알 수 없지만, 어쨌든 인도 사람이래요. 그 사람은 매우 부자인데 몸이 많이 아프다고 해요. 그리고 대가족 아저씨가 바로 그 신사분 변호사라나 봐요. 인도 신사분은 어려운 일을 많이 겪어서 몸도 마음도 아프게 됐다는 거 같아요. 아가씨, 그런데 그 신사분이요, 우상을 숭배하는 이교도라 나무나 돌로 만든 동상에 대고 절을 한다는 거 있죠. 아까 전에 그 동상을 나르는 것도 봤어요. 누가 성경책을 좀 사다 보내 줘야겠어요. 1페니만 주면 살 수 있는데."

그 말에 사라가 작게 웃으며 말했다.

"그 사람이 우상을 숭배하는 건 아닐 거야. 그냥 그런 상이 맘에 들어서 가지고 있는 사람들도 많아. 우리 아빠한테도 그렇게 예쁜 상이 하나 있었는데, 그렇다고 그걸 숭배한 건 아니거든."

그러나 베키는 새 이웃이 이교도라고 믿기로 마음속으로 작정해 버린 것 같았다. 그저 평범하게 일요일이 되면 기도 책을 가지고 교회에 다니는 보통 사람보다 그 편이 훨씬 더 낭만적이라고 생각하는 모양이었다. 둘은 밤이 깊도록 쪼그려 앉아 그 사람이 어떤 사람일지, 부인이 있다면 어떤 사람일지, 아이가 있다면 어떤 애들일지에 관해 신 나게 이야기를 나누었다. 사라도 속으로는 옆집 사람들이 터번(*이슬람교도나 인도인이 머리에 둘러 감는 수건.)도 쓰고 다니는 피부가 검은 인도인인 데다 이교도들이었으면 하고 바랐다.

"아가씨, 저는 한 번도 이웃에 이교도가 살았던 적이 없어요. 그 사람들이 어떻게 사는지 정말 궁금해요."

베키도 기대에 가득 차서 말했다.

그 후로 옆집에 대한 궁금증이 모두 해소되기까지는 몇 주가 더 걸렸다. 결과적으로 옆집의 새 주인은 부인은 물론 애들도 없고 가족 없이 혼자 사는 독신으로 밝혀졌다. 아닌 게 아니라 겉으로 봐도 몸도 마음도 기운이 없이 축 처진 것이 병색 짙은 환자 같았다.

어느 날 마차 한 대가 옆집 앞에 와서 섰다. 남자 시종 한 명이 마차의 문을 열고 내리자, 대가족의 아빠가 저택 현관문을 열고 나왔다. 간호사 복장의 여자와 남자 하인 두 명도 뒤따라 나왔다. 마차에서 내리는 주인을 부축해 집으로 데려가기 위한 것이었다. 마차에서 내린 신사는 안색이 매우 지치고 아파 보였으며 삐쩍 마른 몸을 모피 코트로 칭칭 감싸고 있었다. 하인들은 주인을 앉힌 의자를 번쩍 들어 안으로 들어갔고, 대가족 아빠가 매우 걱정스러운 얼굴을 하고 그 뒤를 따라 들어갔다. 얼마 지나자 또 다른 마차가 와서 섰고 의사 한 명이 내리더니 서둘러 집 안으로 들어갔다.

"사라 엄마, 옆집에 얼굴이 노란 아저씨가 살아."

프랑스 어 시간에 로티가 사라의 귀에 대고 소근거렸다.

"그 아저씨, 중국 사람일까? 지리 시간에 배웠는데 중국 사람들이 얼굴이 노랗댔어."

"아니, 그 아저씨는 중국 사람이 아냐."

사라가 귓속말로 답했다.

"그 아저씨는 몸이 매우 아파서 그런 거야. 자, 빨리 연습해야지, 로티. '농, 무슈. 주 내 빠 르 꺄니프 드 모농끌르.(아니요, 아저씨. 저한테는 삼촌의 주머니칼이 없어요.)"

옆집 인도 신사의 이야기는 이렇게 시작되었다.

11. 람 다스

 그 거리에도 가끔은 아름다운 일몰이 찾아왔다. 비록 높게 솟은 지붕들과 굴뚝들에 가려 극히 일부분만 볼 수 있고, 그나마도 부엌 창문으로는 전혀 보이지 않았지만. 가끔 벽돌이 따뜻한 색깔을 입고 공기가 장밋빛 또는 노란빛으로 물들어갈 때면 혹은 어디에선가 날아온 한줄기 저무는 햇살이 유리에 반사돼 강렬한 빛을 토해낼 때면, 비로소 '아, 해가 지는구나.' 하고 느낄 수 있을 뿐이었다. 그러나 딱 한 군데, 그 모든 아름다운 광경을 하나도 빠뜨리지 않고 볼 수 있는 곳이 한 곳 있었다. 서쪽 하늘에서는 보랏빛 구름이 눈부신 해질녘 태양빛으로 가장자리를 장식한 붉은빛과 황금빛 옷을 입고 유유히 지나가고, 분홍색 비둘기들이 파란 하늘을 가로질러 날아가는 풍경을 연출하듯 옅은 장밋빛 구름이 깃털처럼 가볍게 바람에 떠다니는 광경을 볼 수 있는 곳. 그 모든 것을 한눈에 담고 청명한 공기를 한껏 들이마실 수 있는 곳. 그곳은 바로 사라의 다락방 창가였다.

거리에서 홀연히 황홀한 빛이 비치기 시작하고 그을음으로 뒤덮인 나무와 울타리마저도 아름다워 보이는 때가 찾아오면, 사라는 곧 하늘에 심상치 않은 일이 벌어지겠구나 직감하고는 가능한 한 모든 일을 덮고 부엌을 빠져나와 한 걸음에 계단을 몇 개씩 올라 다락방으로 갔다. 그리고 방 안 낡은 탁자를 디디고 올라서서 어깨너머 창문 밖으로 고개를 최대한 빼고, 맑은 해질녘 공기를 길게 한 번 들이마시며 주위를 둘러보았다. 그러면 마치 전 하늘과 아래에 펼쳐진 세상 모두를 다 가진 기분이 들었다.

사라 말고는 어느 집도 다락방 창문 밖을 내다보는 사람이 없었다. 다른 집 창문들은 보통 굳게 닫혀 있었고, 가끔씩 환기를 시키려 열어 놓은 창문이 있어도 그 근처에는 아무도 가까이 오지 않았다. 사라가 홀로 창가에 서서 고개를 위로 들어보면 하늘은 둥근 아치형 천장처럼 더없이 가깝고 친근하게 다가왔다. 고개를 서쪽으로 돌리면 온갖 아름다운 광경이 끝없이 펼쳐졌다. 구름이 하늘을 떠다니다 사르르 녹아내리기도 했고 조금씩 붉게 혹은 하얗게 변해가기도 했으며, 가끔은 보랏빛으로 혹은 옅은 회색빛으로 물들어가기도 했다.

어떤 때는 구름이 섬이나 거대한 산을 이루어서, 깊고 푸른색으로 때로는 맑은 호박색이나 옥색으로 물든 하늘 호수를 포근히 감싸기도 했다. 또 어떤 때는 삐쭉 솟은 구름 언덕이 어지러이 흩어져 있는 하늘 바다 가운데 살짝 걸쳐 앉기도 했고, 얇은 띠로 이어진 구름들이 서로 엉겨 붙어 진귀한 장관을 연출하기도 했다. 디디고 올라가 설 수 있게 생긴 구름도 있었다. 그 위에서 다음에 펼쳐질 장관을 구경하면 좋으리라. 그러다 구름이 사르르 녹아 버리면 정처 없이 하늘을 둥둥 떠다녀야겠지만 말이다.

이 모든 게 사라의 눈에 보이는 해질녘 풍경이었다. 탁자 위에 올라서 창 사이로 반쯤 몸을 내밀고 바깥을 내다보고 있노라면 세상에 그토록 아름다운 광경이 없었다. 그때쯤 해질 무렵의 포근한 햇살을 받으며 참새가 지저귀면, 마치 하늘에서 펼쳐지는 마법에 홀린 것처럼 그 소리도 더 정겹고 다정하게 들렸다.

인도 신사가 옆집으로 이사 온 지 며칠 후쯤에도 이런 일몰이 찾아왔다. 때마침 하던 부엌 일이 다 끝났는데 아무도 다른 일이나 심부름을 시키지 않아서, 사라는 홀가분한 마음으로 부엌을 빠져나와 다락방을 향해 계단을 올랐다.

사라는 탁자에 올라서서 밖을 내다보았고 역시나 곧이어 아름다운 순간이 찾아왔다. 마치 영광의 물결이 세상을 휩쓸고 지나가듯 서쪽 하늘이 황금빛으로 물들었다. 짙은 노란빛은 공기를 가득 메우고, 새들은 지붕 위를 훨훨 날아다니며 이따금씩 그 검은 형체를 드러냈다.

"아, 정말이지 이렇게 아름다울 수가! 너무나 아름다워서 뭔가가 나타나 이 고요함을 깨고 이상한 일을 벌일 것 같은 무서운 예감이 들어. 왜 아름다운 광경을 보고 있을 때는 늘 그런 느낌이 드는 걸까?"

사라가 가만히 혼잣말을 했다.

그런데 갑자기 어디선가 무슨 소리가 들렸다. 특이한 고음으로 끽끽거리는 정체 모를 소리였는데, 바로 옆집 다락방 쪽에서 나는 듯했다. 고개를 돌려보니 누군가 사라처럼 일몰을 보러 나와 있었다. 창문 밖으로 머리와 몸통을 내밀고 서 있는 사람은 작은 여자 아이도 하녀도 아니었다. 그 사람은 머리에 하얀 터번을 쓰고 몸에는 그림같이 하얀 천으로 둘둘 감싼 옷을 입었으며, 검은 얼굴에 밝게 반짝이는 눈을 가진 본토 인도인 남자였다.

'라스카르다!'

사라의 머릿속에 이 생각이 빠르게 스쳐 지나갔다. 아까 들었던 소리는 그 사람이 애지중지하며 팔에 안고 있는 작은 원숭이 소리였다. 그 원숭이는 지금도 남자의 품에 안겨 꿈틀대며 끽끽거리고 있었다.

자신을 보는 시선을 느꼈는지 남자가 사라를 쳐다보았다. 그때 처음 사라의 머릿속에 떠오른 건 왠지 그 남자의 검은 얼굴이 향수에 젖은 듯 슬퍼 보인다는 느낌이었다. 영국에 와서 좀처럼 볼 수 없던 햇볕이 그리워 나온 것임이 분명했다. 사라는 흥미로운 눈으로 잠시 그 남자를 바라보다가 곧 환한 미소를 지어 주었다. 모르는 사람이라 해도 다른 사람이 따뜻한 미소를 지어 주면 그게 마음에 큰 위로가 된다는 것을 사라는 경험상 잘 알고 있었다.

사라의 미소가 효과가 있었던 듯, 남자가 기쁜 표정으로 하얀 이를 드러내고 환한 미소로 답해 주었다. 마치 얼굴 전체에 환한 빛이 한줄기 드리운 것 같았다. 사라의 다정한 눈에는 지치고 힘든 사람들에게 힘이 되어 주는 무언가가 늘 있었다.

순간 방심을 해서인지 남자가 인사하는 틈을 타 원숭이가 남자의 품을 벗어나 버렸다. 워낙 장난기 많고 모험심에 불타는 원숭이인 데다 작은 여자 아이를 보고 문득 호기심이 발동한 모양이었다. 원숭이는 눈 깜짝할 사이에 끽끽 하는 소리를 내며 지붕 위를 폴짝폴짝 뛰어와 단숨에 사라의 어깨를 딛고 다락방 안으로 쏙 들어와 버렸다. 사라는 그 광경에 웃음을 터뜨리면서도 속으로는 '아, (이 라스카르가 진짜 주인인지는 모르지만,)얘를 주인에게 어떻게 돌려 주지?' 하는 걱정스런 생각이 들었다.

'원숭이가 과연 순순히 잡혀 줄까? 짓궂게 장난을 치며 끝내 도망을 치려고 하면 어쩌지? 그러다가 창문 밖으로 또 빠져나가서 지붕 위로 달아나 버리면 큰일인데.'

어쩌면 가엾은 옆집 인도 신사가 아끼는 원숭이일지도 모르는데 정말 큰일이 아닐 수 없었다.

사라는 아빠와 인도에 살 적에 조금 배웠던 힌두 어가 아직 약간은 기억난다는 사실에 안도하며 라스카르를 바라보았다. 이 정도 말은 할 수 있을 것 같았다. 사라는 남자의 모국어로 조심스럽게 물었다.

"원숭이가 저한테 순순히 잡혀 줄까요?"

전혀 예상치 못한 말에 남자의 검은 얼굴이 기쁨과 놀라움으로 가득 찼다. 그렇게 놀라는 얼굴은 생전 처음 봤다 싶을 정도였다. 사실 남자는 그 순간 '하늘에서 신들이 내려와 작고 친절한 아이의 목소리를 빌려 얘기한 건 아닐까?' 하는 생각까지 들었다. 한편, 사라는 남자가 유럽 아이들을 대하는 데 익숙한 사람이라는 사실을 금방 눈치 챘다.

남자는 공손한 태도로 사라에게 거듭 고맙다는 말을 전하면서, 자기의 이름은 '람 다스'이며 옆집 인도 신사를 모시는 하인이라고 소개했다. 또한 사라의 방으로 넘어간 원숭이가 원래 본성이 착해서 함부로 물지는 않겠지만, 이리 번쩍 저리 번쩍 워낙 빠르게 돌아다녀서 안타깝게도 사라가 잡기에는 역부족일 거라는 말도 덧붙였다. 해를 끼치지는 않지만 말을 잘 안 듣는 장난꾸러기 원숭이라는 것 같았다. 람 다스는 자기가 그 원숭이를 어렸을 때부터 아이처럼 키워 와서 잘 아는데 보통은 자기 말을 잘 듣는 편이지만 그러지 않을 때도 있다고 했다. 그러면서 사라가 허락만 해 준다면 자신이 지붕을 타고 창문을 넘어 사라의 방에 들어가서 최대한 소란을 피우지 않고 원숭이를 데려오겠다고 말했다. 람 다스의 부탁하는 말투에는 사라가 자신을 무례하다고 생각하는 건 아닐지, 그래서 못 오게 하는 건 아닐지 염려하는 기색이 역력했다.

사라는 조금의 망설임도 없이 흔쾌히 허락했다.

"건너오실 수 있겠어요?"

"금방이지요."

람 다스가 대답했다.

"그럼 오세요. 원숭이가 겁이 나는지 여기 갔다 저기 갔다 정신없이 돌아다니고 있어요."

람 다스는 날렵한 동작으로 창문 밖으로 나와서 평생 동안 지붕을 타고 다녔던 사람처럼 가볍게 지붕 위를 건너왔다. 그리고 순식간에 창문을 넘어 깃털처럼 가벼운 동작으로 소리 하나 내지 않고 사뿐히 사라의 다락방 바닥으로 뛰어내렸다. 람 다스는 우선 사라를 향해 두 손을 모아 공손히 인사했다. 원숭이는 람 다스를 보더니 끽 하고 비명을 질렀다. 람 다스는 먼저 신속하게 다락방 창문을 닫고 원숭이 잡이에 나섰다. 상황이 종료되기까지는 시간이 그리 많이 필요하지 않았다. 원숭이는 장난을 치듯 이리저리 시간을 끌면서 도망 다니다가, 머지않아 얇고 긴 팔로 람 다스의 목을 잡고 펄쩍 뛰어 그 어깨에 올라탔다.

사라는 람 다스가 정중하게 고마움을 표시하는 한편, 재빠르게 자신의 누추한 방 안을 훑어보는 것을 느낄 수 있었다. 그러나 람 다스는 겉으로는 아무것도 못 본 듯 행동하며, 사라를 귀하고 어린 공주를 대하듯 했다. 원숭이를 잡고 나서 다락방에 머문 시간은 그리 길지 않았지만, 그동안 람 다스는 자기를 흔쾌히 들여보내 준 사라에게 거듭 감사의 인사를 했다. 그리고 원숭이를 쓰다듬으면서 이 원숭이가 못돼 보여도 실은 그렇게 못되지만은 않았으며 가끔 아픈 주인을 즐겁게 해 주기도 한다고 말했다. 만약 이번에 원숭이를 찾지 못했다면 주인이 크게 상심할 뻔했다고도 했다. 그러면서 한 번 더 손을 모으고 허리 숙여 인사하고는 원숭이 못지않게 날쌘 동작으로 다락방 창문을 넘어 지붕을 건너갔다.

람 다스가 돌아가고 나서 한참 동안, 사라는 방 한가운데 서서 람 다스가 불러일으키고 간 옛 추억을 떠올렸다. 전통 인도 옷차림과 람 다스의 깍듯한 태도는 사라가 그동안 잊고 살았던 옛날 일들을 낱낱이 기억나게 해 주었다. 지금은 부엌데기 신세가 되어 불과 한 시간 전만 해도 아래층에서 주방장에게 온갖 모욕을 듣다 왔지만, 그렇게 먼 옛날도 아닌 몇 년 전만 해도 주위의 모든 사람들이 방금 람 다스가 한 것처럼 자신을 대했었다니. 그 사실을 떠올리니 기분이 묘해졌다. 그때는 사라가 지나갈 때면 모두가 멈춰 서서 깍듯이 손을 모아 인사하고 사라가 말할 때면 땅에 닿도록 이마를 조아렸다. 바로 엊그제 같은 그때는 수많은 하인들과 노예들이 붙어 자신을 공주처럼 떠받들어 주곤 했는데, 이제는 모든 게 다 꿈같았다. 이미 잠에서 깨 버려 두 번 다시는 꾸지 못할 꿈

말이다.

지금 상황에서 앞으로도 변하는 건 아무것도 없을 거라는 불길한 예감이 들었다. 사라는 민친 교장이 마음속으로 세워 놓은 자신의 미래가 무엇인지 정확히 잘 알고 있었다. 교장은 사라가 너무 어려서 정식 교사로 쓰지 못하는 한은 지금처럼 계속 심부름꾼이나 하녀로밖에 이용해 먹을 수 없겠지만 그러면서도 사라가 전에 배운 것을 다 기억하고 있기를, 그리고 어떻게 해서든 더 많이 배우고 발전하기 바랐다. 갈수록 저녁때가 되면 공부를 게을리하지 말라고 닦달했으며 시도 때도 없이 공부한 내용을 검사하고 시험을 보았다. 사라는 자신이 민친 교장의 기대치를 채우지 못하면 크게 혼이 날 거라는 사실을 잘 알고 있었다.

실제로 민친 교장은 사라가 배우고자 하는 열망이 워낙 커서 선생님 없이도 혼자 알아서 잘해 낼 거란 사실을 제대로 파악하고 있었다. 책만 던져 주면 내용을 끝까지 통째로 소화해 자기 것으로 만드는 아이가 바로 사라였다. 민친 교장은 몇 년만 지나면 웬만한 과목의 수업은 모두 사라에게 맡길 계산을 하고 있었다.

이것이 바로 사라를 기다리고 있는 미래였다. 지금 온갖 잡일과 심부름을 도맡아 하듯이 미래에는 교실 일을 도맡아 하게 될 것이 불 보듯 뻔했다. 옷도 지금보다야 쓸 만한 것을 주긴 하겠지만, 여전히 밋밋하고 흉해서 하녀로밖에 안 보이는 옷차림을 하게 할 것이었다. 그밖에 기대할 건 전혀 없었다. 사라는 곰곰이 생각하고 또 생각했다.

그러다 문득 머릿속에 한 가지 생각이 스쳤다. 얼굴에 화색이 돌며 사라의 눈빛이 반짝였다. 사라는 자세를 꼿꼿이 펴고 고개를 바짝 들었다.

'무슨 일이 있어도 나에게서 결코 빼앗아 갈 수 없는 것이 한 가지 있어. 공주라면 아무리 누더기를 걸쳐도 여전히 내면은 공주잖아. 황금 옷을 입고 공주답게 행동하는 건 쉬운 일이겠지만, 아무도 알아 주지 않을 때 공주답게 행동하는 게 더욱 가치 있는 일이야. 마리 앙투아네트가 왕관을 빼앗기고 감옥에 갇혔을 때를 봐. 검은 옷을 입은 데다 머리가 하얗게 새어 버려서 사람들이 '카페 미망인'이라고 놀려 댔는데도, 마리 앙투아네트는 모든 게 순조롭던 시절보다 훨씬 더 여왕 같은 모습을 유지했어. 사람들이 아무리 삿대질을 하고 비아냥대도 절대 그 기개를 꺾지 않았지. 심지어는 목이 잘릴 때조차…… 마리 앙투아네트는 진정으로 다른 사람들보다 강했던 거야.'

이 생각은 사라가 지금껏 열두 번도 더 넘게 되새겨 온 생각이었다. 힘이 들 때도 그 생각만 하면 신기하게 마음에 위안이 되었다. 그 생각을 하며 학교 안을 돌아다니다가 민친 교장을 마주칠 때면, 늘 교장은 사라의 저 표정이 어디에서 나오는 걸까 하고 무척 거슬려 했다. 사라의 표정은 마치 자신이 지금 살고 있는 세상보다 한 차원 더 높은 어딘가에 속하는 사람이라는 듯 고귀한 분위기를 풍겼다. 아니면 민친 교장에 대한 비밀 욕이나 험담을 몰래 들어 알고 있다는 표정, 아니 안 좋은 소문을 들었지만 자신한테 그런 건 전혀 신경 쓸 가치도 없는 일이라는 듯한 표정이었다. 가끔 사라를 혹독하게 야단치고 있는데, 아이가 그런 표정을 지으면서 전혀 흔들림 없이 의기양양한 미소를 짓고 침착하게 자기를 쳐다보면 민친 교장은 약이 오를대로 올랐다.

그때 사라는 민친 교장 몰래 이런 생각을 했다.

'지금 당신은 그런 심한 말을 퍼붓고 있는 대상이 공주라는 걸 미처 모르고 있겠지요. 내가 손짓만 해도 당장 극형에 처해질 수 있다는 걸 모르고……. 그래도 당신을 이렇게 봐주는 건 내가 공주이기 때문인데, 그에 반해 당신은 그저 천하고 어리석고 추한 늙은이라 아무것도 모르겠죠.'

그 어떤 것도 이처럼 사라에게 즐거움과 활기를 주는 생각은 없었다. 비록 상상에 불과했지만 사라는 그 안에서 위안을 받았고 힘을 얻었다. 이 생각을 하고 있는 동안에는 주위에서 아무리 못되게 굴고 심하게 대해도 아무런 반응을 하지 않고 속으로 참아 낼 수 있었다.

"공주란 모름지기 예의가 발라야 해."

사라는 속으로 다짐했다.

이 때문에 사라는 다른 하인들이 민친 교장처럼 자신에게 함부로 대해도 전혀 자세를 굽히지 않고 위엄 있는 태도를 유지하며 정중한 말투로 답했다. 그러면 다들 어이없는 눈으로 사라를 쳐다보곤 했다.

주방장은 가끔 킥킥대며 우습다는 듯 이렇게 말했다.

"저 아이가 하는 태도만 보면 아주 버킹엄 궁전에 사는 사람들도 저리 가라고 할 정도지 뭐야. 툭하면 내가 화를 내고 짜증을 내도 쟤는 한 번도 흐트러지는 법이 없다니까. 부엌 안에서도 마치 당연하다는 듯 항상 '주방장님, 괜찮으시다면요.', '그래 주시겠어요, 주방장님?', '죄송하지만요, 주방장님.', '하나만 부탁 드려도 될까요, 주방장님.' 이런 말을 날리는 게, 아주 참!"

사라가 람 다스와 원숭이를 만난 다음날 아침, 아이들과 함께 교실에 있을 때였다. 마침 수업을 마치고 프랑스 어 책을 정리하면서 사라는 늘 그렇듯 또 생각에 빠졌다. 사정이 있어 자기의 신분을 숨기고 다니던 고귀한 왕족들이 겪은 일화를 하나 둘 떠올리는 중이었다. 한낱 보잘것없는 농부의 아내에게 빵을 태웠다고 후려 맞은 알프레드 대왕이 생각났다. 훗날 그 여자가 자신이 누구한테 그런 짓을 한 건지 깨닫고 나서는 얼마나 두려움에 떨었을까? 그처럼 지금은 비록 발가락이 거의 튀어나올 정도로 낡은 신발을 신고 누추한 모습으로 다니지만, 사라의 진짜 정체가 공주였다는 걸 훗날 민친 교장이 알게 되면 어떤 일이 벌어질까!

그런 생각을 하며 사라가 지은 표정이 민친 교장이 가장 참지 못하는 바로 그 표정이었다. 마침 주변에 있다가 사라를 본 민친 교장은 '저걸 절대 두고 볼 수는 없어!' 하는 생각을 하며 화가 머리끝까지 나서 사라에게 달려들었다. 그리고 농부의 아내가 알프레드 대왕에게 한 것처럼 똑같이 사라의 뺨을 철썩 올려붙였다. 사라가 놀라서 펄쩍 뛰었다. 그리고 그 충격으로 꿈속에서 깨어나 얼떨떨하게 있다가 가까스로 진정하고 숨을 가다듬었다. 그러면서 무의식중에 '피식' 하고 작은 웃음을 내뱉었다.

"너 뭐 때문에 웃는 거냐? 버르장머리 없고 건방진 계집애 같으니라고!"

민친 교장이 소리쳤다.

사라가 마음을 가라앉히고 자신이 공주처럼 행동해야 한다는 것을 상기하기까지는 시간이 조금 걸렸다. 얻어맞아 빨갛게 부어오른 뺨이 아직도 얼얼했다.

"생각 중이었거든요."

사라가 마침내 대답했다.

"당장 내게 용서를 빌지 못해?"

민친 교장이 쏘아붙였다.

사라가 잠깐 망설이다가 대답했다.

"만약 제가 웃은 게 무례했다면 용서를 빌게요. 그러나 제가 생각 중이었던 것에 대해선 용서를 빌지 않겠어요."

"무슨 생각을 하고 있었던 거지?"

민친 교장이 거듭 물었다.

"감히 무슨 생각을 한 거야? 무슨 생각을 했길래?"

제시가 킬킬거리고 웃었다. 그리고 라비니아와 서로 누가 먼저랄 것도 없이 팔꿈치를 쿡쿡 찔렀다. 다른 아이들도 모두 고개를 들고 귀를 쫑긋 세웠다. 민친 교장과 사라가 티격태격하는 것은 언제나 재미있는 구경거리였다. 그때마다 사라는 조금도 무서워하는 기색 없이 괴짜 같은 말을 하곤 했다. 얻어맞아 뺨이 빨갛게 달아오른 지금도 사라는 눈을 초롱초롱하게 뜨고 전혀 두려워하는 기색 없이 당당히 서 있었다.

"제가 하던 생각은요, 선생님이 지금 저에게 정말로 무슨 일을 하고 있는 건지 모르신다는 생각이었어요."

사라가 공손한 태도로 또박또박 대답했다.

"내가 너에게 무슨 일을 하고 있는지 모른다고?"

민친 교장이 약간 움찔하며 되물었다.

"네, 맞아요. 그리고 만약에 제가 공주인데 선생님이 저를 그렇게 때린 거라면, 무슨 일이 벌어질까 하는 생각도 했어요. 제가 선생님을 어떻게 해야 하는 걸까 하고요. 또한 제가 공주라면 무슨 말을 하고 어떤 행동을 하든 선생님이 절대 저를 그렇게 때리지 못하시겠지 하고 생각했어요. 그리고 만약 나중에 그런 사실이 밝혀지면 선생님이 얼마나 놀라고 두려워하실지도 생각했고요."

사라가 상상 속의 미래를 너무도 생생하게 그려 내서인지, 그 힘이 민친 교장에게도 미친 것 같았다. 잠깐 동안이었지만 상상력이라고는 찾아볼 수 없는 고집스러운 민친 교장의 마음이 뜨끔하면서 사라의 당돌한 말 속에 정말 진실이 숨겨져 있는 건 아닌가 하는 생각마저 들었다.

"뭐라고? 뭐가 밝혀진다는 거야?"

민친 교장이 큰 소리로 다그쳤다.

"사실 제가 공주였다는 사실이요. 그리고 제가 원하는 거라면 뭐든지 할 수 있게 될 거라는 사실이요."

사라의 말에 교실 안 아이들의 눈이 모두 휘둥그레졌다. 라비니아가 관심을 보이며 몸을 앞으로 기울였다.

"당장 네 방으로 가! 교실에서 나가! 그리고 나머지 너희들은 수업에 집중해!"

민친 교장이 흥분에 휩싸여 소리쳤다.

사라가 가볍게 몸을 숙이며 인사했다.

"아까 전에 제가 웃은 게 무례했다면 사과드릴게요."

그리고 교실 문을 뒤로 하고 밖으로 나갔다. 민친 교장은 화가 나서 어쩔 줄을 몰랐다. 아이들은 책 뒤에 숨어 서로 속닥거렸다.

"너 봤어? 쟤 표정이 얼마나 특이했는지 봤어?"

제시가 아직도 놀라움이 가시지 않은 표정으로 말했다.

"만약에 쟤 정체가 나중에 다른 걸로 밝혀진대도, 나는 전혀 놀라지 않을 거 같아. 아니, 오히려 그렇지 않으면 그게 이상할 것 같아!"

12. 벽 건너편에서 일어난 일

집들이 옆으로 다닥다닥 붙어 있는 거리에 살다 보면 모름지기 벽 너머 건너편 방에서 무슨 일이 벌어지고 있는지, 무슨 말이 오가는지 하는 것들이 궁금해지기 마련이다. 사라에게도 기숙 학교 옆에 있는 인도 신사의 집에서 무슨 일이 벌어질까 상상하며 즐거워하는 버릇이 생겼다. 특히 인도 신사의 서재가 바로 교실 너머인 것을 알고부터는, 벽이 너무 얇지는 않은지 그래서 쉬는 시간에 아이들이 떠드는 소리가 방해가 되지는 않는지 하는 걱정도 하게 되었다.

"나는 갈수록 옆집 신사분이 좋아져."

한번은 어먼가드에게 이런 말을 꺼냈다.

"그래서 여기서 떠드는 소리 때문에 방해를 받는 일이 없으셨으면 좋겠어. 난 그분을 친구로 삼기로 했거든. 친구로 삼는 건 한 번도 말해 보지 않은 사람이라도 가능한 일이야. 그냥 바라봐 주면서 신경을 써 주고 딱하다고 안타까워해 주고, 그러다 보면 어느새 정말 친해진 느낌이 들거든. 이제는 어쩌다 하루에 의사 선생님이 두 번씩이나 왔다 가시면 괜스레 걱정도 돼."

어먼가드가 사라의 말을 듣고 나서 잠깐 생각하더니 말했다.

"나는 친척이 얼마 없어. 그런데 그게 참 다행이라고 생각해. 지금 있는 친척들만 해도 너무 싫거든. 두 명 있는 고모들은 나만 보면 '어머, 어먼가드야! 너 왜 이렇게 살이 쪘니. 단 것 좀 먹지 마.' 이런 말만 해 대고, 삼촌은 한 명 있는데 '에드워드 3세가 왕위에 오른 때가 언제인지 알지?' 혹은 '식중독으로 죽은 왕이 누군지 아니?' 이런 질문만 해 대셔."

사라가 웃었다.

"서로 이야길 나누지 않는 친구들끼리는 그런 질문을 할 수 없으니까. 그리고 내 생각에 옆집 아저씨는 나랑 친해져도 그런 질문은 하지 않으실 것 같아. 난 그분이 좋아."

대가족이 행복해 보여서 좋아진 거라면 인도 신사는 불행해 보여서 좋아진 경우였다. 겉으로 보기에도 인도 신사는 아직 큰 병에서 회복하지 못했는지 모습이 무척 수척했다. 어떤 방법으로인지는 모르지만 신기하게도 모든 세상 돌아가는 소식을 들을 수 있는 부엌에서도, 그 신사의 얘기가 자주 화젯거리로 올랐다. 부엌에서 들은 바에 따르면 그 신사는 실제로 인도인이 아니며 인도에 오래 산 영국인이었다. 한동안 큰 시련을 겪으면서 하마터면 전 재산을 잃을 뻔도 하고 실패했다는 수치심에 절망의 늪에도 빠졌으며 그 충격으로 인해 뇌염에 걸려 죽을 고비도 넘겼다고 했다. 다행히 운이 따라 주어서 전세가 역전되어 재산을 모두 되찾을 수 있었지만 한번 그렇게 앓고 난 후에 몸이 만신창이가 되어 버렸다고 했다. 그런데 그 신사가 겪은 고생과 풍파가 무슨 광산과 관련된 일이라고 했다.

"광산도 그냥 광산이 아니고 다이아몬드 광산이었대! 나는 내 돈은 광산에는 절대, 특히 다이아몬드 광산에는 절대 투자하지 않을 거야."

주방장이 이렇게 말하며 사라를 흘끗 곁눈질해 보았다.

"우리 모두 그 정도는 아주 잘 알고 있잖아?"

사라는 생각에 잠겼다.

"그분도 우리 아빠와 똑같은 걸 겪으셨겠구나. 우리 아빠처럼 아프셨다니…… 그렇지만 다행히 살아나셨네."

그 이후로 사라는 그 신사에게 더욱 마음이 기울었다. 밤에 심부름을 내보내면 전과 달리 내심 기쁘기도 했다. 옆집이 아직 커튼을 내리지 않은 상태이면 몰래 바깥에 서서 따뜻해 보이는 집 안을 흘끔거리기도 했고, 그래서 최근에 삼은 친구의 모습을 한번 볼 수 있는 기회를 잡기도 했다. 그리고 주위를 둘러봐서 사람이 아무도 없다 싶으면 계단 난간에 기대어 신사가 자기 말을 들어주기라도 할 것처럼 잘 자라는 인사를 남기기도 했다.

'비록 들을 수 없어도 느낄 수는 있을지 몰라.'

사라의 마음속 깊은 바람이었다.

'아무리 창문이나 문, 벽이 떡 하니 막고 있어도 마음속 바람은 전달될 수 있을지 몰라. 내가 추운 날씨에도 여기 밖에 서서 아저씨의 행복을 간절히 빌어 주면, 안에 있는 아저씨 마음이 왠지 모르게 갑자기 따뜻해지거나 위안이 찾아오거나 하지 않을까?'

사라는 그런 생각을 하며 간절한 목소리로 나직이 속삭였다.

"아저씨, 저는 아저씨가 빨리 나으셨으면 좋겠어요. 우리 아빠가 머리 아프셨을 때 제가 가만히 쓰다듬어 드리면 좋아하셨던 것처럼 아저씨한테도 그런 '작은 마님'이 있으면 좋을 텐데요. 할 수만 있다면 저라도 아저씨의 '작은 마님'이 되어 주고 싶지만…… 불쌍한 아저씨, 안녕히 주무셔요. 안녕. 신의 축복이 함께하길!"

이러고 나면 사라도 마음에 위안을 얻고 한결 따뜻해진 기분으로 집에 돌아갈 수 있었다. 사라의 마음이 어찌나 강렬했던지, 어떻게든 옆집 신사에게 전해질 것만 같았다. 신사는 늘 침실 가운을 입고 벽난로 옆 안락의자에 앉아 타오르는 불길을 하염없이 바라보며 이마 위에 손을 얹고 있었는데, 그런 모습 때문에 사라에게 신사는 아직 과거의 근심을 떨치지 못하고 고뇌에 가득 찬 사람으로 비쳐졌다.

"아저씨를 보면 지금도 마음속에 뭔가 매우 괴로운 일이 있는 것 같아. 그런데 왜 그럴까? 돈도 다 되찾았다고 하고, 병이야 차차 나아지실 텐데 안색이 왜 그렇게 안 좋으신 걸까? 뭔가 또 다른 괴로운 일이 있는가 싶어……."

만약 부엌에서도 들을 수 없는 다른 무슨 사연이 있는 거라면, 다른 사람은 몰라도 (사라가 몽모렌시 아저씨라고 부르는)대가족의 아빠는 알고 있을 거라고 사라는 믿었다. 실제로 몽모렌시 씨는 옆집 신사를 자주 방문했다. 그리고 그보단 드물긴 했지만 몽모렌시 부인과 아이들이 함께 따라올 때도 있었다. 눈치로 보아 옆집 신사는 아이들 중에서도 특히 첫째, 둘째 여자 아이인 재닛과 노라를 제일 좋아하는 것 같았다. 그 둘은 일전에 동생 도널드가 사라에게 6펜스 동전을 준 일을 나무랐던 그 아이들이었다.

실제로 옆집 신사는 아이들을 매우 애틋하게 대했다. 특히 어린 여자 아이들에게는 더욱 그랬다. 재닛과 노라도 신사가 자기들을 좋아하는 만큼이나 신사를 매우 따랐고, 광장을 가로질러 신사의 집에 나들이 가는 오후 시간을 매우 들뜬 마음으로 기다렸다. 아이들은 신사가 몸이 성치 않다는 걸 잘 알았기에 신사의 집을 방문할 때면 늘 평소보다 신경을 쓰고 주의를 기울였다.

"아저씨가 너무 불쌍해. 그래도 우리를 보면 기운이 난다고 하셨으니까, 우리는 조용하게 아저씨가 힘이 나도록 응원해 드려야 해."

재닛은 대가족의 맏딸로 이렇게 말하며 어린 동생들을 챙겼다. 분위기를 살펴보고 인도 신사에게 인도에 대해 이야기해 달라고 부탁하는 사람도 재닛이었고, 신사가 피곤해 보이는 눈치이면 조용히 나가서 람 다스를 불러오는 사람도 재닛이었다. 아이들은 람 다스를 매우 잘 따랐다. 만약 람 다스가 힌두 어 말고 영어도 잘했다면, 아이들에게 수많은 이야기를 들려주고도 남았을 것이다.

한번은 재닛이 캐리스포드 씨(인도 신사의 본명)에게 얼마 전에 '거지가 아닌 작은 여자 애'를 만난 일에 대해 이야기했는데, 캐리스포드 씨는 이야기를 듣고 그 아이에게 큰 관심을 보였다. 거기다 더해 람 다스가 전에 원숭이를 찾으러 지붕을 넘어 그 다락방에 갔던 이야기를 들려주자, 신사는 그 아이에게 더욱더 신경을 쓰기 시작했다. 람 다스는 신사를 위해 사라의 다락방을 매우 상세하게 묘사해 주었다. 그 누추함을, 얼음처럼 차가운 바닥과 여기저기 칠이 벗겨진 벽을, 불 없이 차갑게 식은 난로를 그리고 딱딱하고 비좁은 침대를.

"카마이클.(몽모렌시 아저씨의 본명)"

그 이야기를 듣고서 인도 신사가 대가족의 아빠에게 넌지시 이야기를 꺼냈다.

"이 부근에 그런 다락방이 얼마나 더 많을지 궁금하네. 그리고 얼마나 많은 불쌍한 하녀 아이들이 그런 침대에서 자야 하는지도 말이야. 내가 이렇게 푹신한 베개를 베고도 잠을 못 이루고, 가진 게 이토록 많으면서도 그로 인해 괴로워하는 동안에……. 따지고 보면 그 대부분은 내 거라 할 수도 없지만……."

그러면 카마이클 씨가 인도 신사를 다독이며 이렇게 대답했다.

"이보게, 친구. 이제 자책은 그만 좀 하게나. 그래 봐야 자네에게 보탬 될 게 하나도 없어. 만약 자네에게 인도 제국을 통째로 살 만큼의 돈이 있다 하더라도, 세상에 넘쳐나는 모든 불행한 일을 다 바로잡아 주지는 못할걸세. 마찬가지로 자네가 이 거리에 있는 다락방을 몽땅 뒤져서 다 채워 준다 해도, 다른 동네와 거리에 또 그런 다락방이 차고 넘칠 텐데. 그건 또 어쩔 텐가?"

캐리스포드 씨는 난로 속에서 훨훨 타오르는 불꽃을 바라보며 손톱을 깨물었다. 그리고 잠시 후 나지막한 소리로 물었다.

"혹시라도 자네 생각엔 그 아이가…… 내가 한순간도 잊지 못하는 그 아이가…… 지금 이 옆집에 산다는 그 불쌍한 아이처럼 힘들게 살고 있을 가능성이 있다고 보는가?"

변호사는 편치 않은 눈으로 신사를 바라보았다. 신사의 건강 상태가 가뜩이나 안 좋은 지금 상태에서 이 주제에 대해 안 좋은 방향으로 깊게 생각할수록 잘못하면 건강이 최악의 상황까지 갈

수 있다는 걸 알고 있었기에, 변호사는 더욱 신경이 쓰이지 않을 수 없었다.

"만약에 자네가 찾는 그 아이가 파리에 있는 마담 파스칼 학교에 다녔던 아이가 맞다면, 지금쯤 그런 문제는 걱정 안 해도 되는 사람들 손에 맡겨져 잘 살고 있을 걸세. 그 사람들은 어린 딸이 죽고 난 뒤 딸의 가장 친한 친구라서 그 아이를 입양했다고 했거든. 그 부부에게 다른 아이가 없었다고 하니까 말이야. 마담 파스칼의 말에 따르면 그 사람들은 매우 부유한 러시아 인이라고 했어."

카마이클 씨가 어르듯 대답했다.

"그런데 그 망할 여자가 그 사람들이 아이를 어디로 데려갔는지도 모른다는 게 말이 되나?"

캐리스포드 씨가 흥분해서 외쳤다.

카마이클 씨가 어깨를 으쓱했다.

"그 여자를 보니 세상 물정에 빠삭한 그런 류의 프랑스 여자인 것 같더구먼. 그 아이의 유일한 보호자였던 아버지가 유산 하나 안 남기고 죽었다는 소식을 들어 안 그래도 당황했을 참에, 누가 데려가 준다고 하니 당장 얼싸 좋다 하고 아이를 넘기지 않았겠는가? 그런 여자들은 자기들에게 부담이 될 것 같으면 아이들의 미래 같은 건 전혀 안중에도 없으니까. 그러고 나서 그 양부모들이 아무 얘기 없이 도시를 떴으니 알 리가 있나, 뭐."

"그렇지만 자네의 말은 '만약 그 아이가 내가 찾는 그 아이라면'이라는 가정 하에 하는 말이지 않나. 그 얘기는 그 아이가 맞는지도 확실히 모른다는 건데. 사실 이름이 딱 맞지 않는다는 것도 걸리고."

"마담 파스칼이 '크루' 대신에 '크뤼'처럼 발음을 한 건 맞네. 그렇지만 그건 그냥 발음상의 문제일지도 몰라. 다른 상황은 모두 교묘하게 다 맞아 떨어지지 않나. 인도에서 어떤 영국 장교가 기숙학교에다 엄마 없는 여자 아이를 맡겨 두고 간 후에 갑자기 파산을 하고 또 죽는다는 게."

카마이클 씨는 갑자기 무슨 생각이 떠오른 듯 멈칫했다.

"그런데 그 아이가 파리 소재 학교에 맡겨진 건 확실한가? 파리가 확실해?"

"이보게, 친구."

캐리스포드 씨가 뒤숭숭한 마음을 감추지 못하며 씁쓸하게 말을 내뱉었다.

"나한테 확실한 건 아무것도 없네. 그 아이는커녕 그 사람 부인도 본 적이 없으니까. 랄프 크루와 나는 어렸을 때 매우 친한 사이였지만, 학교를 졸업한 후로는 인도에서 본 게 처음이었어. 그때 나는 광산에 대한 희망으로 마음이 부풀대로 부풀어 있던 상태였네. 그 뒤로 크루도 점점 나처럼 되었지만. 그 광산 일이 얼마나 거대하고 찬란해 보였던지, 우리는 다른 것엔 아무것도 신경 안 쓰고 거의 반쯤 정신이 나간 상태였다고나 할까? 그래서 그 얘기 말고는 다른 얘기를 거의 해 본 적이 없다네. 나로서는 그 친구 아이가 어딘가에 있는 학교로 보내졌다는 사실 외에는 아는 게 없었어. 지금 생각해 보면 그 사실조차도 어떻게 기억하고 있는지 신기할 정도라네."

캐리스포드 씨가 흥분하기 시작했다. 아직은 정신적으로 많이 허약한 상태인 터라, 어쩌다가 과거에 있었던 온갖 재앙 같던 일들이 생각나는 날이면 으레 크게 흥분을 하곤 했다.

카마이클 씨가 그런 신사를 근심 어린 눈으로 쳐다보았다. 웬만하면 질문을 해서 더 많은 정보를 알아내야 했으나 그럴 때마다 신중을 기해야 했다.

"그렇다면 어떻게 아이의 학교가 파리에 있을 거라고 생각한 건가?"

"그래, 그건 크루의 부인이 프랑스 여자였다고 해서였네. 자기 아이를 파리에서 교육시키고 싶어 했다는 얘기를 들었던 것 같거든. 그래서 아무래도 아이를 파리에 보냈을 거라 생각했던 거지."

"그래. 그럴 가능성이 크겠지."

인도 신사가 갑자기 몸을 앞으로 숙이더니 손으로 탁자를 거칠게 내리쳤다.

"카마이클, 나는 무슨 일이 있어도 그 아이를 찾아내야만 하네! 아이가 살아 있다면 어딘가에는 반드시 있을 것 아닌가. 그 아이가 지금 의지할 곳 하나 없이 빈털터리 거지처럼 살고 있다면 그건 다 내 잘못이네. 맨날 이런 생각이 나를 따라다니면서 괴롭히는데, 어떻게 내가 제정신으로 제대로 살 수 있단 말인가! 광산 일이 뜻밖에 잘 풀리는 바람에 우리가 꿈꾸던 모든 환상은 현실이 되었는데, 그 와중에 불쌍한 그 친구의 아이는 거리에서 구걸하며 근근이 살고 있다면…… 그런데 정말 그럴지도 모르질 않나!"

"아니야, 아니야."

카마이클 씨가 끼어들었다.

"진정하게. 자, 자네가 아이를 찾기만 한다면 이제 그 아이에게 엄청난 재산을 돌려줄 수 있을 거라는 생각만 하도록 하게. 그리고 진정을 좀 해 보게나."

"일이 잘못되었을 때…… 그때, 왜 나는 남자답게 맞서지 못했던 걸까?"

인도 신사가 절망에 가득 차서 신음 소리를 냈다.

"그때 다른 사람들 돈만 끌어들이지 않았다면 단지 내 돈만 연루되었던 거라면, 나도 그렇게까지 무너지지는 않았을 텐데! 가여운 크루 같으니. 그 친구는 가진 돈 모두를 탈탈 털어 내 계획에 쏟아 부었는데, 나를 믿고서! 나를 얼마나 끔찍이 생각했는데! 그런데 결국은 내가 자기를 파산시켰다고 생각하면서 눈을 감았을 것 아닌가! 나, 이 톰 캐리스포드가! 이튼 학교에서 함께 크리켓을 쳤던 내가! 그 친구한테는 내가 얼마나 끔찍한 불한당 같았을까!"

"자신을 그렇게 심하게 책망하지는 말게."

"내가 책망하는 건 실패를 두려워했기 때문이 아니네. 용기를 잃고 그렇게 무너진 것이 원통할 뿐이야. 나는 사기꾼, 도둑처럼 도망쳐 버렸어. 죽마고우의 얼굴을 대면하고 내가 그 친구와 친구 아이의 인생을 망쳤다는 걸 직접 말하기가 두려워서 말이야!"

대가족의 아빠가 신사의 어깨에 손을 얹으며 진심 어린 위로의 말을 전했다.

"자네가 도망친 건 그렇게 고문을 당하는 듯한 정신적 압박 속에서 그만 이성을 잃어서야. 그때 자네는 이미 반쯤은 정신이 나간 상태가 아니었나. 그게 아니었다면 분명히 끝까지 남아서 싸웠을 거네. 자네가 그렇게 떠나자마자 이틀도 채 안 되어 병원에 붙들려 왔던 것과 열병으로 생사를 오락가락하며 침대에 묶여 있었다는 사실을 잊지 말게."

캐리스포드 씨가 두 손에 얼굴을 파묻었다.

"정말이지 그때는, 맞아! 난 끔찍한 공포에 질려 정말 미쳐가고 있었으니까. 몇 주째 잠도 한숨 못 잤었지. 그렇게 밤중에 집 안에 혼자 앉아 있으면, 주위에서 모든 흉악한 것들이 비웃으며 나에게 손가락질하는 것처럼 느껴졌었어."

"그러니 그러고도 남지. 열병에 걸려 머리를 다친 사람이 어떻게 제대로 된 선택을 할 수 있었겠나."

신사가 푹 숙인 고개를 옆으로 저었다.

"내가 정신을 차렸을 때 그 가엾은 친구는 이미 죽어서 땅에 묻혀 있었다네. 그런데도 나는 그 친구에 대해서 아무것도 기억하지 못했고, 비로소 그 아이에 대한 생각이 난 것도 몇 달이나 지나고 난 후였네. 그나마 처음 그 아이의 존재가 어렴풋이 기억났을 때는 아는 것이 정말이지 아무것도 없었어."

캐리스포드 씨는 말을 멈추고 이마를 문질렀다.

"지금도 계속 기억을 떠올리려 노력하지만 대부분은 어렴풋한 안개 속을 헤매는 것만 같아. 반드시 언젠가 한번은 크루가 딸아이를 보낸 학교에 대해 이야기한 적이 있을 텐데 말이야. 자네는 그렇게 생각 안 하나?"

"확실하게 얘기를 안 했을 수도 있지. 그 딸아이 이름도 제대로 들어본 적이 한 번도 없다며."

"그 친구는 자기 딸을 이야기할 때 보통 이상한 애완동물 같은 이름을 지어내서 부르곤 했네. '작은 마님'이라고 한 것 같은데. 그것마저도 광산 일이 잘못되어 가면서부터는 내 머릿속에서 모든 기억을 몰아 낸 것 같아. 광산 이야기 외의 다른 얘기를 일절 하지 않았거든. 그러니 학교에 대해 얘기한 적이 있었더라도 내가 잊어버린 게 틀림없네. 잊어버린 거지. 그리고 이제는 절대 기억하지 못할걸세."

"자, 자. 우리가 찾아내면 되지 않나. 마담 파스칼이 말한 그 착한 러시아 인 부부를 계속 찾아보자고. 모스크바에 사는 것 같다고 어렴풋이 기억해 냈으니까. 그걸 단서로 해서 시작해 나가는 거야. 내가 모스크바로 가겠네."

"내가 여행을 할 수만 있다면 같이 가겠는데 말이야. 내가 언제부터 이렇게 털옷이나 두르고 앉아서 불이나 쬐고 있어야 하는 신세가 되었는지 원. 앉아서 타오르는 불을 보고 있노라면, 어디선가 젊은 크루가 나를 지긋이 바라보고 있는 것 같은 느낌이 든다네. 마치 나에게 뭔가를 묻는 듯한 표정을 하고서 말이야. 어떤 때는 잘 때 꿈에 나오기도 하는데 내 앞에 서서 끝없이 똑같은 질문을 하고 또 하는 거야. 무슨 질문인지 짐작이 가나, 카마이클?"

카마이클 씨가 자신 없는 말투로 나직이 대답했다.

"글쎄."

"항상 내게 하는 질문은 이거야. '톰, 이 친구야. 톰, 내 작은 마님은 어디에 있는가?'"

신사가 카마이클 씨의 손을 꼭 잡고 말했다.

"난 그 친구에게 대답을 해 주어야 하네. 그 아이를 찾도록 도와주게. 나를 도와줘."

그 시각, 벽을 사이에 두고 바로 옆집에선 사라가 다락방에 앉아 때마침 저녁 식사를 받으러 나온 멜키세덱에게 이야기를 하고 있었다.

"멜키세덱, 오늘은 공주답게 행동하기가 매우 힘든 날이었어. 평소보다도 훨씬 더…… 날씨가 추워지면서 바닥이 미끄러워지니까 날이 갈수록 더 힘들어. 그래서 좀 전에 복도를 지나다가 내 치마가 진흙투성이가 된 걸 보고 라비니아가 웃었을 때, 하마터면 뭐라고 쏘아붙일 뻔했어. 말이 나오기 전에 간신히 참았으니 망정이지. 공주는 누구에게라도 그렇게 함부로 대꾸하면 안 되는 법이거든. 혀를 꼭 깨물고서라도 그런 감정은 추슬러야 하는 거야. 그래서 나도 혀를 깨물고 꾹 참았어. 멜키세덱, 오늘 오후는 정말 춥더니 밤에도 여전히 춥네."

사라는 그렇게 말하고 나서 돌연 고개를 떨어뜨리고는 얼굴을 팔에 묻었다. 혼자 있으면 자주 하는 행동이었다.

"오, 아빠. 제가 아빠의 '작은 마님'이었던 때가 이제는 아주 오래 전 일인 것처럼 까마득하기만 해요."

이것이 바로 벽 하나를 사이에 두고 한날한시에 일어난 일이었다.

13. 나와 똑같은 사람

　겨울은 유난히도 혹독했다. 심부름을 나가면 오랫동안 차가운 눈 위를 걸어다녀야 하는 날이 허다했고, 더 심한 날은 눈이 녹아내려서 땅바닥이 미끄러운 진흙탕이 되기도 했다. 어떤 날은 안개가 너무 짙게 껴서 대낮인데도 거리에 가로등을 켜야 앞이 보이는 날도 있었는데, 그럴 때 도시는 몇 년 전 사라가 아빠 어깨에 기대어 다리를 팔로 끌어안은 채 마차를 타고 지나던 날의 런던을 재현하는 듯했다. 그런 날이면 창문 사이로 엿보는 대가족 풍경이 더없이 따뜻하고 매혹적으로 보였고, 인도 신사가 앉아 있는 서재도 더욱 따뜻한 빛과 온기를 내뿜었다.

　반면에 다락방은 말로 형용할 수 없을 정도로 참혹했다. 이제는 창문으로 일출도 일몰도 볼 수 없었고 밤에 별도 거의 보이지 않았다. 낮은 하늘에 짙게 깔린 회색 혹은 흙빛 구름은 기껏해야 세찬 비만 뿌려댔다. 안개가 끼지 않는 날이라 해도 오후 네 시만 되면 사방이 밤처럼 어두워졌다. 다락방에 뭐라도 찾으러 갈라치면 촛불을 켜지 않고는 아무것도 보이지 않았다. 게다가 부엌 사람들은 기분이 축 가라앉아서 평소보다도 더 심술을 자주 부렸으며, 베키를 노예처럼 부려 댔다.

"아가씨, 아가씨가 아니었다면……."

하루는 베키가 사라의 다락방에 기어들어오며 쉰 목소리로 이렇게 말했다.

"아가씨가 없었다면 그리고 바스티유 감옥이 없었다면, 제 옆방에 동료 죄수가 살지 않았다면, 틀림없이 전 견디지 못하고 죽었을 거예요. 아가씨가 말한 것들이 조금씩 진짜 현실이 되어 가는 것 같아요. 교장 선생님은 하루하루 날이 갈수록 점점 더 교도소장처럼 보이는 데다 이제는 정말로 옆구리에 아가씨가 전에 얘기했던 큰 열쇠도 차고 다니는 것만 같아요. 주방장은 그 밑에서 일하는 교도관 같고요. 아가씨, 이야기를 좀 더 해 주세요, 네? 땅속에 판 지하통로에 대해서 더 얘기해 주세요."

"그보단 더 따뜻한 얘기를 해 줄게."

사라가 몸을 덜덜 떨며 말했다.

"가서 이불을 가져와서 몸을 감싸. 나도 내 이불을 덮을게. 그러고 침대에 서로 붙어 앉자. 인도 신사분의 원숭이가 예전에 살았을 무더운 열대 우림에 대해 얘기해 줄게. 원숭이가 가끔 창문가 탁자에 앉아 슬픈 표정으로 밖을 내다보고 있으면, 난 항상 '아, 원숭이가 전에 타고 놀던 코코넛 나무를 그리워하는구나.' 하고 느낄 수 있어. 처음에 그 원숭이를 잡은 게 누굴까? 그때 그 가족들은 원숭이가 잡힌 것도 모르고 그 원숭이가 따다 주기로 한 코코넛을 오매불망 기다리고 있지는 않았을까?"

"아가씨, 벌써부터 더 따뜻해진 기분이에요! 아가씨가 그런 이야기를 해 주니까 이런 바스티유 감옥도 나름 따뜻해지는 것 같아요."

베키는 진심으로 고마워하며 말했다.

"그건 이야기를 듣고 있는 동안 다른 생각을 할 수 있기 때문이야."

이불을 더욱 꽁꽁 싸맨 사라가 이불 사이로 작은 얼굴만 빠끔히 드러내고 말했다.

"내가 최근에 알게 된 게 있는데 그게 뭐냐면, 마음속으로 다른 생각을 하면 몸이 힘든 걸 조금은 잊을 수 있다는 사실이야."

"와, 아가씨는 그게 가능해요?"

베키가 감탄하며 사라를 우러러보듯 바라보았다.

사라가 잠시 눈살을 찌푸렸다.

"가끔은. 솔직히 잘 안 될 때도 있어. 그렇지만 그렇게 할 수만 있으면, 무슨 일을 해도 힘들지 않아. 그리고 우리가 연습만 많이 한다면 그게 언제나 가능할 거라고 믿어. 요즘에는 연습을 많이 했더니 정말로 전보다 생각하기가 훨씬 쉬워졌거든. 때로 견디기가 너무 힘들 때, 나는 최선을 다해서 내가 공주라는 생각을 잊지 않으려 해. 그러면서 나 자신한테 말하는 거야. '나는 공주야. 나는 동화 속에 사는 거야. 이건 동화 속 일이니까 실제로는 아무것도 나를 아프게 하거나 힘들게 할 수 없어.' 이렇게. 그러면 정말 감쪽같게도 현실을 잊을 수 있거든."

사라가 작게 웃으며 말했다.

그 즈음에 사라에게는 그렇게 다른 생각을 하려 애써야 하는 상황이 시도 때도 없이 생겼고, 자연히 자신이 진정한 공주인지 아닌지 시험에 드는 순간도 많이 찾아왔다. 그 중에서도 단연코 최고의 시험이었다 할 수 있는 사건은 날씨가 정말 고약했던 어느 날에 일어났다. 그 사건은 그 후로도 두고두고 몇 년 동안 사라의 기억 속에 남게 되었다.

며칠 동안이나 비가 쉬지 않고 내리던 어느 날이었다. 런던의 거리는 온통 싸늘하고 축축한 공기로 가득 차 있었고 길은 어딜 가나 진흙투성이였으며 바닥은 먹구름 같은 짙은 안개로 가득 덮여 있었다. 그런 날이 하루 이틀도 아닌데, 날씨가 궂다고 심부름을 시키지 않을 리가 없었다. 그날도 멀리까지 가야만 하는 힘든 심부름을 이미 몇 군데나 갔다 와서 옷도 흠뻑 젖은 상태였는데 사라는 또다시 거리로 내몰렸다.

볼품없어진 모자에 달려 있는 옛날엔 화려했었던 깃털은 오늘따라 한층 더 더럽고 우스꽝스러워 보였고, 낡아 빠진 신발은 길가의 물을 먹을 대로 먹어 더 이상 마른 부분이 없었다. 거기다가 민친 교장이 버르장머리를 들이겠답시고 벌로 점심을 주지 않은 탓에, 사라는 더욱 춥고 배고프고 힘이 들었다. 그런 사라의 얼굴이 너무도 파리하고 초췌했기에 거리를 지나가던 마음씨 착한 사람들은 동정의 눈길을 보내며 사라를 흘끔흘끔 쳐다보았다. 그러나 사라는 그 사실을 전혀 몰랐다. 다만 마음속으로 다른 생각을 하려고 무진 애를 쓰며 길을 재촉했을 뿐이다. 그렇게라도 하지 않으면 도저히 견디기가 힘들었다. 사라는 얼마 남지 않은 온 힘을 끌어모아 '상상'을 하고 '가정'을 하면서 다른 생각을 하려 애를 썼다. 그러나 정말로 이번만큼은 약발이 듣지 않았다. 그런 시도를 하는 것 자체가 오히려 사라를 더 춥고 배고프게 만드는 것처럼 느껴졌다. 여전히 신발 사이로 흙탕물은 계속 새어 들어왔고, 바람은 얇은 외투마저 날려 버리려는 듯 매섭게 불어 댔다. 그러나 사라는 오기로라도 '상상하기'를 그만둘 수 없었다. 그래서 계속 속으로 혼잣말을 하며 앞으로 묵묵히 걸어 나갔다.

"내가 보송보송하게 마른 옷을 입고 있다고 상상하자. 튼튼한 신발을 신고 있으며 두텁고 긴 코트를 입은 데다가, 양모 스타킹을 신고 우산까지 들고 있다고 상상하자. 그리고 또 무슨 상상을 할까? 그래, 방금 구운 따끈따끈한 빵을 파는 빵집을 지나가는데, 갑자기 길에서 임자 없는 6펜스 동전을 줍는다고 상상하자. 그래서 그 돈을 가지고 빵집에 들어가서 제일 따뜻하고 뜨거운 빵 여섯 개를 사서 한꺼번에 다 먹어버린다고 상상하자."

세상엔 가끔 정말 신기한 일이 일어나기도 하는 법이다.

그건 정말 이상할 정도로 신기한 일이었다. 사라는 전처럼 조심조심 바닥을 보며 탄탄한 길을 골라 주의를 기울여 걸어가고 있었다. 조심한다고 해서 별로 나아질 건 없었지만, 사라는 여전히 혼잣말을 중얼거리며 조심스럽게 진흙탕 속을 헤치고 길을 건넜다. 그런데 순간, 바닥을 향한 사라의 눈에 반짝이는 뭔가가 들어왔다. 은화였다! 수많은 사람들이 앞서 밟고 지나가 버려 빛이 한참 바래긴 했지만, 그래도 여전히 영롱한 빛이 살아 있는 은화였다! 비록 6펜스짜리 동전까지는 아니었지만 그 다음으로 좋은 4펜스짜리 동전이었다.

순식간에 그 동전은 추위로 울긋불긋해진 사라의 두 손 안에 쥐어졌다.

"오. 정말이네! 내 말이 정말로 실현되다니!"

그리고 사라가 고개를 드니 믿을 수 없게도 빵집이 바로 눈앞에 있었다. 안에선 인심 좋아 보이는 넉넉한 체구의 아주머니가 온화한 얼굴로 오븐에서 갓 구워 낸 빵을 창문가 진열대에 하나씩 내려놓고 있었다. 건포도가 든 큼지막하고 푹신푹신하며 윤기가 자르르 흐르는 빵이었다.

갑작스럽게 찾아온 믿을 수 없는 행운과 바로 눈앞에 놓인 탐스러운 빵들, 그리고 가게 쇼윈도를 가득 채우는 따뜻하고 구수한 빵 냄새에 사라는 하마터면 정신을 잃고 기절할 지경이었다.

사라는 당장 지체 없이 그 돈을 써 버리리라 다짐했다. 동전은 한눈에 보기에도 한참 동안 거리에 버려져 있었던 것 같았고, 그 거리는 하루 종일 인파가 끊이지 않는 길이니 동전 주인이 그 동전을 아직도 찾고 있을 리는 만무했다.

"그렇지만 어쨌든 빵집에 가서 아주머니께 잃어버리신 게 아니냐고 먼저 물어봐야겠어."

사라는 희미한 정신으로 생각했다. 그리고 젖은 발로 터벅터벅 길을 건넜다. 그런데 무엇을 보았는지 문득 발걸음을 멈추었다.

자기보다도 더 애처로워 보이는 작은 아이가 있었던 것이다. 아이는 옷이라고 할 수도 없는 누더기 천 조각을 걸치고 있었는데, 그나마도 천이 너무 짧아서 다 가리지도 못하고 이 추운 날씨에 빨갛게 얼어버린 작은 맨발을 밖으로 드러내 놓고 있었다. 누더기 위로는, 걷잡을 수 없이 헝클어진 머리에다 꼬질꼬질한 얼굴로 굶주린 큰 눈만을 멀뚱멀뚱하게 뜨고 있었다.

사라는 단번에 아이가 정말 오랫동안 아무것도 먹지 못했다는 것을 알 수 있었다. 연민의 감정이 물밀 듯 밀려왔다.

"이 아이도 나와 다를 것 없는 똑같은 사람인데. 어째 나보다도 더 굶주렸네."

사라가 작게 한숨을 쉬며 내뱉었다.

남들과 '다를 것 없는 똑같은 사람'인 그 아이가 사라를 보고는 움찔하며 지나갈 길을 터주려고 옆으로 조금 비켜 앉았다. 사람이 지나가면 으레 반사적으로 하는 행동인 듯했다. 지나가는 사람들에게 거치적거리다가 경찰의 눈에 띄기라도 하면 당장 꺼지라는 말만 들을 게 뻔했기 때문이다.

4펜스 동전을 쥐고 있는 사라의 손에 힘이 들어갔다. 잠시 그렇게 망설이던 사라가 그 아이에게 말을 걸었다.

"너 배고프니?"

아이는 사라의 시선을 피하며 거센 말투로 되물었다.

"그걸 말이라고 해? 당연한 걸 왜 물어?"

"점심 못 먹었니?"

"점심은커녕 아침도 못 먹었고 저녁도 못 먹었어."

아이는 일부러 더욱 거센 말투로 적대감을 표현했다.

"언제부터?"

"몰라. 아무튼 오늘은 아무것도 못 얻어먹었어. 하루 종일 거절만 당했단 말이야."

그 아이를 보는 것만으로도 사라는 더욱 배가 고프고 머리가 어지러워졌다. 그러나 한편으로는 머릿속으로 사라 특유의 특이한 생각이 막 떠올랐다. 마음이 아파진 사라는 혼잣말을 했다.

"내가 공주라면…… 내가 공주라면, 아무리 왕위를 잃고 쫓겨나서 굶주리는 형편이 되었다 해도…… 나보다 더 불쌍하고 굶주린 사람을 만나면 항상 내 것을 나누어 주었을 거야. 마땅히 그래야 하는 거니까. 아, 빵 한 개당 1페니니까 나한테 6펜스 동전이 있었다면 6개를 살 수 있을 텐데. 빵 4개 가지고는 우리 둘이 먹기에는 턱도 없겠지. 그렇지만 어쨌든 아무것도 없는 것보단 나을 거야."

"여기서 잠시만 기다려."

사라가 거지 아이에게 이렇게 말하고 빵집 안으로 들어갔다. 빵집 안은 따뜻했고 맛있는 냄새가 진동했다. 주인아주머니가 마침 안에서 맛있는 빵을 더 담아 진열대로 나오고 있었다.

"죄송하지만요, 아주머니. 혹시 4펜스짜리 동전 잃어버리셨어요? 4펜스짜리 은화요."

사라는 손을 내밀어 은화를 보여 주었다.

주인아주머니의 시선이 동전에서 작지만 강렬한 인상을 풍기는 사라의 얼굴로, 그리고 한때는 값이 꽤 나갔을 듯한 헤진 옷으로 옮겨갔다.

"저런, 아니란다. 네가 주웠니?"

"네. 진흙탕 길에서요."

"그럼 네가 가지거라. 거기 일주일이 넘게 있었을지도 모르는 일인데 누가 주인인지 알 게 뭐니. 주인은 절대 못 찾을 거야."

"네, 저도 알아요. 그래도 물어는 봐야겠다고 생각했어요."

"그런 사람들은 별로 없는데."

아주머니가 온화한 얼굴로 말했다. 한편으로는 의아하고 다른 한편으로는 호기심이 드는 모양이었다.

"뭘 사고 싶니?"

사라가 빵을 바라보는 걸 눈치 채고 아주머니가 재빨리 물었다.

"괜찮다면 빵 네 개만 주세요. 하나에 1페니짜리로요."

사라가 대답하자 아주머니는 창가 진열대로 걸어가 종이봉투에 빵을 하나하나 담았다. 여섯 개의 빵이 담기는 걸 보고 사라가 말했다.

"아주머니, 전 네 개 달라고 말씀 드렸는데요. 저한테는 4펜스밖에 없거든요."

"덤으로 두 개 더 넣었단다. 남으면 나중에라도 두었다가 먹으면 되잖니. 배고프지 않아?"

아주머니가 따뜻한 표정으로 말했다.

사라의 눈이 촉촉이 젖어 왔다.

"네. 사실 배가 많이 고파요. 정말 어떻게 감사를 드려야 할지 모르겠어요. 거기다……."

사라는 이어서 '저보다도 배가 더 고픈 아이가 바깥에 있거든요.'라고 말하려 했다. 그러나 바로 그때 손님 두세 명이 들이닥쳤다. 다들 뭐가 그리 바쁜지 몹시 서두르는 눈치였기에 사라는 그냥 고맙다는 인사만 한 번 더 하고 밖으로 나왔다.

거지 아이는 아직도 계단 옆 구석에 쪼그리고 앉아 있었다. 축축하고 더러운 누더기를 걸치고 고통과 두려움이 가득 찬 눈으로 허공만 응시하고 있었다. 그리고 그때 아이의 눈에서 한줄기 눈물이 뚝 흘러 나왔다. 아이는 자기가 흘린 눈물에 자신도 흠칫 놀랐는지, 재빨리 하얗게 다 터 버린 손을 들어 손등으로 눈물을 훔쳐냈다. 그러면서 혼자 뭐라고 투덜거렸다.

사라는 종이봉투를 열어 뜨거운 빵 하나를 꺼내 들었다. 따뜻한 빵의 온기에 벌써, 얼었던 손이 조금은 녹은 것 같았다.

"자."

사라가 그 빵을 아이의 무릎에 올려놓으며 말했다.

"이거 따뜻하고 맛있어. 먹어, 그러면 배고픈 게 좀 가실 거야."

아이는 움찔하고는 예상치도 않은 갑작스러운 행운에 불안한지 사라를 빤히 쳐다보았다. 그러더니 갑자기 빵을 낚아채고는 배고픈 늑대처럼 우걱우걱 빵을 단숨에 삼켜 버렸다.

"오, 이런! 오, 이런!"

아이는 쉰 목소리로 기쁨의 탄성을 질러 댔다. 오, 이런!

사라는 빵을 두 개 더 집어 아이의 무릎에 놓았다.

아이가 게걸스럽게 빵을 먹어 치우면서 내는 소리는 듣기에도 괴로울 정도였다.

'나보다 배가 더 고팠구나. 많이 굶주렸나 봐.'

사라는 마음속으로 생각하며 네 번째 빵을 집었다. 빵을 내려놓는 사라의 손이 파르르 떨렸다.

'그래도 나는 저렇게 굶주리지는 않았잖아.'

사라는 또 생각했다. 그리고 다섯 번째 빵을 아이의 무릎에 내려놓고 마침내 돌아섰다.

아직도 굶주린 런던의 작은 야만인은 닥치는 대로 빵을 집어 먹느라 정신이 없었다. 고맙다는 인사를 할 여유도 없었다. 사실 예절이라는 걸 배워 보지 않아 고맙다는 인사를 어떻게 해야 하는지도 모르는 아이였다. 아이는 그저 굶주린 작은 야생동물일 뿐이었다.

"안녕, 잘 있어."

사라가 조용히 작별인사를 했다.

건너편으로 가서 아이 쪽을 바라보니, 아이는 빵을 먹다 말고 양손에 든 채 물끄러미 사라를 쳐다보고 있었다. 사라가 가볍게 고개를 끄덕였다. 아이는 신기하다는 눈길로 조금 더 사라를 바라보다가 답례라도 하듯 휙 하고 고개를 숙였다 들었다. 그러고는 사라가 시야에서 사라질 때까지 빵을 더 이상 먹지 않고 입에 잔뜩 물기만 하고서 멍하니 계속 사라의 뒷모습을 바라보았다.

그때 빵집 아주머니가 마침 쇼윈도 밖을 내다보았다.

"설마, 그럴 리가!"

아주머니가 낮게 탄성을 질렀다.

"그 아이가 설마 자기 빵을 저 거지 아이에게 준 건 아니겠지! 자기가 먹기 싫어서 준 건 아니었을 텐데! 설마, 설마……. 그 애도 무척 배가 고파 보였는데. 도대체 왜 그런 걸까?"

아주머니는 창가에 기대서서 잠시 생각에 빠졌다. 그러다 궁금해서 견딜 수가 없는지 밖으로 나와 거지 아이에게로 다가갔다.

"그 빵 누가 준 거니?"

아이는 대답 대신 희미해져 가는 사라의 뒷모습을 향해 고갯짓을 했다.

"그 아이가 뭐라고 하던?"

"나보고 배가 고프냐고 물었어."

아이가 거친 목소리로 대답했다.

"그래서 뭐라고 했니?"

"그렇다고 했지."

"그러고 나서 그 아이가 빵을 사다가 너한테 준 거로구나. 그렇니?"

아이가 고개를 끄덕였다.

"몇 개나 줬니?"

"다섯 개."

아주머니의 머릿속에 많은 생각이 맴돌았다.

"자기 걸로 하나밖에 안 남긴 거구나. 그 아이 눈을 봐서는 혼자 여섯 개를 다 먹어도 신통치 않을 것 같았는데."

아주머니는 작게 중얼거리며 멀어져 가는 사라의 자그마한 형상을 물끄러미 바라보았다. 그렇게 심란한 기분이 드는 건 정말이지 오랜만이었다.

'에휴, 조금만 기다리지. 내가 알았다면 열두 개라도 더 줬을 텐데……'

이렇게 생각하며 아주머니가 아이에게 물었다.

"너 아직도 배고프니?"

"난 맨날 배고파."

그러더니 곧이어 덧붙여 말했다.

"하지만 지금은 그렇게 나쁘지 않아."

"이리 들어오너라."

아주머니는 아이가 들어올 수 있도록 빵집 문을 열어 주며 말했다.

아이가 자리에서 일어나 몸을 질질 끌며 가게 안으로 들어갔다. 자기에게 누가 빵이 가득 쌓인 따뜻한 빵집 안으로 들어오라고 하다니, 쉽사리 믿어지지 않았다. 앞으로 어떤 일이 벌어질지는 몰랐지만, 아이는 그런 생각을 할 겨를도 없었다.

"몸을 좀 녹이거라."

아주머니가 가게 뒤편에 나 있는 작은 방의 난로를 가리켰다.

"그리고 있지, 배가 고파서 먹을 게 필요하면 들어와서 나한테 달라고 하거라. 저 어린 것을 봐서 내가 이렇게라도 해야겠구나."

비록 하나밖에 남지 않았지만, 사라는 빵을 보며 마음이 흐뭇했다. 빵은 시간이 지났는데도 아직 제법 따뜻했고 아무것도 없는 것보다는 어쨌든 훨씬 나았다. 사라는 걸어가면서 빵을 잘게 조각조각 부수어서 조금이라도 오래 먹을 수 있도록 천천히 조금씩 씹었다.

"이게 마법의 빵이라고 생각하는 거야. 한 조각만 먹어도 저녁 한 끼를 먹은 것처럼 배가 이만큼 불러서, 이렇게 먹다 보면 어느새 과식한 것처럼 배가 부르는 거야."

기숙 학교가 있는 거리에 도착했을 땐 이미 날이 어두워져 있었다. 또한 집집마다 불도 환하게 켜져 있었다. 늘 몰래 훔쳐보는 대가족 집을 지나는데, 아직 창문에 커튼이 쳐지지 않아 집 안에 있는 식구들이 훤히 들여다보였다. 보통 이때쯤이면 사라가 몽모렌시 아저씨라고 부르는 대가족의 아빠가 커다란 의자에 앉아 있고 그 주위로 아이들이 즐겁게 웃고 떠들면서 팔에 매달리기도 하고 다리도 잡으며 아빠한테 기대어 노는 모습을 볼 수 있었다. 오늘도 변함없이 아저씨 주위로 아이들이 몰려들어 있었다. 그러나 다른 점이 있다면 아빠가 소파에 앉아 있지 않다는 점이었다. 평소와 달리 무슨 흥분되는 일이 있는 듯했다. 자세히 살펴보니 누군가 여행을 떠나는 모양이었는데, 그 누군가는 바로 몽모렌시 아저씨였다. 문 앞에는 사륜마차가 대기하고 있었고 그 위에 대형 여행 가방 하나가 묶여 있었다. 아이들은 아빠 주위를 삥 둘러서 펄쩍펄쩍 뛰기도 하고 뭐라고 끊임없이 재잘거리면서 달라붙었다. 붉은 뺨을 가진 예쁜 엄마도 가까이에 서서, 남편에게 마지막으로 당부를 하는지 무슨 말을 했다. 사라는 잠시 멈춰 서서 몽모렌시 아저씨가 작은 아이들을 번쩍 들어 입 맞추고, 또 허리를 숙여 큰 아이들에게 입 맞추어 주는 모습을 바라보았다.

"아저씨는 얼마나 오랫동안 여행을 떠나는 걸까. 가방이 꽤 크네. 어쩌나, 아이들이 아빠가 얼마나 보고 싶을까! 나도 아저씨가 안 계시면 보고 싶을 거 같은데. 비록 아저씨는 내가 누군지도 모르시겠지만……."

현관문이 열리자 사라는 문득 6펜스 사건이 떠올라 황급히 몸을 감추었다. 그렇지만 구석에 숨어서 여행을 떠나는 아저씨가 따뜻한 빛이 새어 나오는 집을 뒤로 하고 나오는 모습을 훔쳐보았다. 큰 아이들은 밖에까지 따라 나와 아빠 주위를 서성였다.

"아빠, 모스크바는 눈에 덮여 있어요? 어딜 가도 얼음이 있나요?"

재닛이 물었다.

"러시아 드로슈키 마차(*옛 러시아에서 사용되던 작고 지붕이 없는 사륜마차.)도 타시겠네요? 러시아 황제도 보고 오실 거예요?"

다른 아이가 큰 소리로 물었다.

"가서 보고 편지로 알려 주마."

아빠는 껄껄 웃으며 답했다.

"그리고 러시아 농민들 사진이랑 이런 것도 보내 줄게. 어서 집 안으로 들어가거라. 오늘 날이 왜 이렇게 춥니. 이 아빠는 모스크바에 가는 것보다 너희들이랑 같이 있고 싶은 마음이 굴뚝같구나. 잘 자라! 내 강아지들, 잘 자! 건강하고!"

마지막으로 이 말을 남기고 아저씨가 계단을 내려와 마차에 올라탔다.

"그 여자 애를 찾으면 우리가 보고 싶어 한다고 전해 주세요!"

가이 클라렌스가 현관 깔개에서 폴짝폴짝 뛰며 소리쳤다.

그리고 모두 안으로 들어가며 현관문이 닫혔다.

"너 봤어?"

재닛이 안으로 들어가며 노라에게 물었다.

"그 '거지 아닌 작은 여자 애'가 방금 지나간 거? 너무 추워 보이던데. 나 그 애가 어깨 너머로 우리를 몰래 쳐다보는 거 봤어. 엄마가 그러는데, 그 애가 입는 옷을 보면 누군지 몰라도 부자가 입던 옷을 준 것 같대. 그런데 꼭 낡아서 못 입는 옷만 주는 것 같다나. 그런데 저 학교 사람들 있지, 맨날 이렇게 추운 날 밤 늦게 재를 심부름 보내더라."

사라가 민친 기숙 학교를 향해 길을 건너갔다. 몸이 덜덜 떨리는 것이 금방이라도 쓰러질 것 같았다.

'아까 얘기하던 그 여자 애는 누굴 말하는 걸까? 그 아저씨가 찾으러 간다던 그 여자 애 말이야.'

사라는 궁금한 마음을 안고 계단을 내려갔다. 손에 든 바구니가 철 덩어리처럼 무겁게 느껴졌다. 그리고 그 순간, 대가족의 아버지는 모스크바로 가는 기차를 타려고 기차역으로 향하고 있었다. 크루 대위의 잃어버린 작은 딸을 찾으러.

14. 멜키세덱이 보고 들은 것

한편, 그날 오후 사라가 심부름을 나간 사이 다락방에서는 이상한 일이 벌어지고 있었다. 그 일의 목격한 유일한 목격자는 다름 아닌 멜키세덱이었다. 멜키세덱은 처음 그 소리를 듣고는 소스라치게 놀라서 쥐구멍으로 줄행랑을 쳤다. 그러고는 덜덜 떨면서도 무슨 일이 벌어지는지 궁금하여 숨어서 몰래 밖을 흘끔흘끔 쳐다보았다.

아침 일찍 사라가 나간 후로 적막하기 그지없던 다락방이었다. 그나마 적막을 깨고 지붕과 창문을 톡톡 두드려대는 빗소리가 있었기에 망정이지 그것 말고는 아무 소리 없이 고요했다. 그러다 비가 그친 뒤 완벽한 정적이 깔리자 하루 종일 집에 있던 멜키세덱은 금세 지루해져서, 사라가 돌아오려면 한참 더 있어야 한다는 걸 알면서도 우선 밖에 나가 돌아다녀 보기로 했다. 여기저기 코를 박고 킁킁거리며 돌아다니고 있는데 뜻밖에 전에 먹다 만 빵 부스러기가 남겨져 있는 게 눈에 띄었다. 멜키세덱은 뛸 듯이 기뻐하며 그쪽으로 달려갔다. 그런데 그때 지붕 쪽에서 갑자기 무슨 소리가 들려왔다. 멜키세덱은 동작을 멈추고 귀를 쫑긋 세웠다. 심장이 쿵쾅쿵쾅 뛰었다. 지붕 위에서 뭔가 움직이는 소리였다. 그 소리는 창문을 향해 다가오더니 어느새 창문 앞까지 왔고, 곧이어 창문이 소리 없이 스르르 열렸다. 그리고 창문 사이로 검은 얼굴이 나타나 다락방 안을 살폈다. 또 다른 얼굴이 그 사람 뒤에 와서 섰다. 둘 다 흥미로운 표정으로 조심스럽게 다락방 안을 살펴보더니, 이내 조용히 창문을 통해 들어오려는 채비를 했다.

한 사람은 람 다스였고 다른 사람은 인도 신사의 비서로 일하는 젊은 남자였다. 물론 멜키세덱이 그 사실을 알 리는 없었다. 다만 어떤 남자들이 조용하던 사라의 다락방에 침입하려 한다는 걸 알 뿐이었다. 검은 얼굴의 남자가 먼저 가볍고 익숙한 동작으로 열린 창문에서 소리 없이 뛰어내렸다. 멜키세덱은 부리나케 꼬리를 올리고 쥐구멍으로 냅다 달아났다. 너무 무서워서 심장이 멎을 것 같은 기분이었다. 이제껏 사라와 함께 지내다 보니 제법 대담해져 있던 멜키세덱이었다. 사라는 자기한테 빵 조각 외에 다른 건 일체 던지지 않았거니와 자기를 부를 때는 항상 부드럽고 작은 소리로 어르고 달래듯 불러 주었기 때문이다. 그러나 그 외에 낯선 남자들이 있으면 그 근처에서 일절 얼쩡거려서는 안 되는 법, 멜키세덱은 쥐구멍 입구에 몸을 바짝 낮추고 누워 경계의 눈빛을 번쩍이며 몰래 바깥을 염탐하였다.

멜키세덱이 그날 다락방에서 벌어진 일에 대해 얼마나 이해했는지 그건 알 길이 없다. 그러나 만약 멜키세덱이 인간의 언어를 이해했다 하더라도 그 남자 둘이 하는 말만 들어서는 무슨 일이 벌어지는지 전혀 알 수 없었을 것이다.

날씬한 젊은이인 비서도 람 다스만큼이나 가볍게 창문을 통해 다락방으로 넘어왔다. 멜키세덱이 쥐구멍으로 들어가는 사이 그 비서에게 그만 꼬리를 들키고 말았다.

"저거 혹시 쥐였나요?"

비서가 람 다스에게 낮은 소리로 물었다.

"네. 벽에 녀석들이 많이 산답니다."

람 다스도 낮은 소리로 속삭이듯 대답했다.

"으악! 아이가 이런 데서 살려면 정말 무서울 텐데!"

비서가 탄식하듯 말하자 람 다스가 손짓을 하며 온화한 미소를 지었다. 아직 정식으로는 한 번밖에 직접 얘기해 보지 않은 사라였지만 람 다스는 사라의 편에서 이야기를 시작했다.

"이 아이는 모든 생물과 친구하는 아이랍니다. 보통 아이들과는 달라요. 제가 이 아이를 몰래 살펴보았거든요. 전에 여러 번 지붕을 건너와서 아이가 안전한지 몰래 지켜보았어요. 제가 있다는 걸 전혀 알아채지 못한 듯싶으면 제 방 창문가에 서서도 많이 지켜보았고요. 아이는 늘 저 탁자 위에 올라가서 하늘을 바라보며 대화를 나누듯 말을 해요. 아이가 부르면 참새들이 날아오기도 하고, 또 쥐들한테는 먹이를 주면서 길을 들였더라고요. 이 건물에서 노예처럼 살고 있는 옆집 아이도 여기 와서 위로받고 가기도 해요. 선생님 몰래 아래층에서 놀러 오는 어린아이도 있고요. 또 더 큰 아이도 한 명 놀러 오는데, 그 애는 이 다락방 아이를 완전 깍듯이 받들면서 이야기를 해 주면 끝없이 듣고 있더라고요. 지붕을 기어와서 보면 이런 것들이 다 보여요. 그런데 이 건물 주인이 아주 사악한 여자더라고요. 이 아이를 무슨 길거리 천민 대하듯이 막 대하는데, 반면에 이 아이의 행동은 꼭 왕족같이 흠잡을 데 없이 예의 바르더군요."

"람 다스는 이 아이에 대해서 무척 많이 알고 있나 봐요."

비서가 말했다.

"일거수일투족을 다 안다고 해도 과언이 아니죠. 밖에 나가고 들어오는 때나 슬플 때나 기쁠 때 그리고 추울 때나 배가 고플 때…… 밤에 혼자 있을 때는 주로 책에 파묻혀 공부에 열을 올리지만 가끔 친구들이 몰래 보러 오는 날이면 여느 아이들처럼 얼굴에 행복한 기색이 가득해요. 아무리 생활이 힘들어도 친구들이 있으면 웃고 떠들 수 있으니까요. 만약 이 아이가 아프면 저라도 와서 보살펴 줘야 할 것 같아요. 가능만 하다면요."

"그나저나, 여기에 그 여자 아이 말고 드나드는 사람이 없는 게 확실하지요? 그리고 그 아이가 갑자기 중간에 돌아오거나 하는 건 아니겠죠? 낯선 사람이 자기 방에 있는 걸 보면 깜짝 놀랄 텐데요. 그러면 캐리스포드 씨의 계획도 다 수포로 돌아갈 거예요."

람 다스는 발소리 하나 내지 않고 사뿐히 방을 가로질러 가서 방문을 닫고 문에 기대어 섰다.

"여기 오는 사람은 그 아이밖에 없어요. 조금 전에 바구니를 들고 나갔으니까 아마 몇 시간 동안은 돌아오지 않을 거예요. 설사 누군가 올라온다 해도 제가 여기 서 있으면 그 사람이 마지막 계단을 오르기 전에 들을 수 있어요."

비서는 가슴팍에 있는 주머니에서 연필과 수첩을 꺼내 들었다.

"그럼, 잘 듣고 있어요."

비서는 이렇게 말하고는 작고 누추한 방 곳곳을 천천히 돌아다니면서 수첩에 뭔가를 열심히 적기 시작했다.

맨 처음 여정은 좁은 침대였다. 비서는 매트리스를 손으로 꾹꾹 눌러 보더니 깜짝 놀라 탄식하며 말했다.

"이건 바위도 아니고 이렇게 딱딱할 수가! 침대는 언제 날을 잡아 아이가 나간 틈을 타 바꿔야겠는데요. 따로 한 번 더 와야겠어요. 오늘 밤에 하기는 힘들어요."

비서는 이불을 들추어 보고 얇은 베개도 살펴보았다.

"이불은 완전히 때가 꼬질꼬질하고 얇고 낡은 데다 깔개도 여기저기 다닥다닥 기워 맞춘 게……. 에휴, 아이가 어떻게 이런 데서 잠을 잔담……. 그것도 일류 학교라고 선전하고 다니는 이런 곳에서!"

비서의 시선이 녹슨 난로에 가서 멈추었다.

"불 땐 흔적이 없는 게, 난로에 불을 안 땐 지 꽤 오래되었나 봐요."

"사실 저는 한 번도 이 난로에 불을 피운 걸 본 적이 없어요. 이 집 주인은 자기 말고 다른 사람들도 추위를 탈 수 있다는 사실을 모르나 봐요."

비서는 빠른 속도로 수첩을 채워 나갔다. 그러고는 고개를 들더니 벗겨진 천장 페인트 조각도 조금 뜯어 앞주머니에 집어 넣었다.

"그런데 이런 일은 정말 처음이에요. 누가 이런 계획을 생각해 낸 건가요?"

람 다스가 약간 미안한 표정을 지으며 대답했다.

"사실 처음 이 생각을 한 건 저였답니다. 그때는 그냥 막연히 이러면 어떨까 하고 생각만 한 거였지만요. 이 아이한테 계속해서 마음이 쓰이더라고요. 우리 둘 다 외로운 처지이기도 했고……. 그러다 하루는 밤에 기분이 울적해서 제 다락방 창문을 열어 놓고 누워 있었거든요. 그런데 이 아이가 몰래 놀러 온 친구한테 이 방에 대해 상상한 이야기를 들려주는 거예요. 지금은 방이 누추하지만 만약에 여기도 안락하게 꾸미면 얼마나 좋을까 하는 그런 얘기를요. 마치 눈앞에 있는 장면을 그리듯 생생히 말하는데, 말하면서 자기도 기운이 나는지 기분이 들뜨는 게 느껴지더라고요. 사실 그 아이의 말이 씨가 된 거죠. 그 다음날 주인님께서 몸이 특히 안 좋고 기운이 없어 하시길래, 전날 들은 그 얘기를 재미로 해 드렸어요. 그때는 그냥 꿈같은 이야기일 뿐이었는데 주인님이 그 이야기를 마음에 들어 하신 거예요. 아이가 하는 행동이 참 재미있다 생각하셨나 봐요. 그러더니 이 아이에 대해 관심을 가지고 이것저것 물어보셨어요. 결국은 즐거워하시며 정말로 그 아이의 꿈을 이루어 주면 어떨까 하시더라고요."

"람 다스 생각에 그 일을 한밤중에 끝내는 게 가능할 것 같나요? 만약 아이가 중간에 깨기라도 하면 어떡해요?"

비서가 물었다. 말투에서 묻어 나오는 느낌으로 보아 이제 젊은 비서도 그 계획이 누구에게서 나온 생각이든 상관없이 마음에 드는 모양이었다.

"전 깃털처럼 움직일 수 있어요. 그리고 애들은, 아무리 삶이 고달픈 애들이라고 해도 한번 잠에 들면 죽은 듯 깊게 잔답니다. 벌써부터도 마음만 먹었으면 밤에 아무런 흔적 없이 이 방에 열댓 번이라도 더 드나들 수 있었을 거예요. 다른 사람이 창문을 통해서 물건만 건네주면 그 다음부터는 제가 다 알아서 할게요. 아이는 전혀 눈치 채지 못할 거예요. 그리고 잠에서 깨면 마술사가 왔다 갔다고 생각하겠죠."

람 다스가 이렇게 말하며 미소를 지었다. 생각만으로도 마음이 따뜻해졌다. 비서도 그런 람 다스를 보며 미소를 지었다.

"아라비안나이트에나 나올 법한 일이 실제로 벌어지다니! 동양인 피가 흐르는 당신이니까 그래도 이런 일을 생각할 수 있지, 런던 안개에 절은 사람들이라면 어림도 없을걸요."

둘은 볼일이 끝나자마자 바로 돌아갔고 멜키세덱은 안도의 한숨을 크게 내쉬었다. 무슨 대화를 나누는지 알 수는 없었지만, 안에 숨어서 동작 하나하나에 온 신경을 곤두세우고 듣고 있느라 멜키세덱은 잔뜩 긴장을 했더랬다. 방에 있는 동안 젊은 비서는 방 안에 있는 물건 하나하나에 모두 관심을 보였다. 바닥, 난로, 망가진 낮은 의자, 낡은 탁자, 벽. 그렇게 물건 하나하나를 만져 보며 뭔가를 열심히 적었다. 온 사방의 벽도 손으로 일일이 짚어 보며 다녔고, 그러다가 벽에 못이 여러 군데 박혀 있는 걸 발견하고는 뛸 듯이 기뻐하며 이렇게 말하기도 했다.

"여기다가 뭘 걸어 주면 좋겠어요!"

람 다스의 얼굴에 알 수 없는 미소가 떠올랐다.

"사실은 어제 방이 비었을 때 제가 여기 왔었답니다. 그래서 망치가 없어도 박을 수 있는 작고 뾰족한 못을 구해다 미리 벽에다 박아 놓았지요. 필요할 만하다 생각하는 곳에는 넉넉히 박아 두었으니까 이제는 걸기만 하면 된답니다."

인도 신사의 비서는 자리에 서서 마지막으로 한 번 더 주위를 죽 둘러보고 수첩을 주머니에 집어 넣었다.

"필요한 건 얼추 다 적은 것 같군요. 이제 가도 되겠어요. 이런 일까지 신경 쓸 정도로 마음이 넓은 캐리스포드 씨인데 아직까지도 잃어버린 그 아이를 찾지 못하고 상심하시는 걸 보면 너무나 안됐지 뭐예요."

"그 아이를 찾으면 그분도 틀림없이 기운을 되찾으실 거예요. 그분의 신께서 어서 하루빨리 그 아이를 찾게 해 주시기만을 바랄 뿐이랍니다."

람 다스가 답했다.

둘은 들어왔던 때처럼 아무 소리 없이 창문을 통해 방을 빠져 나갔다. 멜키세덱은 몇 분 동안을 뒤에서 더 서성이다가 이제는 안전하다는 게 확실해지자 조심스럽게 다시 방으로 기어 나왔다. 하마터면 그 인간들 때문에 간이 떨어질 뻔하긴 했지만, 그래도 행여나 그들이 지나면서 주머니에 있던 빵 부스러기라도 조금 떨어뜨리지 않았을까 바라면서.

15. 마법

 사라가 옆집 앞을 지나는데 마침 람 다스가 창문을 닫으려 나오고 있었다. 사라는 창문 너머로 집 안을 흘끔 들여다보았다.
 '아, 저런 따뜻한 집 안에 있어 본 지도 정말 오래되었네.'
 사라의 머릿속에 생각이 스쳐갔다.
 여느 때처럼 방 안 난로에선 따뜻하고 환한 불이 피어오르고 그 앞에 인도 신사가 앉아 있었다. 팔꿈치로 턱을 괴고 머리를 손에 받친 채 앉아 있는 신사의 모습은 어느 때보다 더 외롭고 쓸쓸해 보였다.
 "불쌍한 아저씨! 무슨 생각을 그렇게 하세요?"
 사라가 작은 소리로 속삭이듯 말했다.
 '만약…… 만약에 혹시 카마이클이 모스크바까지 가서 그 러시아 사람들과 마담 파스칼 학교에서 데려간 아이를 찾았는데, 그 아이가 내가 찾는 아이가 아니었다면 어쩌지? 알고 보니 그 아이가 전혀 다른 아이라면? 그럼 나는 이제 뭘 더 어떻게 해야 하는 거지?"

그 순간 인도 신사의 머릿속에 맴돌고 있던 생각이었다.

집에 들어가자마자 사라는 민친 교장과 마주쳤다. 민친 교장은 아래층에서 주방장을 심하게 꾸짖다 오는 중이었다.

"어디서 그렇게 허송세월을 하다 오는 거냐? 나간 지가 족히 몇 시간은 됐겠다."

민친 교장이 쌀쌀맞게 물었다.

"비 때문에 길이 젖고 진흙탕이 되어서 걸어다니기가 힘들었어요. 신발 상태가 너무 안 좋아서 계속 미끄러졌거든요."

"핑계는 사절이야. 거짓말할 생각일랑 일절 말아!"

사라가 아래층 부엌으로 내려갔다. 주방장은 민친 교장한테 한바탕 호되게 혼났는지 뾰로통해 있는 것이 기분이 말이 아닌 듯했다. 마침 화를 풀 분풀이 대상이 절실히 필요하던 차에 언제나 제일 만만한 분풀이 상대인 사라가 들어오고 있었다.

"아예 오늘 밤 하루 자고 오지 그랬니?"

주방장이 싸늘하게 쏘아붙였다.

사라가 사 온 물건을 탁자 위에 올려놓으며 말했다.

"여기 말씀하신 거 사 왔어요."

주방장은 짜증이 가득한 얼굴로 물건을 바라보았다. 언짢은 기분이 얼굴에 역력히 드러나 있었다.

"저 뭐 좀 먹을 수 있을까요?"

사라가 희미한 목소리로 물었다.

"오후 차 시간은 이미 끝난 지 오랜데. 내가 네 몫까지 따뜻하게 데워서 챙겨 두길 바라는 거냐?"

차가운 대답만이 돌아왔다. 사라는 잠시 아무 말도 하지 못하고 우두커니 서 있었다.

"저, 점심도 못 먹었거든요."

한참 후에야 사라가 모기만 한 목소리로 말을 꺼냈다. 조금이라도 큰 소리를 냈다간 떨리는 목소리를 들킬 것 같아서 최대한 목소리를 낮추어야 했다.

"찬장에 보면 빵이 조금 있을 거다. 이 시간에 먹을 건 그거밖에 없으니 그렇게 알아."

주방장의 말투는 냉랭하기 그지없었다.

사라는 찬장에 가서 빵을 찾아 꺼냈다. 오래되어서 딱딱하게 마른 빵이 한 조각 있었다. 악의에 가득 차 있는 주방장은 다른 건 전혀 줄 생각도 하지 않았다. 언제나처럼 사라는 가장 안전하고 만만한 화풀이 상대일 뿐이었다.

정말이지 어린아이의 몸으로 3층까지 올라가서 또 다락방까지 마지막 계단을 오르는 일은 평소에도 쉬운 일이 아니었다. 몸이 힘든 날은 계단이 특히 더 길고 가파르게 느껴졌는데, 오늘 밤은 너무 기진맥진한 나머지 오르고 올라도 결코 끝까지 닿지 못할 것 같은 느낌마저 들었다. 사라는 올라가면서 중간에 몇 번이나 멈추어 숨을 돌려야 했다. 마침내 마지막 계단에 도달했을 때, 다락방 문 밑에서 희미한 빛이 새어 나오는 것이 보였다. 어먼가드가 몰래 탈출에 성공해서 사라의 다락방에 놀러 와 있다는 뜻이었다. 사라는 텅 빈 방에 혼자 쓸쓸히 들어가지 않아도 된다는 생각에 다소 안심할 수 있었다. 빨간 숄을 두른 넉넉하고 푸근한 어먼가드가 안에 있을 거라는 사실만으로도 벌써부터 따뜻함이 느껴졌다.

과연 문을 열자 어먼가드가 있었다. 어먼가드는 침대 위에 올라가 쪼그리고 앉아 있었다. 멜키세덱과 그 가족에게 점차 마음을 열고는 있었으나 친하게 지내기까지는 아무래도 아직 무서운 모양인지, 어먼가드는 다락방에서 사라를 기다릴 때마다 늘 그렇게 앉아 있었다. 지금도 사실은 멜키세덱이 자꾸 모습을 드러내면서 코를 킁킁거리며 돌아다니기에 신경이 곤두서 있는 상태였다. 심지어 멜키세덱이 바닥에 뒷다리를 접고 앉아 코를 계속 킁킁거리며 자기를 빤히 쳐다보아서, 어먼가드는 하마터면 꽥 하고 소리 지를 뻔한 것을 간신히 참고 있었다.

"아, 사라! 네가 와서 정말 다행이야. 멜키세덱이 계속 코를 킁킁거리며 돌아다니는 거 있지. 내가 타일러서 집에 들어가라고 해 보았는데도 계속 내 말을 안 듣는 거야. 너도 내가 걔를 싫어하는 게 아니라는 거 알지? 그렇긴 하지만 나를 똑바로 보고 킁킁거릴 땐 정말 무섭단 말이야. 그러다 정말 침대로 뛰어오르는 건 아니겠지?"

"아니."

사라의 대답에 어먼가드가 침대 가장자리로 건너와 사라를 가만히 쳐다보았다.

"너 정말 피곤해 보인다, 사라. 얼굴이 창백해."

"응, 나 피곤해."

사라는 낡아 기울어진 낮은 의자에 털썩 주저앉으며 대답했다.

"아, 멜키세덱이네, 불쌍한 것. 저녁 달라고 나왔구나."

멜키세덱이 사라가 오기만을 기다렸다는 듯 구멍에서 쪼르르 달려 나왔다. 사라의 발걸음 소리를 알고 있는 게 분명했다. 멜키세덱은 기대와 희망에 가득 찬 표정으로 사라를 말똥말똥 쳐다보았다. 사라는 주머니에 손을 넣었다 뺀 후에 빈손을 내밀고 앞뒤로 뒤집어 보여 주며 고개를 설레설레 저었다.

"정말 미안해. 오늘은 빵 부스러기가 하나도 없어. 집에 가, 멜키세덱. 가서 부인한테 오늘은 내 주머니에 아무것도 없었다고 말해 줘. 오늘 민친 선생님하고 주방장님이 너무 심기가 안 좋아서 네 걸 챙겨오는 걸 깜박했어."

멜키세덱은 사라의 말을 알아들은 것 같았다. 아쉬운 듯 그러나 어쩔 수 없다는 듯한 몸짓으로 집을 향해 힘없이 터벅터벅 걸어갔다.

"어먼가드, 오늘 네가 올 줄 몰랐어."

사라가 말했다. 어먼가드가 빨간 숄로 몸을 감싸며 설명했다.

"아멜리아 선생님이 오늘 밤에 이모님 댁에 가서 자고 오신다고 했거든. 그러면 취침시간에 아무도 순찰 도는 사람이 없다는 얘기야. 그러니까 나 오늘은 여기서 아침까지 있어도 돼!"

그렇게 말하며 어먼가드는 손으로 창문 밑의 탁자를 가리켰다. 사라가 들어오면서 미처 보지 못한 책 한 꾸러미가 탁자 위에 놓여 있었다. 어먼가드는 얼굴을 찌푸리고 진저리를 치며 말했다.

"사라, 있지, 아빠가 책을 더 보내셨지 뭐야. 저거 봐."

사라가 단번에 일어나 탁자로 달려갔다. 제일 위에 있는 책을 하나 집어 재빨리 무슨 책인지 살폈다. 그 순간만은 오늘 하루 종일 겪은 고통도 까맣게 잊어버렸다.

"아! 이럴 수가! 칼라일이 쓴 『프랑스 혁명』이야! 이거 정말 읽고 싶었는데!"

사라가 외쳤다.

"나는 아닌데. 그런데 내가 안 읽겠다고 하면 아빠가 무척 화를 내실 거야. 다음 방학 때 집에 가면 내가 그 책을 다 읽고 내용도 전부 알고 있기를 바라실걸. 어떻게 해야 하지?"

어먼가드가 푸념하듯 말하자 사라가 책을 훑어보다 말고 흥분해서 두 뺨을 발갛게 붉히며 어먼가드를 쳐다보았다.

"이렇게 하면 어떨까? 네가 나한테 이 책들을 빌려 주는 거야. 그러면 내가 책을 읽고 무슨 내용인지 너한테 다 알려 줄게. 그리고 기억하기 쉽게 이야기해 주는 거야. 어때?"

"오, 정말? 그래 줄 수 있겠어?"

어먼가드는 신이 났다.

"그럼, 그럴 수 있고말고. 어린애들도 내가 말해 준 건 안 잊어버리더라고."

"사라, 네가 그렇게만 해 주면, 그리고 내가 잊어버리지 않게 해 주면, 나…… 너한테 뭐든지 줄게!"

어먼가드의 둥그런 얼굴에서 희망의 빛이 퍼져나갔다.

"너한테 뭘 원해서 그러는 거 아니야. 난 그냥 네 책이 좋은걸. 난 책만 있으면 돼!"

사라의 눈동자가 크게 커지면서 가슴이 벌렁거렸다.

"그럼, 그거 너 가져. 나도 너처럼 책 같은 걸 갖고 싶다는 마음이 들면 좋겠지만 난 아무래도 싫거든. 우리 아빠는 똑똑한데 나는 왜 이 모양일까? 아빠는 내가 아빠를 닮았으면 하시는데."

사라는 다른 책도 연달아 펼쳐 보았다.

"너 아빠한테는 뭐라고 말씀 드릴 거야?"

사라의 마음속에 조금씩 석연치 않은 생각이 피어올랐다.

"아, 아빠는 아실 필요 없잖아. 그냥 내가 읽었다고 생각만 하시면 돼."

어먼가드가 이렇게 답하자 사라는 책을 내려놓고 천천히 고개를 저었다.

"그건 거짓말이나 다름없는걸. 그리고 거짓말은 있지, 못된 짓일 뿐만 아니라 품위도 없는 일이야. 가끔은…… 말이지…… 나도 가끔 못된 짓을 하고 싶을 때가 있어. 민친 교장선생님이 나한테 막 함부로 대해서 화가 날 때면 나도 달려들어 죽이고 싶다는 충동이 들거든. 그렇지만 내가 그렇게 하지 않는 건 품위를 잃고 싶지 않아서야. 혹시…… 너, 아빠한테 내가 책을 읽는다고 솔직하게 말씀 드리면 안 돼?"

"아빠는 내가 그 책을 직접 읽기를 바라신단 말이야."

어먼가드는 갑자기 일이 뜻하지 않게 흘러가는 바람에 약간 실망한 표정이 되었다.

"너의 아빠가 원하시는 건 네가 그 책들 안에 무슨 내용이 있는지 아는 걸 거야. 그러니까 내가 읽고서 너한테 기억하기 쉽게 이야기해 준다고 하면 너의 아빠도 좋아하시지 않을까?"

"우리 아빠는 뭐든지 내가 어떻게든 배운다고만 하면 좋아할 분이긴 해. 하긴 네가 우리 아빠라도 그러겠지만……."

어먼가드는 잔뜩 풀이 죽어 말했다.

"그건 네 잘못이 아니야. 네가……."

사라가 말을 꺼내다 말고 황급히 입을 다물었다. 하마터면 '네가 멍청하다는 건…….' 이라고 말할 뻔했다.

"내가 뭐?"

어먼가드가 물었다.

"네가 배우는 속도가 빠르지 않다는 거. 배우는 게 느리면 느리게 배우면 되는 거지. 나는 어쩌다 보니 배우는 속도가 빠른 편이지만, 그렇다고 뭐? 그게 전부인걸."

사라가 서둘러 말을 바꾸어 답했다.

사라는 어먼가드를 생각하면 항상 마음이 약해졌고, 그래서 무엇이든 단번에 배우는 자신과 전혀 배우지 못하는 어먼가드와의 차이점을 드러내 놓고 말하지 않으려고 항상 주의를 기울였다. 살이 올라 통통한 어먼가드의 얼굴을 가만히 보고 있자니, 문득 애어른 같지만 슬기로운 생각 하나가 사라의 머릿속에 떠올랐다.

"어쩌면 말이야……."

사라가 말을 꺼냈다.

"뭐든 빨리 배우는 능력이 있다고 해서 다 좋은 건 아닌 거 같아. 마음이 고운 사람이야말로 다른 사람들한테는 훨씬 더 소중한 사람이거든. 만약 민친 선생님이 온 세상의 지식을 다 갖고 있대도 지금 같은 성품을 지녔다면, 나는 그 선생님을 지금처럼 똑같이 미워할 수밖에 없을 것 같아. 나 말고 다른 사람들도 다 마찬가지겠지. 역사적으로 봐도 똑똑한 사람이지만 악의를 품고 다른 사람들을 못살게 군 경우가 많아. 로베스피에르만 보아도……."

사라는 여기서 말을 멈추고 어먼가드의 반응을 살폈다. 어먼가드는 사라가 말하는 사람이 누군지 전혀 모르겠다는 표정이었다.

"너 기억 안 나? 얼마 전에 내가 말해 줬잖아. 잊어버렸구나."

사라가 물었다.

"으응…… 다는 기억 안 나."

어먼가드가 솔직히 시인했다.

"음, 그럼 잠시만 기다려 봐. 내가 가서 젖은 옷을 좀 벗고 이불을 두르고 나서 다시 얘기해 줄게."

사라는 모자와 외투를 벗어 벽에 걸었다. 젖은 신발도 낡은 슬리퍼로 갈아 신었다. 그러고는 침대로 폴짝 뛰어올라서 이불을 어깨에 두르고 두 팔로 무릎을 끌어안고 앉았다.

"자, 잘 들어."

사라는 곧장 프랑스 혁명의 위대한 역사 속으로 빠져들었다. 어먼가드는 눈을 동그랗게 뜨고 이야기 내용에 깜짝 놀라기도 하고 마음을 졸이기도 하며 열심히 들었다. 사라가 해 주는 이야기는 무섭긴 했지만 이야기 자체가 너무나 재미있고 생생해서, 이제 다시는 로베스피에르에 대한 이야기나 랑발 공주에 대한 이야기가 쉽게 잊히지 않을 것 같았다.

"그거 알아? 사람들이 랑발 공주의 머리를 장대에 높이 걸어두고 그 주위를 돌면서 춤을 추었대. 아마도 그 장대 위에서 아름답고 풍성한 공주의 금발 머리가 펄럭였겠지. 그래서인지 나는 랑발 공주 하면 머리가 몸 위에 제대로 붙어 있는 모습보다 머리가 장대 위에 꽂힌 모습만 생각나. 그 주위를 분노에 찬 사람들이 야유하면서 빙빙 도는 모습이랑."

끝내 어먼가드는 오늘 밤 사라와 함께 세운 책에 대한 계획을 아빠에게 말하는 데 동의했다. 그리고 일단은 책들을 다락방에 두고 가기로 했다.

"우리 얘기도 좀 하자. 요즘 프랑스 어 공부는 어떻게 되어 가?"

"저번에 여기 왔을 때 네가 동사 변화를 가르쳐 주었잖아. 그 다음날 내가 연습 문제를 너무 잘 푸니까 민친 선생님이 완전 놀라는 거 있지."

사라가 무릎을 끌어안으며 웃었다.

"민친 선생님은 로티가 갑자기 계산을 잘하는 것도 매우 의아해하는 눈치셨어. 로티가 여기 몰래 올라왔을 때 내가 가르쳐 줬었거든."

사라가 이렇게 말하고 방 안을 죽 둘러보았다.

"이 다락방도 이렇게 황량하지만 않았다면 그렇게 나쁜 곳은 아닐 텐데. 하긴 적어도 다른 상상하기 연습을 하기엔 딱 적당한 곳이긴 해."

사라가 또 다시 웃었다.

사실 어먼가드는 아무것도 몰랐다. 다락방이 얼마나 참을 수 없이 황량한 곳으로 변할 수 있는지. 한번쯤은 어쩌다 생각해 볼 만도 한데 애석하게도 어먼가드에겐 그만한 상상력이 없었다. 어먼가드에게는 다락방 방문 자체가 모험 같은 일이었고, 다락방은 가끔 놀러 올 때 사라가 들려주는 이야기 속에서 그려 준 이미지만으로 각인된 곳이었다. 사라가 가끔 힘없이 창백해 보이고 요즘 들어 살이 부쩍 빠진 건 사실이었다. 그러나 자존심이 강한 사라는 결코 불평을 하거나 내색을 하지 않았다. 아무리 굶주리고 배가 고파도 절대 그런 말은 입 밖으로 내놓지 않았다. 오늘 밤만 해도 그랬다.

지금 사라는 한창 성장하는 시기였다. 거기다 매일 밖에서 걷고 뛰고 움직이니 식성이 좋을 수밖에 없었다. 영양가 풍부한 음식을 제시간에 풍족하게 먹어도 돌아서면 배가 고플 시기인데, 부엌에서 아무 때나 자기들 편할 때 던져 주는 맛도 없고 영양가 없는 음식만 먹고 살아야 했으니 힘이 들 수밖에 없었다. 사라는 이내 배고픈 상태로 지내는 데 익숙해졌다.

'군인들이 멀고 고된 행군을 할 때도 이런 기분이겠지.'

사라가 그 즈음 많이 하는 생각이었다. 사라는 '길고 고된'이라는 어감이 왠지 마음에 들었다. 꼭 자신이 군인이 된 것 같은 느낌이었다. 어떤 때는 다락방 주인의 입장이 되어서 이런 생각도 했다.

'나는 이 성의 안주인이고 어먼가드는 다른 성의 안주인인 거야. 그리고 어먼가드가 말을 타고 깃발을 휘날리며 뒤에 기사들과 신하들을 거느리고 내 성으로 놀러 오는 거지. 성 밖에서 나팔 소리가 들리면 나는 다리를 내리라 명령을 하고, 손수 손님을 맞으러 나가겠지. 성 안 연회장에 있는 악사들에게 연회가 벌어지는 동안 음악을 연주하고 노래하라 명령하고서. 이 다락방에서는 비록 내가 연회를 베풀어 주지 못하지만 적어도 이야기는 해 줄 수 있잖아. 여기가 얼마나 끔찍한 곳인지 잊어버릴 수 있도록 말이야. 틀림없이 영토가 침입을 받거나 기근으로 고생하는 때에 홀로 성을 지키던 가엾은 여주인들은 다 그렇게 버텨 냈을 거야.'

사라는 진정 용감하고 꿋꿋한 성의 여주인이었다. 그리고 자신이 베풀 수 있는 단 하나의 호의를 방문객들에게 마음껏 베풀었다. 달콤한 꿈과 머릿속에 그려지는 환상 같은 장면들, 그런 이야기를 해 주다 보면 어느새 자신에게도 위로와 기쁨이 되었다.

그렇게 둘은 함께 앉아 있었지만 어먼가드는 사라가 얼마나 굶주리고 지쳤는지 전혀 눈치 채지 못했다. 사라가 이따가 밤늦게 혼자 남으면 이렇게 배고픈 상태로 과연 잠들 수 있을까 하고 고민하는 것 또한 전혀 몰랐다. 사실 지금 사라는 전에 이런 적이 또 있었을까 싶을 정도로 배가 너무 고파 온몸에 힘이 다 빠져 있었다.

"사라야, 나도 너처럼 날씬했으면 좋겠어."

어먼가드가 뜬금없이 이런 말을 꺼냈다.

"너 전보다도 더 마른 것 같아. 눈도 훨씬 더 커지고 팔꿈치에 뼈만 있어."

사라는 말려 올라간 소매를 은근슬쩍 잡아 내렸다.

"난 원래가 마른 편인걸. 그리고 눈도 원래 큰 편이잖아."

사라가 힘을 내서 대꾸했다.

"네 눈은 정말 특이한 게 참 예뻐!"

어먼가드가 부러움이 가득 베어 나오는 말투로 감탄하며 말했다.

"마치 상대를 깊숙한 곳까지 들여다보는 느낌이 든달까. 정말 예뻐. 초록색 눈동자도 정말 예쁘고. 평소에는 검은색으로 보이지만."

"고양이 눈이라 그래. 그런데 나도 고양이처럼 밤에 훤히 볼 수 있으면 좋을 텐데. 한번 하려고 시도해 보았는데 잘 안 되더라."

사라가 웃으며 대답했다.

바로 그때, 다락방 창밖에선 두 사람 모르게 조용히 어떤 일이 벌어지고 있었다. 만약 둘 중 하나라도 고개를 돌려 봤다면 한 검은 얼굴이 소리 없이 홀연히 나타나 아주 잠깐 동안 호기심 어린 눈으로 방 안을 재빨리 보고는 언제 왔나 싶을 정도로 바로 사라지는 장면을 목격했을지도 모른다. 아무튼 아무 소리도 나지 않은 건 아닌 모양이었다. 귀가 밝은 사라가 기척을 느끼고 갑자기 고개를 들어 지붕을 쳐다보았다.

"방금 난 소리는 멜키세덱 소리 같지 않았는데. 발톱으로 긁는 그런 소리가 아니었어."

사라가 말했다.

"뭐라고?"

어먼가드가 깜짝 놀라서 물었다.

"넌 무슨 소리 못 들었어?"

"아-니. 넌 들었어?"

어먼가드의 눈에 불안함이 서렸다.

"아닐지도 몰라. 그런데 정말 무슨 소리가 난 것 같았거든. 뭔가가 지붕 위에서 스르르 하고 움직이는 소리 같았어."

"뭘까? 혹시…… 강도라도?"

"에이, 그건 아냐. 여긴 훔쳐 갈 것도 없잖아."

사라가 명랑하게 말하던 도중 갑자기 말을 멈췄다. 이번에는 둘 다 분명히 무슨 소리가 나는 걸 들었다. 그 소리는 지붕 위가 아니라 아래층 계단에서 들려왔다. 민친 교장의 화난 목소리였다. 사라는 단숨에 침대에서 뛰어 내려가 서둘러 촛불을 껐다.

"베키를 혼내고 있어. 베키를 울리는 것 같아."

사라가 깜깜한 어둠 속에서 낮은 목소리로 속삭였다.

"여기에 들어오려는 걸까?"

어먼가드가 공포에 떨며 숨을 죽이고 속삭였다.

"아니. 내가 자는 줄 알 거야. 가만히 움직이지 마."

민친 교장이 마지막 계단까지 올라오는 건 정말 드문 일이었다. 사라의 기억에 의하면 전에 딱 한 번 그런 일이 있었다. 지금 나는 소리를 들어보니 그때처럼 화가 정말 많이 난 듯했다. 민친 교장은 베키를 위로 내몰며 한 걸음씩 따라 올라오고 있었다.

"이런 버릇없는 거짓말쟁이 같으니라고! 주방장이 말하길 부엌에서 자꾸 뭐가 하나 둘씩 없어진다던데 그 범인이 바로 너지!"

민친 교장의 성난 목소리가 들려왔다.

"저 아니에요, 선생님. 물론 배가 정말 고프긴 했지만, 그렇지만 절대 제가 안 그랬어요!"

"너 같은 애는 딱 감옥에 보내야 하는데! 몰래 숨어서 남의 물건에 손을 대다니! 고기 파이를 반이나 훔쳐 먹었겠다, 너, 정말!"

"저 아니에요. 먹으려고 했다면 반 말고 하나도 다 먹을 수 있었겠지만 맹세코 저는 파이에 손 안 댔어요."

베키가 계속 흐느껴 울며 말했다.

화가 잔뜩 난 상태로 계단을 오르던 민친 교장은 헉헉 숨이 차 왔다. 오늘 밤 밤참으로 먹으려고 특별히 아껴 두었던 고기 파이가 눈에 아른거렸다. 민친 교장이 베키의 뺨을 철썩 내려치는 소리가 들렸다.

"거짓말 하지 마라. 당장 네 방으로 꺼져!"

사라와 어먼가드 모두 그 소리를 똑똑히 들었다. 다음엔 베키가 발을 질질 끌며 계단을 올라 자기 방으로 들어가는 소리가 들렸다. 문이 닫히는 소리와 함께 베키가 침대에 푹 하고 엎드려 쓰러지는 소리가 났다.

"배가 고파서 먹으라면 두 개라도 먹을 수 있었지만, 난 절대 입

안 댔단 말이야. 그건 주방장이 자기가 좋아하는 경찰한테 몰래 주려고 빼돌려서 그런 건데!"

베키가 베개에 얼굴을 묻고 울면서 소리쳤다.

사라는 캄캄한 방 한가운데 서서 이를 꽉 물고 손을 세게 쥐었다 폈다 했다. 뭐라도 해야 할 것 같은 마음이 굴뚝이었으나 민친 교장이 완전히 밑으로 내려가서 조용해질 때까지는 차마 움직일 수가 없었다.

"어쩜 이렇게 잔인하고 사악할 수가! 주방장이 자기가 훔쳐 놓고 베키한테 누명을 씌운 거야. 베키는 그런 짓 안 해! 안 한다고! 비록 너무 배가 고파서 쓰레기통을 뒤질지언정 다른 사람 것을 슬쩍하는 애가 아니란 말이야!"

사라가 손으로 얼굴을 감싸고 갑자기 서럽게 울음을 터뜨렸다. 어먼가드는 사라의 이런 모습은 처음 보는 거라서 어찌할 줄을 몰라 안절부절못하며 우두커니 바라만 보았다. 사라가 울다니! 절대 무엇에도 굴복하지 않던 사라가!

그건 이제껏 전혀 생각지 못했던 사라의 새로운 모습이었다.

'설마…… 혹시나 그런 걸까?'

좀 느리긴 하지만 한없이 착한 어먼가드의 머릿속에 상상만 해도 아찔하고 끔찍한 생각이 슬며시 떠올랐다. 어먼가드는 침대에서 기어 내려가 어둠 속에서 조심조심 손으로 더듬어 초가 놓인 탁자를 찾아 갔다. 그러고는 가까스로 성냥을 집어 초에 불을 붙였다. 촛불로 방 안에 빛이 생기자 어먼가드는 사라에게 다가가서 몸을 숙이고 그 얼굴을 가까이 들여다보았다. 어먼가드의 눈 속에 서려 있던 불길한 예감이 두려움으로 번졌다.

"사라."

어민가드가 멈칫하며 떨리는 목소리로 말을 꺼냈다.

"너…… 너…… 나한테 한 번도 말 안 했잖아. 지금도 말하기 곤란하다면 어쩔 수 없지만…… 그렇지만 혹시…… 너도 배가 많이 고픈 거야?"

사라는 더 이상 감당할 수가 없었다. 지금껏 쌓아 온 마음속 장벽이 와르르 무너져 내렸다. 사라가 얼굴에서 손을 떼고 말했다.

"응."

사라의 말투에선 이제껏 몰랐던 간절함이 배어 나왔다.

"맞아. 나 사실 너무 배가 고파서 너라도 통째로 잡아먹을 수 있을 거 같아. 그리고 불쌍한 베키가 저렇게 우는 소리를 들으니 더 심해. 베키는 나보다 배가 더 고플 거야."

어민가드는 숨이 헉 막혀 왔다. 눈에서 서글픈 눈물이 뚝뚝 떨어졌다.

"어쩜, 이럴 수가! 난 전혀 몰랐어."

"네가 아는 걸 원치 않았어. 네가 알아 버리면 그땐 내가 정말로 길거리 거지가 된 것처럼 느껴질 것 같았거든. 뭐, 지금도 이미 거지처럼 보이긴 하지만."

"아냐. 그렇지 않아!"

어민가드가 사라의 말을 끊고 말했다.

"옷이 좀 우스워 보여서 그렇지, 너 절대 거지처럼 보이지 않아. 거지 얼굴이 어떻게 이럴 수 있어."

"내가 불쌍해 보이는지 전에 어떤 꼬마 남자 아이가 나한테 직접 6펜스 동전을 주기도 했는걸. 여기 봐."

사라는 자기도 모르게 피식 웃음이 나왔다. 그리고 목걸이로 걸고 있던 동전을 꺼내서 보여 주었다.

"내가 거지처럼 불쌍해 보이지 않았다면, 그 애가 자기의 크리스마스 6펜스를 굳이 나한테 주지는 않았을 거 아냐."

사라의 손에 들려 있는 작은 6펜스짜리 동전을 보고 있자니 왠지 모르게 둘의 기분이 조금 나아졌다. 사라와 어먼가드는 눈물을 글썽이면서도 소리 내어 낄낄 웃었다.

"그 작은 아이가 파티에 가려고 집에서 나오다가 나를 봤어. 바로 그 대가족 식구 중에 한 아이야. 다리가 포동포동한 그 작은 애 있지, 왜? 내가 가이 클라렌스라고 부르는 애. 아마도 자기 방에는 크리스마스 선물이 가득 차 있고 바구니에 케이크랑 먹을 것도 넘쳐나는데, 나한테는 아무것도 없는 거 같아서 불쌍해 보였나 봐."

사라의 말에 어먼가드가 갑자기 몸을 움찔했다. 사라의 말을 듣다 보니 혼란스러운 마음에 깜빡 잊고 있었던 자기의 보물상자가 생각난 것이었다.

"아, 사라! 나 정말 바보 같아! 이걸 잊어버리고 있었다니!"

"뭔데?"

"대단한 거야!"

어먼가드가 흥분하며 서두르기 시작했다.

"오늘 오후에 내가 제일 좋아하는 고모가 나한테 선물상자를 보내 주셨거든. 좋은 게 한가득 담겨 있는데 나는 점심 때 푸딩을 너무 많이 먹어서 배가 부른 데다가, 아빠가 보낸 책 때문에 걱정이 돼서 손도 안 대고 있었어."

어먼가드가 흥분하며 음식 이름을 나열하기 시작했다.

"음, 거기엔 케이크랑 작은 고기 파이들도 있었고, 과일 잼이랑 타르트랑 빵이랑 어, 거기다가 오렌지 주스랑 건포도 주스하고 무화과랑 초콜릿도 있었어! 내가 몰래 방에 내려가서 바로 가지고 올게. 지금 같이 먹자."

사라는 현기증이 날 지경이었다. 원래 정신이 희미해질 만큼 크게 굶주린 사람은 음식의 이름만 들어도 그 효과가 상상을 초월하는 법이다. 사라가 어먼가드의 팔을 잡고 물었다.

"너…… 정말 그럴 수 있겠어? 괜찮을까?"

"그럼!"

어먼가드는 대답도 마치기 전에 벌써 문으로 달려가고 있었다. 소리 나지 않게 살금살금 문을 열고서는 귀를 쫑긋 세우고 어두운 바깥을 살펴보더니 다시 사라 쪽으로 걸어왔다.

"밖에 불이 꺼져 있어. 다 자는 게 틀림없어. 내가 조용히 살살 내려갔다 오면 아무도 모를 거야."

둘은 너무 기뻐서 서로의 손을 꼭 붙잡았다. 그때 사라의 눈에 반짝하는 빛이 스쳐갔다.

"어먼가드! 우리 이렇게 하면 어떨까? 우리가 파티를 여는 거라고 상상하는 거야! 어디 보자, 아! 우리 옆방 죄수도 초대하면 어떨까?"

"좋아! 좋아! 교도관이 듣지 못하게 빨리 벽을 두드려서 물어봐."

사라가 벽 쪽으로 다가갔다. 벽을 통해 가엾은 베키가 흐느끼는 소리가 더욱 크게 들렸다. 사라가 벽을 네 번 두드리며 그 뜻을 어먼가드에게 설명해 주었다.

"이건 '긴히 의논할 게 있으니 땅 밑 비밀 통로를 통해 어서 건너오시오.'라는 뜻이야."

벽 너머에서 빠르게 벽을 다섯 번 두드렸다.

"오겠대."

사라의 말이 끝나기가 무섭게 다락방 문이 열리며 베키가 모습을 드러냈다. 울어서 눈이 빨갛게 충혈되고 두건이 반쯤 흘러내려 간 모습이었다. 베키는 방에서 어먼가드를 보고 깜짝 놀라 앞치마로 서둘러 눈물을 닦았다.

"괜찮아, 베키. 나는 신경 쓰지 마."

어먼가드가 말했다.

"어먼가드가 먼저 널 초대했어. 왜냐하면 어먼가드가 우리한테 바구니 한가득 좋은 것들을 가져다줄 거거든."

사라가 덧붙였다.

두건이 완전히 벗겨지려는 것도 아랑곳하지 않고 베키가 신이 나서 두 눈을 둥그렇게 떴다.

"먹을 건가요, 아가씨? 좋은 거라면 먹을 걸 말하는 거죠?"

"응. 맞아. 그리고 우리는 그걸로 파티를 열기로 했어."

"베키가 먹고 싶은 만큼 다 먹어도 돼. 내가 바로 가서 가져올게."

어먼가드는 서둘러 방을 나섰다. 급하게 나가느라 빨간 숄을 바닥에 떨어뜨린 것도 모르고, 온 신경을 집중해 발꿈치를 들고서 살금살금 내려갔다. 바닥에 빨간 숄이 덩그러니 남았다. 베키는 예상치 못했던 엄청난 행운에 기뻐서 어쩔 줄을 몰라 했다.

"오, 아가씨! 오! 저를 초대해달라고 한 게 아가씨라는 거 알고 있어요. 아, 그 생각을 하면 눈물이 날 것 같아요."

베키는 이렇게 말하며 사라 옆으로 다가가서 사라를 우러러보듯 보았다.

이미 사라는 눈을 반짝이며 머릿속에서 끝없이 멋진 장면을 펼쳐 놓고 있었다. 밖은 아직도 매서운 추위가 기승을 부리고 있고 미끄러운 진흙탕에서 보낸 오후의 기억도 미처 가시지 않았지만 또 아까 길에서 본 굶주린 거지 아이의 창백한 눈빛도 머릿속에 생생했지만, 마치 마법처럼 지금 다락방은 다시 소박한 즐거움으로 채워지고 있었다.

사라가 숨을 가다듬으며 생각했다.

"정말이지 신기하게도 최악이다 싶으면 꼭 좋은 일이 하나씩 생겨. 꼭 마술을 부린 것처럼. 내가 그 사실을 항상 잊지 않고 기억한다면 아무리 최악의 상황이 온다 해도 쉽게 절망하지 않을 텐데."

사라가 베키를 잡고 가볍게 흔들며 들뜬 목소리로 말했다.

"안 돼, 안 되지! 울면 안 돼! 우리 빨리 서둘러 식탁을 차려야 해."

"식탁을 차리다니요, 아가씨? 무엇으로 식탁을 차린단 말이에요?"

베키가 방 안을 둘러보며 의심스러운 눈빛을 지었다.

사라도 방 안을 둘러보았다.

"뭐 별 게 없긴 하네."

사라는 반쯤 웃으며 대답했다.

그런데 순간 사라의 눈길을 끄는 것이 있었다. 바닥에 떨어진 어먼가드의 빨간 숄이었다.

"숄이다! 내가 저걸 써도 어먼가드가 뭐라 하지는 않을 거야. 저걸로 멋진 빨간 식탁보를 만들 수 있어!"

둘은 함께 탁자를 가운데로 끌어내고 그 위에 빨간 숄을 씌웠다. 빨간색은 역시 따뜻하고 편안함을 주는 색인지, 벌써부터 방이 전보다 꽉 차고 환해 보였다.

"바닥에 붉은 카펫이 깔려 있다면 얼마나 좋을까! 자, 우리 바닥에 카펫이 있다고 생각하자, 알겠지?"

사라는 이렇게 말하고서 아무것도 없는 딱딱하고 차가운 바닥을 감탄하는 눈빛으로 내려다보았다. 카펫은 이미 깔린 것이나 다름없었다.

"우아, 정말 부드럽고 폭신하다!"

사라가 웃으며 이렇게 말하자 베키도 그 웃음의 의미를 눈치 채고 정말 뭐라도 있는 것처럼 발로 바닥을 조심스럽게 짚었다.

"정말 그러네요, 아가씨."

베키가 사뭇 진지한 눈을 하고 사라 쪽을 바라보았다. 베키는 정말이지 어떤 때 보면 너무 진지했다.

"이제는 뭐를 할까나?"

사라는 이렇게 말하며 자리에 선 채로 손을 들어 눈을 가렸다.

"이렇게 눈을 감고 조금만 기다리면 뭔가 생각이 날 거야. 마법이 와서 말해 줄 거니까."

정말 기대에 가득 찬 목소리였다.

사라가 좋아하는 상상 중 한 가지는 기발한 생각들이 소위 '바깥 어딘가'에 모여 있으면서, 거기서 사람들이 자신들을 불러 주길

기다리고 있다는 것이었다. 베키는 전에도 사라가 그렇게 하는 것을 여러 번 봐 왔기 때문에 이번에도 조금만 있으면 사라가 환한 얼굴로 웃으면서 그 결과를 말해 줄 거라 믿었다.

역시 시간은 얼마 걸리지 않았다.

"그거야! 역시 마법이 찾아와 주었어! 이젠 알아! 내가 공주 시절에 쓰던 물건이 든 옛날 가방을 살펴봐야겠다."

사라는 잽싸게 구석으로 가서 바닥에 앉았다. 그 가방은 사라를 배려해서가 아니라 달리 놓을 데가 없어 궁여지책으로 다락방에 갖다 놓은 것이어서 안에는 온통 쓰레기라고 할 것밖에 없었다. 그렇지만 사라는 뭔가 찾아낼 수 있을 거라고 굳게 확신했다. 마법은 언제나 어떻게든 항상 앞으로 나아갈 길을 미리 보여 주었으니까.

가방 구석에서 오랫동안 잊혀진 듯한 옛날 꾸러미가 하나 보였다. 예전에 한 번 들여다 본 후 유물처럼 간직해 온 물건이었다. 그 안에는 작고 하얀 손수건이 열두 개 정도 들어 있었다. 사라는 기쁜 마음으로 한숨에 그 꾸러미를 집어 탁자로 달려왔다. 그리고 한 개씩 꺼내 빨간 식탁보 위에 잘 접어 올려놓기 시작했다. 모두 마법이 일러주는 대로 따라 했을 뿐인데, 손수건 가장자리 부분을 레이스처럼 말아 올리니 제법 그럴 듯한 모양이 잡히는 듯했다.

"이건 접시야. 금박 접시. 또 이건 예쁜 수가 놓인 냅킨이고. 모두 다 스페인 수녀원에서 수녀들이 직접 수작업으로 만든 거야."

"정말이요, 아가씨?"

베키가 감탄하며 숨을 크게 들이쉬었다. 베키는 흥분해서 기분이 한껏 고조되어 있었다.

"그렇게 생각해야지. 그렇다고 생각하고 믿으면 그렇게 보일 거야."

"알겠어요, 아가씨."

베키는 이렇게 말하고 사라가 다시 가방으로 뭔가를 찾으러 간 동안, 혼신의 힘을 다하여 그 목적을 달성하기 위한 작업에 착수했다.

사라가 돌아왔을 때 베키는 탁자 옆에서 그야말로 기괴한 모습을 하고 서 있었다. 눈을 질끈 감고 경련이라도 일으킨 것처럼 얼굴을 이상하게 잔뜩 찌푸린 채 손을 양 옆으로 빳빳이 쥐고는 마치 거대하고 무거운 물건을 들어올리려 애쓰는 것처럼 부들부들 떨었다.

"베키, 왜 그래? 뭐 하는 거야?"

사라가 물었다. 베키가 깜짝 놀라 눈을 떴다.

"저요, 집중하고 있었어요, 아가씨. 아가씨처럼 상상해 보려고요."

베키가 멋쩍은 표정으로 말했다.

"거의 다 된 것 같았는데…… 그런데 생각보다 힘이 많이 드네요."

베키는 이렇게 말하며 씩 웃었다.

"아마 익숙하지 않으면 처음엔 그럴 거야. 하지만 자꾸 하다 보면 별 노력 없이도 쉽게 될걸. 우선 지금은 처음이니까 너무 힘들이지 마. 조금 있으면 저절로 될 거야. 이번엔 내가 그냥 알려 줄게. 자, 여길 봐."

사라가 다 이해한다는 듯 따뜻하게 말했다. 그리고 한 손에 가

방 구석 바닥에서 건져 온 낡은 여름 모자를 들고, 다른 손으로 모자 위에 달려 있던 꽃 장식을 잡아 뜯었다.

"이건 연회를 위한 화환이야. 이게 있으면 향긋한 향기가 공기를 가득 채우겠지. 세면대에 가면 컵이 하나 있어. 베키, 그거랑 아, 식탁 중간 장식도 하게 비누 그릇도 좀 가져다줄래?"

베키가 시키는 대로 얼른 가서 물건을 가져다 경건한 태도로 사라에게 건네주었다.

"이건 뭐 하는 데 쓰려고요, 아가씨? 이것들이 도자기로 만든 거면 또 모르지만 그것도 아니잖아요."

"이건 조각 장식이 새겨진 물병이야."

사라가 말하며 꽃줄기 장식을 컵 주위에 둘렀다.

"그리고 이건 보석이 촘촘하게 박힌 순백의 대리석이지."

이번엔 허리를 굽혀 비누 그릇에 장미 꽃잎을 채웠다.

하나하나 조심스럽게 만들어가는 사라의 입가에 행복한 미소가 번졌다. 마치 꿈속에 들어와 있는 듯한 모습이었다.

"이런, 정말 예쁘네요!"

베키가 탄성을 질렀다.

"사탕을 담을 접시가 있었으면 좋겠는데, 음…… 아, 그거다! 좀 전에 봐 둔 게 있었지!"

사라는 쏜살같이 다시 가방으로 달려갔다.

사라가 손에 들고 온 것은 별것 아니라 하얗고 빨간색의 얇은 포장지에 싸인 털실 뭉치였다. 그러나 사라의 손을 거치자 포장지는 작은 접시로 거듭났다. 그런 다음에는 쓰고 남은 꽃과 종이를 함께 모아 연회장을 환히 밝혀 줄 촛대 장식을 꾸몄다. 사실 마법의 힘을 빌리지 않는다면 눈앞의 풍경은 그저 오랫동안 버려졌던 쓰레기와 빨간 숄로 덮인 낡은 탁자에 불과했다. 그러나 사라가 한 발짝 물러서서 그윽한 눈으로 보니 눈앞에 펼쳐진 광경은 정말로 그럴듯하게 보였다. 베키도 마찬가지였다. 베키는 새로 차려진 식탁을 기쁜 눈으로 한참 바라보다가 속삭이듯 낮게 말했다.

"이건…… 정말이지!"

베키가 다락방을 한 번 더 죽 돌아보며 물었다.

"지금 여기는 바스티유인가요? 아니면 다른 데로 변한 건가요?"

"아, 그래, 그렇지! 지금은 완전히 다른 곳이야. 여기는 연회장이야!"

"정말, 아가씨! 연회당이요?"

베키가 기쁘게 외치며 경외의 눈빛으로 주위를 다시 한 번 돌아보았다.

"연회장, 연회가 벌어지는 넓은 응접실을 그렇게 말해. 위로는 둥근 아치형 천장이, 한쪽엔 악사들이 음악을 연주하는 무대가 있고 오크나무 장작이 활활 타는 난로 위로 커다란 굴뚝이 이어지는……. 그리고 연회장 주위로 가느다란 초가 빙 둘러서 은은히 빛을 내는 그런 곳이야."

"아, 사라 아가씨!"

베키의 감탄은 그칠 줄 몰랐다.

그때 문이 열리면서 어먼가드가 몸에 비해 무거워 보이는 바구니를 낑낑대며 들고 들어왔다. 그러다 확 바뀐 방 안을 보고는 깜짝 놀라 기쁨의 탄성을 질렀다. 어먼가드의 눈에는 모든 게 진정으로 근사하고 훌륭해 보였다. 으슬으슬 춥고 캄캄한 바깥에서 갑자기 전혀 예상치 못했던 하얀 냅킨과 꽃으로 장식된 축제의 장으로 들어왔으니 충분히 그럴 만도 했다.

"와, 사라! 너 같이 똑똑한 애는 처음 봐!"

어먼가드가 외쳤다.

"멋있지? 내 옛날 가방에 있던 것들로 만든 거야. 마법한테 물었더니 거길 가서 살펴보라고 알려 주었어."

사라가 말했다.

"그렇지만, 오, 어먼가드 아가씨. 사라 아가씨가 설명해 주는 것을 들어보아요. 이건 단지…… 오, 사라 아가씨, 어서 말해 주세요."

베키가 재촉했다.

사라는 어먼가드에게 모든 것을 다시 설명해 주었다. 사라의 마법으로 어먼가드는 모든 광경이 정말 눈앞에 펼쳐지는 듯한 느낌을 받았다. 금박 접시와 아치형 천장, 활활 타오르는 장작과 방을 은은히 빛내 주는 촛대들. 곧이어 어먼가드가 바구니에서 케이크, 과일, 사탕, 주스 등 온갖 음식을 줄줄이 꺼내놓자 연회는 진정으로 무르익기 시작했다.

"진짜로 파티 같아!"

어먼가드가 외쳤다.

"여왕의 식탁 같아요!"

베키도 숨을 크게 내쉬며 말했다.

그때 어먼가드에게 갑자기 좋은 생각이 떠올랐다.

"사라, 나한테 좋은 생각이 있어. 지금 네가 여기서 공주라고 가정하자. 그리고 이건 왕실의 연회인 거야."

"그렇지만 이건 네 연회인걸. 어먼가드 네가 공주가 되어야지. 나는 네 시녀를 맡을게."

사라가 어먼가드에게 말했다.

"오, 그럴 순 없어. 나는 너무 뚱뚱하고 어떻게 하는지도 몰라. 네가 해."

"그래…… 정 그렇다면."

사라는 갑자기 무슨 생각이 또 났는지, 차갑게 식은 녹슨 난로로 달려갔다.

"여기 쓰레기랑 종이가 가득 있잖아! 여기에 불을 붙이면 몇 분 정도는 불이 환한 빛을 내며 탈 거야. 그러면 정말 난로에서 불이 타는 것처럼 느껴지겠지?"

사라가 성냥을 켜서 종이에 불을 붙였다. 비록 열기가 느껴지지 않는 가짜 난롯불이었으나 불빛은 잠시나마 방 안을 환하게 밝혔다.

"조금 있다 불빛이 꺼지겠지만 어차피 그때가 되면 우린 이게 가짜였다는 사실도 잊게 될 거야."

사라는 활활 타오르는 불빛을 보며 미소를 지었다.

"전부 다 진짜처럼 보이지 않니? 자, 이제 연회를 시작해 볼까?"

사라가 탁자로 돌아갔다. 그리고 어먼가드와 베키에게 우아하게 손짓을 하며 달콤한 꿈에 젖은 목소리로 입을 열었다.

"자, 시작하겠습니다, 숙녀분들. 앞에 마련되어 있는 연회석에 앉으세요. 제 아버지인 국왕께서 오랜 여행으로 자리를 비우시는 동안 여러분들에게 연회를 베풀어 주라고 명령하셨답니다."

사라가 방 한구석으로 살짝 고갯짓을 하더니 이어서 말했다.

"이제 거기 악사들은 비올과 바순을 연주하라!"

사라는 잠시 말투를 평소처럼 바꾸어 어먼가드와 베키에게 설명을 해 주었다.

"공주들이 연회를 베풀 때는 늘 악사들이 연주를 해 줘. 우리 저기 구석에 악사들 무대가 있다고 생각하자. 자, 이제 먹을까?"

드디어 손으로 케이크를 집으려는 찰나였다. 어느 누구도 케이크를 채 집지도 못했는데 문 밖에서 무슨 소리가 들렸다. 셋은 깜짝 놀라 얼굴이 하얗게 질려 자리에서 벌떡 일어섰다.

누군가 계단으로 올라오고 있었다. 틀림없었다. 아이들은 곧 계단을 오르는 그 화난 발소리의 주인이 누구인지 알아차렸고, 직감적으로 '아, 이제 모두 끝이구나.' 하고 느꼈다.

"교장 선생님이에요!"

베키가 케이크를 탁자에 힘없이 툭 떨어뜨리며 목멘 소리로 말했다.

"그러네. 민친 선생님이 알아내셨어."

사라의 얼굴은 하얗게 질렸고 그 때문에 충격으로 커진 눈이 더욱더 커 보였다.

민친 교장도 하얗게 질린 얼굴로(그러나 사라와 달리 분노로 인해) 노크도 없이 단번에 문을 활짝 열어젖혔다. 그러고는 잔뜩 화난 얼굴로 겁에 질린 아이들의 얼굴과 연회가 벌어지던 탁자 그리고 마지막 불꽃이 채 사그라들지 않은 난로를 차례로 하나씩 훑어보았다.

"내 이런 일이 벌어지고 있을 거라고 의심은 했지만 이 정도로 뻔뻔할 줄은 몰랐다. 라비니아가 제대로 알고서 말한 거였군."

그렇게 세 사람은 라비니아가 어떻게선지 자신들의 비밀을 알고 밀고하는 바람에 이 일이 발각되었음을 알게 되었다. 민친 교장은 제일 먼저 베키한테 성큼 걸어가 오늘 저녁에만 벌써 두 번째로 귀싸대기를 올려붙였다.

"이런 뻔뻔스러운 철면피 같으니라고! 넌 내일 아침에 당장 이 집을 나가!"

그 광경을 가만히 지켜보던 사라의 얼굴이 더욱 창백해지고 눈도 더 커졌다. 어먼가드가 울음을 터뜨리며 흐느껴 말했다.

"오, 베키에게 나가라고 하지 마세요. 저한테 고모가 보내 준 소포가 있어서 그걸로 그냥 작은 파티를 하던 것뿐이었어요."

"말 안 해도 뻔히 알겠구나."

민친 교장이 경멸 어린 말투로 비꼬며 말했다.

"그렇지, 탁자 중앙엔 당연히 사라 공주가 앉으셨겠지."

그렇게 말하며 이번엔 사라를 노려보았다.

"이게 다 네가 꾸민 짓이라는 거 알아. 어먼가드는 이런 일을 생각해 낼 재간이 없거든. 네가 이런 쓰레기를 가지고 식탁 장식이라고 다 한 거지?"

민친 교장이 베키를 향해 발을 쿵 굴렀다.

"넌 당장 네 방으로 가!"

베키가 앞치마에 얼굴을 묻고 어깨를 부르르 떨며 조용히 방을 나갔다.

이제 다시 사라의 차례였다.

"너는 내일 상대해 주도록 하겠다. 우선 내일은 아침도 점심도 저녁도 없을 줄 알아라."

"그렇지만 민친 선생님, 저는 오늘도 점심부터 아무것도 못 먹은걸요."

사라가 희미한 목소리로 말했다.

"그렇다면 더욱 잘 되었구나. 이번 일로 배우는 게 좀 있겠지. 넌 거기 서 있지만 말고 이것들을 당장 다시 바구니에 집어 넣지 못해!"

민친 교장이 손수 나서서 탁자 위에 있는 음식을 바구니에 쓸어 담기 시작했다. 그러다가 어먼가드가 아까 가져다 놓은 새 책에 눈길이 닿았다. 교장이 어먼가드에게 명령했다.

"그리고 너, 어쩌자고 이런 더러운 다락방에 귀중한 새 책을 갖다 놓은 게냐. 다시 네 방에 갖다 놓도록 해. 그리고 너는 내일 하루 종일 방에서 나가지 못하는 줄 알아. 네 아빠한테는 내가 편지를 쓰마. 네가 오늘밤에 어디 있었는지 아시면 대체 뭐라고 하시겠니?"

사라의 눈에 무언가 심상치 않은 빛이 지나가는 걸 눈치 챈 민친 교장이 사라를 노려보았다.

"너는 무슨 생각을 하는 거냐? 나를 그렇게 쳐다보는 이유가 뭐야?"

"그냥 궁금한 생각이 들어서요."

사라는 요전에 교실에서 문제가 되었던 것과 똑같은 대답을 했다.

"뭐가 궁금하다는 거냐?"

정말 전에 교실에서 벌어진 상황이 되풀이되고 있었다. 이번에도 사라에게서는 건방진 태도를 전혀 찾아볼 수 없었다. 다만 슬픔만이 감돌뿐이었다. 마침내 사라가 작은 목소리로 답했다.

"제가 궁금해했던 건요, 만약에 우리 아빠가 오늘 밤 제가 어디 있었는지 아시면 뭐라고 하실까 하는 거예요."

바로 요전처럼 민친 교장의 가슴에 분노가 물밀듯 밀려들었다. 민친 교장은 어찌할 줄 모르고 화가 북받쳐 올라 난폭한 기분이 되었다. 민친 교장이 사라의 어깨를 잡고 마구 흔들었다.

"너는 정말 버릇도 없고 무례하구나. 너를 정녕 어떻게 해야 할지 모르겠어. 감히 어디서! 감히!"

민친 교장은 책도 집어서 마구잡이로 나머지 음식과 함께 바구니 속에 함께 쓸어 넣었다. 그리고 어먼가드의 팔을 부여잡아 문쪽으로 떠밀었다.

"어디 계속 궁금해해 보거라. 불 당장 꺼!"

민친 교장이 힘없이 발을 내딛는 가엾은 어먼가드를 앞으로 세게 밀며 등 뒤로 문을 쿵 하고 닫았다. 방에는 다시 사라 혼자 남게 되었다.

꿈은 모두 끝나 버렸다. 난로 안에서 마지막 불꽃을 피우던 종이는 검은 재가 되었고 테이블 위에 있던 금박 접시도, 수놓인 냅킨도, 꽃 장식도, 모두 다시 각각 낡은 손수건과 구겨진 포장지 조각, 찢긴 조화로 돌아와 바닥에 내동댕이쳐졌다. 무대 위의 악사들도 사라졌으며 비올과 바슨 소리도 끊어진 지 오래였다. 에밀리만이 벽을 등지고 앉아 앞을 뚫어져라 바라보고 있었다. 사라는 떨리는 손으로 에밀리를 들어 안았다.

"에밀리, 더 이상 연회는 없어. 공주도 없어. 아무것도 없어. 바스터유 감옥의 죄수들밖에는······."

사라는 그렇게 말하면서 얼굴을 손에 묻었다.

그 순간 사라가 손으로 얼굴을 가리지 않았다면 무슨 일이 일어났을까? 만약 사라가 어쩌다 다락방 창문을 내다보았으면 어떻게 됐을까? 아마도 이 이야기는 사뭇 다르게 전개되었을 것이다. 사라가 그때 창문 밖에서 벌어지고 있는 일을 봤다면 틀림없이 깜짝 놀라서 멈칫했을 테니까. 그리고 아마도 아까 전 어멈가드와 이야기를 하고 있을 때 창문을 통해 방 안을 유심히 들여다보던 얼굴과 눈이 마주쳤을지도 모른다.

그러나 사라는 창문을 올려다보지 않았다. 한참 동안 그대로 팔에 얼굴을 묻고 앉아만 있었다. 속으로 삭혀야 하는 힘든 일이 있을 때마다 취하는 그 자세로 그렇게 앉아서······ 그러다 천천히 일어나 침대로 갔다.

'오늘은 깨서 다른 생각을 하나도 못하겠어. 시도해 보아야 소용없을 것 같아. 대신 잠이 들면 다른 꿈을 꿀 수 있을지 몰라.'

갑자기 피로가 몰려들었다. 아마도 배가 너무 고파 그런 거겠지만. 사라는 힘없이 침대 끄트머리에 걸터앉았다.

"난로에 불이 활활 밝게 타오르고 있다고 상상하자. 불꽃이 활활 튀면서 타오르고 있다고. 그 앞에는 안락의자가 하나 있어. 그리고 그 옆에는 김이 모락모락 나는 저녁 식사가 차려진 작은 탁자가 있는 거야. 그리고 또 뭐가 있을까."

사라가 얇디얇은 이불을 덮으며 말했다.

"이건 푹신하고 부드러운 침대인 거야. 난 커다랗고 보송보송한 베개를 베고 포근한 담요를 덮고 있는 거야. 그렇게 생각하자······

그렇게……."

오히려 그만큼 지친 게 다행일까. 눈이 사르르 감기며 사라는 금세 깊은 잠에 빠져들었다.

얼마나 오랫동안 잤을까, 너무도 지쳤던 사라는 한참 동안 누가 업어 가도 모를 정도로 깊게 잠을 잤다. 그동안 멜키세덱의 온 가족이 나와서 찍찍거리며 돌아다니고, 멜키세덱의 아들과 딸들이 뒤치락거리며 놀고 싸웠다 해도 전혀 몰랐을 것이다.

그렇게 한참 후 어쩌다 깼는지, 사라는 갑자기 잠에서 깨어 정신이 들었다. 사실 사라를 깨운 건 어떤 소리였다. 그 소리는 하얀 옷을 입은 사람이 날쌔고 유연한 동작으로 다락방을 몰래 빠져나가다 창문을 내리며 찰깍 하고 낸 소리였는데, 빠져나간 사람은 지붕 밑으로 조금 기어 내려가서 다락방 안에서 보이지 않게 몸을 숨긴 채 호기심 어린 눈으로 방 안을 살폈다.

처음에 사라는 눈을 감고 가만히 누워만 있었다. 졸음이 계속 쏟아졌고 또 이상하게도 너무 따뜻하고 편안했다. 정말이지 너무 따뜻하고 편안해서 아직도 꿈속인 것만 같이 느껴졌다. 상상 밖에서는 한 번도 이렇게 따뜻하고 아늑하게 느껴진 적이 없었다.

"정말 좋은 꿈이야! 너무 따뜻해서 일어나고 싶지…… 않…… 아……."

사라는 잠결에 중얼거렸다.

물론 그건 꿈이어야만 했다. 온몸이 따뜻하고 폭신한 이불로 덮여 있는 기분인 데다 손을 뻗으니 진짜로 만져지기까지 했다. 손에 느껴지는 감촉으로 보아서는 새틴 천 커버를 입힌 퀼트 이불이었다. 사라는 이런 달콤한 기분으로부터 절대 깨서는 안 된다고 생각했다. 최대한 깨지 않고 버티면서 오래도록 이 느낌을 즐겨야 했다.

그렇지만 무엇 때문인지 그럴 수가 없었다. 아무리 눈을 세게 질끈 감아 보아도 소용이 없었다. 방 안에 있는 무언가가 계속해서 사라를 잠에서 깨게 만들었다. 따뜻한 열기와 난로 속 장작이 탈 때 내는 타닥 하는 소리였다.

"아, 결국 깨 버렸네. 어쩔 수가 없었어. 어쩔 수······."

사라가 애달프게 중얼거리며 하는 수 없이 눈을 떴다. 그러나 금세 눈앞에 펼쳐진 다락방 풍경을 보고 미소를 지었다. 꿈에서 깬 것이라면 절대 볼 수 없는 풍경이기 때문이었다.

"아, 아직 잠에서 안 깼구나. 아직도 꿈을 꾸고 있는 거였어."

사라는 상체를 일으켜 팔꿈치를 받치고 누워 주위를 둘러보았다. 다락방 안은 깨어서는 절대 볼 수 없는 것들로 가득했다. 그러니 그것은 틀림없이 꿈이어야 했다.

아무리 그래도 사라가 정말 그걸 꿈이라고 착각했을 리는 없다고 생각하는가? 그렇다면, 이게 바로 사라의 눈앞에 펼쳐진 광경이었다. 난로에선 따스한 난롯불이 훨훨 타오르고 난로 위에는 앙증맞은 금속 주전자가 보글보글 끓으며 뽀얀 김을 내뿜고 있는 데다, 바닥에는 두텁고 따뜻한 카펫이 깔려 있었다. 또 불 앞에는 쿠션이 놓인 접이식 의자가 펼쳐져 있고, 의자 옆에는 역시 작은 접이식 탁자가 하얀 식탁보가 덮인 채 펼쳐져 있었다. 그 위엔 뚜껑이 씌워진 작은 접시들과 컵 받침에 놓인 컵과 찻주전자가 놓여 있고, 침대에는 따뜻한 새 덮개와 새틴 천 퀼트로 짜인 솜털 이불이 덮여 있었으며 침대 발치에는 돌돌 말려진 실크 잠옷과 퀼트 슬리퍼, 그리고 책 몇 권이 놓여 있었다. 또한 탁자 위에 있는 장밋빛 갓이 씌워진 램프에서 나오는 빛 때문에 방 안이 따뜻하고 은은하게 빛났다. 마치 요정이 부린 마법으로 꿈속의 방이 하늘에서 그대로 내려온 것 같았다.

사라는 팔꿈치를 펴고 똑바로 일어나 앉았다. 맥박이 빨라지고 숨이 가빠졌다.

"어, 없어지지를 않네. 이런 꿈은 처음이야."

사라는 꿈을 휘저어 없애 버리고 싶진 않았지만 결국은 이불을 젖히고 자리에서 일어났다. 그리고 황홀한 미소를 지으며 바닥에 내려섰다.

"나는 지금 계속 꿈을 꾸고 있는 거야. 자리에서 일어났는데도 계속되는 꿈을."

사라는 자신도 모르게 혼잣말을 하며 방 한가운데 서서 하나하나 자세히 둘러보기 시작했다.

"모든 게 그대로 살아 있는 꿈이네! 정말 진짜 같아. 마법을 부렸나 봐. 아니면 내가 마법에 홀린 건가. 내 눈에만 이렇게 보이는 건지도 몰라."

사라의 머릿속에서 여러 생각이 회오리치듯 맴돌았다.

"계속 이렇게 머물러 있을 수만 있다면, 어찌 됐든 상관없어! 아무렴 어때!"

사라는 숨을 가다듬고는 잠시 기다렸다가 다시 외쳤다.

"오, 진짜는 아니겠지. 진짜일 리가 없어! 그렇지만 오, 정말이지 이건 너무 생생한걸."

사라는 이글거리며 타오르는 난롯가에 가서 무릎을 꿇고 앉아 불 가까이로 두 손을 내밀었다. 그러다 열기가 너무 뜨거워 깜짝 놀라 뒤로 움찔 물러섰다.

"꿈에서는 불이 이렇게 뜨거울 리가 없는데!"

사라는 당장 일어서서 탁자를 만져 보았다. 그리고 접시와 카펫도 만져 보았다. 침대로 가선 담요를 만져 보았다. 침대 발치에 있는 부드러운 잠옷을 들어 가슴에 안아도 보고 뺨에도 대어 촉감을 느껴 보았다.

"따뜻하고 부드러워! 이건 진짜야! 틀림없어!"

사라는 거의 흐느끼다시피 하며 말했다. 그러고는 잠옷을 걸치고 슬리퍼를 신어 보았다.

"이것도 진짜야! 모든 게 진짜야! 꿈이 아니었어. 나는 꿈을 꾸고 있는 게 아니야!"

사라는 비틀거리며 앞에 놓인 책으로 손을 뻗었다. 그리고 맨 위에 있는 책을 집어 들었다. 짧은 글이 적혀 있는 메모지가 눈에 띄었다.

"다락방에 사는 작은 소녀에게. 친구로부터."

좀처럼 울지 않는 사라였지만, 그 메모지를 보는 순간 울컥해서 종이에 얼굴을 묻고 울음을 터뜨렸다.

'누군지는 모르지만, 누군가 나를 생각해서 베풀어 준 거였어. 나에게 친구가 생겼어.'

사라는 초를 들고서 조용히 베키의 방으로 넘어갔다.

"베키! 베키! 일어나 봐!"

사라는 베키의 침대 옆으로 다가가 베키의 귀에 대고 최대한 큰 소리로 속삭였다.

베키가 깜짝 놀라 겁에 질린 표정으로 벌떡 일어나 앉았다. 아직도 눈물로 얼룩진 얼굴이었다. 베키의 눈앞에 고급스러운 진홍색 실크 잠옷을 입은 한 사람이 서 있었다. 환하게 빛나는 얼굴의 그 사람은 베키의 기억 속에 남아 있는 바로 옛날 그 사라 공주였다.

"가자, 베키. 이리 좀 와 봐."

사라가 말했다.

베키는 얼떨떨한 기분에 아무 말도 할 수가 없었다. 그렇게 일어서서 입을 헤 벌리고 말없이 사라 뒤를 따라갔다.

문지방을 넘어서자 사라는 조용히 문을 닫고 베키를 따스한 방 한가운데로 데리고 갔다. 베키는 갑자기 머릿속이 빙빙 돌며 당장이라도 쓰러질 것만 같았다.

"베키, 이것 봐. 이거 꿈이 아니야. 전부 진짜야! 내가 다 만져 보고 했는데 모두 그대로 있었어! 내가 자는 사이에 마법이 와서 이렇게 해 준 거야. 이번에도 최악의 상황이 오기 전에 역시 마법이 날 구하러 와 주었어!"

16. 방문객

 이후로 그날 밤 시간이 어떻게 지나갔을지 한번 상상해 보라. 불꽃이 뜨거운 열기를 내뿜으며 타는 난로 앞에 두 아이가 오순도순 앉아 식기의 뚜껑을 열자 김이 모락모락 나는 맛있는 수프가 모습을 드러내고, 그것만으로도 한 끼 식사로 손색없을 만큼 훌륭한데 그 옆에는 둘이 나눠 먹고도 남을 만큼의 샌드위치, 토스트, 머핀이 수북이 쌓여 있었으니 그때 아이들의 심정이란!

 베키는 세면대에 있는 컵을 가져다 찻잔 대용으로 썼다. 차는 너무도 맛이 좋아서 다른 때처럼 지금 마시고 있는 게 더 좋은 다른 음식이라고 애써 세뇌시킬 필요가 없었다. 둘은 따뜻했고 배가 불렀으며 행복했다.

 사라는 과연 사라답게 현실로 다가온 뜻밖의 행운을 거북스러워 하기보다는 기쁜 마음으로 받아들였다. 언제나 꿈을 꾸며 살아온 사라였기에 설령 자신에게 찾아온 이 멋진 일이 한순간에 물거

품처럼 사라질지라도, 지금은 꿈이 이렇게 다가왔다는 사실 자체가 중요했고 또 그것만으로도 충분히 행복했다.

"내게 이런 일을 해 준 사람이 도대체 누굴까? 누군가 있다는 건 확실한데. 그 사람이 피워 준 불 앞에 내가 이렇게 앉아 있으니까 말이야. 그런데 이게 모두 진짜라니! 누군지 모르지만 어디 있는지도 모르지만 베키, 나한테 친구가 있는 거야. 누군가 나를 친구로 생각해 주는 거야."

그러나 실제로 따뜻한 불 앞에 앉아 영양 가득한 맛있는 음식을 먹고 있으면서도 두 아이 모두 마음 한구석에서 모락모락 피어오르는 불안감을 무시할 수 없었다. 일종의 두려움이라고나 할까? 둘은 서로의 눈을 바라보았다.

"아가씨, 혹시 이게 다 녹아 없어지는 건 아닐까요? 그렇다면 빨리 서둘러 먹어야겠어요."

베키가 불안한 목소리로 묻고는 샌드위치 하나를 집어 허겁지겁 입에 구겨 넣었다. 만약 이게 꿈이라면 식탁 예절 따위에 신경 쓸 겨를은 없으니까.

"아냐, 녹아 없어지지 않을 거야. 꿈속에서는 먹어도 맛이 느껴지지 않는 법인데 지금 먹고 있는 머핀의 맛은 진짜로 느껴지거든. 꿈에선 먹고 있다고 생각하는 것뿐이지 실제로 먹는 게 아니잖아. 게다가 아까부터 계속해서 일부러 날 꼬집어도 보고 석탄이 정말 뜨거운지 손도 대보고 했어."

맛있게 먹고 마시다 보니 둘은 어느새 몸이 나른해졌고 그 기분은 가히 천국이 따로 없었다. 둘은 행복한 집에서 잘 먹고 자란 아이들에게나 익숙할 법한 나른한 기분을 느끼며, 타오르는 불꽃을 바라보면서 행복해했다.

그러다 문득 사라가 새로 변신한 침대를 돌아보았다. 담요도 여러 개라서 베키에게 나누어 줄 여유가 있었다. 옆 다락방의 좁고 딱딱한 침대도 오늘 밤엔 베키가 이제껏 꿈꿔 보지 못했던 편안한 잠자리가 될 예정이었다.

베키가 방을 나가다 말고 문지방에 서서 우러러보는 눈빛으로 다시 한 번 방 안을 바라보았다.

"내일 아침에 다 사라져 버린다 해도요, 아가씨⋯⋯ 오늘 밤의 이 방 모습을 절대 잊지 않을 거예요."

베키는 모든 것을 전부 다 기억 속에 저장해 두려는 듯 하나씩 돌아가며 찬찬히 쳐다보았다.

"난롯불은 저기 있었고, 그 앞에는 탁자가 있었고, 램프가 그 위에 있었고, 또 램프 불은 장밋빛 빨간색이었고, 아가씨 침대에는 새틴 이불이 있었고, 바닥에는 따뜻한 카펫이 깔려 있고⋯⋯ 아, 그리고 이 모든 게 하나같이 다 너무 예쁘다는 거⋯⋯."

하나하나 손으로 짚어가며 말하던 베키가 갑자기 말을 멈추더니 손을 가만히 배에 갖다 댔다.

"그리고 수프랑 샌드위치랑 머핀도 있었죠."

그러고는 이 정도면 됐다 하는 생각이 들었는지 방을 떠났다.

다음날 아침, 다들 어떻게 알았는지 어젯밤 일에 대한 소문이 이미 학교 전체에 다 퍼져 있었다. 사라 크루는 제대로 망신을 당했고 어먼가드는 그 일로 벌을 받고 있으며, 베키는 아침에 일어나자마자 밖으로 쫓겨날 뻔했는데 베키의 자리를 대신할 부엌 보조를 금방 구할 수 없어 가까스로 그 신세를 면했다는 소문이었다.

민친 교장이 베키를 내쫓지 않은 건, 단지 주급 몇 실링만으로는 맘 놓고 부릴 수 있는 그런 의지할 곳 없는 사람을 구하기가 쉽지 않아서라는 사실을 하인들 모두 알고 있었다. 또 민친 교장이 사라를 쫓아내지 않은 이유도 그럴 만한 실질적인 이유가 있어서라는 걸, 알 만한 나이가 된 학생들은 다 알고 있었다.

"요즘 사라 걔가 하루가 다르게 쑥쑥 자라고 있고 어떻게 그런 건지는 모르겠지만 공부도 갈수록 더 잘하잖아. 그러니까 민친 선생님은 좀 있으면 걔한테 공짜로 수업을 하라고 맡길걸. 라비니아, 너도 이번엔 좀 너무하지 않았니? 걔들이 다락에서 조금 놀았다고 해서 그렇게까지 하다니. 그런데 어떻게 알아낸 거야?"

제시가 라비니아에게 말했다.

"로티한테 물어봤거든. 걔는 아직 아기라서 자기가 뭘 하는지도 모르고 순순히 다 말해 주더라고. 그리고 내가 민친 선생님한테 말한 게 뭐가 너무하다는 거야? 나는 당연히 해야 할 일을 한 것뿐이야. 정직하지 못한 건 사라 그 애잖아. 누더기 조각을 걸치고 다니는 주제에 뭐가 그렇게 잘났다고 잘난 척하고 다니는지, 정말 눈꼴셔서 못 봐 주겠어."

라비니아가 심술궂은 말투로 답했다.

"민친 선생님이 올라갔을 때 걔네들이 뭘 하고 있었던 거래?"

"또 뭐 되지도 않는 흉내내기 놀이나 하고 있었겠지. 어먼가드가 음식 바구니를 가지고 올라가서 사라하고 베키랑 나눠 먹으려고 했다나 뭐라나. 우리한테는 뭐 한번 주는 적 없으면서, 쳇. 뭐 내가 그 따위를 바라는 건 아니지만. 아무튼 다락방에 가서 하녀들하고 같이 나눠 먹다니, 좀 격이 떨어지지 않아? 아무리 나중에 선생으로 써먹을 거라지만, 그래도 민친 선생님이 걔를 대체 왜 안 쫓아내는지 모르겠어."

"쫓아내면 어디로 가라고?"

제시가 약간 걱정스러운 표정으로 물었다.

"내가 알게 뭐야? 어쨌든 오늘 아침엔 걔가 교실에 오면 어제 그런 일도 겪었으니까, 꼴이 말이 아니겠지? 어제 점심부터 밥도 못 먹었다고 했는데 오늘 하루 종일 또 굶긴댔거든."

라비니아가 비아냥거리며 말했다.

제시는 철없는 아이이긴 했지만 그래도 본심이 못된 아이는 아니었다. 라비니아의 말에 제시가 책을 확 잡아끌며 말했다.

"글쎄, 내 생각에 그건 너무 심한 거 같은데. 누구도 걔를 그렇게 굶어 죽일 권리는 없어."

그날 아침, 사라가 부엌에 들어서자 주방장과 다른 하녀들이 흘끔흘끔 곁눈질하며 사라를 훔쳐보았다. 그러나 사라는 서두르며 아무 내색 없이 그냥 모두를 지나쳐 갔다. 사실 베키도 그렇고 사라도 아침에 조금 늦잠을 잔 터라, 서로 위에서도 볼 시간 없이 허겁지겁 준비해서 아래로 내려온 참이었다.

사라가 부엌 뒤에 있는 창고로 들어가니 베키가 콧노래까지 흥얼거리면서 주전자를 박박 문질러 닦고 있었다. 그러다 인기척에 고개를 들어 사라를 보고는 얼굴이 환하게 밝아졌다.

"아침에 깼는데도 있었어요, 아가씨. 담요요. 어젯밤처럼 그대로 있었어요!"

베키가 작게 그러나 흥분한 목소리로 속삭였다.

"나도 마찬가지야. 지금도 다 그대로 있어. 전부 다! 어제 먹다 남은 것도 그대로 있어서 옷 갈아입으면서 조금 먹기도 했어!"

"와, 이럴 수가! 정말 이럴 수가!"

베키가 흥분을 참지 못하고 기쁨의 탄성을 지르려는 찰나 주방장이 안으로 들어왔다. 베키는 가까스로 들키지 않고 고개를 푹 숙일 수 있었다.

민친 교장은 내심 사라가 아까 전에 라비니아가 바라던 모습으로 교실에 들어오기를 바라고 있었다. 사라는 엄하게 야단을 쳐도 한 번도 울거나 겁을 먹은 적이 없었기에 항상 묘하게 신경을 더욱 건드렸다. 야단을 칠 때도 그저 가만히 서서 진지한 얼굴로 예의 바르게 듣고만 있었고, 벌을 주고 밥을 굶겨도 그저 묵묵히 시킨 일만 하면서 불평을 하거나 대들지 않았다. 그렇게 사라가 결코 버릇없이 말대꾸하는 법이 없다는 사실은 민친 교장에게 오히려 더 건방지게 느껴졌다.

그렇지만 이번엔 달랐다. 어제 점심부터 굶은 데다가 밤에 그런 일까지 겪었고 오늘도 하루 종일 굶어야 하니까, 이번만은 사라가 정말 굴복할 수밖에 없을 거라고 믿었다. 분명히 창백한 얼굴에 눈이 벌게져서는 우울하고 초라한 얼굴로 아래층에 나타날 것이라고 생각했다.

그날 민친 교장이 사라를 처음 마주친 것은, 사라가 어린 학생들의 프랑스 어 시간에 아이들 발음을 들어주기도 하고 말하는 연습도 시킬 겸 교실에 들어왔을 때였다. 사라는 발그레한 뺨에 입가에는 미소까지 머금고 밝은 얼굴로 가볍게 걸어 들어왔다. 전혀 예상치 못했던 모습에 민친 교장은 너무 놀란 나머지 약간 충격까지 받았다.

'저 애는 도대체 어떻게 된 애야? 어떻게 저럴 수가 있지?'

민친 교장이 당장 사라를 불러 세웠다.

"너, 지금 네가 어떤 처지인지 전혀 깨닫지 못한 표정이구나. 이제는 완전히 얼굴에 철판을 깔기로 작정한 거니?"

그러나 사실 어떤 아이라도, 아니 다 큰 어른이라 해도 배불리 먹은 후 따뜻하고 폭신한 잠자리에서 충분히 자고 일어난 뒤에는 아무리 노력해도 불행한 얼굴을 할 수 없는 법이다. 그뿐만 아니라 동화 같은 일이 실제로 일어났고 잠에서 깬 후에도 그 일이 그대로 남아 있는데, 어떻게 눈에서 반짝이는 그 기쁨을 숨길 수 있겠는가? 잠시 후 사라가 민친 교장의 질문에 흠 없는 태도로 정중하게 대답했을 때, 그 눈에 비친 빛은 민친 교장을 한 대 세게 때린 것처럼 멍하게 만들었다.

"죄송해요, 민친 선생님. 저도 제가 지금 근신 중이란 걸 알고 있어요."

"절대 잊지 않았으면 좋겠구나. 갑자기 돈벼락이라도 맞은 사람처럼 시시덕거리지 말고 처신을 잘하는 게 좋을 거다. 그건 무례하기 짝이 없는 일이야. 또 오늘 네가 먹을 게 아무것도 없다는 사실도 잊지 마라."

"네, 민친 선생님."

사라가 대답했다.

'마법이 제때 와서 구해 주지 않았더라면 오늘 내가 얼마나 비참했을까!'

자리로 돌아가는 사라의 머릿속에 어젯밤 일이 스쳐 지나가며 심장이 철렁하고 내려앉았다.

"쟤 별로 배 안 고픈가 봐. 저 봐, 아침을 든든히 먹었다고 속으로 상상이라도 하고 있나 보지?"

라비니아가 사라를 보고 비웃으며 속닥였다.

"쟤는 보통 사람이랑은 달라. 어떤 때는 쟤를 보면 무섭기까지 해."

제시도 사라를 쳐다보며 조심스럽게 답했다.

"웃겨!"

라비니아가 외쳤다.

그날 내내 사라의 얼굴은 환하게 빛났고 볼은 장밋빛으로 물들어 있었다. 하인들은 영문을 모르겠다는 듯 흘끔흘끔 계속 사라를 쳐다보며 속닥였다. 아멜리아 선생의 작고 파란 눈도 당황한 빛을 감추지 못했다. 그렇게 혼이 나고 곤경에 처했으면서 어떻게 저렇게 담담하고 태연할 수 있는지 도무지 이해가 가지 않았다. 그러나 사실 그건 사라의 평소 의연한 태도와 별반 다르지 않은 모습이긴 했다. 사라는 사람들의 시선을 신경 쓰지 않고 꿋꿋이 맞서기로 마음먹은 듯했다.

사라는 곰곰이 생각한 끝에 한 가지 결심을 했다. 가능한 한 오랫동안 어젯밤에 일어난 기적을 비밀에 부치기로 한 것이었다. 민친 교장이 다락방에 다시 올라오는 일이 생긴다면 모든 걸 들킬 수밖에 없겠지만 적어도 특별한 의심을 품지 않는 한은 당분간 올라오지 않을 거라는 판단이 섰다. 또한 어먼가드와 로티는 더 심한 감시를 받게 될 거라서 얼마 동안은 몰래 방을 빠져나올 시도를 못할 터였다. 그리고 어먼가드는 알게 된다 해도 비밀을 지켜줄 친구였고, 또 혹시 로티가 알게 된다 해도 말하지 말라고 당부해 두면 아무 말도 하지 않을 거라고 생각했다. 아니, 어쩌면 마법이 알아서 모든 걸 숨겨 줄지도 몰랐다.

"그러나 무슨 일이 일어나도."

사라는 하루 종일 머릿속으로 되뇌고 또 되뇌었다.

"무슨 일이 일어난다 해도, 세상 어딘가에 나에게 천사처럼 착한 친구가 있다는 사실에는 변함이 없어. 그게 누구인지 끝까지 모른다 해도, 고맙다는 말을 전할 기회가 없을 거라 해도 다시는 전처럼 외롭지 않을 거야. 오, 이런 마법 같은 일이 나에게 일어나다니!"

궂은 날씨는 앞으로도 계속될 예정이었다. 당장 오늘만 해도 어제보다 더 축축하고 추웠으며 길도 더 미끄러웠다. 사라가 민친 교장 눈 밖에 났다는 걸 알고 주방장은 더 까다롭고 사납게 대했으며 심부름도 더 많이 시켰다. 그러나 사라는 마법이 자신의 친구라는 확신이 생긴 이상 아무것도 힘들지 않았다. 또 어젯밤 다락방에서 먹은 음식이 기운을 북돋워 준 데다 잠도 따뜻하게 잘 잤기 때문에 설령 저녁때가 오기 전에 배가 고파져도 내일 아침까지는 거뜬히 견딜 수 있었다. 그러면 내일 아침부터는 다시 식사를 할 수 있을 테니까 문제없었다.

그날 밤 사라가 모든 일정을 마치고 다락방에 돌아갔을 때는 이미 꽤 늦은 시간이었다. 교실에서 열 시까지 공부하라고 시켜서 갔다가, 결국은 스스로 재미가 들려서 책을 붙잡고 더 늦게까지 공부를 하다 오는 길이었다.

마지막 계단을 올라 다락방 문 앞에 도착했을 때 사라의 심장은 쿵쾅쿵쾅 빠르게 뛰기 시작했다.

'이제는 다 없어졌을지도 몰라.'

사라는 속으로 마음의 준비를 했다.

'어제가 유난히 힘든 날이어서 마법이 특별히 어제 하루만 빌려준 건지도 몰라. 그렇지만 어때, 그래도 중요한 건 어제 나한테 그런 일이 생겼다는 거야. 그리고 누가 뭐래도 그건 실제로 일어난 일이었으니까.'

사라는 슬며시 문을 열고 안으로 들어갔다. 숨이 턱 막혔다. 사라는 방문을 닫고 문에 기대서서 천천히 방 안을 바라보았다.

또 한 번 마법이 다녀갔다. 그리고 오늘은 어제보다도 더 굉장했다.

난롯불은 그 어느 때보다 따뜻한 불을 내뿜으며 활활 타오르고 있었고, 새로운 물건들이 더욱 많이 생겨 다락방은 예전과는 완전히 다른 곳으로 변해 있었다. 만약 사라가 마법이 실제로 일어났다는 사실에 조금이라도 의심을 품고 있었다면 눈을 뜨고도 자신의 눈을 의심할 정도였다. 낮은 탁자 위에는 저녁 식사가 새로 차려져 있었는데 이번에는 베키가 쓸 컵과 접시도 따로 준비돼 있었다. 부서진 벽난로 선반 위에는 처음 보는 밝은 색깔의 두텁고 톡톡한 자수 깔개가 깔려 있었고 그 위에는 장식품들이 놓여 있었다. 보기 안 좋은 물건이나 허전한 공간은 모두 그런 식으로 덮여 있어서 방 분위기가 전과 달리 꽤 그럴싸하게 보였다. 그리고 벽에는 알록달록한 색깔의 신비로운 장식품들이 망치질 없이도 나무나 회벽에 박을 수 있는 얇고 날카로운 압정 같은 못으로 박혀 있었다. 벽에는 예쁜 부채들이 걸려 있었고, 바닥엔 의자로 써도 될 만큼 커다랗고 푹신한 쿠션들이 놓여 있었다. 그뿐이 아니었다. 한쪽 구석에는 카펫을 덮은 나무 상자에 푹신한 쿠션을 놓아 만든 훌륭한 소파도 하나 자리 잡고 있었다.

사라는 천천히 방 안으로 들어와 주위를 둘러보고 또 둘러보았다.

"정말이지 요정이 왔다 간 것 같아. 동화에 나오는 얘기랑 다를 게 없어. 이건 마치 내가 원하기만 하면 다이아몬드든 금 덩어리든 척 하고 눈앞에 나타날 것만 같은 기분이 드는걸. 정말로 그럴 수 있다 해도 지금보다 더 놀랄 수는 없을 거야. 이게 정말 내 다락방이란 말이야? 내가 바로 그 누더기를 걸치고 추위에 덜덜 떨던 사라가 맞아? 실제로 요정이 있길, 그래서 내 말을 들어주길 예전에 그렇게 바라고 또 바랐는데! 나에게 오랜 소원이 하나 있었다면 요정이 나오는 이야기 속 일들이 내게도 일어나는 거였는데! 지금 내가 바로 그 이야기 속에 살고 있는 기분인걸. 마치 나 자신이 요정이 된 것 같아. 그래서 무엇이든지 손만 대면 원하는 대로 바꿀 수 있을 것 같아."

사라가 나지막하게 혼잣말을 했다. 그리고 일어나서는 벽을 두드려 신호를 보냈고 곧이어 옆방 죄수가 건너왔다.

베키는 들어오자마자 너무 깜짝 놀란 나머지 바닥에 쿵 하고 주저앉았다. 그렇게 몇 초간 할 말을 잃고 앉아 있었다.

"오, 세상에! 오, 세상에, 아가씨!"

"그래. 나도 알아."

그날 밤 베키는 따뜻한 난로 앞 양탄자에 앉아 따로 마련된 자기 컵과 컵 받침에다 차를 마셨다.

잠자리에 들면서 사라는 비로소 매트리스가 새것으로 바뀌었다는 것을 알게 되었다. 커다란 솜털 베개도 새것이었다. 전에 쓰던 매트리스와 베개는 어느샌가 베키의 침대로 옮겨져 있었고, 덩달아 베키도 지금껏 겪어 보지 못한 편안함 속에서 잠을 청할 수 있었다.

한번은 뜬금없이 베키가 물었다.

"이게 다 어디서 오는 걸까요? 세상에, 누가 이런 걸까요, 아가씨?"

"그건 궁금해하지 말자. 어차피 지금은 알아도 고맙다고 말할 수 없으니까 차라리 모르는 게 나아. 모르는 편이 더 아름다워."

그 순간부터 사라의 하루하루는 매일 놀라운 일들의 연속이었다. 동화 속 이야기는 계속되었고, 거의 매일 새로운 것이 보태어졌다. 매일 밤 다락방 문을 열 때마다 뭔가 새로운 장식품이나 좋은 물건이 생겨 있었고, 얼마 지나지 않아 다락방은 온갖 예쁘고 진귀한 것이 가득한 작고 아늑한 방이 되었다. 보기 싫던 벽은 곧 그림이나 예쁜 천으로 뒤덮였고 온갖 기발한 가구들이 생겨났으며 책장이 들어오더니 곧 책으로 가득 찼다. 또 더 이상 필요한 게 없을 때까지 새로운 생활용품이 하나 둘씩 생겨나 방 안을 가득 메웠다. 아침에 방을 나설 때 탁자에 남겨진 음식은 저녁 때 돌아오면 항상 치워져 있었고 또 어김없이 새 저녁 식사가 차려져 있었다.

민친 교장은 여느 때보다도 사라를 호되게 대했으며 아멜리아 선생은 툭하면 짜증을 부렸고 다른 하인들은 무례하고 예의가 없었다. 사라는 날씨에 상관없이 시도 때도 없이 심부름을 나가야 했고, 싫은 소리를 뒤에 달고 여기저기 힘들게 다녀야 했으며 어민 가드와 로티와는 거의 말할 기회도 주어지지 않았다. 라비니아는 갈수록 누추해지는 사라의 옷차림을 보고 비웃었으며, 다른 아이들은 사라가 교실에 모습을 드러낼 때마다 이상한 눈길로 쳐다보았다.

 그렇지만 신비하고 놀라운 이야기 속에 사는 사라에게, 더 이상 그런 건 아무래도 상관없었다. 이제까지 상심한 마음에 조금이나마 위로가 되고자 몰래 상상했던 그 어떤 일보다 지금 실제로 겪고 있는 일들이 더욱 즐겁고 낭만적이었기 때문이었다. 심지어 어떤 때는 꾸중을 듣고 있을 때조차 사라의 얼굴에서 미소가 새어 나왔다. 사라는 머릿속으로 되뇌었.

 '당신이 나한테 무슨 일이 일어났는지 알게 된다면 기분이 어떨까!'

 편안함과 행복한 기분은 사라에게 힘을 북돋워 주었고 또 항상 오늘은 어떤 새로운 일이 벌어질까 하고 고대하게 해 주었다. 심부름을 갔다가 아무리 흠뻑 젖고 피곤하고 배가 고픈 채 돌아와도 다락방에 올라가기만 하면 따뜻한 방에서 배불리 먹을 수 있었고, 특히 더 힘든 날에는 속으로 오늘은 다락방 문을 열면 새로운 게 또 뭐가 있을까, 어떤 즐거움이 준비되어 있을까 하고 기대하며 기쁜 마음으로 견뎌 낼 수 있었다. 머지않아 사라는 살이 부쩍 오르기 시작했고 뺨에는 홍조가 돌았으며 눈도 얼굴에 비해 그리 커 보이지 않게 되었다.

 "사라 크루가 요즘 이상하게 좋아 보이지 않아?"

 민친 교장이 못마땅하다는 말투로 동생에게 말했다.

 "응, 그러네. 요즘 확실히 살이 찌고 있어. 한참 동안은 굶어 죽어가는 까마귀 같아 보이더니만."

 아멜리아 선생이 분위기 파악을 못하고 생각나는 대로 대답했다.

"굶어 죽어갔다니! 그게 무슨 가당치도 않은 소리야. 늘 먹을 걸 넘치도록 주었는데!"

민친 교장이 화난 목소리로 소리쳤다.

"아, 그거야, 물론 그렇지."

늘 그렇듯 아멜리아 선생이 '아차, 말을 잘못했구나.' 깨달으며 성급히 말을 바꾸었다.

"그 애한테는 다른 또래 아이들과 달리 사람을 기분 나쁘게 하는 뭔가가 있어."

민친 교장이 오만한 태도로 잰 체하며 말했다.

"그게…… 어떤 건데?"

아멜리아 선생이 용기를 내어 물어보았다.

"일종의 반항심 같은 거랄까."

이렇게 대답은 했지만, 사실 민친 교장은 자신이 그토록 못 견디 하는 사라의 일면을 딱히 반항심이라고 표현할 수 없다는 걸 잘 알고 있었다. 또 그렇다고 자기 입장에서 유리하게 표현할 만할 다른 적절한 말이 딱히 생각나지도 않자 확 짜증이 났다.

"다른 아이라면 그 정도 고생을 하면 고집이 완전히 꺾여서 고분고분해지기 마련인데. 그 아이는 정말이지, 전혀 기가 죽을 생각을 안 한단 말이야. 자기가 무슨 진짜 공주라도 되는 것처럼."

민친 교장의 말에, 또 눈치 없는 아멜리아 선생이 괜한 말을 꺼냈다.

"언니, 혹시 기억나? 전에 교실에서 그 애가 언니한테 자기가 진짜로 공주라고 밝혀지면 어떻게 하겠냐고……."

"아니, 기억 안 나. 말도 안 되는 그런 얘긴 집어치워!"

말은 이렇게 했지만 사실 민친 교장은 그날 일을 생생하게 기억하고 있었다.

그 즈음, 베키도 자연히 통통하게 살이 붙기 시작했고 겁도 차츰 줄어들었다. 사실 겉으로는 숨기려고 했지만 그게 말처럼 쉽지 않았다. 그도 그럴 것이 베키 역시 이 동화 같은 비밀 이야기에 등장하는 엄연한 주인공이었으니까. 이제 매일 밤마다 베키도 따뜻한 불을 쬐며 쿠션에 앉아 따뜻한 저녁을 먹고, 푹신한 두 겹 매트리스 위에서 베개도 두 개나 베고 이불도 여러 겹 덮고 잠들었다. 바스티유 감옥은 어느새 사라졌고 죄수도 더 이상 존재하지 않았다. 기쁨에 넘치는 두 아이만 있을 뿐이었다.

방에 있을 때면 사라는 소리 내어 책을 읽거나 공부를 하기도 하고 때로는 그냥 앉아 불꽃을 바라보기도 하며, 자신의 비밀 친구가 누굴까 상상하고 그 친구에게 자기의 진심을 전할 수 있다면 얼마나 좋을까 하고 바랐다.

그러던 어느 날, 또 하나의 놀랍고 멋진 일이 일어났다. 어떤 남자가 학교 대문에 와서 소포를 몇 개 배달하고 갔는데, 그 위에 모두 큼지막하게 '오른쪽 다락방에 사는 작은 아이에게'라고 쓰여 있는 것이었다.

마침 문을 열어 주고 소포를 받아오라는 명령을 받고 나간 사람이 사라였다. 사라는 소포 중에 제일 큰 상자 두 개를 복도 탁자에 올려두고 갸우뚱하며 주소를 보고 있었다. 그때 민친 교장이 계단을 내려오다가 사라를 보았다.

"어서 주인한테 갖다주지 않고 뭐 하는 짓이야. 거기 서서 멀뚱멀뚱 쳐다보지 말고."

민친 교장이 쌀쌀맞게 말했다.

"그게, 저한테 온 거라서요."

사라가 작은 소리로 대답했다.

"너한테? 그게 무슨 말이냐?"

민친 교장이 놀라서 물었다.

"저도 어디서 왔는지 모르겠어요. 그런데 저한테 온 거라고 되어 있거든요. 제가 오른쪽 다락방에 살고 베키가 왼쪽 방을 쓰니까요."

민친 교장이 사라의 옆으로 다가가서는 당황한 표정으로 소포의 주소를 읽었다.

"안에 뭐가 있지?"

"저도 모르겠어요."

"열어 봐라."

사라는 민친 교장이 시키는 대로 소포를 열었다. 뚜껑이 열리고 안의 내용물이 보이기 시작하자 민친 교장의 얼굴이 갑자기 이상하게 일그러졌다. 소포 안에는 예쁘고 편해 보이는 옷가지가 가득 들어 있었다. 그 종류도 다양해서 신발에, 스타킹에, 장갑에다 따뜻하고 예쁜 코트까지 심지어 멋진 모자와 우산도 있었다. 하나같이 값나가는 비싼 옷이었다. 그 중 코트 주머니에 메모지가 핀으로 고정되어 있었는데, 그 위에는 다음과 같이 쓰여 있었다.

- 매일 평상시에 입을 것. 때가 되면 새 옷을 보내겠음.

민친 교장은 머릿속이 마구 혼란스러워졌다. 마음 한구석이 찔리면서 별의 별 생각이 모락모락 피어올랐다. 정말로 자기가 실수를 한 걸까? 알고 보니 이 아이 몰래 뒤를 봐주는 성격 특이한 돈 많은 배후라도 있는 걸까? 어쩌면 지금까지 연락 없이 지낸 친척이 있었는데, 갑자기 사라의 행적을 추적해내서 이렇게 특이하고 이상한 방법으로 도와주려 하는 걸까? 친척들은 때로 별난 짓도 잘 골라서 하니까. 특히 부양할 아이가 없는 돈 많고 나이 많은 독신 삼촌들이라면 불가능한 일도 아닐 것 같았다. 이 정도의 재력을 가진 사람이라면, 아마도 멀리서 이런 식으로 어린 조카를 돌봐주는 편이 더 낫다고 생각한 것일지도 몰랐다. 그런데 그런 사람이 있다면, 분명 까다롭고 다혈질이어서 쉽게 화를 내는 성격일 텐데 하는 생각도 들었다. 만에 하나라도 정말 그런 사람이 사라 배후에 있어서 지금까지 사라가 헌 옷을 입고 밥도 제대로 못 먹으면서 남들한테 뼈 빠지게 부려졌다는 사실을 안다면, 그때는 정말 일이 엄하게 꼬일 터였다. 민친 교장은 이상하게 모든 일이 불분명해지는 듯한 기분이 들었다. 민친 교장이 옆에 있는 사라를 슬쩍 쳐다보며 입을 열었다.

"그래."

민친 교장은 사라가 아빠를 잃은 이후로 단 한 번도 쓰지 않던 말투로 말을 꺼냈다.

"누군가 너에게 큰 친절을 베푸셨구나. 이런 물건을 다 보내 주신 데다 때가 되면 다시 새 옷도 보내 준다고 하셨으니. 사라 너는 바로 가서 여기 있는 옷으로 갈아입고 내려오거라. 그리고 내려와서는 교실에 가서 수업을 듣도록. 오늘은 더 이상 심부름하러 가지 않아도 된단다."

한 삼십 분쯤 후, 교실 문이 열리고 사라가 교실 안으로 들어왔다. 전교생 모두가 어안이 벙벙해져서 사라를 쳐다보았다.

"세상에! 사라 공주가 나타났어!"

제시가 외치며 라비니아의 팔꿈치를 툭툭 쳤다.

아이들 모두가 사라를 쳐다보느라 넋이 빠져 있었다. 라비니아는 사라를 보고 얼굴이 벌겋게 달아올랐다.

사라는 정말 공주 같아 보였다. 지금 같은 모습은 진짜 공주처럼 지내던 예전 그 시절 이후로 처음이었다. 몇 시간 전만 해도 뒷계단으로 조용히 다니던 아이가 그새 전혀 딴판인 모습으로 눈앞에 나타나다니! 사라가 입은 세심하게 재단된 짙고 따뜻한 색깔의 원피스는 라비니아가 평소에 무척 갖고 싶어 하던 바로 그 옷이었다. 사라의 앙증맞은 발은 다시금 예전에 제시가 감탄해 마지않던 모습 그대로였으며, 한 갈래로 올려 리본으로 묶은 숱 많은 머리는 마치 셰틀랜드 조랑말의 꼬리를 연상시키며 사라의 작고 이국적인 얼굴을 더욱 강조해 주었다.

"누가 유산이라도 물려주었나 봐. 어쩐지 항상 쟤한테 결국 무슨 일이 생길 거 같더라니까. 워낙에 너무 특이한 애라서 말이지."

제시가 귓속말로 속삭였다.

"다이아몬드 광산이 어디서 다시 툭 튀어나왔나 보지? 제시, 바보같이 그렇게 멍하니 쳐다보지 좀 마. 쟤가 우쭐해하잖아."

라비니아가 역시나 비꼬며 말했다.

"사라야, 여기 와서 앉거라."

민친 교장이 목소리에 힘을 주어 말했다.

사라는 말없이 옛날에 앉던 특별석에 가서 앉은 뒤 고개를 푹 숙이고 책을 보았다. 교실 안 아이들은 누가 먼저랄 것도 없이 서로 팔꿈치를 쿡쿡 찌르면서 사라를 쳐다보고 노골적으로 호기심을 드러냈다.

그날 밤 베키와 저녁을 먹은 후, 사라는 심각한 표정으로 난로 앞에 앉아 한참 동안 불을 들여다보았다.

"이야기를 만들고 있는 거예요, 아가씨?"

베키가 존경하는 눈빛을 하고 부드럽게 물었다.

보통 사라가 꿈꾸는 눈으로 말없이 불을 바라보고 있을 땐, 늘 새로운 이야기를 만드는 중이었기 때문이다. 그러나 사라는 이번엔 아니라는 듯 고개를 저었다.

"아니. 지금은 내가 뭘 어떻게 해야 하나 생각 중이야."

베키가 사라의 얼굴을 우러러보았다. 베키에게는 사라가 하는 말이나 행동 모두가 다 숭배의 대상이었다.

"그분에 대한 생각을 떨칠 수가 없어. 만약 그분이 자기를 비밀로 하고 싶은 거라면, 누군지 찾아내려고 하는 것 자체가 무례한 일일 거야. 하지만 난 정말이지 내가 얼마나 고마운 심정인지 또 그분으로 인해 내가 얼마나 행복해졌는지 꼭 알려드리고 싶거든. 친절한 사람들은 보통 자기의 친절이 상대방을 기쁘게 해 주었는지, 그걸 가장 알고 싶어 해. 그 사람들한테는 고맙다는 말보다 그게 제일 중요하거든. 아, 내가 알려드릴 수만 있다면…… 그럴 수만 있다면……."

사라가 갑자기 말을 멈추었다. 방구석의 탁자 위에 있는 무언가가 눈에 띄었기 때문이었다. 그것은 한 이틀 전쯤 새로 생겨난 작은 문방구 상자로 그 안에는 종이와 봉투, 펜과 잉크가 들어 있었다.

"아! 내가 왜 이 생각을 여태 못했을까?"

사라가 이렇게 외치며 일어나더니 당장 탁자로 달려가 상자를 가지고 왔다.

"편지를 쓰면 되잖아. 그리고 탁자에 올려놓으면 아침에 그릇을 가지러 오는 사람이 와서 편지도 같이 가져갈 거야. 그분한테 질문은 아무것도 하지 않고 그냥 고맙다는 말이라도 전해야겠어. 그 정도는 괜찮다고 생각하실 거야."

그렇게 사라는 종이에 편지를 썼다.

누구인지 비밀로 남고 싶으신 분에게 제가 굳이 이런 편지를 쓰는 걸 많이 언짢게 여기지 않으시길 바랍니다. 제가 무엇을 알아내려 한다던가 하는 무례한 의도는 절대 아니라는 걸 믿어 주세요. 다만 베풀어 주신 친절에, 너무나 황홀한 친절에 그리고 동화 같은 이 모든 일에 감사하다는 말을 꼭 전하고 싶었답니다. 저는 정말 고마운 마음이고 또 너무나 행복해요. 여기 함께 있는 베키도 같은 마음이랍니다. 멋지고 아름다운 이 모든 일에 저만큼이나 마음속 깊이 감사하고 있어요. 이전에 저희는 너무도 춥고 배고프고 외로웠답니다. 그러나 지금은 오, 이 모든 것을 베풀어 주신 호의에 말할 수 없이 행복하답니다. 그 마음을 꼭 전해드리고 싶었어요. 감사합니다. 정말, 감사합니다!

-다락방에 사는 작은 소녀로부터.

다음날 아침, 사라는 이 편지를 탁자에 올려두고 나갔고 저녁때 돌아왔을 때 그 편지는 그릇과 함께 사라져 있었다. 사라는 마법의 주인공이 무사히 그 편지를 받았을 거라는 생각에 날아갈 듯이 기뻤다.

잠자리에 들기 전, 베키를 앞에 두고 사라가 새로 생긴 책의 한 부분을 읽어 주는 중이었다. 다락방 창문 밖에서 무슨 소리가 났다. 사라가 읽던 책을 내려놓고 고개를 들어 베키를 보니, 베키도 그 소리를 들었는지 귀를 쫑긋 세우며 불안한 눈으로 위를 바라보고 있었다.

"뭔가 있어요, 아가씨."

베키가 목소리를 낮추고 속삭였다.

"그러게. 고양이 소리 같기도 한데, 여기 안으로 들어오려 하는 것 같아."

사라가 천천히 대답하고는 의자에서 일어나 창문으로 다가갔다. 지붕을 가볍게 긁는 듯 작고 이상한 소리가 났다. 사라가 갑자기 뭐가 생각났는지 웃기 시작했다. 요전에 다락에 쳐들어왔던 작은 침입자가 생각난 것이었다. 그러고 보니 오늘 오후에 그 원숭이가 인도 신사 집 창문가에 시무룩하게 앉아 있는 걸 보았던 기억도 났다.

"아닐지도 모르지만 저번에 도망 왔던 그 원숭이인 것 같아. 오, 그랬으면 좋겠다!"

사라는 신이 난 목소리로 작게 말했다.

그러고는 매우 조심스럽게 의자로 올라가 고개를 창문 밖으로 내밀고 살펴보았다. 하루 종일 눈이 와서 지붕이 온통 하얀 눈으로 덮여 있었다. 그리고 그리 멀지 않은 곳에, 주름이 쪼글쪼글한 작고 검은 얼굴이 불쌍한 눈을 하고 사라를 쳐다보고 있었다.

"그 원숭이야! 옆집 인도인 다락방에서 도망 나왔다가 이 방에서 나는 불빛을 보고 여기로 온 것 같아."

베키가 단숨에 옆으로 달려왔다.

"안으로 들여보내 줄 거예요, 아가씨?"

"응. 원숭이들이 밖에 있기엔 날씨가 너무 춥거든. 애들은 추위에 매우 약하니까. 내가 안으로 유인해 볼게."

사라는 매우 즐거운 표정이었다. 그리고 원숭이를 향해 조심스럽게 손짓하며 참새와 멜키세덱한테 하던 것처럼 살살 어르는 소리를 냈다. 사라 자신이 마치 작고 상냥한 동물이 된 것 같아 보였다.

"이리 와, 착한 원숭이야. 해치지 않을게."

원숭이는 사라가 부드러운 손을 내밀어 손짓하기도 전에, 이미 사라가 자기를 해치지 않을 거라는 사실을 알고 있는 듯했다. 람다스의 긴 갈색 손을 통해 익숙해진 정 많은 사람의 느낌을 사라에게서 느낀 것인지도 몰랐다. 원숭이는 사라가 자신을 방 안으로 들어 옮길 수 있게 얌전히 있었고, 사라의 팔에 안기자마자 품에 깊숙이 파고들며 사라의 얼굴을 올려다보았다.

"착하기도 하지! 착한 원숭이 같으니!"

사라가 원숭이의 머리에 입을 맞추며 말했다.

"아, 난 작은 동물들이 정말 좋아."

원숭이는 따뜻한 곳에 들어오게 되어 매우 기쁜 눈치였다. 사라가 원숭이를 무릎 위에 앉히자, 원숭이는 앞에 앉은 베키를 신기한 눈으로 빤히 쳐다보았다.

"고것 참 얼굴이 납작하네요, 아가씨. 그렇지 않아요?"

베키가 이렇게 묻자 사라가 웃으며 답했다.

"응, 꼭 무지 못생긴 아기 같이 생겼어. 미안해, 원숭아, 그렇지만 난 네가 아기가 아니라서 참 다행이라고 생각해. 그랬다면 너의 엄마가 참 난감하셨을 것 아니니. 보는 사람마다 아무도 네가 부모님과 닮았다는 말을 꺼내지 못했을 거야. 아, 하지만 난 네가 정말 좋아!"

사라가 의자에 기대앉아 잠시 생각하다가 말했다.

"어쩌면 얘도 자기가 너무 못생겨서 서러울지 몰라. 그리고 맨날 그 생각을 안고 사는지도 모르지. 얘한테도 마음이 있을까? 원숭아, 이쁜아, 너한테도 마음이 있니?"

원숭이는 그저 작은 손을 들어 멋쩍은 모양으로 머리를 긁적거릴 뿐이었다.

"걔를 어떻게 하시려고요?"

베키가 물었다.

"오늘 밤은 여기서 재우고 내일 인도 신사분 댁에 데려다 줄까 해. 원숭아, 나도 널 데려다 주기 싫지만, 넌 꼭 가야 해. 나는 네 가족이 아니잖니. 진짜 가족들이 집에서 네 걱정을 많이 하고 계실 거야."

사라는 침대 끄트머리에 원숭이의 잠자리를 만들어 주었다. 원숭이는 거처가 매우 맘에 드는지 아기처럼 몸을 웅크리고 편히 잠에 빠져들었다.

17. "바로 이 아이야!"

다음날 오후, 인도 신사 집의 서재에서는 대가족 아이들 셋이 신사의 기운을 북돋워 주려 갖은 노력을 기울이고 있었다. 아이들이 이 임무를 맡을 수 있었던 건 신사가 아이들을 특별히 초대했기 때문이었다. 한동안 마음을 잔뜩 졸이며 지내온 신사는 초조한 마음으로 오늘 벌어질 일만을 기다리고 있었다.

오늘은 바로 카마이클 씨가 모스크바에서 돌아오는 날이었다. 모스크바에서의 일정은 한 주 한 주 미뤄지다가 결국은 처음 예상보다 한참 뒤쳐진 상태였다. 처음에는 찾으러 간 가족의 자취를 찾는 일이 잘 되지 않아 한참 동안 헛수고만 했고, 그러다 마침내 찾았다는 확신을 갖고 그 집에 갔을 때는 온 가족이 여행을 떠나고 없다는 소식이 기다리고 있었다. 그 먼 곳까지 가서 허탕만 치고 돌아올 수 없었기에 카마이클 씨는 모스크바에서 그 가족이 돌아올 때까지 기다렸다 그들을 만나고 오기로 했다.

캐리스포드 씨는 안락의자에 앉아 있었고, 캐리스포드 씨가 제일 좋아하는 아이인 재닛이 그 옆 바닥에 그리고 노라는 낮은 발 받침대를 차지하고 앉아 있었다. 도널드는 가죽 카펫에 장식으로 달린 호랑이 머리를 타고 놀았는데 하도 요란하고 시끄러워서 소리만 들으면 진짜 호랑이를 타고 노는 것 같다 해도 과언이 아닐 정도였다.

"도널드, 소리 좀 낮춰."

결국 재닛이 나섰다.

"아프신 어른의 기운을 북돋워 드리려고 병문안을 와서 그렇게 고래고래 소리를 지르는 건 경우가 아니잖아. 너무 시끄럽지 않나요, 캐리스포드 아저씨?"

인도 신사가 재닛의 어깨를 가볍게 다독였다.

"아니야. 덕분에 쓸데없는 생각을 좀 덜 수 있는걸."

"조용히 할게! 쥐처럼 조용히 있으면 되잖아!"

도널드가 큰소리를 쳤다.

"쥐들은 그렇게 시끄럽지 않아!"

재닛이 받아치며 말했다.

도널드가 손수건을 꺼내 고삐를 만들어서 호랑이 목에 감고는 위아래로 폴짝폴짝 뛰었다.

"쥐도 많이 모이면 시끄러울지 몰라! 한 천 마리 있으면 그럴걸!"

도널드가 장난스러운 말투로 말했다.

"오만 마리가 있어 봐라, 너처럼 시끄럽나. 그리고 우리는 지금 딱 한 마리밖에 없는 것마냥 조용히 해야 해!"

재닛이 딱 잘라 말했다.

캐리스포드 씨는 웃으면서 재닛의 어깨를 또 한 번 가볍게 다독였다.

"아빠가 금방 도착하실 거예요. 우리 그 잃어버린 아이에 대한 얘기를 할까요?"

재닛이 신사에게 물었다.

"안 그래도 그 얘기 말고 다른 얘기는 귀에 안 들어올 것 같구나."

인도 신사가 피곤한 표정으로 이마를 약간 찡그렸다.

"우리도 그 애를 매우 좋아해요. 그리고 우리끼리 그 애를 '동화 밖 작은 공주'라고 부르기로 했어요."

노라가 먼저 말했다.

"그건 왜 그런 거니?"

아이들의 말을 듣고 있으면 괴로운 생각을 잠시 잊을 수 있을 거라 기대하며 인도 신사가 물었다.

대답을 한 건 재닛이었다.

"그건요, 그 애는 이제 발견되기만 하면 동화 속이 아닌데도 동화 속에 나오는 공주처럼 될 것이기 때문이에요. 사실 처음에는 동화 속 공주라고 불렀는데 그건 말이 안 맞더라고요."

"근데요, 그 애 아빠가 전 재산을 친구 다이아몬드 광산에 투자하라고 주었는데, 그 친구가 그 돈을 몽땅 다 날린 줄 알고 겁나서 도망쳐 버렸다는 게 사실인가요? 자기가 날강도가 된 기분이 들어 무서워서요."

노라가 뜬금없이 끼어들어 물었다.

"그렇지만 그 친구가 진짜 강도질을 한 건 아니었다는 거 너도 알잖아."

재닛이 급하게 반박했다.

인도 신사가 재빨리 재닛의 손을 잡고 말했다.

"그렇지, 아니야. 아니었단다."

"저는 그 친구가 불쌍해요. 정말이요. 그럴 의도가 아니었잖아요. 그러고 나서 그 마음이 얼마나 아팠을까요. 자기가 한 일 때문에 정말 마음이 아팠을 거예요."

재닛이 말했다.

"너는 어린데도 이해심이 참 많구나."

인도 신사가 말하며 재닛의 손을 더 세게 꼬옥 잡았다.

"누나, 아저씨한테 그 '거지 아닌 작은 여자 애'에 대해서 말씀드렸어? 그 애가 멋진 새 옷을 입고 나타났다는 거? 그 애도 누가 잃어버렸다가 찾았나 봐."

도널드가 큰 소리로 말했다.

"마차 소리다! 문 앞에서 서는 소리야! 아빠다!"

재닛이 외쳤다.

아이들 모두 단숨에 창문으로 달려가 밖을 내다보았다.

"맞아, 아빠야! 어, 그런데 여자 애는 없네."

도널드가 말했다.

아빠를 맞이할 때면 늘 그러듯, 세 아이 모두 앞 다투어 밖으로 뛰어나갔다. 곧 아이들이 아빠를 둘러싸고 손뼉을 치며 위아래로 방방 뛰고 품에 안겨 뽀뽀를 하는 장면이 이어질 참이었다.

인도 신사가 자리에서 힘겹게 일어나다 말고 다시 주저앉았다.

"못 일어나겠어! 어쩌다 내가 이런 만신창이가 된 거지!"

문 밖에서 카마이클 씨의 목소리가 들렸다.

"안 된다, 얘들아. 아빠가 캐리스포드 아저씨와 먼저 할 얘기가 있어. 얘기가 다 끝난 후에 들어오거라. 가서 람 다스랑 놀고 있어."

방문이 열리고 카마이클 씨가 들어왔다. 얼굴 혈색이 더 좋아지고 몸에선 건강하고 생생한 기운이 넘쳤다. 그러나 악수를 하며 초조하게 자신을 쳐다보는 신사의 시선을 마주하자, 카마이클 씨는 금세 면목 없는 표정이 되었다.

"무슨 일인가? 그 러시아 인들이 입양했다는 아이는?"

캐리스포드 씨가 물었다.

"그 아이는 우리가 찾고 있는 아이가 아니었네. 크루 대위의 딸이라기엔 너무 어린 데다가 그 아이의 이름은 에밀리 캐루였네. 내가 아이를 직접 보고 얘기도 나누었네만 역시 아니었어. 그리고 그 러시아 부부가 자초지종을 전부 말해 주었는데 사연도 달랐어."

그 말에 인도 신사의 얼굴이 참혹하게 일그러졌다. 카마이클 씨를 잡고 있던 손에서 힘이 죽 빠져나갔다.

"그렇다면 처음부터 다시 시작해야겠군. 그러면 되지 뭐. 어서 이리 와 앉게."

인도 신사가 나직하게 말했다.

카마이클 씨가 자리에 앉았다. 카마이클 씨는 신사를 알고 지내면서 어느새 이 불행한 남자가 진심으로 좋아졌다. 자신은 애정이 넘치고 발랄한 환경에서 너무도 행복하게 잘 살고 있는데, 이토록 쓸쓸하고 힘겹게 살아가고 있는 캐리스포드 씨를 보면 너무나도 딱하고 미안한 마음까지 들었다. 만약 집 안에 즐겁고 생기 넘치는 아이가 한 명이라도 있다면, 틀림없이 이보다는 훨씬 덜 외롭고 쓸쓸할 거란 생각도 들었다. 게다가 자신의 잘못으로 아이가 버려졌다는 생각을 안고 살아가야 한다니, 그건 사람으로서 차마 견딜 수 없는 마음의 짐일 터였다.

"괜찮아, 괜찮아. 언제가 됐든 꼭 찾게 될 걸세."

카마이클 씨가 짐짓 쾌활한 체하며 말했다.

"당장 다시 시작해야 해. 조금이라도 지체할 시간이 없어. 혹시 좋은 생각 없나? 어떤 것이든?"

캐리스포드 씨가 조바심을 내며 물었다.

카마이클 씨는 뒤숭숭한 기분으로 의자에서 일어나서는 생각에 잠긴 얼굴로 방 안을 왔다 갔다 서성였다. 그리고 자신 없는 듯 머뭇거리며 말을 꺼냈다.

"글쎄, 어쩌면…… 이게 얼마나 소용이 있을는지는 모르겠네만, 사실은 도버에서 기차를 타고 오는 길에 한 가지 생각이 떠오르기는 했다네."

"그게 뭔가? 만약 아이가 살아 있다면 어딘가에는 반드시 있어야 할 것 아닌가."

"그렇지, 어딘가 있어야겠지. 그런데 지금까지는 파리에 있는 학교들에서만 찾아보지 않았나. 이제 파리는 그만두고 런던에서 찾아보는 게 어떻겠나. 그게 내 생각이었다네. 런던에서 찾아보자는 거."

"런던에도 학교가 많긴 하지."

캐리스포드 씨가 말했다. 그러다 갑자기 무슨 생각이 들었는지 움찔하며 말을 꺼냈다.

"그러고 보니 바로 옆 건물에도 학교가 있지 않은가."

"그럼 거기서부터 시작하도록 하지. 옆집만큼 가까운 곳도 없는데."

"그러게 말일세. 거기 내 눈길을 끄는 아이가 하나 있기는 한데 그 아이는 학생이 아니야. 그리고 가엾은 크루 친구의 아이라고 하기엔 너무 왜소하고 분위기도 어둡고 쓸쓸해 보이는 게······."

바로 그 순간 또 한 번 마법이 손을 뻗었다. 아름다운 힘을 가진 마법, 정말이지 마법이 아니라면 달리 설명할 길이 없었다. 람 다스가 그 시간에 방 안으로 들어온 것이었다. 람 다스는 주인이 다른 사람과 한창 대화중인데도 불구하고 기어이 들어와 정중하게 인사를 하고는 흥분한 상태로 검은 눈을 반짝이면서 말했다.

"주인님, 그 아이가 왔어요. 주인님께서 불쌍하게 여기는 그 아이요. 원숭이가 어제 또 도망쳐서 그 아이의 다락방으로 갔나 보더라고요. 그런데 그 원숭이를 손수 데리고 왔네요. 제가 아이에게 잠깐 있어 보라고 했어요. 혹시 주인님께서 그 아이에게 직접 이야기하고 싶어 하지 않으실까 해서요."

"누군데 그러나?"

카마이클 씨가 물었다.

"나도 전혀 모르는 아이라네. 내가 방금 말하던 아이가 그 아이야. 옆 학교에 사는 어린 심부름꾼 아이."

캐리스포드 씨가 람 다스에게 손짓하며 말했다.

"그래, 그 아이를 한번 보면 좋겠군. 가서 데리고 오게."

그러면서 카마이클 씨를 향해 말했다.

"자네가 없는 사이에 나는 너무도 비참했다네. 날은 우중충하고 매일매일이 어찌나 길던지. 그때 람 다스가 나한테 이 불쌍한 아이 얘기를 해 주었어. 그리고 함께 그 애를 돕기 위해 로맨틱한 계획을 세웠다네. 유치하다고 해도 할 말은 없네만, 그래도 자네가 없는 동안 뭔가 다른 걸 생각하고 계획할 수 있었다는 게 어딘가. 물론 람 다스처럼 날렵하고 동작 빠른 동양인의 도움이 없었다면 애초에 성사가 불가능했겠지만."

그때 사라가 방 안으로 들어왔다. 사라의 팔에 안겨 있는 원숭이는 척 봐도 여간해선 사라의 품을 떠날 생각이 없다는 듯 끽끽거리며 아이의 팔에 꼭 안겨 있었다. 한편, 사라는 자기가 지금 인도 신사의 방에 들어와 있다는 사실에 마음이 부풀어 뺨이 붉게 상기되었다.

"아저씨 원숭이가 또 도망쳐서 어젯밤에 제 다락방에 왔더라고요. 밖이 너무 추워서 우선 제가 제 방으로 들였어요. 마음 같아선 바로 데려다 드리고 싶었는데 시간이 너무 늦어서요. 몸도 안 좋으신데 밤늦게 방해하고 싶지 않았어요."

사라가 예쁜 목소리로 또박또박 말했고, 인도 신사는 움푹 꺼진 신기한 눈으로 사라를 유심히 바라보았다.

"매우 사려 깊은 아이로구나."

인도 신사가 말했다.

사라가 문 쪽에 있는 람 다스를 돌아보며 물었다.

"원숭이는 라스카르에게 주면 될까요?"

"너, 저 사람이 라스카르라는 걸 어떻게 알았니?"

인도 신사가 입가에 작은 미소를 머금고 물었다.

"아, 저 라스카르에 대해 잘 알아요."

사라가 몸에서 떨어지지 않으려고 하는 원숭이를 억지로 떼어 내어 람 다스에게 건넸다. 그리고 이어서 말했다.

"저는 인도에서 태어났거든요."

그 말에 인도 신사가 갑자기 표정을 바꾸며 허리를 세우고 앉았다. 사라는 혹시라도 뭘 잘못했나 싶어 당황스러운 기분이 되었다.

"인도에서 태어났다고? 정말이니? 이리 와 보거라."

인도 신사가 큰 소리로 외치며 손을 앞으로 내밀었다.

사라가 앞으로 다가갔다. 그리고 손짓의 의미를 이해한다는 듯 자기의 손을 살포시 내밀어 인도 신사의 손 위에 얹었다. 그리고 가만히 서서 의아한 눈으로 신사를 쳐다보았다. 신사는 뭔가 마음에 걸리는 게 있는 모양이었다.

"너 옆집에 살지?"

신사가 물었다.

"네, 민친 기숙 학교에 살아요."

"그런데 거기 학생은 아닌 거니?"

사라의 입가에 알 수 없는 묘한 미소가 스쳐 갔다. 그리고 조금 망설이다 대답했다.

"저도 제가 정확히 뭔지 모르겠어요."

"왜지?"

"처음에는 학생이었거든요. 특별 기숙생이었어요. 그런데 지금은……."

"학생이었다고! 그럼 지금은 어떻게 된 거냐?"

사라의 입가에 다시 한 번 희미하고 묘한 미소가 떠올랐다.

"지금은 다락방에서 살아요. 부엌 하녀 옆방이요. 그리고 주방장이 시키는 심부름이랑 그 밖에 시키는 것이 있으면 다 해요. 그 외에 어린아이들 수업도 가르치고요."

"이 아이한테 질문을 좀 해 주게, 카마이클. 나는 도저히 못하겠네."

캐리스포드 씨가 몸에 힘이 다 빠져나간 듯 의자에 등을 털썩 기대앉았다.

몸집도 크고 상냥한 대가족의 아빠는 어린아이들에게 질문하는 일에 매우 능숙했다. 그 따뜻하고 친절한 목소리를 들으면서, 사라는 그 아빠가 아이들과 대화해 온 경험이 얼마나 많은지 새삼 느낄 수 있었다.

"'처음에는'이라니, 그게 언제를 말하는 거니, 아가?"

카마이클 씨가 물었다.

"처음에 아빠가 저를 데려다 주셨을 때요."

"지금 너의 아빠는 어디에 계신데?"

"돌아가셨어요."

사라가 아주 작은 목소리로 말했다.

"아빠가 돈을 다 잃어버리셔서, 저한테 하나도 남겨 주질 못하셨거든요. 그래서 저를 돌봐 줄 사람도 없고 민친 선생님한테 돈을 줄 사람도 없었어요."

"카마이클! 카마이클!"

인도 신사가 큰 소리로 외쳤다.

"그러다 애가 놀라기라도 하면 어떡하려고 그러나."

카마이클 씨가 재빨리 목소리를 낮추어 주의를 주었다. 그리고 다시 말투를 바꾸어 사라에게 물었다.

"그래서 그때부터 다락으로 쫓겨나서 심부름을 하게 된 거로구나. 그러니?"

"아무도 절 맡아 줄 사람이 없었거든요. 돈도 없고 아무도 없었어요."

"아버지는 어쩌다 돈을 잃으신 거니?"

인도 신사가 끼어들어 숨이 찬 상태로 물었다.

"아빠가 잃어버린 게 아니셨어요. 아빠가 매우 아끼시던 친구가 있었는데…… 아빠가 그 친구를 매우 좋아하셨거든요. 그런데 그 친구가 아빠 돈을 다 날렸대요. 아빠가 그 친구를 너무 믿으신 거죠."

사라는 대답을 할 때마다 기분이 조금씩 더 이상해졌다.

인도 신사는 갈수록 숨이 가빠졌다.

"그 친구가 일부러 그런 건 아닐지도 모른단다. 어쩌다 실수로 그런 걸 수도 있지 않겠니?"

사라는 작은 목소리로 차근차근하고 낭랑하게 대답하는 자신의 말투가 듣는 사람에게는 얼마나 매몰차게 들렸는지 미처 깨닫지 못했다. 알았다면 인도 신사를 생각해서 그래도 조금은 누그러뜨려 말했을 것이다.

"그렇다고 아빠가 겪으신 고통이 줄어드는 건 아니잖아요. 그 때문에 결국 돌아가시기까지 했는데."

"아빠 성함이 어떻게 되니? 말해 주렴."

인도 신사가 재촉하듯 물었다.

"랄프 크루예요. 크루 대위요. 인도에서 돌아가셨어요."

사라는 예상치 못한 질문에 속으로 당황했지만 차분한 목소리로 대답했다.

인도 신사의 얼굴이 하얗게 질렸고, 그걸 본 람 다스가 당장 옆으로 달려왔다.

"카마이클! 바로 이 아이네, 바로 이 아이야!"

인도 신사는 이제 숨도 제대로 쉬지 못했다.

순간 사라는 신사가 죽는 줄로만 알았다. 람 다스가 신속히 약병을 열어 신사의 입에 물약을 몇 방울 떨어뜨려 주었다. 그걸 보고 사라가 몸을 덜덜 떨면서 어리둥절한 표정으로 카마이클 씨를 쳐다보았다.

"제가 무슨 아이라는 말씀이세요?"

사라가 흔들리는 목소리로 물었다.

"이 분이 바로 네 아빠의 친구란다."

카마이클 씨가 나직이 말했다.

"무서워하지 말거라. 우리는 지금껏 너를 이 년 동안이나 찾아 헤맸단다."

사라의 입가가 파르르 떨렸다. 사라는 '꿈속에 들어와 있는 게 바로 이런 기분일까.' 하고 생각하며 손으로 이마를 짚었다.

"그리고 그동안 저는 내내 민친 기숙 학교에 있었네요. 바로 벽 하나를 사이에 두고요."

사라가 속삭이듯 말했다.

18. "전 그러려고 애썼을 뿐이에요."

사라에게 모든 일의 자초지종을 전부 얘기해 준 사람은 예쁘고 푸근한 인상을 가진 카마이클 부인이었다. 부인은 와달라는 부탁을 받자마자 바로 광장을 건너 와서 사라를 따뜻한 품에 안고 그간의 모든 일을 세세히 알려 주었다. 캐리스포드 씨는 전혀 예상치 못한 곳에서 아이를 찾고 나서 너무나 흥분한 나머지, 현재의 약한 몸으로 감당하기가 벅찬 상태였다.

"정말이지 난 그 애가 내 눈앞에 없으면 불안해서 안 되겠네."

카마이클 씨가 사라를 우선 옆방으로 데려가는 게 좋겠다고 얘기하자 캐리스포드 씨가 힘없는 목소리로 말했다.

"아저씨, 제가 잘 돌봐 줄게요. 그리고 엄마도 조금 있으면 오실 거예요."

재닛이 이렇게 말하며 사라를 방에서 데리고 나갔다.

"너를 찾게 되어서 정말 기뻐. 우리 모두 얼마나 기쁜지 넌 아마 모를 거야."

재닛이 사라에게 말했다.

도널드는 주머니에 손을 넣고 서서 자책하는 눈으로 사라를 바라보았다.

"내가 누나한테 6펜스를 준 날 이름을 물어봐서 누나 이름이 사라 크루라는 것만 알았더라도, 누나를 훨씬 더 일찍 찾을 수 있었을 텐데."

그때 카마이클 부인이 들어왔다. 들어오자마자 부인은 감동한 표정으로 사라를 끌어안고 입을 맞추었다.

"이런, 어리둥절해 보이는구나, 얘야. 하긴 그럴 만도 하지."

그때 사라의 머릿속엔 단 하나의 생각이 가득 차 있었다.

"저분이…… 바로 아빠의 그 못된 친구였던 건가요? 오, 말해 주세요."

사라가 닫혀 있는 서재 문을 흘끔 보며 물었다.

카마이클 부인의 눈에서 눈물이 한 방울 떨어졌다. 부인은 지금이라도 사라가 그토록 오랫동안 사랑 받지 못하고 지내온 시절을 보상해 주려는 듯 사라를 안고 계속해서 입을 맞추고 또 맞추었다.

"얘야, 그분은 못된 분이 아니란다. 네 아빠의 돈을 정말로 잃은 게 아니었어. 다만 그랬다고 생각했던 거지. 그렇게 친한 친구였던 네 아빠의 돈을 다 탕진했다고 생각하니까 마음고생이 너무 심해서 몸은 몸대로 병이 들고 한참 동안이나 정신이 오락가락하셨단다. 저분도 열병으로 거의 돌아가실 뻔했어. 다행히 깨어나서 모든 걸 알고 보니, 이미 불쌍한 너의 아빠는 세상을 뜬 후였다는구나."

"그러고 나서 저를 어디서 찾아야 할지 몰랐던 거군요. 이렇게 나 가까이 있었는데."

사라가 작은 목소리로 중얼거렸다. 그동안 자신이 그토록 가까이 있었는데 하는 생각이 머릿속을 떠나지 않았다.

"저분은 네가 프랑스에서 학교를 다닐 거라고 믿고 계셨어. 그리고 계속해서 잘못된 방향으로 나간 거지. 그래도 너를 찾아 정말 백방으로 뛰셨단다. 그러다가 어느 날 네가 슬픈 표정으로 지나가는 것을 보고 너무 딱해 보여서 뭔가 해 주고 싶다 생각하셨대. 그때는 그게 너일지는 차마 꿈에도 생각하지 못하셨지만…… 그래서 람 다스를 시켜 네 다락방 창문으로 들어가서 네가 편하게 지낼 수 있게 해 주라고 하신 거야."

사라는 크게 놀라며 금세 표정이 밝아졌다.

"지금까지 전부 다 람 다스가 갖다준 거였어요? 아저씨가 람 다스에게 시킨 거였단 말이에요? 제 꿈을 이루어 준 게 바로 아저씨였단 말이지요?"

"그렇단다, 얘야. 맞아! 그분은 착하고 친절한 분이란다. 잃어버린 사라 크루가 생각나 너를 더욱 딱하게 여기신 거고 말이야."

그때 서재의 문이 열리더니 카마이클 씨가 나와서 사라에게 들어오라고 손짓했다.

"캐리스포드 씨가 벌써 기력이 많이 좋아지셨어. 너를 보고 싶다 하시는구나."

사라는 잠시도 지체하지 않고 일어섰다. 방 안에 들어오는 사라의 표정이 나쁘지 않은 것을 보고 인도 신사는 크게 안심했다.

사라는 인도 신사가 앉아 있는 의자 앞에 가서 두 손을 모아 가슴에 댔다.
"아저씨가 저한테 보내 주신 거라면서요. 그 아름다운 모든 것들을요. 아저씨가 보내 주신 거였다니!"
사라가 감정에 북받친 목소리로 말했다.
"그래, 가엾은 아가야. 바로 나였단다."
인도 신사가 대답했다. 신사는 오랫동안 병마와 싸워온 터라 힘도 없고 허약해 보였지만, 사라는 그 눈빛 안에서 오래 전 아빠의 눈에서 보았던 친숙한 무언가를 발견할 수 있었다. 그것은 자신을 진심으로 사랑하며 품에 꼭 안고 싶다고 말하는 듯한 표정이었다. 사라는 아빠가 자신의 가장 친한 친구이자 가족으로 곁에 있었을 때 늘 그랬던 것처럼 인도 신사 옆에 가서 바닥에 무릎을 대고 앉았다.
"그렇다면 아저씨가 제 친구였던 거군요. 바로 아저씨가 제 친구였어요!"
사라가 인도 신사의 여윈 손에 얼굴을 묻고 입을 맞추었다.
"이제 삼 주 정도만 있어도 저 친구 몸이 완전히 회복될걸. 벌써부터 저 얼굴을 봐."
카마이클 씨가 옆에 서 있는 부인에게 흐뭇한 목소리로 말했다.
정말로 캐리스포드 씨의 안색은 전보다 훨씬 좋아 보였다. 이제 '작은 마님'을 찾았으니, 벌써부터 새로운 계획을 세우고 이런저런 일들을 구상하느라 머릿속이 분주한 모양이었다. 우선 가장 먼저 처리해야 할 문제는 민친 교장이었다. 하루 빨리 만나서 사라의 신변에 생긴 변화에 대해 친히 말해 주리라고 다짐했다.

인도 신사는 사라를 다시 학교로 보낼 생각이 추호도 없었다. 그 점에 대해서만은 조금도 양보할 수 없었다. 따라서 사라는 신사의 집에 남아 있고 대신 카마이클 씨를 보내서 민친 교장과의 일을 처리하기로 이야기가 되었다.

"제가 돌아가지 않아도 되어서 다행이에요. 선생님이 매우 화를 내실 거거든요. 민친 선생님은 저를 싫어하세요. 사실 제가 선생님을 먼저 싫어했으니까, 그건 아마도 제 잘못일지도 모르지만요."

그런데 카마이클 씨가 직접 찾아가는 수고를 덜게 해 주려는 듯, 공교롭게도 그 시간에 민친 교장이 먼저 사라를 찾아 그 집에 왔다. 사라에게 심부름을 시키려고 찾던 도중 기가 막힌 얘기를 들었던 것이다. 하녀 한 명이 이야기해 준 바에 따르면, 사라가 옷 속에 뭔가를 숨기고 나가서 옆집 계단을 올라 안으로 들어가는 것을 보았다고 했다.

"그게 무슨 뜻일까!"

민친 교장이 아멜리아 선생에게 역정을 내며 말했다.

"내가 그걸 어떻게 알아, 언니. 옆집 신사분도 인도에서 살았다고 하던데 그 때문에 친해지기라도 했나 보지."

"누가 사라 크루 아니랄까 봐, 그런 식으로 대놓고 뻔뻔하게 들이대서 동정을 얻으려고 하는 꼴 하고는. 그 집에 간 지 벌써 두 시간은 족히 됐을 텐데. 그런 주제 넘는 짓을 하는 걸 내가 두고 볼 수만은 없지. 직접 가서 어떻게 된 일인지 확인도 할 겸 그 집에 사과를 하고 데려와야겠어."

람 다스가 방문객이 있다고 알렸을 때, 사라는 인도 신사 무릎 옆에 바짝 붙어 앉아 신사가 해 주는 이야기에 귀를 기울이고 있는 중이었다.

민친 교장이 왔다는 소리를 들은 사라는 얼굴이 하얗게 질려 자리에서 벌떡 일어났다. 그러나 캐리스포드 씨는 그 얼굴에 서린 두려움이 여느 아이들처럼 막연한 공포심은 아니라는 것을 읽을 수 있었다.

민친 교장이 단정한 옷차림에 예의도 깍듯하게 차리며 짐짓 위엄 있는 태도로 방 안에 들어왔다.

"저, 캐리스포드 씨, 본의 아니게 방해를 해서 죄송합니다. 외람되지만 제가 설명을 좀 드려야 될 것 같네요. 저는 옆 건물에 있는 여학생 기숙 학교를 맡고 있는 민친 교장입니다."

인도 신사는 잠시 동안 아무 말 없이 그저 가만히 민친 교장을 바라보았다. 평소에는 욱하는 성질을 가진 신사였지만, 오늘만큼은 자칫하다 큰 소란을 피우고 싶지 않아 속으로 최대한 자제하려고 노력하는 중이었다.

"그래, 선생님이 바로 민친 교장 선생님이란 말입니까?"

"그렇습니다."

"그렇다면 마침 시간 맞추어 잘 와 주셨군요. 제 변호사인 카마이클 씨가 안 그래도 방금 선생님을 보러 가려던 참이었는데."

인도 신사가 말하자 옆에 있던 카마이클 씨가 가볍게 고개를 끄덕였다. 민친 교장이 놀란 표정으로 둘을 번갈아 쳐다보았다.

"변호사 분이라니요. 무슨 말씀이신지 통 모르겠네요. 저는 그냥 제가 해야 할 일을 하러 왔을 뿐인데요. 방금 전에 제 학생 한 명이, 그것도 연고가 없어 제가 특별히 거두어 준 학생이 무례하게도 이 집에 들어왔다는 걸 알고서 데리러 왔습니다. 죄송하게도 제가 미처 모르는 사이에 이런 일이 일어나서 신사분께 면목이 없네요."

민친 교장이 사라를 향해 고개를 돌리더니 말투를 바꾸어 화난 목소리로 명령했다.

"지금 당장 집으로 가거라. 아주 호되게 혼날 줄 알아. 당장 가!"

인도 신사가 사라를 가까이 끌어안고 손을 다독거려 주었다.

"이 아이는 가지 않을 겁니다."

이 말에 민친 교장이 어안이 벙벙해진 눈으로 신사를 쳐다보았다.

"가지 않는다니요?"

민친 교장이 되물었다.

"네, 사라는 그 집에 돌아가지 않을 겁니다. 지금 그 집이 사라의 '집'이라고 말씀하신 거라면 말입니다. 이 아이는 이제 저랑 함께 살 겁니다."

캐리스포드 씨의 대답에 민친 교장이 충격을 받은 듯 소리쳐 물었다.

"신사분과 함께 살다니요! 네? 그게 무슨 말입니까?"

"카마이클, 친절하게 무슨 상황인지 설명해 드리게. 이 문제는 최대한 빨리 끝내고 넘어가고 싶어."

신사는 이렇게 말하며 사라에게 다시 앉으라고 손짓하고는 예전에 사라의 아빠가 그랬던 것처럼 아이의 손을 꼭 잡아 주었다.

이윽고 카마이클 씨의 설명이 시작되었다. 카마이클 씨는 전문가답게 변호사의 위엄을 잃지 않으면서 이성적이고 침착한 목소리로 조근조근 말을 이어 갔고, 사회 경험상 그게 무슨 뜻인지 잘 알고 있는 민친 교장은 못내 마음이 불편해졌다.

"민친 선생님, 캐리스포드 씨는 바로 고인이 된 크루 대위의 친한 친구랍니다. 큰 사업에 투자를 함께한 그 친구요. 크루 대위가 재산을 모두 날렸다고 알고 계셨겠죠? 사실 그 재산은 모두 회수되었고 지금 현재는 캐리스포드 씨가 관리하고 계십니다."

"재산이라고요!"

민친 교장이 외쳤다. 핏기가 사라진 얼굴은 이제 파랗게 질렸다.

"그럼 그게 사라의 유산이란 말씀인가요?"

"네, 이제 사라의 유산이 될 겁니다. 아니, 이미 사라의 재산이라고 해야겠죠. 예전보다 사업이 더 크게 번창했답니다. 다이아몬드 광산도 다시 운영 중이고요."

카마이클 씨가 차가운 말투로 말했다.

"다이아몬드 광산이라고요!"

민친 교장은 숨도 제대로 쉴 수가 없었다. 만약 지금 들은 것이 모두 사실이라면 이건 자신이 살면서 겪은 가장 끔찍한 일이었다.

"네, 다이아몬드 광산이요."

카마이클 씨가 민친 교장의 심정을 다 짐작한다는 듯 입가에 묘한 웃음을 띠며 한마디 한마디 힘주어 말했다.

"민친 교장 선생님, 어느 나라의 공주도 선생님이 지금까지 멸시하며 부리던 사라 크루보다 더 부자인 아이는 별로 없습니다. 캐리스포드 씨는 지금껏 거의 이 년 동안이나 사라를 찾아 헤맸습니다. 이제 힘들게 찾은 이상, 당연히 계속 데리고 있을 겁니다."

변호사는 민친 교장을 자리에 앉히고 모든 일을 더욱 자세하게 차근차근 설명했다. 사라의 미래는 이제 확실히 보장된 것이며 잃은 줄 알았던 재산은 이제 열 배나 더 늘어났고, 캐리스포드 씨가 사라의 친구로서 후견인 역할을 해 줄 거라는 사실부터 다른 세세한 내용까지 모두 다 하나하나 짚어 나갔다.

민친 교장은 그리 현명한 여자는 아니었다. 그리고 자신의 어리석음으로 굴러들어온 복을 통째로 차 버렸다는 사실에 흥분해서, 구차하게 조금이라도 받아 내 볼까 하는 생각으로 끝내 하지 말아야 할 말을 꺼내 버렸다.

"사라는 제가 보살피던 아이입니다. 전 이 아이를 위해 모든 걸 다 해 주었어요. 제가 아니었으면 사라는 길에서 굶어 죽었을 겁니다."

이 말에 인도 신사가 참지 못하고 버럭 화를 냈다.

"길에서 굶어 죽었을 거라고요? 흠, 차라리 길에 있는 편이 당신 다락방에 있는 것보다는 훨씬 편했을 겁니다."

"크루 대위가 저에게 사라를 맡기지 않았습니까? 그 기간을 채울 때까지 사라는 제 소관입니다. 다시 특별 기숙생으로 들일 생각입니다만, 아무튼 학업을 마칠 때까지는 내보낼 수 없습니다. 법이 제 편을 들어줄 겁니다."

민친 교장이 계속해서 우기며 말했다.

"이보세요, 민친 선생님."

카마이클 씨가 중간에 끼어들었다.

"법은 이런 일에 관여하지 않아요. 혹시라도 사라가 돌아가고 싶다고 한다면 모르지만요. 그때는 캐리스포드 씨도 굳이 막지 않을 테지만 어쨌든 그건 전적으로 사라에게 달려 있습니다."

"그렇다면, 사라한테 얘기를 해야겠네요. 사라야, 내가 너를 버릇없이 굴도록 두지 않았다는 건 너도 알 거야. 그런 만큼 너의 아빠가 지금 반듯한 네 모습을 보셨다면 매우 기뻐하셨을 거다. 그리고 흠, 내가 너를 항상 아껴 주지 않았니."

민친 교장의 말투는 어색하기 짝이 없었다. 사라는 말없이 눈을 말똥말똥하게 뜨고 민친 교장을 쳐다보았다. 민친 교장이 특히나 못 견뎌 하는 바로 그 표정이었다.

"그랬던가요, 민친 선생님? 전 미처 몰랐네요."

사라가 말했다.

"그래도 난 네가 알고 있을 거라 생각했는데. 하긴 애석하게도 애들은 아직 어려서 자신에게 정말 득이 되는 것이 뭔지 잘 모르는 법이지. 나는 항상 아멜리아하고도 네가 학교에서 가장 똑똑한 학생이라고 얘기해왔단다. 자, 돌아가신 아빠와 약속했던 임무도 끝마칠 겸 나와 함께 집에 돌아가지 않을래?"

사라가 민친 교장 쪽으로 한 발짝 나아갔다. 이제 사라에게 남은 사람은 아무도 없다고 말하던 싸늘한 말투와 길가로 내쫓길 뻔했던 그날이 생생하게 생각났다. 에밀리와 멜키세덱밖에 없는 춥고 외로운 다락방에서 지내던 배고픈 날들도 생각났다. 사라는 민친 교장의 얼굴을 똑바로 보며 말했다.

"선생님도 제가 왜 다시 그곳에 돌아가고 싶지 않은지 잘 아실 거예요. 모르실 수가 없잖아요?"

분노로 굳어 있던 민친 교장의 얼굴이 벌겋게 달아올랐다.

"너 그럼 다시는 네 친구들을 볼 수 없을 거다. 어먼가드나 로티, 아무도 다시는 못 보는 줄 알아라."

"실례합니다만, 선생님. 사라 양은 자신이 보고 싶으면 누구라도 볼 수 있을 겁니다. 사라 양이 집으로 초대를 하는데 친구 부모님들이 아이들을 가지 못하게 할 리가 없거든요. 캐리스포드 씨가 그 점은 확실히 알아서 할 겁니다."

카마이클 씨가 민친 교장의 말을 정중히 끊고 말했다.

민친 교장은 인정하고 싶지 않았지만 속으로 뜨끔했다. 일전에 성질이 급한 괴짜 독신 삼촌이 나타나 조카의 처우에 불만을 나타내기라도 하면 어쩌나 걱정했던 건 지금 상황에 비하면 아무것도 아니었다. 민친 교장은 세속적인 사람이었고, 자기 아이가 다이아몬드 광산의 후계자와 친구하는 걸 막을 부모는 없을 거란 사실을 누구보다도 잘 알고 있었다. 그리고 만에 하나 캐리스포드 씨가 학교 학부모에게 사라 크루가 겪은 고초에 대해 입이라도 뻥끗하는 날이면 생각하기도 싫은 많은 일이 일어날 게 불 보듯 뻔했다.

"지금 맡겠다고 하신 책임이 그리 녹록하지 않다는 걸 곧 알게 되실 겁니다. 이 아이는 진실하지도 못한 데다가 고마움도 모르는 아이거든요."

민친 교장이 방문을 나서며 인도 신사에게 마지막으로 한마디 했다. 그리고 사라를 쳐다보았다.

"그래, 너는 이제 네가 다시 공주가 되었다고 생각하겠구나."

사라는 뺨을 약간 붉히며 고개를 숙였다. 문득, 다른 사람들이 아무리 마음이 넓어도 자신의 마음속 공상을 전부 이해해 주기 바라는 건 무리일지도 모른다는 생각이 들었다.

"전 항상 그렇게 생각하려 노력했어요. 아무리 춥고 배가 고파도 전 항상 그러려고 애썼을 뿐이에요."

사라가 작은 소리로 말했다.

"그래, 이제는 애쓸 필요가 없어졌네."

민친 교장이 차갑게 말을 던지고 나갔다. 뒤에서 람 다스가 정중하게 손을 모아 고개 숙여 인사했다.

민친 교장은 학교로 돌아오자마자 아멜리아 선생을 찾으며 응접실로 갔다. 그날 아멜리아 선생은 오후 시간을 꼬박 응접실에 갇혀 보내야 했다. 아멜리아 선생은 내내 눈물을 흘리며 손으로 눈가를 훔쳤고, 어쩌다 한 번은 말을 잘못 꺼내 크게 따귀를 맞을 뻔하기도 했다. 그러다 일이 예상치 못한 방향으로 흘러갔다.

"언니, 나는 언니보다 똑똑하지도 않고 지금껏 언니가 화낼까 무서워서 언니 앞에선 제대로 아무 말도 못했어. 차라리 내가 조금만 덜 소심했다면 학교나 우리 둘 다를 위해 더 나았을지도 모르는데. 사실 전에도 난 언니가 사라 크루한테 조금만 덜 심하게 대했으면 좋겠다고 생각한 적이 많았어. 옷도 좀 제대로 입히고 더 편하게 지내게 해 주었으면 좋겠다고. 솔직히 말해서 그 나이 애들이 하기엔 벅찰 정도로 사라한테 일을 시킨 게 사실이잖아. 먹을 것도 반밖에 안 주면서……"

아멜리아 선생이 갑자기 말을 쏟아 내기 시작했다.

"네가 지금 어디라고 그런 얘기를 함부로!"

민친 교장이 소리를 질렀지만, 아멜리아 선생은 어디서 그런 용기가 나왔는지 무모하게도 끝까지 멈추지 않고 말을 계속했다.

"나도 내가 무슨 용기로 이러는지 몰라. 그렇지만 이왕 시작한

김에 무슨 일이 있든 끝까지 얘기해야겠어. 그 아이는 착하고 똑똑한 아이였어. 그리고 언니가 그 애한테 조금이라도 친절하게 대해 줬다면, 그 애는 어떻게 해서든 그 호의를 되돌려 주려고 했을 거야. 그렇지만 언니, 언니는 전혀 그러지 않았어. 사실 언니는 그 애가 언니보다 훨씬 더 똑똑한 것도 알고 있었고, 그것 때문에 그 애를 그렇게 싫어한 거잖아. 그 애는 우리 둘의 속을 훤히 들여다볼 수 있었……."

"아멜리아!"

민친 교장이 분노에 가득 차 아멜리아 선생을 노려보았다. 베키에게 그랬던 것처럼 당장 귀싸대기를 후려칠 기세였다.

그러나 아멜리아 선생이 느낀 극도의 실망감은 곧 히스테리로 발전했고, 선생은 앞으로의 일은 아무래도 상관없다는 듯 악을 쓰며 크게 소리쳤다.

"맞잖아! 맞잖아! 그 애는 우리 속을 빤히 꿰뚫어 보았다니까. 그 애는 언니가 인정이라고는 눈곱만큼도 없는 속물이라는 것도 알았고 내가 약해 빠진 바보라는 것도 알았어. 또 우리 둘 다 천박한 구두쇠처럼 돈에만 눈이 멀어 굽실거린다는 사실도 알았고. 그 애는 거지같은 환경에서도 늘 공주님처럼 꿋꿋하고 기품이 있었는데, 우리는 단지 돈이 없다는 이유만으로 그 애를 못살게 굴었어. 그 애는 정말이지, 정말이지…… 작은 공주 같았다고!"

가엾은 아멜리아 선생의 발작이 더욱더 심해졌다. 그리고 결국은 감정을 주체하지 못하고 울다 웃고 또 울다 웃다가, 몸을 가누지 못해 앞뒤로 비틀거렸다.

"그래서 언니가 그 애를 놓친 거잖아! 그 애도 그 애의 돈도 이제는 모두 다른 학교 차지가 되겠지. 그걸로 전부면 다행이게? 만약 그 애가 다른 보통 애들 같았다면 지금껏 여기서 어떤 취급을 받았는지 여기저기 다 말하고 다닐걸. 그렇게 되는 날이면 우리는 지금 있는 학생들도 전부 다 잃고 결국 쫄딱 망해 버릴 거야. 사실 나는 둘째치고 언니가 한 일을 생각하면 그래도 싸지 않아? 참, 꼴좋다, 마리아 민친! 너는 못돼 먹고 이기적인 속물이야!"

아멜리아 선생이 고래고래 소리를 질렀다. 그리고 곧 숨이 넘어갈 것처럼 캑캑댔다. 민친 교장은 하는 수 없이 자신의 분노는 속으로 삭인 채 소금과 각성제를 찾아다 주며 동생을 진정시키고 다독여야 했다.

그리고 그날 이후로 민친 교장은 동생을 조금 더 조심하고 존중해서 대했다. 겉으로 봐서 바보인 줄로만 알았던 동생이었는데, 또 언제 폭발해서 쓰디쓴 진실을 뱉어 낼까 두려웠기 때문이다.

그날 밤, 평소처럼 학생들은 잠자리에 들기 전에 교실 벽난로 앞에 옹기종기 모여 수다를 떨고 있었다. 그때 둥그런 얼굴에 알쏭달쏭한 표정을 지으며 어먼가드가 손에 편지 하나를 쥐고 들어왔다. 무슨 놀라운 일이 벌어졌는지 몰라도 매우 흥분한 표정이었다.

"무슨 일이야?"

아이들 두세 명이 한꺼번에 물었다.

"혹시 좀 전에 큰 소리 나던 거랑 관련된 거야? 민친 선생님 방에서 막 큰 소리가 나던데. 아멜리아 선생님이 발작을 일으킨 것마냥 소리 지르시더니 벌써 잠자리에 드시고."

라비니아가 궁금해서 못 참겠다는 얼굴로 물었다.

어먼가드가 천천히 대답하기 시작했다. 어먼가드도 사실 반쯤은 얼이 나간 표정이었다.

"방금 사라한테서 이 편지를 받았어."

어먼가드가 아이들이 볼 수 있도록 편지를 펼쳐서 보여 주었다. 긴 장문의 편지였다.

"사라라고?"

아이들이 동시에 소리쳤다.

"걔가 어디 갔는데? 지금 어디 있어? 결국 쫓겨난 거야? 민친 선생님도 아셔? 큰 소리 난 게 그 때문이었던 거야? 편지를 왜 쓴 건데? 말해 줘! 말해 줘!"

한꺼번에 하도 정신없이 여러 사람이 큰 소리를 내며 묻자 로티는 갑자기 울음을 터뜨렸다.

어먼가드는 어떻게 말을 꺼내야 할지 망설였다. 그러다 순간, 한마디로 모든 걸 설명할 수 있는 방법이 생각났다.

"다이아몬드 광산이 거짓이 아니었대. 정말 있었던 거래."

어먼가드가 결연한 말투로 말했다.

아이들의 눈이 휘둥그레지며 입이 쩍 벌어졌다.

"광산은 정말 있었던 거야. 중간에 일이 좀 많았고, 실수로 잘못 알려지긴 했지만. 하긴 캐리스포드 씨도 다 망했다고 생각하셨다고 하니까……"

"캐리스포드 씨가 누군데?"

제시가 소리쳤다.

"옆집 인도 신사! 그리고 사라의 아빠는 사실을 오해하고 돌아가신 거였대. 캐리스포드 씨도 열병이 나서 도망갔다가 거의 죽을 뻔하다 살아난 거고. 또 지금까지 사라가 어디 있는지 몰라서 한참 찾아 헤맸었대. 또 다이아몬드 광산에는 다이아몬드가 수백만 개, 수천만 개 깔려 있대. 그 중에 절반은 사라 몫이라지 뭐야. 사라가 다락방에서 친구라고는 멜키세덱밖에 없이 살던 그때도, 주방장이 못살게 굴었던 그때도, 지금까지 그 다이아몬드는 다 사라 거였던 거라지 뭐야. 그런데 드디어 오늘 오후에 캐리스포드 씨가 사라를 찾아낸 거래. 사라는 지금 옆집에 있어. 다시는 여기에 돌아오지 않을 거래. 이제는 옛날보다 한 백 배, 천 배 더 공주같이 살 거라는걸. 그리고 나, 내일 오후에 사라를 보러 가기로 했어! 옆집으로!"

그 후에는 한바탕 소란이 벌어졌다. 아이들은 민친 교장도 막지 못할 정도로 흥분해서 야단법석을 떨었다. 사실 민친 교장은 와자지껄한 소리를 들으면서도 어찌할 엄두를 내지 못했다. 아직도 아멜리아 선생이 침대에 누워 훌쩍거리고 있는 데다가 방에서 벌어진 상황만도 감당하기 벅찼다. 어떤 신비한 경로를 통해서건 이미 모든 소식이 학교 전체에 퍼졌을 것임을 민친 교장은 직감으로 알고 있었다. 학생들과 하인들 모두 그 얘기를 하다 지쳐 잠이 들 거라는 것도.

자정이 다 될 때까지도 온 학교는 그 일로 술렁였다. 아이들은 교실에서 어먼가드를 둘러싸고 편지를 읽고 또 읽어달라고 졸랐다. 교칙 따위는 잊은 지 오래였다. 사라의 편지에 쓰인 내용은 지금껏 사라가 지어낸 그 어떤 이야기보다 더 굉장했고, 사라뿐 아니라 바로 옆집에 사는 신비로운 인도 신사의 이야기도 그 어떤 얘기보다 흥미진진했다.

베키도 그 소식을 듣고는 평소보다 부엌에서 일찍 빠져나와 다락방으로 올라갔다. 한시라도 빨리 사람들에게서 벗어나서 한 번만이라도 더 마법의 방을 봐 두고 싶었다. 그 방은 이제 어떻게 될지 몰랐다. 민친 교장의 손에 맡겨질 리는 없을 것 같았고, 아마도 물건이 모두 사라진 황량하고 텅 빈 방으로 다시 돌아갈 가능성이 컸다. 베키는 사라의 소식을 듣고 누구보다도 기뻤지만, 계단을 한 칸씩 오를 때마다 웬일인지 목이 메여 왔고 눈물이 흘러 시야를 가렸다. 오늘 밤엔 따뜻한 불도, 램프도, 저녁 식사도, 불빛 속에서 이야기를 들려줄 공주도 없겠지 하는 생각이 머리를 스쳤다.

애써 울음을 그치고 다락방 문을 밀어서 연 베키의 입에서 낮은 탄성이 흘러나왔다.

여느 때처럼 난로에는 불이 훨훨 타오르고 있었으며 램프는 밝게 빛나고 탁자엔 저녁이 차려져 있었다. 람 다스가 베키의 놀란 얼굴을 보고 씩 미소를 지었다.

"사라 아가씨가 잊지 않고 주인님께 다 말했답니다. 아가씨는 자기에게 좋은 일이 생겼다는 걸 직접 베키에게 알려 주고 싶어 했어요. 쟁반에 편지가 있어요. 사라 아가씨가 보낸 겁니다. 아가씨는 베키가 불행한 상태로 잠자리에 들지 않기를 바랐어요. 그리고 참, 주인님이 베키에게 내일 집으로 오라고 하셨어요. 앞으로는 사라 아가씨를 도와주는 일을 하게 될 거예요. 그리고 이 가구랑 물건들은 오늘 밤 제가 지붕으로 날아 갈 거랍니다."

람 다스가 얼굴에 미소를 띠고 말했다. 그리고 두 손 모아 인사를 한 후 가뿐한 동작으로 소리 없이 창문 너머로 사라졌다. 자신이 그동안 얼마나 쉽게 그 창문을 통해 다락방을 드나들었는지 보여 주기라도 하듯.

19. 앤

 대가족 아이들의 놀이방이 이토록 즐거움에 넘쳤던 적은 전에 없었다. 또 '거지가 아닌 작은 여자 애'와 친해지는 것이 아이들에게 이렇게 즐거운 일일지도 전혀 상상하지 못한 일이었다. 사라가 겪은 역경과 모험은 그 자체로 사라를 누구보다 돋보이게 했고, 아이들은 사라 주위에 모여서 그때 이야기를 해 달라고 조르고 또 졸랐다. 안락하고 따뜻한 큰 방에 모여 난로 곁에 옹기종기 앉아서 들으면, 꽁꽁 얼어붙도록 추운 다락방 이야기도 그저 재미있는 이야깃거리일 뿐이었다. 다락방 이야기는 단연코 다른 어떤 이야기보다 인기가 많았다. 특히 멜키세덱이 등장인물로 나오고 탁자 위에 올라 머리를 창문 밖으로 빼고 보았던 참새들을 비롯한 온갖 멋진 광경에 대한 이야기가 나오면, 다락방이 얼마나 춥고 황량한 곳이었는지는 어느새 기억 저편으로 잊혀지기 마련이었다.
 그 중에서도 연회를 벌였던 그날, 꿈이 현실로 이루어진 이야기는 단연 으뜸이었다. 사라가 처음 그 이야기를 꺼낸 것은 모든 사실이 밝혀지고 난 그 다음날이었다. 대가족 아이들 몇 명이 사라와 차를 마시러 놀러 왔을 때, 난로 옆 카펫 위에 웅크리고 앉아 사라의 이야기를 들었다. 인도 신사도 귀를 쫑긋 세우고 사라를 바라보았다.

사라가 이야기를 마치고서 인도 신사의 무릎에 손을 올리며 신사를 올려다보았다.

"여기까지가 제 이야기예요. 이제는 삼촌 얘기를 해 주세요, 네, 톰 삼촌?"

'톰 삼촌'은 인도 신사가 사라를 위해 직접 지어 준 호칭이었다.

"삼촌 이야기는 아직 안 해 주셨잖아요. 아름다운 이야기일 것 같은데."

결국 톰 삼촌이 이야기를 시작했다. 그 이야기는 신사가 아픈 몸으로 혼자 쓸쓸히 앉아 있던 어느 날, 람 다스가 신사의 기분 전환을 시켜주고자 집 앞을 지나다니는 사람들 이야기를 해 주면서 시작되었다. 다른 사람들보다 유난히 자주 지나다니는 아이가 있다는 얘기가 나왔는데, 신사가 바로 그 아이에게 관심을 갖게 된 것이었다. 한편으로는 찾고 있는 그 아이 생각이 나서 그랬을 수도 있었고, 어쩌면 전에 람 다스가 원숭이를 찾으러 그 아이의 다락방에 갔던 얘기를 해 주어서일 수도 있었다. 람 다스는 그 아이가 얼마나 힘없이 쳐져서 딱한 처지에 처해 있었는지 설명해 주었고, 이상하게도 그 아이의 품새나 행동이 허드렛일이나 하는 심부름꾼 아이 같지 않다고 말했었다. 그때부터 람 다스는 그 아이가 얼마나 힘들게 살고 있는지 조금씩 관찰하기 시작했고, 지붕을 타고 가서 창문으로 드나드는 일이 그다지 어렵지 않은 일이라는 사실도 알게 되었다. 그렇게 그 후로 일어난 모든 일이 시작되었다.

어느 날, 람 다스가 말했다.

"주인님, 그 아이가 밖으로 심부름을 나갔을 때 제가 몰래 지붕을 타고 들어가서 불을 피워 주고 오면 어떨까요? 춥고 젖은 몸으로 돌아왔는데 방에 따뜻하게 불이 지펴져 있으면 마법이 일어났다고 생각할 거예요."

처음에 캐리스포드 씨는 그냥 하는 말로 생각하며 빙긋 웃고 말았다. 그러나 이미 그 생각에 푹 빠진 람 다스는 세세한 계획을 죽 읊어나갔다. 이런저런 일을 해 주고 오는 게 전혀 어려운 일이 아니라는 것도 소상히 설명했다. 설명을 듣던 캐리스포드 씨는 곧 아이같이 기뻐하며 여러 방안을 내 놓았다. 계획을 세우고 준비하는 과정은 매우 즐거웠고, 온갖 걱정으로 맥없이 지나갔을 날들이 흥미로운 하루하루로 채워져 나갔다.

사라가 연회를 벌였다가 실패한 그날 밤, 람 다스는 자신의 다락방에서 모든 준비를 마쳐 놓고 계속 기회를 엿보고 있었다. 또 다른 사람도 한 명 도와주러 와 있었는데, 그 사람도 마찬가지로 곧 펼쳐질 특이한 모험을 앞두고 흥분에 휩싸여 있었다. 연회를 벌이려던 시도가 처참하게 좌절되고 나자, 람 다스는 창문 밑에 바짝 누워 몸을 숨기고 방 안을 살폈다. 지친 사라가 마침내 깊은 잠에 들었다는 확신이 들자, 람 다스는 밖에서 물건을 전달해 줄 다른 사람을 대기시켜 놓고 검은 손전등을 들고 몰래 다락방으로 들어갔다. 사라가 잠결에 뒤척이기라도 할라치면 람 다스는 재빨리 전등을 끄고 바닥에 납작 엎드렸다.

사라는 수많은 질문을 통해 결국 흥미로운 뒷이야기를 모두 알아냈다.

"저는 정말 기뻐요. 삼촌이 제 친구였다는 게 정말로 기뻐요!"

둘은 실제로 정말 절친한 친구가 되었다. 서로 그토록 죽이 잘 맞을 수가 없었다. 인도 신사는 이제까지 그 누구도 사라만큼 좋아해 본 적이 없었다. 한 달쯤 지나자 신사는 카마이클 씨가 예견한 대로 완전히 다른 사람이 되어 있었다. 늘 기쁨에 차 있고 즐거워했으며, 전에는 돈이 많다는 사실도 부담스러운 마음의 짐일 뿐이었는데 이제는 그 사실을 즐기기까지 했다.

사라를 위해 해 줄 것들이 너무나도 많았다. 둘은 서로 이런 농담도 주고받았다. 톰 삼촌은 마법사이며, 사라를 놀래켜 줄 일을 찾는 것이 마법사의 당연한 직분이라고. 어떤 때는 사라의 방이 예쁜 꽃으로 가득 차 있기도 했고, 사라의 베개 밑에 엉뚱한 선물들이 잔뜩 숨겨져 있기도 했다. 한번은 저녁 때 같이 앉아 있다가 뭔가 문을 긁는 소리가 들려서 사라가 밖에 나갔더니 그 앞에 커다란 개가 서 있었다. 그 개는 커다란 몸집의 러시아산 사냥개로 목에 '제 이름은 보리스이며, 저는 사라 공주를 보필합니다.'라는 이름표가 달린 금과 은으로 만든 목줄을 걸고 있었다.

인도 신사는 낡은 옷을 입고 다니던 옛날의 사라를 회상하면서 감상에 잠기기도 했다. 대가족 아이들이나 어먼가드, 로티가 놀러 오는 오후 나절도 늘 즐거웠으나, 인도 신사와 사라가 단둘이 앉아 책을 읽고 대화를 하는 시간만큼 특별하지는 않았다. 그렇게 둘이 시간을 보낼 때면 줄곧 흥미진진한 일들이 생겼다.

어느 날 저녁, 캐리스포드 씨가 책을 읽다가 문득 고개를 들었다. 사라가 벽난로 앞에 앉아 불을 뚫어져라 쳐다보며 골똘히 생각에 잠겨 있었다.

"무슨 생각을 하는 거니, 사라?"

사라가 발그레한 뺨으로 고개를 들고 톰 삼촌을 올려다보았다.

"저…… 전에 배고팠던 날이 생각나서요. 그때 보았던 아이도요."

"그렇지만 배고팠던 날이 어디 하루 이틀이었니? 그 중에 어떤 날을 말하는 거니?"

인도 신사가 물었다. 말투에서 슬픈 기색이 묻어 나왔다.

"아, 맞다. 삼촌한테 말 안 했구나. 바로 꿈이 이루어졌던 그날 오후였어요."

사라는 빵 가게 이야기를 시작했다. 진흙탕 길에서 4펜스짜리 동전을 주웠던 것과 자기보다 더 배고픈 아이가 있었다는 것. 사라는 짧고 덤덤하게 그 이야기를 끝냈다. 그러나 인도 신사는 흘러나오는 눈물을 참지 못해 눈을 손으로 가리고 애꿎은 카펫만 내려다보았다.

"일종의 계획을 생각하고 있었어요. 뭔가 하고 싶다는 생각이 들어서요."

이야기를 다 마치고 사라가 말했다.

"그게 뭐니? 사라 공주야, 네가 원하는 거라면 뭐든지 다 해 줄게."

캐리스포드 씨가 낮은 목소리로 물었다.

"무슨 생각이냐면요……."

사라가 조금 머뭇거렸다.

"그게요, 삼촌이 저한테 제가 돈이 아주 많다고 그러셨잖아요. 그러니까 그 빵 가게 아주머니한테 가서요. 만약 계단에 배고픈 아이가 앉아 있거나 밖에서 가게 안을 훔쳐보는 배고픈 아이가 있으면, 특히 요즘 같은 고약한 날씨에는 정말이지…… 아무튼 아주머니께 부탁해서 그 아이들을 안으로 불러 먹을 걸 주라고 하면 안 될까요? 빵 값은 나중에 저한테 청구하라고 하고요. 그래도 될까요?"

"그럼, 되고말고. 내일 아침에 당장 가자꾸나."

인도 신사가 말했다.

"고마워요, 삼촌. 그게요, 저는 배가 고픈 게 어떤 건지 잘 알거든요. 그 생각 외에 다른 생각은 전혀 할 수 없는 때가 되면 그게 그렇게 힘들 수가 없어요."

"그래, 그래, 아가야. 그래, 그랬겠지. 이제 그때는 그만 잊으려무나. 자, 이리 와서 내 옆에 앉아. 이제 공주라는 사실만 기억하거라."

"네. 그래서 제가 어려운 사람들한테 빵을 나눠 줄 수 있다는 사실하고요."

사라가 방긋 미소를 지으며 말하고 톰 삼촌 옆에 가서 앉았다. 인도 신사는 사라의 작은 머리를 자기 무릎에 기대게 하고 조용히 머리를 쓰다듬었다.

다음날 아침이 되었다. 민친 교장은 창문 밖을 내다보고 있다가 그만 꿈에도 보고 싶지 않던 광경을 목격해 버렸다. 커다란 말이 끄는 마차가 옆집 문 앞에 서고, 집 안에서 따뜻하고 부드러운 모피 옷을 입은 작은 여자 아이가 한 신사와 나란히 걸어 나와 마차에 올라타는 광경이었다. 낯이 익은 그 작은 아이를 보자 민친 교장의 머릿속에서 퍼뜩 옛날 생각이 떠올랐다. 바로 뒤에는 더욱 짜증나는 일이 일어났는데, 베키가 싱글벙글한 얼굴로 어린 주인의 소지품을 들고 쫓아 나와 마차 안으로 쏙 들어가는 것이었다. 베키는 얼굴이 포동포동 살이 오른 것이 혈색도 발그레하여 매우 좋아 보였다.

잠시 후 마차가 목적지에 도착했고 일행은 차례대로 마차에서 내렸다. 희한하게도 저번처럼 가게 아주머니가 마침 김이 모락모락 나는 갓 구운 빵을 창문 앞 진열대에 내놓고 있었다.

사라가 빵집 안으로 들어가자 아주머니가 고개를 돌려 손님이 온 것을 보고 빵을 내려놓은 채 계산대로 갔다. 그러고는 잠시 동안 사라를 뚫어져라 쳐다보더니 마침내 누군지 알아보았는지 얼굴이 환하게 밝아졌다.

"저, 아가씨가 누군지 기억날 것 같아요. 혹시……."

아주머니가 말했다.

"네. 전에 아주머니께서 저한테 4펜스에 빵을 여섯 개나 주셨잖아요. 그리고……."

"그리고 아가씨가 그 중 다섯 개를 거지 아이에게 주었죠."

아주머니가 사라의 말을 받아 계속 말했다.

"한동안 그 일이 잊혀지지 않았답니다. 처음에는 이해가 되지 않았죠."

그리고 인도 신사를 보며 말을 이어갔다.

"실례입니다만, 선생님. 아무리 배고픈 사람이 보여도 그렇게까지 해 줄 수 있는 아이는 결코 많지 않거든요. 그 일이 있은 후에도 계속 그때 일이 머릿속을 떠나지 않았어요."

그러면서 다시 사라를 보며 말했다.

"제가 주제넘은 말을 했다면 미안해요, 아가씨. 그건 그렇고, 아가씨, 이제는 그때보다 훨씬 잘…… 혈색도 좋아지고……."

"네, 많이 좋아졌어요. 감사합니다. 지금은 전보다 훨씬 행복해요."

사라는 짧게 대답하고, 곧이어 찾아온 용건을 말했다.

"제가 여기에 온 건 아주머니께 부탁을 하나 드릴까 해서예요."

"저한테요, 아가씨? 그럼요! 뭔가요, 아가씨? 무슨 부탁인가요?"

아주머니가 환하게 웃으며 큰 소리로 말했다.

사라는 계산대에 기대어 서서 자신의 계획을 말해 주었다. 끔찍한 날씨와 배고픈 아이들과 빵에 관련된 사라의 계획이 펼쳐졌다.

사라의 부탁을 듣고 있던 아주머니의 얼굴에 놀라운 표정이 가득 지어졌다. 그리고 사라가 말을 마치자 감탄하며 말했다.

"이런, 세상에! 그런 일을 할 수 있다면야 저야 영광이죠. 저도 일을 해야 먹고 사는 신세라 제가 도울 수 있는 건 한계가 있거든요. 그런데 굶주린 아이는 도처에 깔려 있지요. 사실 그때 아가씨가 왔다 간 이후로 저도 나름대로 제가 할 수 있는 선에서는 아이들에게 빵을 나눠 주었어요. 아가씨 생각을 하면 그렇게 할 수밖에 없더라고요. 그때 아가씨가 얼마나 춥고 굶주려 보였는지, 그런데도 공주처럼 의연하게 그 빵을 손수 나눠 주었던 걸 생각하면……."

인도 신사는 그 말에 미소가 절로 지어졌다. 사라도 그때 당시 굶주린 아이에게 빵을 주면서 속으로 했던 생각을 떠올리며 미소를 지었다.

"그 애가 정말 배고파 보였거든요. 저보다도 훨씬 더 배가 고픈 것 같았어요."

사라가 말했다.

"맞아요, 정말 그랬댔죠. 그 이후에도 그 이야기를 계속 입에 달고 살더라고요. 얼마나 추운지 온몸을 덜덜 떨면서 앉아 있었는데, 배 속 어디에서 늑대 한 마리가 들어왔는지 으르렁거렸다고……."

"어, 그 이후로 그 아이를 본 적이 있으세요? 그 아이가 어디 있는지 아시는 거예요?"

사라가 외쳤다.

"네."

아주머니는 전보다 더 온화한 미소를 지으며 말을 이었다.

"그게요, 아가씨. 그 아이가 지금 바로 저기 안쪽 방에 있답니다. 이제 한 한달 정도 되었는데 얼마나 의젓하고 다부진 아이로 변했는지 몰라요. 전에 어떻게 살았는지를 생각하면 정말 믿기 어려울 정도랍니다. 지금은 가게나 주방에서 저를 많이 도와주고 있어요."

아주머니가 뒤쪽으로 나가더니 뭐라고 말하는 소리가 들렸다. 잠시 후 한 여자 아이가 아주머니 뒤를 따라 가게로 나왔다. 그때 그 거지 아이였다. 다만 이제는 얼굴도 깨끗하고 옷도 단정하게 차려 입은 데다, 배고픔 같은 건 잊은 지 오래되었는지 혈색이 매우 좋아 보였다. 수줍음을 많이 타는 모양이었지만 얼굴도 제법 예뻤고, 집 없이 길에서 살았던 티도 전혀 나지 않았다. 예전에 서려 있던 야생동물 같은 눈빛도 말끔히 사라져 있었다.

아이는 사라를 단번에 알아보고 멈춰 서서는 사라를 쳐다보고 또 쳐다보았다.

아주머니가 설명을 해 주었다.

"그게 어떻게 된 일이냐면요. 제가 이 아이에게 배가 고프면 저를 찾아오라고 말했거든요. 그러고 나서 아이가 찾아왔길래 이런저런 일을 시켜 보았더니 매우 열심히 잘하는 거예요. 어쩌다 보니 저도 차츰 이 아이가 맘에 들게 되었고, 결국은 여기서 이렇게 지내도록 해 주었답니다. 지금은 행동거지도 아주 바른 것이, 제 일도 곧잘 도와주어요. 저한테도 그렇게 고마워할 수가 없고요. 참, 이름은 앤이랍니다."

두 아이는 한참 동안 서로를 마주보고 서 있었다. 사라가 장갑을 벗고 손을 내밀자 앤이 그 손을 잡았고, 둘은 서로의 눈을 바라보았다.

"정말 잘됐다. 그리고 방금 나한테 아주 좋은 생각이 떠올랐어! 아주머니를 대신해 네가 애들한테 빵 나누어 주는 일을 맡으면 어떨까? 너도 배고픈 게 뭔지 잘 알 테니까 그 일을 하면 좋아할 것 같은데."

사라의 말에 앤이 대답했다.

"네, 아가씨."

짧은 한마디 대답이었지만 사라는 앤이 자신의 마음을 모두 이해했다는 느낌을 받았다.

볼일을 마친 사라는 인도 신사와 가게를 나와 마차를 타고 떠났다. 앤은 마차가 보이지 않을 때까지 그 자리에 서서 사라의 뒷모습을 바라보고 또 바라보았다.

>>> 옮긴이의 말

사라가 가진 꿈과 상상의 힘

『소공녀』는 원래 1888년 〈세인트 니콜라스(St. Nicolas)〉 잡지에 「사라 크루, 혹은 민친 학교에서 일어난 이야기」라는 제목으로 연재된 원작을 바탕으로 1905년에 다시 쓰여진 작품이다. 이 작품은 1902년에 연극으로 각색되어 영국과 뉴욕의 브로드웨이에서 공연되기도 했으며, 이 과정을 거치면서 짧은 단편으로 시작된 이야기가 점차 소설로 발전하게 되었다.

『소공녀』라는 제목에서도 알 수 있듯이 이 작품에는 '공주'라는 주제가 매우 중요하고 또 빈번하게 등장한다. 부유한 아버지를 둔 사라가 항상 공주처럼 겸손하고 분별 있게 행동하려는 것부터 처지가 바뀌어 어려워진 상황에서도 품위와 용기를 잃지 않으려 노력하는 것 그리고 마침내 역경을 극복하고 난 후에도 어려운 아이들을 잊지 않고 공주처럼 보살펴 주려 하는 것까지, 작품 전체에 진정한 공주가 되고 싶어 하는 사라의 열망이 깔려 있다 해도 과언이 아닐 것이다.

이처럼 진정한 공주의 의미를 고찰함과 더불어 이 작품의 다른 주제가 하나 더 있다면 바로 '상상력의 힘'이라고 할 수 있다. 이 상상력은 사라가 아무리 힘들고 고된 상황에 처해도 그 고난을 잊고 '진정한 공주'로 버틸 수 있게 해 주는 원동력이다. 춥고 황량한 다락방을 견디기 위해 자신을 바스티유 감옥에 갇힌 죄수로 상상한다든가, 주위 사람들의 모진 멸시에 초연함을 잃지 않기 위해 자신을 마리 앙투아네트 왕비에 비유하는 등 사라의 상상력은 힘들 때일수록 더욱 빛을 발하며 희망을 잃지 않고 현실을 꿋꿋이 이겨 나갈 수 있게 해 준다.

사실 사라의 상상력은 작품을 쓴 작가인 프랜시스 호즈슨 버넷의 개인적 경험에서 비롯되었다고 할 수 있다. 실제로 버넷의 어린 시절과 사라의 이야기에는 닮은 부분이 참 많다. 버넷은 1849년 영국 맨체스터에서 성공적인 사업가의 딸로 태어났다. 그러나 버넷이 다섯 살 때 아버지가 세상을 뜨고 가업이 기울어 집안 형편이 어려워져 급기야는 미국으로 이민을 가야 하는 상황에 이른다. 어려워져 가는 형편 속에서 버넷은 한동안 기숙 학교에 보내져 생활했는데, 당시의 버넷은 바로 사라처럼 상상력이 풍부하고 엉뚱하며 무엇보다도 이야기를 만들어 내고 들려주는 것을 좋아하는 아이였다고 한다.

사라가 이야기를 만들고 해 주는 것을 얼마나 좋아하는지에 대한 언급은 작품 전반에 걸쳐 계속 나오는데, '이야기를 잘하는 아이와 함께 학교를 다녀 본 사람이라면 그 힘이 어떤 의미를 지니는지

》》》

잘 알 것이다.(5장 베키 중에서)'와 같은 문장은 작가인 버넷이 실제로 자기 경험을 대놓고 이야기하는 것 같이 느껴지기도 한다. 아마도 버넷은 사라처럼 이야기를 특별나게 잘할 뿐 아니라 스스로도 이야기하기를 즐기는 학생이었을 것이다. 그리고 사라를 통해 알 수 있듯이 직접 동화 속 주인공이 되어 생각하고 행동하거나 어려운 일이 있을 때는 다른 상상을 하며 현실을 잊었을지도 모른다.

우리는 사라가 고난을 극복해 나가는 모습을 통해 작가인 버넷이 개인적으로 힘든 시간을 어떻게 견뎌 냈을지를 짐작해 볼 수 있다. 실제로 상상의 힘은 버넷이 어려운 시간을 견딜 수 있게 해 주었을 뿐 아니라 스무 살도 채 안 된 나이에 직접 쓴 글을 잡지에 기고해 가족이 생계를 꾸릴 수 있도록 해 주기도 했다. 버넷의 상상력은 고달픈 현실을 잊게 해 주는 최면제이자 실질적으로 역경을 딛고 일어설 수 있게 해 준 능력이었던 것이다.

우리는 사라의 이야기를 통해 버넷이 훗날 성공적인 작가로 이름을 날리기까지 어린 시절 자신을 지탱해 준 상상의 힘을 잊지 않고 소중히 간직하고 있었음을 알 수 있다. 아마도 버넷은 자신에게 큰 희망과 도움이 되었던 그 힘을 어린 독자들에게 나누어 주고 싶었는지도 모른다.

사라를 보면서 독자들은 각자가 직면한 힘든 현실을 떠나 잠시 휴식을 취할 수도 있고, 또 새로운 희망을 품을 수도 있을 것이다. 꿈을 잃지 않고 늘 긍정적으로 최선을 다해 노력하면 언젠가는 우리에게도 '마법'이 와서 친구가 되어 주지는 않을까 하는 희망, 그 희망이야말로 좌절에 빠진 이에게는 세상 어떤 것보다 더 큰 힘이 아닐까?

혹자는 『소공녀』에서 나타나는 잦은 우연과 상투적인 신데렐라 스토리가 그 감동을 반감시킨다고 비판하기도 한다. 현실과 너무 동떨어져 있다는 이야기다. 또 순수하고 동심이 있는 아이들은 공감할지 몰라도 다 큰 어른들에게는 너무도 동화 같은 이야기일 뿐이라고 말하기도 한다. 그러나 사라가 짊어져야 했던 역경과 그것을 이겨 나가는 과정은 분명 어른 독자들에게도 시사하는 바가 크다. 공주 대접을 받다가 하루아침에 모든 사람들이 깔보는 신세로 전락해 버렸음에도 불구하고 자존심과 품위를 잃지 않고 자기보다 어려운 주위 사람들을 끊임없이 보살피는 그 태도는 너무도 의젓하고 본받을 만하다.

그에 반해 우리는 작은 역경에도 포기해 버리고 마는 때가 얼마나 많은가. 노력도 시도도 없이 그저 현실만 탓하는 때가 얼마나 많은가. 문득, 이러한 것을 현실적이고 어른스럽다고 정당화하기보다 아이 같은 모습이라 해도 언제나 꿈꾸며 희망을 잃지 않고 최선을 다하는 편이 훨씬 나은 것이 아닌가 자문해 본다.

2012년 1월
옮긴이 전하림

〈올 에이지 클래식〉으로 만나는 '세계의 고전', 함께 읽어 보세요!

어린 왕자 생텍쥐페리
동물농장 조지 오웰
행복한 왕자 오스카 와일드
변신 프란츠 카프카
안네의 일기 안네 프랑크
안데르센 동화집 한스 크리스티안 안데르센
그림 형제 동화집 그림 형제
비밀의 화원 프랜시스 호즈슨 버넷
빨간 머리 앤 루시 모드 몽고메리
버드나무에 부는 바람 케네스 그레이엄
소공녀 프랜시스 호즈슨 버넷

프랜시스 호즈슨 버넷 (Frances Hodgson Burnett)

1849년 영국 맨체스터에서 태어났으며, 1854년에 아버지를 여의고 1865년에 온 가족이 미국 테네시 주로 이주했다. 어려운 집안 형편에 도움이 되기 위해 글을 쓰기 시작했는데, 1867년에 어머니마저 세상을 떠나면서 본격적으로 글쓰기에 전념했다. 여성 잡지를 통해 첫 작품을 발표한 이후 풍부한 감성과 낭만을 바탕으로 한 내용과 묘사로 성인과 아동 독자 모두에게 큰 인기를 얻게 되었고, 1924년에 세상을 떠날 때까지 30여 편의 동화와 20여 편의 소설, 3편의 희곡을 발표했다. 대표작으로 『비밀의 화원』, 『소공자』, 『소공녀』 등이 있으며 자신의 작품들을 연극으로 각색하여 영국과 미국에서 공연하여 크게 흥행하기도 했다.

전하림

한국교원대학교 영어교육과와 호주 맥쿼리 통번역 대학원을 졸업한 뒤, 현재는 아동청소년문학 전문 번역가로 활동하고 있다. 옮긴 책으로 『거인을 깨운 캐롤린다』, 『슐리만의 트로이 발굴기』, 『컷』, 『그리핀 선생 죽이기』, 『소공녀』 등이 있다.